U0558164

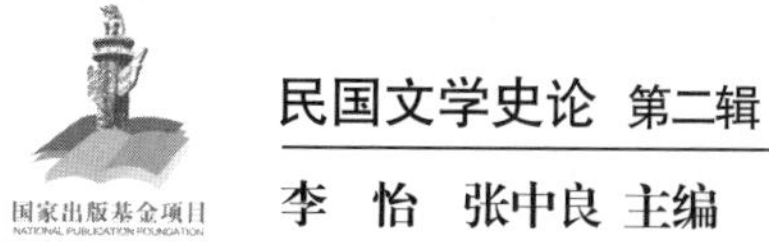

民国文学史论 第二辑

李 怡 张中良 主编

《中央日报》副刊与民国文学的历史进程

张武军 著

中央高校基本科研业务费专项基金资助项目
（SWU1709101和SWU1709103）成果

南方出版传媒
花 城 出 版 社
中国·广州

图书在版编目（CIP）数据

《中央日报》副刊与民国文学的历史进程 / 张武军著. -- 广州 : 花城出版社, 2019.6
（民国文学史论 / 李怡，张中良主编. 第二辑）
ISBN 978-7-5360-8832-0

Ⅰ. ①中… Ⅱ. ①张… Ⅲ. ①现代文学史－中国－民国 Ⅳ. ①I206.6

中国版本图书馆CIP数据核字(2018)第303463号

出 版 人：肖延兵
专业审读：罗执廷
特邀编辑：张灵舒
策划编辑：张 瑛
责任编辑：张 瑛
技术编辑：凌春梅
装帧设计：杨亚丽 贡日亮

书　　名 《中央日报》副刊与民国文学的历史进程
《ZHONGYANG RIBAO》FUKAN YU MINGUO WENXUE DE LISHI JINCHENG
出版发行 花城出版社
（广州市环市东路水荫路 11 号）
经　　销 全国新华书店
印　　刷 佛山市浩文彩色印刷有限公司
（广东省佛山市南海区狮山科技工业园 A 区）
开　　本 787 毫米×1092 毫米 16 开
印　　张 17.25 1 插页
字　　数 310,000 字
版　　次 2019 年 6 月第 1 版 2019 年 6 月第 1 次印刷
定　　价 68.00 元

如发现印装质量问题，请直接与印刷厂联系调换。
购书热线：020－37604658 37602954
花城出版社网站：http://www.fcph.com.cn

总序一：文学研究与历史意识

李怡

在相对平静的中国现代文学研究领域，最近几年出现的“民国文学”研究的设想似乎是值得注意的动向，面对这样一种动向，有人认为是打破某种学术停滞的契机，但也有人提出了自己的质疑，表达了自己的担忧，但无论如何，有关民国的话题已经成为我们无法绕开的存在，即使质疑，也有必要理解它生成的理由。

在我看来，借助“民国社会历史”这一视角研究中国现代文学，最重要的其实并不是提出了“民国”这一概念，更大的价值是它提示我们，文学的研究必须回到历史的语境之中。既然中国史已经可以清晰地划分为古代史与近现代史，又有什么必要独立出一个“民国史”呢？这当然是为了进一步关注和描述民国特有的社会、政治与文化情态。一般说来，古代、近现代，这都是世界通行的普泛性概念，这些概念的意义在于昭示了一种共同的人类历史进程，其意义自不待言。但是普泛性的概括并不能代替各个国家和民族的具体遭遇和问题，共同的历史进程之中，依然掺杂千差万别的“民族史”“区域史”，特别是像中国这样的独特的东方“现代”国家，许多历史的细节都不是西方话语体系的“近现代”所能够涵盖的，中国的“现代”就集中发展于“民国”，所以研讨“民国”也就是真正落实中国的“现代”历史是什么。近些年来，民国史研究是中国史学界取得显著成果的一个领域，可以说，在尊重、回到历史的取向上，历史学家已经走在了学术的前列。中国现代文学研究开始重视“民国”历史种种，从根本上讲就是得益于历史学界的启示。

因为这样的启示，我们的文学研究也才开始摆脱了“理论的焦虑”，在新的领域找到了自我充实的可能。中国现代文学研究其实一直存在着某种理论的焦虑症。先是有中国式的马克思主义理论“武装头脑”，继而又用西方的各种文学理论来框架我们的现象，到头来发现它们都难以准确描述现象的丰富和复杂，这才出现了几乎是众口一词的“回到历史现场”、体察具体历史情境之类的倡议。

当然，所谓“回到历史现场”也并不是一件那么容易的事情，它关乎我们对待历史的态度，也牵涉我们自己的思维能力，并且在某种意义上也不应当成为“非理论”“去理论”的简单借口，在更深的地方，“理论”依然有其不可替代的价值，并且将可能恰到好处地推进我们的认知。“回到现场”不是绝圣弃智，不是排斥理论思维能力，而是让我们的理性的能力更妥当地敞开事实呈现的广阔空间，或者说理性思辨的节奏和方向与丰富的历史事实两厢贴合。自然，这样的历史考察就不是那么容易的，至少不是我们表述学术态度时那么容易。文学研究最终依靠的不是一种“表态”而是更为深邃的能够破解精神秘密的“意识”，这就是我们所谓的“历史意识”。历史意识是在尊重历史现象中产生的，但又不是对历史现象的乱七八糟的堆砌，其中深含着我们自身思维能力的发展和成熟，所以，“回到历史现场”不会是一次性完成的，也不会只有哪一家的“现场”，它同样值得讨论、辨别、清理和驳诘。

这样，我们的“民国文学史论”就有了第二辑，也许还会有第三辑。连续性的发展表达的是不同认知的结果，重要的在于，随着我们对“民国”特定历史的逐步“返回”，我们对于文学的理解也逐步加深了，观点也日益丰富了。

感谢那些多年来一直关心我们研究的同行、朋友和广大的读者，我们都在不断充实着自己，在越来越深入的历史考察中解读现代的中国，在越来越广阔的视野中丰富我们的思想意识。当然，也要感谢花城出版社，这些有理想有坚守的优秀编辑，没有你们的策划、督促和鞭策，也绝不会有这连续数年的学术工程。

2018 年 8 月于成都江安花园

总序二：还原民国文学史

张中良

不止一次听到质疑：既然中国现代文学史的概念早已获得公认，20世纪中国文学史的概念也逐渐为人们所接受，为什么还要另起炉灶提出民国文学史？

尽管存在着质疑，而且对民国文学史的理解也不尽相同，但这个概念总算引起了人们的注意，这就扩大了探讨的空间。

民国文学史的概念，1994年见之于一套“中国全史”时，只是参照历代文学史的分法，标志着一个时段，并没有涉及多少民国赋予文学的意义。现在，仍有学者持同样的理解。2006年，秦弓提出“从民国史视角看现代文学”，意在把现代文学还原到民国史的历史语境中去重新审视。2009年，李怡阐述现代文学的“民国机制”，将问题的讨论向前推进了一步。几年来，民国文学乃至民国文学史的概念逐渐凸显出来，中国现代文学研究会、北京师范大学文学院等举办的学术会议都曾就民国文学问题展开过讨论，《文学评论》《中国现代文学研究丛刊》《学术月刊》《文艺争鸣》《广东社会科学》《湖南社会科学》《厦门大学学报》《湖南大学学报》《郑州大学学报》《重庆师范大学学报》《衡阳师范学院学报》《金陵科技学院学报》《兰州学刊》《当代文坛》《江汉学术》等刊物发表相关论文。从讨论来看，民国文学史确有新民主主义文学史、现代文学史、20世纪文学史所不能表征的独特而丰富的意涵，既然如此，“民国文学史”的梳理、叙述与阐释又有何不可？

在相当长的时期，民国是一个禁忌。人们每每把民国简化为一个败亡的政府，如果作为一个历史时期来表述的话，通常是“解放前”“旧社会”。一个简单的逻辑就是：政府如果不腐败，怎么会被推翻？旧社会如果不黑暗，怎么会结束？在这样的背景下，有谁还敢“冒天下之大不韪”去探讨民国问题呢？

然而，问题在于：民国在推翻了清朝政权、结束了两千余年的封建帝制的基础上建成，是辛亥革命的胜利成果，而非历史的耻辱；民国作为亚洲第一个共和国，曾经寄托了中华民族走向现代化的希望；民国是一个国家实体，而国家从来就不等同于政府，民国有多种势力对峙、冲突、交错、并存的政治，有虽然地区之间并不平衡，但毕竟曾经几度繁荣的经济，有由弱到强的外交，有终于赶走侵略者的抗日战争胜利，有大踏步发展的新式教育，有束缚与自由交织的新闻出版，有丰富多彩的文学艺术，等等，怎么能够因为民国政府的最后败亡而抹杀民国的一切？民国是一个历史过程，从诞生到成长再到衰败，怎么可以由其结局否定此前的所有历史？

即使为了总结历史经验教训，也不能无视民国的存在。中国向来有后世修史的传统，1956 年，国家制定十二年科学发展规划时，中华民国史研究被列入其中，然而，1957 年的“反右”使规划搁浅，在接下来阶级斗争之弦越绷越紧的政治形势下，民国史研究没有人敢于问津。关于民国时期政治史、经济史、口述史等资料经过整理面世一批，但没有一种以“民国”冠名。1971 年 9 月 13 日三叉戟折戟温都尔汗之后，“文革”狂潮呈现衰势。1972 年，周恩来总理再次号召编写中华民国史，中国科学院近代史研究所成立了中华民国史研究室，开始启动研究与编写工作。但在“文革”后期，学术研究步履维艰。直到改革开放以来，才恢复了实事求是的优良传统，民国史研究逐渐步入正轨。[①] 史料的发

① 参照张宪文等：《中华民国史》第 1 卷，南京：南京大学出版社，2005 年，“导论”，第 2—5 页。

掘、整理与出版，敏感问题的探索，均有可喜的成绩。在此基础上，张宪文等著《中华民国史》（4卷本）、李新担任总编的《中华民国史》（12卷本）[①] 等代表性成果先后问世，引领读者走近民国史的真实。

比较而言，中国现代文学研究在民国文学的历史还原方面要落伍很远。人们已经习惯于在原来的思维框架中思考问题，怯于拓展新的学术视野。直到今天，还有人担心研究民国文学会不会有什么风险？历史已经走到21世纪，多少惨痛的教训才换来了新时期以来的改革开放，走回头路的可能固然并没有完全杜绝，但我们应该相信社会的进步、民族的良知、人民的觉醒，如果有谁再敢倒行逆施，很难得逞。民国文学史研究的指归，小则是要呈现真实的民国文学史风貌，丰富人们的历史认知，大则是要普及实事求是的历史主义精神，保障社会稳步前进。

以新民主主义观点、现代性或20世纪眼光来梳理与阐释文学史，自然各有所长，但是民国文学在民国的背景下诞生、成长，打上了深刻的民国烙印，表现了独特的民国风貌，而从20世纪50年代以来的学术史来看，从迄今出版的近600种现代文学史著作来看，回避民国文学概念，便无法揭示文学的民国基因，因而，很难准确地画出这一历史时期的中国文学全图，无法解释文学发展的复杂动因，也无法理解民国文学的多元内涵与艺术个性。

民国政治自始至终是一种多元化的政治。北洋政府时期，南北对峙自不必说，北洋政府内部派系林立，你方唱罢我登场，客观上给新文学提供了一个相当宽松的发展空间。1927年4月18日南京国民政府成立，到1937年卢沟桥事变，这期间不仅存在着尖锐的国共冲突，而且两党之外还有活跃的自由主义阵营、根基深广的民主主

---

① 李新总编：《中华民国史》（12卷16册），北京：中华书局，2011年。

义力量，国民党内部也有各种错综复杂的派系。全面抗战爆发之后，各派政治力量团结在民族统一战线的旗帜下共同抗日，但又各自保留着相对独立的空间，不仅有陕甘宁边区、新辟的敌后根据地与广义的国统区之别，而且在国统区内部，也有桂、粤、滇、晋等具有一定独立性的区域。这种多元化的政治是民国文学形成多样形态的重要原因。民国的法律，有其自身的缺陷，也存在着法律层面与实践层面的巨大反差，但作家的生活与创作还是有一定的法律保障。若不然，鲁迅怎么能够在对教育总长的诉讼中胜诉、恢复了被免去的教育部佥事职务？在他成为左翼作家之后，怎么能够躲得了牢狱之灾，继续他的著译事业？在“白色恐怖”之外，还有广阔的空间，于是，才会有色彩斑斓的民国文学。民国时期，尽管确有政治压迫与文化管制，但民国文学却能在错杂的空间中得以发展，不仅内蕴丰盈复杂，而且审美风格也是千姿百态。

民国文学应是民国时期文学的总称，就文体而言，不仅有五四文学革命开创的新文学，也有传统形式的旧体诗词、戏曲、文言小说、文言散文，还有介乎二者之间的改良体；就政治倾向而言，不仅有官方属意甚深而命途蹇涩的三民主义文学，官方倡导且得到广泛呼应的民族主义文学，也有左翼倡导的革命文学、左翼文学，还有“五四”以来脉息不绝的自由主义文学、民主主义文学；就创作方法而言，不仅有现实主义，也有浪漫主义、古典主义，还有形形色色的现代主义，以及各种方法的杂糅重构；就审美格调而言，有《凤凰涅槃》式的豪迈弘放，也有《义勇军进行曲》式的慷慨悲壮，还有《再别康桥》式的缠绵悱恻；从喜剧风格来看，有鲁迅浙东式的冷隽幽默，也有李劼人式的麻辣川味，有老舍杂糅着京味儿与英国风的月色幽默，还有张天翼式的湖南辛辣讽刺；就城乡文明倾向来看，有新感觉派式的斑驳陆离的都市色彩，也有沈从文式粗犷与清新交织的湘西风光，还有赵树理最为典型、叙事偏于传统的乡土通俗，等等。气象万千的文学风景，无论是其内蕴，还是其形式，都在民国的历史进程中形成，都与民国的机制息息相关，因而民国文学研究不是单纯的外部研究，而且含有审美机理的内部研究。

民国文学史研究还是刚刚起步，要做的工作有许多。我与李怡教授曾经交流过，我们都认为，一部成熟的文学史著作应该有扎实的研究作基础，与其现在匆匆忙忙地“凑”一部民国文学史，毋宁脚踏实地地考察民国文学与民国政治、经济、法律、战争、外交、民族、宗教、文化、教育、艺术、新闻出版、自然环境及灾变诸多方面的关联，考察文学所表现的民国风貌，考察民国文化生态对文学风格的影响（或曰民国文学审美建构不同于前后时代的特色），然后再进行民国文学史的整合性的叙述与分析。我们不去奢望将来关于20世纪上半叶的文学史叙述仅由民国文学史来承担，那样既无必要，也不可能，大一统式的构想本来就是与学术自由相背离的。但我们相信，民国文学史的叙述必定会在中国文学史的总体框架中占有不可或缺的一席之地。

我们的构想与努力有幸得到花城出版社乃至上级管理部门的认同与支持，“民国文学史论”第一辑六卷列入“‘十二五’国家重点图书出版规划项目”与“国家出版基金项目”，于2014年出版，并在“国家出版基金项目”2015年绩效考评中获得“优秀项目”。丛书问世以来，有学者在海内外发表评论，予以积极的肯定。这对我们来说，无疑是巨大的鼓舞。民国文学话题也遇到一些质疑，但探索并未中止，视野与深度反而不断拓展，曾经一度持有尖锐意见的学者也加入了推进民国文学研究的队伍，这正是我们所希冀的良性学术生态。花城出版社张瑛副编审在成功策划了“民国文学史论”丛书第一辑之后，又积极策划第二辑、第三辑。如果说第一辑主要是在观念与宏观方面打下基础的话，那么，第二辑则较多在语言、审美品格、文学教育、经典作家、形象和刊物等典型个案等方面做出新的拓展，第二辑的问世将会进一步丰富读者对民国文学的认识。第二辑 11 卷同样被列入国家出版基金项目，感激自在不言之中！这无疑也增强了我们将民国文学研究不断引向深入的信心。

2018 年 8 月 19 日修订于上海

目 录

绪 论 / 001

上编 《中央日报》副刊与“革命”文学

第一章 武汉《中央副刊》与革命文学的历史检视 / 011

第一节 被忽略的武汉《中央日报》及其副刊 / 011
第二节 激进昂扬的革命姿态与革命文学的倡导 / 016
第三节 《中央日报》与女兵作家谢冰莹的“走红” / 022

第二章 武汉《中央日报》副刊与革命文学历史谱系的重构 / 028

第一节 国民大革命与革命文学的历史审视 / 028
第二节 民国历史语境与武汉《中央日报》及《中央副刊》/ 032
第三节 “酱色的心”：革命的颜色和心态 / 036
第四节 从东京回到武汉 / 042

第三章 “红与黑”交织中的摩登
——上海《中央日报》副刊之考察 / 045

第一节 “夹缝”中的上海《中央日报》/ 046
第二节 1928：红与黑、革命与反革命交织的文学 / 053

第三节 革命文学的另一“战线”——《文艺战线》/ 070

中编 《中央日报》副刊与“民族国家文学”

第四章 训政理念下的革命文学与民族主义文学 / 077

第一节 训政与革命文学及启蒙 / 079
第二节 革命文学与民族主义文学论争的重新阐释 / 085

第五章 《中央日报》副刊与抗战文学的发生 / 091

第一节 《新华日报》《中央日报》两大报纸副刊与抗战文学 / 091
第二节 《中央日报》副刊与“卢沟桥”形象建构 / 096
第三节 《中央日报》副刊与文艺界团结抗战局面的形成 / 099

第六章 重庆《中央日报》副刊与抗战文学形态之考察 / 105

第一节 文学中心西迁与新文学形态的生成 / 106
第二节 重庆《中央副刊》新的发展方向 / 110
第三节 孙伏园与抗战时期的《中央日报》副刊 / 115
第四节 《中央日报》副刊郭沫若的《屈原》/ 127
第五节 《中央日报》副刊与抗战建国 / 130

第七章 战火中的“妇女新运”与“妇女之路” / 134

第一节 民国历史文化背景下《新华日报》副刊《妇女之路》/ 135
第二节 重庆《新华日报》副刊与战时女性形象构建 / 140
第三节 延安女性对重庆《新华日报》副刊女性形象构建的影响 / 150
第四节 重庆《中央日报》和《新华日报》副刊女性形象比较分析 / 155

下编　战后《中央日报》副刊和中国文学走向考察

第八章　战后《中央日报》副刊与文艺思潮变迁 / 177

第一节　战后《中央日报》副刊的自我定位及发展流变 / 177
第二节　“花开两朵”——两份并存的《中央日报》及副刊 / 182
第三节　战后重庆《中央日报》副刊与“国统区”文艺 / 186
第四节　“还都”南京的《中央日报》副刊 / 197

第九章　南京《中央日报》副刊与战后文艺思潮考察 / 206

第一节　战后文学的两个关键词：“离去”与“归来” / 206
第二节　“胜利的灾难”——复员凯旋声中的现实呈现 / 211
第三节　胜利后的幻灭——战后国统区的社会心理呈现 / 221

第十章　南京《中央日报》副刊和战后国统区文艺走向考察 / 225

第一节　战后《中央日报》副刊及国统区文艺的言说环境 / 225
第二节　战后《中央日报》副刊及国统区文艺气象 / 234
第三节　战后文艺界团结的打破与分化 / 239

结语　《中央日报》副刊的文学史意义 / 246
参考文献 / 248
后记 / 254

绪 论

从民国历史文化的角度切入中国现代文学，提出“民国文学”这一阐述理论框架，这是近些年现代文学研究领域中最瞩目的学术焦点和学术热点。现代文学学科领域中几个最重要的研究者如张福贵、丁帆、李怡、张中良等等这两年都极力提倡返回民国历史文化语境中重新认知中国现代文学，并提出了“民国文学”相关概念。可以预料到，民国文学的相关话题将会成为未来几年现代文学新的研究方向。不过，大多数研究者对“民国文学”意义的发掘目前还主要集中在历史命名的辨证上，对“民国文学”深层价值的勘探，对“民国文学”这一阐述框架如何落实到具体的文学史实和作家作品分析上，仍稍显匮乏。在民国历史文化视野下考察国民党《中央日报》文艺副刊，就是期望把“民国文学”这一宏观的概念和具体的文学现象、文学生产等关联起来，把民国文学的相关探讨引入一个更深的层面，通过《中央日报》不同时期、不同阶段文艺副刊原始材料的整理和爬梳，分析国民党《中央日报》副刊和民国文学的历史进程问题。

《中央日报》副刊伴随着《中央日报》在大陆发行了 20 多年。在这风云变幻的 20 多年中，《中央日报》副刊跟随着主报几易发行地，而根据出版地的不同，我们可以将《中央日报》副刊大致分为几个阶段：1927 年 3 月 22 日至 1927 年 9 月 15 日的汉口创刊期、1928 年的上海时期、1929 年 2 月至 1937 年 12 月的南京时期、1938 年 9 月至 1945 年 9 月的重庆时期以及 1945 年 9 月至 1949 年初的南京时期。在这二十几年中，中国文学发生了翻天覆地的变化，经历了从革命文学到抗战文学再到抗战胜利后文学格局重新分化三个时期。《中央日报》作为国民党的机关报，其副刊毫无疑问是这些文学现象、文学思潮的亲历者与构建者，因而对它的梳理、研究既是我们深入了解中国现代文学丰富性与复杂性的绝佳窗口，也是我们将“民国文学”具体化、深入化的重要手段。

文学史不仅是作家、作品的历史，还应该是文学生产、传播、消费的历史。如果单从文学作家、作品的角度去观照、审视文学史的发展与演变，我们不仅将极其丰富与复杂的文学史实过于简单化、狭窄化，也难以真正明了文学发展的外部环境与内在规律。正如美国著名文学理论家勒内·韦勒克所言："在考察想像性的文学（imaginative literature）的发展历史时，如果只限于阅读名著，不仅要失去对社会的、语言的和意识形态的背景化及其他左右文学的环境因素的清晰认识，而且也无法了解文学传统的连续性、文学类型（genres）的演化和文学创作过程的本质。"① 与之相同，法国文学社会学家罗贝尔·埃斯卡皮对文学史编撰中"过多地局限在研究人和作品"，"而把集体背景看作一种装饰和点缀，留给政治编年史作为趣闻轶事的材料"的书写范式，也提出了质疑。他认为，文学史不单单是某一时间段内文学发展的历史，"也是同这一时代的社会生活有着千丝万缕的联系的历史"②。而皮埃尔·布迪厄的"文学场域理论"、哈贝马斯的"文学空间理论"则从不同角度，再次向人们呼吁，"作品科学不仅应考虑作品在物质方面的直接生产者（艺术家、作家，等等），还要考虑一整套因素和制度，后者通过生产对一般意义上的艺术品价值和艺术品彼此之间差别价值的信仰，参加艺术品的生产"③，从而将文学的研究引入了更为广阔的空间。

文学史研究范围的扩大，使报纸副刊自然而然地进入了文学研究的范围之内。就中国现代文学而言，报纸副刊与之间的密切关系已然是一个引人关注的文化现象与不争的事实。"中国近现代的文学作品，有相当大一部分是通过报纸这个阵地和读者见面的"，"很多近现代文学的著名流派也是通过报纸这个阵地滋生、发展起来的"，"五四新文化运动，以及新诗、新小说的诞生和繁荣，也是通过报刊这个阵地来实现的"④。而更为重要的是，对报纸副刊的研究往往能带我们回到文学原生态的生成过程，回到已经消失了的文学历史话语场中，去审视未被雕刻过的原初形态，还原更接近历史真实的文化格局。"因为

---

① ［美］勒内·韦勒克、奥斯汀·沃伦：《文学理论》，刘象愚等译，南京：江苏教育出版社，2005年，第11页。

② ［法］罗贝尔·埃斯卡皮：《文学社会学》，于沛选编，杭州：浙江人民出版社，1987年，第1、249页。

③ ［法］皮埃尔·布迪厄：《艺术的法则：文学场的生成和结构》，刘晖译，北京：中央编译出版社，2001年，第2页。

④ 方汉奇：《中国近代报刊史》（下），太原：山西人民出版社，1981年，第764页。

所有的作品都是在网络中生成的，所有的作家都不是从天而降，而是在与同时代的作家对话中创作。”因而要真正准确、深入地理解一部文学作品，只有回到特定的网络中，才能真正做到，一旦抽离特定的语境，将其作为一个孤立的文本来解读，就难以做到准确把握。所以，“对于文学史家来说，翻阅旧报刊，让你了解文学的‘原生态’，知道人家为什么采取这种发言姿态，对话者是谁，有什么压在纸背的话。在触摸历史的同时，获得那个时代读者才有的共同感”①。正是基于这样的文学史观，自1990年代以来，报纸副刊的研究成为学界的一个重要研究课题，各种与报纸副刊相关的研究选题层出不穷。

然而，过去我们总是囿于意识形态的偏见，简单地把《中央日报》视作国民党反动派在文艺界的传声筒，或者批判《中央日报》副刊如何体现国民党政府钳制思想和控制文学宣传。这样稍显褊狭的理念，使得学界对《中央日报》副刊的研究稍显粗疏，尤其是与其他大型报刊的文艺副刊，如《新华日报》《大公报》《申报》《解放日报》等相比，《中央日报》副刊研究的深广程度都相当不足。

目前学界对《中央日报》副刊的研究，主要是从以下几个方面进行的：第一、副刊与编辑、个人的关系。这方面研究的代表有华东师范大学张慧的硕士论文《〈中央日报〉副刊与储安平》；都海虹、孙小超的《孙伏园和武汉〈中央副刊〉》；王吉鹏和孙丽凤的《鲁迅与〈中央日报〉副刊》等。这一类研究主要从曾与《中央日报》副刊有过交集的编者或作者出发，考察二者之间的关系，有一定的针对性，但是研究范围有限，也容易把研究重点落到人物身上，从而在某种程度上造成对《中央日报》副刊本身的忽视。学界对《中央日报》副刊的第二个研究切入点在于对某一时段的某个副刊的研究。这方面的主要代表有重庆师范大学杨德亮的硕士论文《〈中央日报·平明〉研究》；四川师范大学付娟的硕士论文《〈中央日报·青白〉副刊（1929—1930）与国民党文艺运动》；四川师范大学曹万生和程丽君的论文《〈中央日报·平明〉文学传播研究——从“与抗战无关”论谈起》等。这一类文章大多把研究重心放在了二三十年代及抗战前期的《中央日报》副刊，而对40年代的《中央日报》副刊关注极少，尤其是抗战胜利前后这个转折点上的《中央日报》副刊，几乎无人涉及。以整个《中央日报》副刊的发展历程作为对象加以研究的，到目前为止，只有赵丽华的《民国官营体制与话语空间：〈中央日报〉副刊研究（1928—1949）》。赵丽华对《中央日报》所有的副刊作了概括性的梳理。在研

① 陈平原：《文学的周边》，北京：新世界出版社，2004年，第106页。

究方法上，没有采用传统的线性研究，而是从《中央日报》20 年来的发展情况出发，提炼出几个话题，分别作为专题进行论述，从而呈现出民国官营体制下的话语生产过程。但是对于一个在大陆发行了 22 年的党报副刊，仅仅以几个专题来对其复杂的发展历程进行阐释还远远不够，作者采用提炼主题，分版块研究的方法能够反映出二十多年来《中央日报》副刊的外形轮廓，但难免存在很多细节的疏漏，尤其是对《中央日报》副刊在抗战胜利前后的发展历程，关注甚少。此外还有一些零星的论文或者在论述相关作者如梁实秋、郭沫若时才涉及，更重要的是，学界对《中央日报》副刊的研究并不完整，例如武汉《中央日报》副刊，上海《中央日报》副刊，抗战时期一些地方版的《中央日报》副刊如昆明《中央日报》副刊、桂林《中央日报》副刊都是和当地的文化文学密切相关，学界几乎无人涉及。

虽然贵为国民党的机关报，但是《中央日报》副刊在台湾的研究同样甚为冷落，除了中央日报社在《中央日报》50 周年、60 周年庆祝活动中出了相关论文集外，专门的研究几乎没有，而中央日报社特别编撰的《中央日报五十年来社论选集》《中央日报与我》《六十年来的中央日报》，其中收录了不少当事人的回忆文章中也是错漏百出，尤其是台湾研究界有意忽略《中央日报》在革命文学和文化中的贡献，如他们就断然否定武汉《中央日报》的存在。由此不难发现，台湾和大陆既往的《中央日报》研究不仅成果不多，还都存有各取所需的遮蔽和遗漏，从民国历史文化视野切入《中央日报》副刊的研究，并不是要为《中央日报》副刊做“正名”或“平反”，而是以史料为依据切实分析它和民国文化文学思潮的关系。

首先，从民国的历史来看，国共两党不仅仅只是对立，也曾有不同阶段的联合。例如，最早的革命文学倡导都集中出现在第一次国共合作时期的《中央日报》副刊上，武汉《中央副刊》曾积极倡导无产阶级革命文学，译介苏联革命文学理论，发表一些革命性的作品，如郭沫若的《脱离蒋介石以后》，毛泽东的《湖南农民运动考察报告》，谢冰莹的《从军日记》等都是率先刊登在武汉《中央副刊》上；再比如，1928 年上海《中央日报》副刊虽然是在国共分裂之后创办，但是其副刊仍然是左翼文学的主要阵地，大名鼎鼎的左翼作家丁玲，左联五烈士之一的胡也频，左翼戏剧的先导田汉都曾担任上海《中央副刊》的主编；还比如，抗战时期郭沫若的《屈原》那么有战斗精神，却发表在《中央日报》的副刊上，还有在大轰炸的特殊时代，《中央日报》《新华日报》以及其他一些报纸曾经开设联合版。这就是说，我们需要摆脱过去简单的二元对立思维，在民国历史文化语境中，以报刊原始史材料为依据，重新梳理和探究《中央副刊》的意义和价值。

其次，《中央日报》虽是国民党党报，其副刊固然有和正刊密切配合的地方，但是从民国时期整个报纸副刊的运行机制来看，副刊也可以是相对独立、相对游离的。国民党党报进行舆论控制却请了对政府文艺政策有很大意见的党外人士梁实秋、孙伏园来主编副刊，这本身就是值得我们关注和探讨的命题。

本书研究的主要内容和主要创新点

主要内容和基本思路：本书主要从民国历史文化视野切入，展开对《中央日报》副刊和民国文学历史进程的考察，具体说来，包括以下内容：

第一部分，《中央日报》副刊与革命文学的重新论述——1929 年之前《中央日报》副刊考察，这部分内容主要考察《中央日报》副刊早期创设的过程，在文学革命和革命文学中所起到的作用。

首先是武汉《中央日报》副刊与革命文学历史谱系的重新考察。

左翼文学研究、革命文学研究可谓是几起几落，最近几年，回到历史语境中考察和分析革命文学、左翼文学，这已成为左翼文学研究领域的一个新气象，可是大家却很少关注国民革命之于革命文学、左翼文学的意义。大革命时期武汉的《中央副刊》是一个很好的切入点，1927 年 3 月 22 日《中央日报》在武汉创刊，尽管其存续时间并不长，但对我们了解当时革命的复杂性以及之后革命走向却至关重要，由孙伏园主编的《中央副刊》有助于我们更好地理解革命文学、左翼文学的发生和发展，以及其丰富性和复杂性。如《中央副刊》创刊第二天刊登的傅东华的《什么是革命文艺》，邓演达的《何谓革命文化》等等，包括报纸主编陈启修、副刊主编孙伏园、《上游》特刊主编茅盾、被捧红的女兵作家谢冰莹等人之于革命文学的意义，很少人论及。尤其是《中央副刊》上大量倡导阶级论及无产阶级革命文学的言说，如樊仲云的译作《无产阶级的文化与艺术》、黄其起的《无产阶级文艺的建设》、采真的《关于无产阶级文艺园地底创造》、符号的《无产阶级与文艺》（1927 年 7 月 5 日）等等几乎没有研究者涉及。我们却固执地把 1928 年后期创造社和太阳社的倡导作为大规模的系统性的革命文学、左翼文学的开始，事实上，武汉《中央副刊》才是我们重构革命文学谱系不可或缺的一环，藉此，我们才能更好地实现对革命文学与左翼文学的历史检视，也会带给我们对这一老命题的全新理解。

第二个议题：“红与黑”交织中的摩登——上海《中央日报》副刊之考察。

1927 年国共分裂，所以学界以往理所当然地认为上海《中央日报》是国民党控制舆论和钳制思想的开始，事实上，考察 1928 年国民党中央在上海创办的《中央日报》及其文艺副刊，就可以发现大革命文学中的“红与黑”“摩登”等诸多有意义的命题。胡也频、沈从文、丁玲创办的《红与黑》及其他文艺副刊，再现了革命与反革命、红与黑交织下的革命文学的丰富性、复杂性。田汉等主导的《摩登》副刊，带给我们对于革命和摩登新的理解，又给我们提供了认知中国文学现代性、摩登性的新思路。对1928年上海《中央日报》文艺副刊的考察，既是对革命文学谱系的历史还原和重新梳理，也是在民国历史语境中对中国文学“现代性”“摩登性”的重新探究。

第二部分，《中央日报》副刊与“民族国家文学”——1929到1945年《中央日报》副刊考察。

首先是训政理解下的革命文学与民族主义文学——战前南京《中央日报》副刊之考察。

1929年，《中央日报》正式迁往国都南京，其文艺副刊也展示出国民党人在文艺上的努力。目前学界理所当然地把国民党相关文艺视为和左翼文学相对应的右翼文艺，的确，南京国民政府成立之后一些文艺政策和理念带有某种保守立场。但这并非全部的事实，至少从《中央日报》文艺副刊以及其他国民党主办的刊物上，我们不仅看到很多左翼作家的身影，就文学理念上来说，很多《中央副刊》上的文学理念和左翼有异曲同工之处，另外被我们后来视为声势浩大的左翼戏剧和左翼电影，其实基本上都是由《中央日报》副刊及其相关刊物推动的。即便国民党及其《中央副刊》上所倡导的民族主义是极其保守的右翼文学，我们更应该仔细清理分析国民党从激进的革命党到执政党的转变的历史过程中，其党报《中央副刊》从先前张扬革命话语到倡导民族话语的复杂过程。

其次是抗战时期文学的丰富性与多样性——重庆《中央日报》副刊之考察。

1939年，《中央日报》正式迁到战时首都重庆，其文艺副刊也与战时文艺息息相关。这部分内容首先要着重论述在民国的框架下《中央日报》副刊的发展和演变，抗战前后有什么关联，又有什么变化，国民党右翼文学话语怎么样转向抗战文学话语。《中央日报》的副刊如何容纳国民党党外人士，如何把左翼以及中间派、自由派知识分子吸入到抗战话语的阵线中来，国民党的官方话语和文艺理念怎么样通过《中央日报》副刊贯彻，取得了怎样的效果。左翼文学和自由派文学如何被整合到中华民国这一民族国家话语中来，包括一些个体如郭沫若、老舍等被吸引到国家话语中来，这些都可以通过《中央日报》副刊窗口揭示出来。此外对《中央日报》的副刊编者和作者群进行统计分析，如孙伏园、梁实秋等人的办刊理念分析，刊登的文学作品风格的考察，发生的文学事件新议，如《屈原》事件，“与抗战无关论”事件等等。

第三个议题：战火中的妇女之路——重庆《中央日报》副刊与《新华日报》副刊妇女形象比较研究。

从民国的视角出发，可以包容过去被我们批判的国民党派别文艺，如《中央日报》文艺副刊的价值会被充分展示出来。更重要的是，民国不仅作为抗战文学的一个视角，更应该是我们考察抗战文学的机制要素，所谓民国机制要素的有效性，不仅体现在可以更好彰显和国民党政府官方相关的文艺价值，还在于民国能够容纳不同政见者的文艺理念。如中共长江局、后来的南方局以及《群众》《新华日报》等刊物，过去我们只是强调他们如何地革命和“左倾”，如何和《中央日报》针锋相对，而忽视了其所处的民国背景以及和《中央日报》的关联、互动，如两大报纸副刊曾经因战时轰炸联合办刊，再例如郭沫若的《屈原》那么有战斗精神，却发表在《中央日报》的副刊上，《新华日报》上也有后来被批判为法西斯主义的战国策派陈铨《野玫瑰》的推介，两大报纸副刊都积极推动抗战时期戏剧运动，在唱对台戏的同时，更是在竞争中相互提升、协调促进。本文将以《新华日报》的《妇女之路》和《中央日报》的《妇女新运》在战时女性形象的塑造为例，意在指出民国党文艺的包容性和民国文学的有效性。总而言之，正是在和《新华日报》的比较分析中，我们就更能发现《中央日报》副刊在战时的多样性与复杂性。

第三部分，战后《中央日报》副刊和战后中国文学走向考察。

从抗战胜利到 1949 之前的文艺思潮一直是学界关注的薄弱点，大家仅有的关注点也都集中在延安文学如何走向全国，并由此进入共和国文学。很显然，这种思维模式是在站在后来者的立场去建构延安文学走向全国的必然性，我们很少去关注抗战结束后国民党文艺政策、文艺理念和中国文学的走向问题，即便国民党人的文学政策是失败的，是没有成效的，但其缘何如此更值得我们仔细分析，而《中央副刊》是我们探究这一问题的绝佳切入点。

首先是战后《中央日报》副刊与文艺思潮变迁。

在为数不多的《中央日报》研究及其相关论述中，1945 年 9 月 10 日，意味着《中央日报》在南京复刊的开始，但是《中央日报》迁回南京的同时，重庆《中央日报》并未终止，而是继续运行，并且不论主刊还是副刊更接近国民党中央的声音，相反南京《中央日报》副刊在起初体现出激进的特色。在历史巨变的关键时刻，对极为特殊的两份《中央日报》副刊的比较分析中，探究二者在话语空间、党性、文学性等方面的异同及其原因，可以有助于我们认识到战后中国文学流变的诸多内容。

其次是战后《中央日报》副刊中的复员大迁徙文学。

抗战爆发后，日本帝国主义的铁蹄迅速占领了我国的华北和东部的领土，直奔国民政府首都，国民政府做出了战略性转移的决定，随之而来的是一次中国历史上难得的人口大迁徙。抗日战争胜利以后，曾经西迁的人们用了接近一年的时间，才又陆续风尘仆仆地回到故乡，同样是两点一线之间的路程，但出川和入川带给人们的已经是截然不同的心境。抗战胜利，给文学创作者带来了无数的话题，绝大多数普通作者把目光转向了当下，复员时期的大事小事，是此时段他们最有感触的文学题材。《中央日报》副刊在重庆、南京两地出版的优势，使它可以把这段复员大迁徙中的“还乡热”展示得有始有终，一代人的心路历程也在《中央日报》副刊上，留下了清晰的轨迹。

第三个议题：南京《中央日报》副刊和国统区文艺走向考察。

过去我们常常用国统区文学和解放区文学来细化抗战时期文学的不同区域和性质，事实上，这并不符合抗战的历史事实，因为抗战时期根本就没有国统区和解放区的划分，这样的区分倒是很适合抗战胜利后的历史状态。南京《中央日报》副刊有助于我们理解战后文学尤其是国统区文学的走向，文艺政策和文学理念的变迁。例如战后《中央日报》文艺副刊短暂的宽松言说空间和党治文艺的关系考察，抗战时期文协团结局面的分化，《中央日报》文艺副刊栏目设置、编辑群体、作者群体的分化与变动等等。这段为期不长的《中央日报》副刊实际上传达了无比丰富的内容，甚至关系到我们如何理解后来的大陆文学、台湾文学、香港文学的差异和不同走向。

上编
《中央日报》副刊与“革命”文学

过去我们总是把文学革命到革命文学的历史转变与共产党人或左翼文化人联系起来，考察国民党机关报《中央日报》副刊，可以带给我们对文学革命到革命文学的全新论述。

大革命时期武汉的《中央副刊》是一个很好的切入点，1927年3月22日《中央日报》在武汉创刊，尽管其存续时间并不长，但对我们了解当时革命的复杂性以及之后革命走向却至关重要，由孙伏园主编的《中央副刊》有助于我们更好地理解革命文学、左翼文学的发生和发展，以及其丰富性和复杂性。

对1928年上海《中央日报》文艺副刊的考察，既是对革命文学谱系的历史还原和重新梳理，也是在民国历史语境中对中国文学“现代性”“摩登性”的重新探究。

第一章 武汉《中央副刊》与革命文学的历史检视

《中央日报》于1927年3月22日在汉口创刊到1927年9月15日停刊，共出167期。然而有意味的是，不仅国民党官方记载有意回避《中央日报》汉口时期，而将创刊时间定为1928年上海时期，研究者们也大多尤为回避这一时期，例如赵丽华在其《民国官营体制与话语空间——〈中央日报〉副刊研究（1928—1949）》中就提出：“鉴于国民党1927年派系斗争的复杂形势，以及尚未完成北伐，建立真正的中央政权……不将它视为与南京《中央日报》有直接继承关系的报纸。”① 但仔细梳理这一时期的《中央日报》不难发现，这时的《中央日报》不仅内容丰富多彩，而且与革命文学联系密切，尤其是其副刊《中央副刊》在主编孙伏园的影响下，呈现出一种清晰的革命姿态，成为飘扬在武汉上空的一面革命文学的旗帜。

第一节 被忽略的武汉《中央日报》及其副刊

1927年的汉口，是《中央日报》众多主办地当中的第一站，尽管其后的国民党官方历史或是共产党的有关记载当中，都对这一事实讳莫如深，而将1928年2月1日视作其开端。如由台北中央日报社在1988年出版的《六十年来的中央日报》纪念册中，一系列的回忆文章，把汉口做了“一致性的遗忘”。上官美博在《六十年大事记》中写道：“民国十六年三月，汉口曾有中

---

① 赵丽华：《民国官营体制与话语空间——〈中央日报〉副刊研究（1928——1949）》，北京：中国传媒大学出版社，2011年，第8页。

央日报之发刊，自三月二十二日起至九月十五日停刊，计共发行一百七十六号，因为当时武汉政治局势，甚为混淆，报纸亦无保存可供查考，故本报仍以十七年二月一日为正式创刊之期。”① 《中央日报丰盈的一甲子》中也提到：“本报于民国十七年二月一日，创刊于上海，十八年二月，迁移于首都南京。自此以后，皆在中央政府所在地出版，到今天已满六十周年。”② 但现有的可以查证到的文献资料中，确实出现了对于它在武汉创刊的有关叙述，参与者之一的胡耐安，在 1976 年题为《记汉口发行的〈中央日报〉》一文中回忆到：“此之所谈的《中央日报》，如果仿照朱家的‘紫阳纲目’例来写；可不应该冠之以‘僭’或‘伪’；才可免于有悖乎‘正统’的道统？然乎否耶？暂不苛论。转思：此一《中央日报》（在汉口出版的《中央日报》），确实是前乎其‘时’的为现代中央日报‘先河’之导；书僭书伪，又未免有激浊扬清的慊疚于心。何况，其时中央党部及国民政府早已经底定武汉，并且即将收复闽、赣、京、沪；我国革命军蒋总司令，当电在粤之国民政府主席谭延闿氏，‘速迁武汉’；业于十五年十二月分批成行。《中央日报》是在翌年（十六年）三月二十二日出版；正名定分，确实是在中央宣传部主持之下；似乎也不便加之以僭或伪，寻思、复寻思，姑且就现所发行之《中央日报》‘号数’划作‘鸿沟’：例如说，今年中华民国六十五年元月一日的《中央日报》，它的报楣下列有‘第一七三五〇号’；此一号数是未将汉口所发行的《中央日报》计算在内。因此，我当笑对在台北发行之《中央日报》的朋友们说：你们送有一份‘号外’的或‘史前’的《中央日报》那就是指那早年在汉口所发行的《中央日报》。”③

1927 年的武汉是作为国民党讨论迁都问题之后，以一种官方的政治新中心的姿态出现在广大中国人民的视野中的。

1926 年 10 月，国民革命军占领了武昌、汉口、汉阳三镇，北伐战争达到了高潮，武汉成为大革命的中心地。12 月，国民党中央党部及政府停止在广州办公，各机关工作人员分批前往武汉，“先遣部队”中，包括了宋庆龄及其他“左派”。为了欢迎他们的到来，武汉各界举办了大型的阅兵、游行和其他一系列庆祝活动，以此显示与大革命中心以及即将成为党国首府相匹配之身

① 上官美博：《六十年大事记》，胡有瑞主编：《六十年来的中央日报》，台北：中央日报社，1988 年，第 246 页。

② 《中央日报丰盈的一甲子》，胡有瑞主编：《六十年来的中央日报》，第 22 页。

③ 胡耐安：《谈汉口发行的中央日报》，《传记文学》第 29 卷第 1 期，1976 年。

份。12 月 13 日由已到达武汉的国民政府委员召开的紧急会议上，宋庆龄被委以重任，选举为“中国国民党中央执行委员及国民政府委员临时联席会议”五个委员之一，这个临时委员会承担了国民政府之职权，暂时成为国民党中央最高权力机关。宋庆龄第一次成为国民党领导的核心成员，其原因自然是为了保护革命的胜利果实，作为继承孙中山遗志的保障，以牵制蒋介石拥兵自重，蚕食革命，实行独裁统治的目的。此时，蒋介石虽仍旧担任总司令的职务，但这个临时政府确实收回了蒋介石手中的部分政治经济大权，使他的计划受阻。因此，蒋介石一反此前同意迁都的态度，不仅截留第二批经南昌赶赴武汉的中央委员，还通电全国，称“中央党部及国民政府暂住南昌”，引发了迁都之争。最终，这场争端以蒋介石的让步结束。在随后收回英租界的事件中，临时政府采取了积极且果断的政策，汉口和九江相继被收回。但此时，武汉这个新的首都，根基不深，依然面对着来着来自于蒋介石与各国列强的威胁，内忧加上外患，使国民政府中央的决定就显得十分仓促，在选择新政府主席人选方面，尤其缺乏考虑——汪精卫，在赶往武汉的途中匆匆就任，这一系列的事件都为混乱的 1927 年埋下了伏笔。

当时，新的中央政府认为，在革命胜利，国民党日益统一全国之际，还缺乏一张由国民党主办的全国性报纸，虽然此时武汉已有《民国日报》《革命军人报》《武汉民报》《国民日报》等大大小小官办或商办的报刊，但都不足以担此重任，于是就在此种历史背景与需求之下，1927 年 3 月 22 日《中央日报》创刊了。《中央日报》的“中央”二字是由当时的国民党中央宣传部秘书刘范所取，“主旨是由中央党部主办，正名定分，大义昭然。是切合体统的不容他借”①。虽然汉口当时有英国人主办的 CentralPost，但大家并不把它翻译为“中央报”，所以汉口《中央日报》的名称就如此确定了下来。

时任国民党中央宣部部长的顾孟余主持编辑该报，总编则是陈启修（陈豹隐），总经理由杨绵仲担任。每天出版五张，第一张是党政军电要闻，由陈莘农、周天根和胡耐安合编；第二张是国际新闻由宋焕达（聘珍）、杨文冕（秩彝）合编；第三张是国内及地方新闻，由龚张斧、莫运选（梅初）合编；第四张是武汉三镇新闻及社会新闻，由罗月侨主编；第五张副刊，由孙伏园主编，刘肖愚参与编辑。其他的参与者还有朱一鄂、田倬之、张采真和葛之茎等。② 武汉《中央日报》自发行之日起，到同年 9 月 15 日停刊，共发行了 167

① 胡耐安：《谈汉口发行的中央日报》，《传记文学》第 29 卷第 1 期，1976 年。

② 遯叟（胡震亨）：《记汉口出版的中央日报》，《报学》1966 年第 07 期。

号。同时发行的还有英文版，负责人是林语堂、沈雁冰、杨贤江。而《中央副刊》则是32开本，每周星期日出版星期特别号——《上游》，由沈雁冰主编，其他的参编人员有郭绍虞、梅思平、吴文祺、陈石孚、陶希圣、潘仲云、傅东华以及顾仲起等。自3月22日起发行到9月1日止，共发行159期。

虽说这份报纸建立的初衷是一份由国民党控制的“全国性”机关党报，但从《中央日报》的参编人员当中，我们不难看出，这份报纸所具有的明显的“左倾”性质。社长顾孟余是国民党方面的“左派”，并且“是在共产党联合的五人行动委员会成员之一”①。他早年加入了孙中山领导的同盟会，期待能够改变中国的面貌。后来又到北京大学任教，并且为《新青年》撰稿，其间还多次支持青年学生运动，受到当时国民党北方负责人李大钊的青睐，逐渐提升了在国民党党内的地位，并成为国民党北方地区的重要成员。尔后，随着频繁的政治活动，与汪精卫结识，后赴广州，二人关系日益密切，顾孟余在国民党内的地位得到进一步巩固。在国民政府迁都武汉之前，他连同汪精卫、甘乃光、何香凝等共同希望共产党能与国民党左派合作，在汪精卫就任武汉中央政府主席一事中，他是一直保持积极的赞成态度的，而反对与蒋介石的合作，认为蒋介石在人民中的声誉已经扫地，很难希望他能够“向左转”。

而主编陈启修（陈豹隐）则是我国早期的马克思主义者，他在政治、经济、文学等领域均有涉猎且造诣颇深，并且鲜有人知道，其实陈启修是我国第一个翻译《资本论》的作者。他早年留学日本，在那里受到马克思主义的影响，与李大钊是旧识，并且在留学日本期间共同创办了丙辰学社。1917年回国后，到北京大学任教，担任法科教授兼任政治门研究所主任，目睹了五四新文化运动的发生与发展，并与陈独秀、李大钊、周作人、胡适等一起投身到抨击封建主义思想的活动中。在此期间，他还多次出访欧洲，并且对苏联的十月革命研究颇具见解。在三一八惨案之后，北方的革命事业遭受了巨大的打击，陈启修同其他革命同志一起南下广州，在广州期间他担任了黄埔军校的政治讲师，并与毛泽东有了接触，一起探讨了中国的农民问题，组织开展了一系列农民运动，并且受毛泽东的邀请为农讲所担任教师。此外，还参与主编了《广州民国日报》，出版《鹃血》杂志，还与郭沫若一起组织了四川同盟会。从1917年到1926年，从北京到广州，是陈启修思想开始剧烈变化的九年，他从单一的资本主义思想开始迅速地接受并认同社会主义，作为国共第一次合作当中双重身份（国民党与共产党）的革命家与中国社会的思想政治变革共同成长着。

---

① 黄铭：《顾孟余的从政生涯》，《百年潮》2013年第07期。

到达武汉之后，陈启修担任了国民党中央政治会秘书长，并开始接手武汉《中央日报》的主编工作。

孙伏园一直以来这位被大家称作“副刊大王”的“伏老”，在进入汉口《中央日报》之前，长期在北京从事报纸副刊的编辑工作。因他与鲁迅是同乡，少年时在绍兴山会初级师范学堂读书时与鲁迅有过三个月的师生情谊，1917年在周作人的帮助下，孙伏园顺利北上，准备报考北京大学。到北京之后并未能如愿考取，申请在北大做了旁听生。也就是这一次转变，为他的人生打开了另一扇窗，使他的社会关系网络逐渐充实起来，北大开放自由的先进制度与思想理念，也使他深受洗礼。1920年8月，孙伏园加入了改组之后的新潮社，与康白情、俞平伯、顾颉刚、高君宇、周作人、郭绍虞、叶圣陶、冯友兰、朱自清等人成为新潮社的成员。有了北大《新潮杂志》的经验，五四运动之后，孙伏园就成为《国民公报》的兼职编辑，期间他向鲁迅约稿，鲁迅翻译的日本武者小路实笃的剧本《一个青年的梦》开始在《国民公报》连载，虽然期间被迫中断，但有了第一次编辑鲁迅文章的经验之后，为孙伏园以后的编辑工作打下了良好的基础。从北京大学毕业之后，孙伏园的副刊事业开始正式展开了。由于新文化运动的冲击，北京的思想文化氛围极其活跃，一直作为自由民主新思想的中心，孙伏园展现了他天才般的编辑才能，在1921年至1924年担任《晨报副镌》《京报副刊》主编期间，挖掘了大量有价值的文艺作品，也经他之手催生了许多伟大的传世之作，最为著名的就是鲁迅的《阿Q正传》。此时的北京汇聚了一大批文艺界的名流知识分子，“如果说，当时的一批新文化运动的斗士某种程度上尚处于散兵游勇的状态的话，那么，正是孙伏园及他编辑的副刊把他们联系起来，使之成为一支强有力的集团军，在新文化运动的前哨阵地，以猛烈的火力，进行卓有成效的批判和建构”①。梁启超、蔡元培、周氏兄弟、李大钊、胡适、钱玄同、冰心、徐志摩、王统照、许地山、徐钦文、丁文江等不同背景的作家纷纷被拉入了孙伏园的副刊阵营。

此外，其他的参编人员林语堂、郭绍虞等也都是从北京新文化运动起就一直活跃在前沿阵地的知识分子，从武汉《中央日报》的编辑阵营当中我们不难看出，基本上所有的参与者都经历了北京——广州——武汉这样的革命轨迹，他们的脚步是随着中国的革命中心的迁移而不断发展转移的，在达到武汉之前也都参加过大大小小各种革命运动，并且其本人还有着对中国革命现状及前途的各式各样深刻的见解，某种程度上《中央日报》就成为他们进一步实现自己

① 吕晓英：《孙伏园评传》，北京：中国社会科学出版社，2011年，第33页。

革命事业的新的阵地，承载着为新的革命激情与梦想。

第二节　激进昂扬的革命姿态与革命文学的倡导

汉口《中央日报》的创刊在一定程度上迅速打开了国民政府在武汉的工作局面，为大革命的进一步发展做出了有利的贡献。

当时的汉口国民政府的主要掌权者是国民党方面的“左派”，为了压制蒋介石，在策略上采取联共反蒋的政策，同时还依靠舆论的力量，扩大宣传，在民众中制造声势，扩大影响。加上当时国民政府初迁，政治局势较为混乱，言论环境相对宽松，所以前期的《中央副刊》所刊登的一系列文章都是按照编辑者本人的意愿自由发挥的，一登场，就出现了几件震惊众人的大事，这几件大事对其后的中国革命来说也都是有重大的历史意义的。虽然后来汉口《中央日报》的合法地位一直以来都不被各方予以承认，也因此逐渐淹没了这种意义的存在，但重新考察之后，我们不难发现它所展现出的激进昂扬的革命姿态。

《中央副刊》激进的革命姿态首先体现在鲁迅革命演讲的刊登。1927 年 2 月 17 日，鲁迅应香港《大光报》的邀请从广州出发前往香港做演讲，一同随行的还有许广平和叶少泉等。负责接待他们的则是后来著名的教育家、海港和海岸工程专家赵今声，他当时是内地赴港读书的大学生，因关注北伐战争的进展，写了几篇血气方刚的文章，登载在《大光报》上，被当时《大光报》的主编陈卓章所注意，后邀请他兼任了《大光报》的社外编辑，此番邀请鲁迅赴港演讲正是他从中洽谈的。

此处需要澄清的是，鲁迅赴港演讲确实是由赵今声通过在广州的河北同乡叶少泉与鲁迅联系并洽谈的，邀请的名义也是以香港《大光报》的名义，演讲所需的入场券也同样以《大光报》的名义印发的，而并不是许多资料中所记载的香港大学教师兼香港《中华民报》总编辑黄新彦以香港中华基督教青年会的名义所发出的邀请。如，刘随所撰写的《鲁迅赴香港演讲琐记》、香港《大公报》记者周惠斌所写《鲁迅三到香港：为何得罪洋人当局被疑鸦片贩》一文的记载均有纰漏。香港中华基督教青年会是 1901 年在香港注册的慈善团体，初期的地址设在德辅道中 27 号，是临时租用的场地。它与香港大学和《中华民报》都没有什么必然的联系，再者以基督教青年会的名义向鲁迅本人发出邀请显然是不合道理的，既然黄新彦本人是香港大学的教师，以及《中华民报》

的编辑，又为什么不以港大或《中华民报》的名义向鲁迅发出邀请呢？香港中华基督教青年会只是赵今声为鲁迅发表演讲临时借用的场所，具体是在教会的四楼“影画场”，但并不是向鲁迅发出邀请的团体，同样黄新彦也并不是这次演讲的接待与安排者，这两点在赵今声所写文章《八十八岁自述》中可以找到相关的印证。“省港大罢工之后，香港政府加强统治，政治空气沉闷。为唤起香港人民革命热情，1927 年春，我以《大光报》名义，邀请在中山大学讲学的鲁迅先生从广州到香港。2 月 18 日下午，鲁迅到港。当晚，我在基督教青年会食堂设宴，招待鲁迅夫妇及陪同人员叶少泉。我准备了黄酒，鲁迅先生兴致很浓，喝了好几杯。”① 并且，鲁迅一行人的食宿费用都是赵今声个人自掏腰包，《大光报》也只是做了名义上的邀请，当然与香港中华基督教青年会就更加没有关系。

于是 2 月 18 日至 19 日，鲁迅连续两日在香港中华基督教青年总部四楼发表了两场演讲，分别是《无声之中国》和《老调子已经唱完》。

然而，演讲一开始在香港进行得并不顺利，遭到了洋人的公然阻挠，他们抢夺听众们的入场券，迫使演讲一度中断。但这并不能阻止大家的热情，演讲当日，各界人士及青年学生冒雨从四面八方赶来，500 多人的会场座无虚席。演讲由许广平做“同声翻译”，因为鲁迅不会讲粤语，每讲一段则由许广平用粤语再讲一遍。演讲发表之后，在香港社会引起了不小的轰动，这使港英当局十分恐慌，勒令演讲的内容不能在香港公开发表。经过多方交涉之后，香港的《大光报》和《华侨日报》刊发了无声之中国，但《老调子已经唱完》一文因香港的新闻审查制度遭禁，并未发表②。

随后这两篇讲稿被鲁迅寄给了在武汉主编《中央日报》副刊的孙伏园，在《中央日报》副刊出版的第二天，即 1927 年 3 月 22 日《无声的中国》③ 发表在《中央副刊》第二号上，同年 5 月 11 日《老调子已经唱完》发表在《中央副刊》第四十八号上。但这两篇稿件均是已经删改过的稿件，《孙伏园评传》当中，作者说到的“这两篇稿件”“得以在武汉出版的报刊上完整地保存下

① 赵今声：《八十八岁回忆》，刘蜀永主编：《一枝一叶总关情》，香港：香港大学出版社，1993 年，第 72 页。

② 据赵今声回忆《老调子已经唱完》在演讲后发表在了《大光报》上，但目前无法找到相关资料证明该篇文章在《大光报》上发表的确切日期，有关是否遭删禁一事参见张钊贻、李桃《鲁迅在香港讲演遭删禁新探》（上）中的相关论述。

③ 《无声的中国》是武汉《中央日报》副刊刊发时所改的题目，原题为《无声之中国》。

来，并流传至今”的说法则并不准确，并且《老调子已经唱完》的发表日期是当年的5月11日，而《孙伏园评传》一书与《汉口〈中央日报〉副刊发表鲁迅在香港的讲话》一文当中，都把日期错误地写为4月11日。

这两篇文章在《中央日报》副刊上的发表确实从一个侧面说明了孙伏园本人的革命思想是极其超前的，并且武汉《中央日报》这样一份国民党的机关党报是如何地大胆。可见，他们并不是想仅仅简单地办一份普通的传达政策的报纸，而是要与革命与当下的情势紧密相连。孙伏园有了与鲁迅先前在北京的合作之后，此次约稿更是顺理成章。

在《无声的中国》里，鲁迅说道：“文明人和野蛮人的分别，其一，是文明人有文字，能够把他们的思想，感情，藉此传给大众，传给将来。中国虽然有文字，现在却已经和大家不相干，用的是难懂的古文，讲的是陈旧的古意思，所有的声音，都是过去的，都就是只等于零的。所以，大家不能互相了解，正像一大盘散沙。”① “野蛮”“陈旧”“过去的”“零”这些词语一针见血地指出了当时中国的社会现实状况，革命并没有唤起人们尤其是青年人锐意进取，奋发图强的雄心壮志，相反，大家还是沉浸于过去旧社会的枷锁中，连话都不敢讲，更何况是真话，一片死寂的社会磨灭了人们的理想，也让青年人变得麻木。所以他热切地希望并号召大家不要“总喜欢调和，折中的”，“要说现代的，自己的话”，“讲自己的思想，感情直白地说出来”。青年们要“将中国变成一个有声的中国。大胆地说话，勇敢地进行，忘掉了一切利害，推开了古人，将自己的真心的话发表出来。”因为“只有真的声音，才能感动中国的人和世界的人；必须有了真的声音，才能和世界的人同在世界上”②。

而在《老调子已经唱完》当中，鲁迅更直指中国固守的传统文化与日益僵化的思想认识，总是长一些所谓的“老调子”，一点新意也没有，落后的文化致使我们的民族国家更为落后，更为腐败，中国人信奉的文化是“主子的文化”，“倘照这样下去，中国的前途怎样呢？”若是要保存这种文化，那么中国人只有被一直奴役下去的命运。那么，要改变这种情况，“唯一的方法，首先是抛弃了老调子”③。

不得不说这两篇演讲的发表，在刚刚成立国民新政府的武汉是多么令人欢

---

① 鲁迅：《无声的中国》，《鲁迅全集》第4卷，北京：人民文学出版社，2005年，第12页。

② 同上，第15页。

③ 鲁迅：《老调子已经唱完》，《鲁迅全集》第7卷，第325页。

欣鼓舞，尤其是当时的武汉文化与文学界，还极度缺乏有较大影响力的声音，来号召大家认清中国的社会实情，认清民众所身处的世界，认清中国革命未来发展的走向，以及在这个过程中，民众应当承担什么样的角色，肩负什么样的任务，并做出怎样的选择。这两篇文章在武汉《中央副刊》上的发表，就犹如一剂强心针，为当时的武汉，尤其是为武汉的青年们带来了久违的鼓舞。鲁迅振聋发聩的呼喊，让大家意识到了一种责任，与其盼望与等待，不如从自我开始做出改变。孙伏园在《鲁迅先生脱离广东中大》一文中则呼吁“希望鲁迅先生来武汉”他说：“武汉青年是希望鲁迅先生来到，萍霞女士的意见可以代表大部分的武汉青年。鲁迅先生之所以被青年认为思想的领袖，并不是他高标一个什么的旗帜，要青年都跟着他跑。他只是消极的，叫青年固然不要跟着他，但也不要跟着一切有形无形的旧势力，只要他们跟着自己，听自己的指挥。”“武汉的青年大都是革命的，但武汉的旧势力也就不小，我们希望鲁迅先生快快脱离广东，快快到武汉来做铲除旧势力的工作。”① 而在随后 5 月 20 日出版的第 57 号《中央副刊》上，一篇题为《希望鲁迅先生》的文章就针对鲁迅的两篇演讲而谈到了武汉当时的文艺现状，“武汉这一块文艺的园地，真是贫瘠到了极度了！”② 作者迫切地希望当前的文艺能够为革命事业服务，能够成为推动武汉革命事业发展的动力，那种迫切地革命愿望无不带有当时青年的热血情怀，甚至盼望着能把武汉建设成为“新的文艺中心”。而鲁迅先生的演讲就成为武汉青年心目中的灯塔，在武汉这个贫瘠的文艺园地里，是如此的难得。“鲁迅先生是时常站在中国文艺界之曙光期里，是时时刻刻跑入了鱼白的东方，无形之中给了我们以前方道路的预示。”③ 可见，武汉的青年对于鲁迅的演讲所感到的是极大的欢欣与鼓舞，认为它不仅给武汉的文艺，甚至是对武汉的革命都有着至关重要的影响。

《中央副刊》最革命和激进的体现莫过于 1927 年 3 月 28 日毛泽东的《湖南农民运动考察报告》的发表。两万多字的报告是时任全国农民协会主席的毛泽东经过为期一个月的调查走访所撰写而成的。在 32 天的时间里，他走访了湘乡、湘潭、衡山、醴陵、长沙五县，步行 700 多公里，实地考察了那里的农民运动开展情况。毛泽东首次以书面的形式，将中国广大农民所面临的问题系统地进行了分析，首先是指出了农民问题的严重性，认为必须将农民组织起来

① 孙伏园：《鲁迅先生脱离广东中大》，《中央副刊》1927 年 5 月 11 日。

② 大朱：《希望鲁迅先生》，《中央副刊》1927 年 5 月 20 日。

③ 同上。

打到一切土豪劣绅，并且阐释了农民运动中所谓的“糟得很”的问题，认为不仅不糟糕，反而“好得很”。报告中共记录了农村生活的十四件大事，并且在总结农村农民运动工作的基础上，指出，要解决当前的问题，首先必须“第一，热情支持农民运动，充分估计了农民在中国革命中的伟大作用。”“第二，指出建立农民政权和农民武装的重要性。毛泽东认为，农村革命是农民阶级推翻地主阶级权力的革命，是农民的民主势力推翻封建势力的革命。”“第三，精辟地分析了农民的各阶层，指出贫农是农村中最革命的力量。”①

当然《湖南农民运动考察》报告能够在《中央副刊》上得以发表，也是颇有渊源的。前文已经提到《中央日报》的主编陈启修在广州时就与毛泽东是旧识，并且应毛泽东的邀请，还担任了广州第六届农民运动讲习所的教员，陈启修本人对中国的农民问题也是颇有建树，因此《湖南农民运动考察报告》这样一份共产党的报告能够在国民党官方主办的机关报上刊登，陈启修作为总编是认可的，当然，陈启修本人也是共产党党员与国民党党员的双重身份，这更有利于出版工作的开展。

孙伏园也因为敢于刊登了这样一份报告在《中央副刊》上，而显露了自己在政治形势上的敏锐触觉，如果先前刊登鲁迅的演讲只能说明他作为编辑的组稿才能或是他与鲁迅之间良好的作者—编辑关系的话，那么从毛泽东的报告始，我们再也不能把他看作是一个简单的副刊编辑了。他总是能够对现实的情况有超前的分析与认识，在北京主编《京报副镌》时，就曾经因为邵飘萍事件受到了军阀的通缉，而此时在新的国民政府成立不久，不怕惹祸上身，执意刊登毛泽东的报告，可见他本人何其激进的革命态度。他的满腔热血，不畏艰难险阻的勇气也成为他一以贯之的办刊理念。华静在《怀念敬爱的父亲》一文中写道：“1927 年 3 月，父亲在主编武汉国民政府的《中央日报》副刊期间，在该报上全文发表了毛泽东同志的《湖南农民运动考察报告》。对此，共产党和国民党内都产生了褒贬不一的言论，父亲也因此受到一些责难。一次，在武汉的江轮上，父亲与国民党著名进步人士邓演达不期而遇。邓演达对父亲说，听说你因为发表毛泽东的《湖南农民运动考察报告》惹来了麻烦，不要怕，依我看你做得对。这使父亲受到很大的鼓舞。”②

要知道，起初毛泽东的报告发表一事并不顺利，就是在共产党的机关刊物

---

① 徐忠友：《湖南农民运动考察报告》，《文史天地》2013 年第 10 期。

② 华静：《怀念敬爱的父亲》，绍兴县文史资料工作委员会、绍兴鲁迅纪念馆编：《绍兴文史资料选辑第十三辑 · 孙伏园怀思录》，1994 年，第 40—41 页。

《向导》上该篇文章也没有得到完整的刊登。《向导》杂志在第191期只刊登出了报告的一部分，后续的部分便因为当时陈独秀与毛泽东的政治意见相左，而被时任共产党中央宣传部部长的彭述之叫停了。

“瞿秋白1927年3月来到了武汉。当时陈独秀、彭述之仍留在上海，瞿秋白、张国焘和谭平山在武汉组成了中共中央临时委员会，瞿秋白兼管宣传部的工作。虽然他和毛泽东在中共三大时见过几次面，读了毛泽东的报告，对他的观点表示由衷的钦佩和赞赏，并为其报告被停发而感到愤慨。于是，瞿秋白亲自找到彭述之要求继续刊登，结果遭到彭的拒绝。他指着毛泽东的文章愤愤地说：‘这样的文章都不敢登，还革什么命？’”① 这才有了随后，由瞿秋白作序的《湖南农民运动考察报告》的单行本的发行。

在毛泽东对湖南农村进行走访以及撰写报告期间，正值各地农民运动轰轰烈烈展开之际。北伐前后，各地相继建立了许多农民组织，在广州成立了农民运动委员会，广州农民运动的逐渐高涨，更带动了全国农民运动的相继发展，尤其是在湘鄂地区，以及广西、江西、河南等地，农民组织的势力更是发展迅猛，尤其是北伐军所到之处，各种打倒土豪劣绅的活动如火如荼。但农民运动的出现一开始还没有引起大家的足够重视，毛泽东报告刊登之后，引发了大家关于农民问题讨论的热潮，讨论的热点集中在土地、农村中的阶级以及农民生活等问题上。《中央副刊》随后刊登了一系列关于农民农村话题的文章，如：从4月29日起三次连载的方绍园的《怎样解决农民生活问题》，5月7日孟庆暄的《平均地权之后》，5月12日孟庆暄的《佃户多于雇农的原因》，5月14日尚炜《到农村中去》，等等。这些文章从中国的具体国情出发，集中讨论了当前农村生活中所面临的各种各样的问题，分析了中国的农民为什么处在困苦之中，忍受贫穷与落后的原因，还提出了一些富有建设性的意见来改变这种状况，如发扬互助精神、适应时代、以更为科学的方法去对待农民等等。此外，还介绍了国外革命之后的农村情况，提供了一些可供借鉴的经验，5月8日陈石孚翻译了Ivan Theodorovitch所写的《十月革命后的俄国农民》，文章提出了一个具有现实意义的问题——“俄国农夫从十月革命中得着一些什么？”指出农民经过革命之后，光有土地是远远不够的。如果“仅仅把土地交给农民，把农民应付俄皇，大地主，和资本家的地租和谷米之类取消，这不过是俄国革命的一部分。列宁曾经说过：‘土地是不能吃的。没有钱，没有资本，农民便无

① 杨成敏：《湖南农民运动考察报告首次公开“内幕”》，《党史信息报》2002年1月2日。

法购买农具，牛羊，和种子。'"① 还必须和一切劳动阶级联合起来，才能将土地、生产工具和市场组织起来，彻底改善农民的生产生活状况。可见，当时《中央副刊》上对于毛泽东的报告讨论十分热烈。

第三节 《中央日报》与女兵作家谢冰莹的“走红”

提起女作家谢冰莹，我们大都会想到她的《从军日记》，然而这本书最初与读者见面，却是在孙伏园主编的汉口《中央副刊》上。1927 年 5 月 24 日，谢冰莹这个名字第一次在《中央日报》上出现，她的《从军日记》开始在《中央副刊》上登载②。至 6 月 22 日，《中央副刊》共刊登了谢冰莹的七篇日记。

表 1－1 1927 年谢冰莹《从军日记》在《中央副刊》上连载的情况

时 间	期 数	篇 目
5 月 24 日	第 61 号	《行军日记》
5 月 25 日	第 62 号	《一个可喜而又好笑的故事》
6 月 1 日	第 69 号	《行军日记三节》
6 月 6 日	第 73 号	《寄自嘉鱼》
6 月 21 日	第 87 号	《说不尽的话留待下次再写》
6 月 22 日	第 88 号	《从峰口到新堤》

这七篇日记对于谢冰莹本人来说是具有十分重要的意义的，它奠定了谢冰莹在中国文坛，乃至世界文坛的地位，也使这位女兵，开始成为“中国第一位女兵作家”③。

谢冰莹从小接受了私塾教育，并随父亲读四书五经，中学时就展露了她的文学才华，曾经以“闲事”的笔名，在长沙《大公报》上发表了《刹那的印

---

① Ivan Theodorovitch：《十月革命后的俄国农民》，陈石孚译，《上游》1927 年 5 月 8 日。

② 在查阅资料时笔者发现《孙伏园评传》等资料中将谢冰莹《从军日记》在《中央副刊》上连载的时间错误地写为 1927 年 5 月 14 日。

③ 古继堂：《中国第一位女兵作家》，《新文学史料》2000 年 04 期。

象》。后来，因不满意母亲的包办婚姻，而奋起反抗封建礼教，才有了到武汉参军的经历，也开启了她人生新的征程。1926 年 12 月 16 日，经过多方辗转，谢冰莹来到武汉，参加了中央军事政治学校第六期女生培训部的训练。在那里她看到了许多同她一样走出封建家庭牢笼的女性，她们虽然接受着严格而又辛苦的军事训练，但一想到新生活的到来，便不觉得痛苦了，这些都给了谢冰莹莫大的鼓舞。

1927 年的北伐战争，成了她创作的源泉。1927 年 5 月 17 日，夏斗寅在宜昌发动兵变，公开反对武汉国民政府，决意出兵攻打武汉，此时，叶挺率独立团出征，谢冰莹所在的女兵营也随队奔赴前线。在行军打仗的间隙，谢冰莹把自己的所见所闻、所想所感记录下来，用并不成熟的语言表现了在战争那个特殊的时代中，中国传统的女性是经历了怎样痛苦的挣扎与反抗，走出了封建家庭，摆脱了束缚，拿起手中的武器，与男人一样，不分性别地站在战场上保家卫国。一种强烈的使命感，促使她把行军中的事情记录下来，“我的话匣已经打开了，已经到了不可收拾的地步了”①。“那时草地是我的凳子，膝盖是我的棹台，也有时蜷坐在一堆堆的草里，借着老百姓们的如豆大采油灯光在更深人静的夜里写着。（这多半是被蚊子和臭虫咬得实在不能入睡的时候才爬起来）至于在行军休息的二十分钟内更是我写东西的好机会了”②“无论是多少日子，我总要继续写下去，写下去留作我生命史中最光荣的一页。”③ 谢冰莹本打算从参军的第一天开始写起，以日记的形式来记录她的行军生活，但前线的实际情况与行军的急促远比她想象的更要紧张，后来，她开始改为给孙伏园写信，“我因为有了遗失包袱的经验，害怕写的日记再丢了，所以就陆续地寄给孙先生，请他代我保存；不料，他居然把每一篇都发表出来，不但使我有受宠若惊的感觉；而且我战战兢兢地，后来竟不敢多和他通信了”④。正是有了《中央副刊》，才有了后来的女作家谢冰莹。

当然，这与《中央副刊》主编孙伏园的关系同样密切。在谢冰莹后来的回忆当中记载了她与孙伏园初次见面的情景，那是在“民国十六年的夏天”⑤，在两位文学爱好者冰川和小海的带领下，谢冰莹见到了孙伏园与林语堂两位文

---

① 谢冰莹：《从军日记》，上海：光明书局，1933 年，第 60 页。

② 同上，第 61 页。

③ 同上。

④ 谢冰莹：《谢冰莹文集》（上），合肥：安徽文艺出版社，1999 年，第 287 页。

⑤ 谢冰莹：《谢冰莹文集》（中），第 190 页。

坛的前辈。“那天他也许很忙，同时还有别的客人在座，他没有买糖招待我，回来我写了一封信向他发牢骚，他立刻回信给我；而且允许将来修一条糖马路，由武昌的汉阳门起，到汉口的一号码头止。由此也可以想见伏老是一位如何有趣的人物。”① 就是这一次有趣的会面，成了谢冰莹走上文坛的契机，她也一再强调，如果不是孙伏园，无论如何是没有勇气把自己的文章拿来发表的，也就不会走上从事文学创作的道路，更不会有后来的自己。

这些日记在《中央副刊》上陆续发表之后，引起了强烈的反响，又由林语堂翻译成英文，在英文版的《中央日报》上刊登。如此一来，谢冰莹的名字和她的作品开始成为大家热议的话题，大家都在纷纷猜测这几篇日记的作者谢冰莹究竟是谁，大家的关注来自于两个方面，一是，女兵谢冰莹是不是确有其人，二是她的身份究竟是不是女兵？林语堂在给《从军日记》做的序中就提到大家当时都讨论过“冰莹是谁的问题”，“说也奇怪，连某主席也要向副刊记者询问到冰莹的真性别”②。就连当时的沈雁冰，都在文章中表达了想要见一见这位“冰莹”的强烈愿望，他在《云少爷与草帽》一文中说道：“然而总还忘不了三天前你们在宴月楼中喝酒时你们谈起的冰莹——这个曾未一面的冰莹，这个轰动一时的‘冰莹的世界’里的主人冰莹。”“我之不忘冰莹，唯一的原因就是没有见过这个人；在读过了她的许多文章，听你们讲过了她的种种以后，思想一见其人，自是，情之常”③。可见当时，“谢冰莹”的名字已经成为大家议论的焦点，但由“女兵”和“女兵的日记”所引发的讨论还不仅仅于此，不久，在林语堂与孙伏园的推荐下，《从军日记》单行本由春潮书店出版，而英文版 *Letters of Chinese Amazon* 则由商务印书馆出版发行，随后又由中国留法学生汪德耀翻译成法文，经罗曼·罗兰介绍到了法国，并对谢冰莹的作品给予了高度评价。

那么为什么她本人以及她的作品会引起如此的“轰动”效应呢？换言之，孙伏园为何会选择谢冰莹的文章呢？事实上，孙伏园早在北京主编《京报副刊》和《晨报副镌》以及《语丝》时，就因其出色的编辑才能组建了一支文人汇聚的副刊作家群，对时事敏锐的触觉和优秀作品的发现力是他的一贯特点，他所要实现的编辑副刊的愿望，便是以能够启迪青年人的智慧，唤醒青年人的觉悟为己任，而大胆地发掘和培养文坛新人，更成为孙伏园不遗余力的事

---

① 谢冰莹：《谢冰莹文集》（中），第 191 页。

② 林语堂：《冰莹从军记序》，《谢冰莹文集》（上），第 257 页。

③ 玄珠（茅盾）：《云少爷与草帽》，《中央副刊》1927 年 7 月 29 日。

业。在到达武汉担任《中央副刊》的主编后，孙伏园更公开表示要把武汉《中央副刊》做成“一百种杂志的替代品”①，摒除封建的落后的思想，以及陈旧的迂腐的办报理念，力求创办一份带有时代气息的新的副刊，要能够与时俱进，指点江山，充分反映社会现实，做有专业的，趣味的，理性的，新式的，学术性的报纸副刊。并且强调，除了刊登文学大家的作品之外，热烈欢迎新作家的投稿。

那么毫无疑问，谢冰莹的文字，自然就成了孙伏园眼中不可错过的优秀作品。

首先，它符合大的政治历史背景，与正在发生的北伐战争联系紧密，很好地反映了当时的战争情况，不仅带给后方的群众最新的前线消息，并且描写了沿途的见闻以及所到之处的风土人情。一连七篇日记其中记录了百姓的饥饿与窘迫、农民与土豪劣绅的斗争、在战争中受伤的战士、车水姑娘与婆婆的“三寸金莲”、小湖巷中捕鱼的渔民、甚至是新堤城中的妓女和澡堂，这些故事与战场上硝烟弥漫、炮火连天的场面迥异，作者在看似游记一般的描写中，勾勒出了战场的另一面，写出了在战争中生活的人们的种种，一种触手可及的画面感扑面而来，并且在这样的叙述中，融入了自己真实的看法与感受，就使得这些作品又不同于一般的新闻报道，而是站在一种全新的视角上，把本来异常紧张的行军打仗转换成了朴实庸常的自我表达，让读者有一种切身的体验。清新自然的笔触、简单白描的手法与平实的叙述语调，更增加了可读性。这种既不像日记又不像报道的文字，恰恰是它的独特之处，像是一位女兵用新奇的目光打量着眼前的世界，在走走停停之中将她看见的人和事用文字涂鸦展现在大家的面前。

其次，谢冰莹的创作填补了中国历史上没有“随军记者”的空白，她的“日记”某种程度上成了战地随军报道，一新读者的耳目。在谢冰莹之前，部队的行军作战中很少有随军记者来记录战争发生的事情，谢冰莹在自己的文章中也表达了这种困惑，“一直到现在，我还不了解当时的谜：为什么没有战地记者？对于前线的生活和当时的民众，那种如火如荼的革命热情，很少有报道的，除了我短短的十几篇文字而外，很难找到当时的材料，这究竟是怎么一回事呢？”② 可以说，从谢冰莹的文章开始，大家才意识到了战地随军报道的重要性，这种从未被大家注意到的文体开始走入公众的视线，“战地记者”的角

① 孙伏园：《〈中央副刊〉的使命》，《中央副刊》1927年3月22日。

② 谢冰莹：《谢冰莹文集》（上），第287页。

色渐渐被人们重视起来。这种及时性的文字有助于读者更好地了解前方的情况，符合当时的阅读需求，这也是为什么谢冰莹的文章能够受到如此广泛关注的原因之一。

最后，当然也是最重要的一点就是谢冰莹的女性身份，给她的文字增添了一种神秘的色彩。“我想女兵在中国的历史上，尤其是在革命的历史上，一定能占一个很大的位置。”① 谢冰莹本人的想法通过她的作品以及成名得到了很好的印证。《从军日记》发表的一段时间之内，所有的焦点都聚集在了“女兵”的身份上，就连当时把谢冰莹的作品翻译成法文的汪德耀都说道，他的目的就是要让世界看一看中国的女性是何等的勇敢，一扫之前对于中国女性小脚缠足，困于家中锅台炉灶，三从四德，目不识丁的落后认识，向世界展示中国女性是怎样通过争取自身的自由来实现理想与追求的。可以说，在当时的中国甚至是世界上的任何一个国家，女兵是一种稀有的存在，能够走上战场与男性一同并肩作战本身就已经是一件十分了不起的事情了，而“我们的冰莹”不仅做到了前者，并且还在极为简陋的情况下，伏膝成文，字里行间还流露出一种女性铮铮的骨气，那种坚定、刚毅、果敢和倔强感染着每一位读者，更重要的是她展现了中国女性从封建家庭出走到投身革命的身心巨变，于无形中重塑了在革命中获得新生的女性形象。

诚如林语堂先生所说，“我们读这些文章时，只看见一位年轻女子，身穿军装，足着草鞋，在晨光曦微的沙场上，拿一枝自来水笔靠着膝上振笔直书，不暇改窜，戎马倥偬，束装待发的情景”“一位蓬头垢面的女兵，手不停笔，风发韵流地写叙她的感触。这种少不更事，气概轩昂，抱着一手改造宇宙决心的女子所写的，自然也值得一读。”“一位武装的冰莹，看来不成闺淑，……”② 写出了属于她的时代，也成为从《中央日报》副刊走出的第一位女兵作家。

总体来说，在孙伏园主编的武汉《中央副刊》上，呈现出一派革命的气息，除了发表鲁迅的演讲、毛泽东的《湖南农民运动考察报告》、谢冰莹的《从军日记》之外，《中央副刊》还刊登了郭沫若的《脱离蒋介石以后》、沈阳光《请愿中央急速命令讨蒋》、徐昌颐《一个新的战役》、杜洛斯基《无产阶级的文化与艺术》、泰谷尔《对于英帝国主义侵略中国的抗议》、游鸿若《英俄绝交与中国革命民众》、小鹿《革命女郎之就刑》、王子言《日本帝国主义出兵山东与日本无产阶级最近活动》、李翰周《反对日本出兵华北》、金孚光

---

① 谢冰莹：《说不尽的话留待下次再写》，《中央副刊》1927 年 6 月 21 日。

② 林语堂：《冰莹〈从军日记〉序》，谢冰莹：《谢冰莹文集》（上），第 257 页。

《我们为什么要讨蒋》，以及荷笠与胡仁哲的关于女性爱情与婚姻的“问答”等一系列“左倾”思想浓厚的文章，这些文章或对时事加以议论，或对革命前途加以憧憬，抑或是对前卫的思想问题如女性革命与解放问题进行辩论，使《中央副刊》整体呈现出一种思想活跃、气氛空前热烈的情景，在它的周围，迅速聚集了一批创作者，如郭绍虞、陆晶清、陈石孚、傅东华、梅思平、顾仲起等。这虽不能满足孙伏园所提倡的办“一百种报刊的替代品”的愿望，但却是在有限的话语权利内将自由言说的想法发挥到了极致，也使这一份国民党中央机关党报打上了“左倾”的烙印，同时对当时的革命文学的发展起到了不容忽视的推动作用，走出了诸如沈雁冰、谢冰莹、小鹿（陆晶清）、符号等一批优秀的青年革命作家。

第二章　武汉《中央日报》副刊与革命文学历史谱系的重构

武汉《中央日报》革命的姿态，对于我们重新辨析革命文学的历史谱系同样具有启发意义。长期以来，研究者们总是将共产党人或左翼文化人的推动，作为理解文学革命到革命文学的历史转变的前提。事实上，考察国民党机关报《中央日报》副刊，我们可以发现从文学革命到革命文学的转发，其复杂性与丰富性远远超出了我们想象。大时代中革命者心态的曲折复杂，人们对大革命失败成功的不同看法，作者们在大革命时代的艰难的政治选择，都使得从革命文学到文学革命的转换显得复杂隐晦、歧义丛生。要真正理清这些概念的边界，窥探其遮蔽、遗漏之处，重回历史语境无疑是我们最好的选择。而大革命时期武汉的《中央副刊》则为我们探知革命文学、左翼文学内涵走向提供了一个很好的切入点，它不仅记录了时代中作家们的复杂心态，也较为真实地呈现出了当时文学的原始面貌。因此，可以说，《中央副刊》是我们重构革命文学谱系不可或缺的一环，藉此，我们才能更好地实现对革命文学与左翼文学的历史检视，也会带给我们对这一老命题全新理解。

第一节　国民大革命与革命文学的历史审视

革命文学、左翼文学是研究界的老话题，却屡屡被视为“一个学术的生长点”[①]。新世纪以来，随着革命文学、左翼文学研究的不断深入，不少学者开

---

① 王富仁:《有关左翼文学研究的几点思考》,《东岳论丛》2006 年第 5 期。

始注意到了这些概念自身的含混，边界的不清晰不确定。洪子诚提出：“进入‘当代’之后，左翼文学或革命文学，成为惟一的合法存在的文学。这就必须先讨论中国的‘革命文学’或‘左翼文学’这样的概念，究竟指的是什么。这个问题看起来好像是不言自明的，事实上要讲清楚，并不是十分容易。……通常，我们在使用‘左翼文学’、‘革命文学’这些概念时，有时内涵并不很清晰，指涉的对象、范围也不总是很清楚。”① 颇有意味的是，洪子诚的这一追问是从当代文学研究的视角来提出，即提醒研究者需要正视“左翼文学”“革命文学”等概念在现代文学和当代文学研究领域的差异。与此同时，引领新世纪以来左翼文学研究热的王富仁也提出了这个问题，“第一个问题关于主流意识形态和左翼文学的问题”，在他看来，我们不能用1949年之后所谓主流意识形态去理解30年代的左翼文学。②

在洪子诚和王富仁的追问提出之后，注意辨析1949年前后“革命文学”“左翼文学”的不同内涵，并回到历史语境对“革命文学”“左翼文学”及其相关概念进行重新考察和界定，这成为左翼文学研究领域的一个新气象。程凯明确提出：“就历史研究而言，‘革命文学’、‘左翼文学’、‘社会主义文艺’等概念应有各自的历史规定性。我倾向于将20世纪20年代以鼓动革命为目的的文学言论称为‘革命文学’，将三四十年代以对抗资产阶级政权、宣扬无产阶级革命或其他革命理念为特征的文学实践称为‘左翼文学’，尤以‘左联’为其代表。”③

“左联”和“左翼文学”的复杂关系自然引起不少学者的关注。早在2000年西南师范大学召开的中国现代文学研究会第八届理事会上，“左联和左翼文学”议题是大会的一个重点，不少学者如钱理群等人就提出，“左联与左翼文学这两个概念应该有所区分。有的左联成员的作品不带左翼色彩，有的非左联成员的作品却是左翼文学”④。葛飞也提出了这样的质疑，并追问何谓左翼、何处是它的边界：“1930年代的‘左翼文艺运动’、‘左翼思潮’、‘左翼文化人’是学界习用的概念，这些仿佛是不证自明的名称，一旦具体化就成了问题：哪些人可以称得上是左翼文化人，哪些作品是左翼作品，哪些文化组织可

---

① 洪子诚：《问题与方法——中国当代文学史研究讲稿》，北京：三联书店，2002年，第259页。

② 王富仁：《关于左翼文学的几个问题》，《中国现代文学研究丛刊》2002年第1期。

③ 程凯：《寻找“革命文学、左翼文学”的历史规定性》，《郑州大学学报》2006年第1期。

④ 秦弓：《左翼文学的历史地位》，《光明日报》2000年7月20日。

谓左翼组织？左联、剧联盟员‘当然’是左翼文化人，但是，左翼文化人却不止于盟员。——萧红、萧军等人虽然没有加入左联，一般仍被视为‘左翼的’。如果说马克思主义者皆可称作左翼，那么，我们如何处理胡秋原和被视为‘第三种人’的杜衡？他们在30年代也承认文学有阶级性，却拒不接受党/左联的领导，或许可以称之为非主流的左翼文化人？”[①] 曹清华在《何为左翼，如何传统——“左翼文学”的所指》一文中，“试图把‘左翼文学’一词放回到1930—1936年的文学历史中，具体地分析与‘左翼’相关联的文学活动和写作实践，梳理‘左翼文学’的多重所指”，并分析了“‘左联’对‘左翼’的规训”。[②]

很显然，这些回到历史语境中对左翼文学、革命文学的重新考察和界定，为左翼文学研究、革命文学研究打开了新的天地，尤其是对左翼文学和左联机构、左翼作家和党团身份的辨析，是左翼文学研究走向深入的标志。但是左翼文学和革命文学究竟是怎么样的关系？我们究竟要重返怎样的历史语境？除了程凯[③]之外，大多数研究者也只是把左翼文学放置在左联成立到解散这一时段之内，即在1930—1936年的文学历史中考察左翼文学的丰富和多重所指，而把左联成立之前的1928开始的革命文学视为左翼文学的准备期。“左联”成立就成了一个分水岭，之前为革命文学，之后为左翼文学，或者说之后革命文学和左翼文学就合二为一。“左翼文学开始称为‘革命文学’，只是到了左联成立前后，才有‘左翼文学’的称谓。从本质上来说，左翼文学就是革命文学，就是‘无产阶级革命文学’、‘社会主义文学’，是‘普罗塔纳尼亚（proletariat）文学（简称普罗文学），它是与布尔乔亚（bourgeois）文学（资产阶级或

① 葛飞：《何谓左翼？何处是它的边界？》，《郑州大学学报》2006年第1期。

② 曹清华：《何为左翼，如何传统——“左翼文学”的所指》，《学术月刊》2008年第1期。

③ 迄今为止，完整而又细致地把革命文学的谱系考察和左翼文学的发生推进到国民大革命历史中的是程凯，他2004年的博士论文答辩稿《国民革命与“左翼文化思潮”发生的历史考察》，到最近在博士论文基础上大量增删而出版的著作《革命的张力——“大革命”前后新文学知识分子的历史处境与思想探求（1924—1930）》（北京大学出版社，2014年），都展示了他在这一命题探索上所取得的成就。不过，在程凯的论著中，他一方面试图清晰地勾勒革命文学、左翼文学的历史发展变迁，另一方面又沉迷于革命的张力下文学和思想的复杂性探求，所以尽管他对国民革命不同时期的革命理念和文人心态做了极其精彩的阐述，但总体框架上仍然体现出共产党人革命观下的革命文学到左翼文学谱系构造。

小资产阶级文学）相对立的。”①

事实上，不论是对1928革命文学发生作为左翼文学准备期的阐述，或是对1930年“左联”成立及其之后左翼文学内部复杂性的探究，这样的历史语境重返都是基于同样的史观逻辑，即从共产党人单一的革命史观来审视革命文学、左翼文学，革命文学的发生到左翼文学形成和共产党人介入文学大体同步。过去大家普遍认为1928年为革命文学的起点，其实并不在于后期创造社和太阳社的成员提供了多么新颖的理论，而在于这个时期倡导革命文学刚好和共产党独立革命的历史进程相符，尽管当时倡导革命文学的创造社诸多成员还并非共产党员。现在也有研究者把革命文学发生的上限追溯到1920年代初早期共产党人邓中夏、恽代英、萧楚女、沈泽民等人相关论述，但这一切都被描述为共产党人个体意见表达，并不是具有整体指导意义的组织行为，同时也表明，即便早期的不成系统的革命文学提倡依然和共产党人相关。“左联”成立之所以成为分水岭，成为从革命文学到左翼文学质的变化，同样并不在于革命文学理论建构上有了多么大飞跃，而在于共产党党团组织对文学的介入程度更深。据此我们就不难勾勒出一条清晰的革命文学和左翼文学发生、发展、变迁的脉络，从共产党人个体性、零散性地提倡革命文学到最后由党组织系统领导和建立左联这样的机构从而形成左翼文学。可问题是，左联时期并非共产党人第一次介入文学，在大革命时期从广州到武汉，作为实际控制国民党宣传部的共产党人，曾更系统更完整地介入和掌控了文学和宣传，尤以武汉政府时期更为显著，那为什么我们不能回到大革命的历史语境中重新检视革命文学和左翼文学的来龙去脉呢？

另一方面，在左翼文学研究中，学界还是更多从理论的角度来考察革命文学和左翼文学的发生和变迁，艾晓明的《中国左翼文学思潮探源》是这方面最具有代表性的成果。在2007年再版的引言中作者明确指出，“左翼文学几乎一开始就是一场理论运动，投身于这场运动的著作家们留下了大量的理论文字”②。当我们只是关注到革命文学理论的时候，我们很容易去把思考的中心投向这些理论的来源——苏俄的或者日本的。艾晓明的著作就是详细考察和分析了苏俄、日本的文学理念如何构成了中国革命文学和左翼文学的理论来源，

① 方维保：《红色意义的生成：20世纪中国左翼文学研究》，合肥：安徽教育出版社，2004年，第13页。

② 艾晓明：《中国左翼文学思潮探源》，北京：北京大学出版社，2007年，第7页。

陈红旗的《中国左翼文学的发生（1922—1933）》①，也着重分析了“俄苏体验”“日本体验”之于中国左翼文学发生发展的意义。尤其是日本的福本主义和后期创造社的转变，藏原惟人的新写实主义和太阳社的理论建构，这常常被视为革命文学发生的主要依据，不少学者都会援引胡秋原的说法，“在中国忽然勃兴的革命文艺，那模特儿完全是日本，所以实际说起来，可以看作是日本无产阶级文学的一个支流”②。可事实上，1928 年之前，中国共产党人大革命时期的革命组织和革命理论，革命力量和革命实践都远超日本。为什么我们不能把中国的大革命历史实践作为中国革命文学、左翼文学的理论依据呢？

这一切只是因为我们接受了“大革命失败”这一前提，所以尽管这一时期共产党人曾系统介入文学和宣传，也只能是反思和回避；只因为我们接受了“大革命失败”这一前提，所以宁愿把革命文学的兴起完全归功日本理论的输入，也不愿意在大革命的历史中来检视中国革命文学发生、发展。这种“大革命失败”的前提，构成了学界忽视大革命之于革命文学的重要因素，也是学界凸显“革命文学理论”而不是革命实践的主要原因。

但是，我们真的可以把“大革命失败”作为一个不加质疑的前提么？

第二节　民国历史语境与武汉《中央日报》及《中央副刊》

对于大革命这一复杂的历史事件，国共双方至今仍然分歧巨大。从国民党方面来说，1927 年 4 月 12 日，上海清党及武汉分共是国民党在危难时刻挽救了革命，是对革命的维护，是引领中国国民大革命走向了最终的胜利；从共产党方面来说，四·一二政变及其后武汉事件是国民党背弃了“联俄、联共、扶助农工”三大政策，背叛了革命，是不折不扣的“反革命”行为，此后，共产党人真正地并独立地扛起了中国革命的大旗。直至今日，这种巨大的分歧和各自针锋相对的判定依然主导着各界对国民大革命的阐释。因此，正视这种复杂的多维的大革命，是我们理解革命文学和左翼文学丰富性、多维性的前提。

---

① 陈红旗：《中国左翼文学的发生（1922—1933）》，广州：暨南大学出版社，2010 年。

② 梁若容：《日本文学对中国文学的影响》，《中日文化交流史论》，商务印书馆，1985 年，第 30 页。

其实不仅国民党方面从未认为1927下半年到1928是大革命的失败，共产党人当时也并不认为大革命失败了，相反他们也认为1927年下半年以后正处于革命的高潮期，最终的胜利即将到来。郑超麟提到：“《布尔塞维克》创刊号里，我写了一篇文章，题目大意是：《国民革命失败后我们应当怎样?》从题目可以知道文章内容。我是认为革命已经失败了，我们应当从头做起。出版之后，我们接到了中央通告，仿佛革命并非失败，而是更进一层发展的。我们离胜利是更加近的。”① 由此可见，“大革命失败”说在当时并不为国共两党所认可，或者说，在当时国共两党对大革命都持一种复杂的甚至是极为混乱的态度。后来两党对大革命越来越清晰的评判都是建立在各取所需的遮蔽之上，因此，我们不只是回到大革命的历史时段，更应回到多维革命史观下的大革命中来检视革命文学和左翼文学，即回到民国历史视野下的大革命中去，摆脱过去单一的革命史观，正视大革命的含混、复杂、多重可能性，这才是我们探究革命文学、左翼文学丰富性的逻辑起点。

回到民国历史文化视野下重新考察大革命和革命文学的关系，避免以论代史，最好的切入点莫过于武汉国民政府时期的《中央日报》及其副刊。1926年底国民政府及其中央党部迁往武汉，标志着武汉国民政府时期的开始，1927年3月20日武汉国民政府正式宣告成立，3月22日《中央日报》在武汉创刊。尽管武汉国民政府和《中央日报》存续时间并不长，但对我们了解当时革命的复杂性以及之后革命走向却至关重要。

然而，如前所述，在后来历史记述中，国共双方都有意回避武汉时期的《中央日报》，偶有论及也大都作反面评价。台湾新闻史家只认可1928年2月1日上海《中央日报》作为始刊，有意回避武汉《中央日报》的存在，“民国十六年三月，汉口曾有中央日报之发刊，自三月二十二日起至九月十五日停刊，计共发行一百七十六号，因为当时武汉政治局势，甚为混淆，报纸亦无保存可供查考，故本报仍以十七年二月一日为正式创刊之期”②。很显然，“报纸亦无保存可供查考”只是个说辞，而“政治局势，甚为混淆”则是史实，更明确说，当时的大革命是那样的复杂和丰富，而各党各派总是按照自己后来的

---

① 郑超麟：《郑超麟回忆录》，北京：东方出版社，2004年，第273页。根据《布尔塞维克》创刊号原文核对，郑超麟发表的文章题目为《国民党背叛革命后中国国民革命运动如何?》，文章题目和郑超麟回忆有出入，但是文章确实表达了国民革命已然失败的主旨。

② 上官美博：《六十年大事记》，胡有瑞主编：《六十年来的中央日报》，台北：中央日报社，1988年，第246页。

需求择取或者规避。曾经参与过武汉《中央日报》编委会并在《中央副刊》发表过不少文章的胡耐安，后来在台湾回忆这份报纸时颇多尴尬。“此之所谈的‘中央日报’，如果仿照朱家的‘紫阳纲目’例来写，可不应该冠之以‘僭’或‘伪’，才可免于有悖乎‘正统’的道统？然乎否耶？暂不苛论。转思：此一《中央日报》（在汉口出版的《中央日报》），确实是前乎其‘时’的为现代中央日报‘先河’之导；书僭书伪，又未免有激浊扬清的慊疚于心。”①

武汉《中央日报》是国民党中央和国民政府创办的真正意义上的第一份党报，之前国民党曾以上海《民国日报》作为其机关党报，但它当时影响力有限，也没有成立相应的国民政府，并且很快就降格为上海市党部的地方性报纸，同样《中央日报》创刊之前，武汉《民国日报》也只是湖北省党部机关报而已。在国民革命即将彻底胜利并将一统全国之际，以国民党中央的名义，创办一份全国性的领导报纸，是《中央日报》第一次使用“中央”之名的缘由，也是其创办的主旨所在。《中央日报》创刊时曾在武汉《民国日报》上刊登启事：“本报为中国国民党中央党报，职在作本党的喉舌，指示国民革命之理论与实际，以领导全国民众实行国民革命。”②

照理来说，作为国民党喉舌的《中央日报》不应被国民党否认和回避，“指示国民革命之理论与实际”的《中央日报》，更不应该用“僭”或“伪”的称号，除非这个“革命”并非国民党后来所界定的革命，或者远比国民党人后来的“革命观”更复杂、更丰富。

和国民党人一样，共产党人和左翼人士后来的叙述中，也刻意回避《中央日报》。武汉国民政府时期从事报刊宣传工作的亲历者茅盾，在后来的记叙中这样描述：“《中央日报》是国民党中央宣传部的机关报，部长顾孟余原是北京大学教授，中山舰事件后，被蒋介石请去当了宣传部长，因此在他领导下的《中央日报》是国民党右派的喉舌。虽然主笔陈启修也是个共产党员。《汉口民国日报》名义上是国民党湖北省党部的机关报，但实际上是共产党在工作。”③ 因为茅盾自己是《汉口民国日报》的主笔（总编），他自然无法否认

---

① 胡耐安：《谈汉口发行的〈中央日报〉》，台北《传记文学》第29卷1期，1976年7月。

② 武汉市地方志编撰委员会主编：《武汉市志·新闻志》，武汉：武汉大学出版社，1991年，第58—59页。

③ 茅盾：《我走过的道路》（上），北京：人民文学出版社，1997年，第358页。

《汉口民国日报》，于是就肯定其革命性，并称赞“《汉口民国日报》是共产党办的第一张大型日报”。的确，从上海《民国日报》到广州《民国日报》，再到汉口《民国日报》，我们可以看出中国国民革命包括共产党人革命观的发展变迁，这些报纸的副刊也是我们重构革命文学谱系不可或缺的环节，目前学界还少有人论及。但是，茅盾由此来贬低武汉《中央日报》及其副刊，并指称其为“国民党右派的喉舌”，则和事实大相径庭。要知道，茅盾自己曾在《中央日报》副刊中主编“上游”特刊，发表了《最近苏联的工业与农业》《〈红光〉序》《〈楚辞〉选释》等文章，即便在反动的“七一五政变”发生之后，茅盾辞去了《民国日报》的工作，仍在《中央副刊》发表了不少作品，如署名“玄珠”的《云少爷与草帽》（《中央副刊》1927 年 7 月 29 日）、《牯岭的臭虫——致武汉的朋友们（二）》（《中央副刊》1927 年 8 月 1 日）、诗歌《留别》（《中央副刊》1927 年 8 月 19 日），还有署名“云儿”的《上牯岭去》（《中央副刊》1927 年 8 月 18 日）。尤其是最后一篇《上牯岭去》，从目前资料来看是茅盾的一篇佚文，《茅盾全集》中没有收录，最近出版的《茅盾全集·补遗》也没有，包括最后一篇文章在内的诗文是茅盾大革命时期文艺创作活动的开始，值得我们去特别关注。即便到了 1927 年的七八月，茅盾和《中央日报》及副刊关系仍很密切，因此茅盾所谓“国民党右派的喉舌”很显然是后来立场的主观呈现。

事实上，从 1925 年 10 月毛泽东任国民党中宣部代理部长以后，共产党人就进一步掌控了文宣领域，整理党务案后，毛泽东虽然辞去代理宣传部长，但共产党人在宣传领域的实际权力并未减弱。武汉国民政府时期，随着恢复党权运动的展开，共产党人就更加系统更加完整地掌控了舆论宣传、报纸杂志。当时负责湖北宣传工作的郑超麟曾说道：“当时武汉所有的报纸都是共产党员当编辑，或者能受共产党指挥的。”① 共产党员身份的军人部宣传科主任朱其华也印证了这一说法，“武汉的中央日报与武汉民国日报，那时还全在共产党手中”②。武汉国民政府时期共产党人对报纸的全面掌控，不免引起国民党右派的抱怨，“一九二七年初，滞留在武汉的吴稚晖，有一次见到张太雷，就以开玩笑的口吻说：‘国民党的报纸，按共产党的编辑方针办，真是自己养的女儿在家偷野汉子，天下少有，妙也乎？妙矣哉！’后来太雷转告秋白，秋白笑说：

① 郑超麟：《郑超麟回忆录》，第 251 页。

② 朱其华：《一九二七底回忆》，上海：上海新新出版社，1933 年，第 258 页。

'我们干的本来就是自古未有的事。'"① 很显然，这一记叙带有很强的艺术加工成分，但大体意思应该不差。在当时，国民党内一些右派的确对共产党人在文宣领域中风生水起表示了某种担忧。

国民党人抱怨共产党人控制了《中央日报》从而极力回避，共产党人却也因为它是国民党的党报而不愿谈及，从双方都本该重视却又极力回避的姿态中，我们不难看出武汉《中央日报》及《中央副刊》是中国革命史和革命文学史上多么复杂的一个存在。因此，在民国的历史语境中，考察武汉《中央副刊》既是对革命文学、左翼文学在历史语境中的重新检视，也是对中国革命文学谱系的重新构造。

第三节 "酱色的心"：革命的颜色和心态

在讨论《中央副刊》有关革命文学的论述之前，我们首先应该关注武汉《中央日报》及《中央副刊》的主要参编人员——报纸的主编陈启修，副刊的主编孙伏园，副刊星期日特刊《上游》的主编茅盾。尽管他们在当时并非纯粹在文学领域活动，正如《中央副刊》并不是纯粹的文艺刊物，文学家的"茅盾"那时还只是一个叫作"沈雁冰"的政治活动家；但是他们都是我们了解革命文学不可或缺的人物，从他们身上我们可以看出革命文学的丰富和复杂，以及革命文学和左翼文学之后的历史走向。

《中央日报》主编陈启修曾是北大教授，和李大钊等早期共产党人关系密切，是中国翻译《资本论》的第一人②，1923年游学苏联，在罗亦农、彭述之等人的推荐下，经由蒋介石介绍加入国民党，后又加入中国共产党。武汉国民政府时期，陈启修在国民党中宣部工作，成为中央宣传委员会主要成员之一，参与武汉《中央日报》创刊并任主编。陈启修曾在《中央日报》撰写了大量宣扬革命的社论，也在《中央副刊》上系统地刊登了他的一系列革命理论。例如第二天的副刊就开始刊登他在中央军事政治学校4次演讲整理而成的《革命

---

① 羊汉：《一九二七秋白在武汉的情况片段》，瞿秋白纪念馆编：《瞿秋白研究（1）》，上海：学林出版社，1989年，第384页。

② 刘南燕：《陈启修——第一位翻译〈资本论〉的中国学者》，《前进论坛》2003年第9期。

的理论》①，在第八军政治训练班讲授的《革命政治学》②，这些演讲和言论涉及革命理论的方方面面，其中也有关涉到如何认知和理解革命文化、革命文艺。

当然从直接的文学理论建构和文学实践来看，陈启修在这些言论并不值得我们以革命文学的名义来展开讨论，但是考虑到陈启修从事革命宣传和党报主编的经历构成了他后来革命文学理论译介和文学创作实践的素材来源，他的革命经历以及后来的革命文学思考又极具代表性，所以，我觉得我们目前对陈启修之于中国革命文学和左翼文学的意义，仍缺乏应有的关注。

日本学者卢田肇曾对陈启修有较为系统的研究，他在《中国现代文学研究丛刊》发表了《陈启修在东京的文学活动——关于他的诗论、文学评论和文学作品的翻译、“新写实主义”论等》，文章论述了陈启修在中国无产阶级革命文学发展中的意义，并以此“见证中国无产阶级文学与日本无产阶级文学运动之间的联系”③。不过，让我更感兴趣的是陈启修对日本无产阶级革命文学的译介中明显夹杂了自己大革命时期的个体体验，甚至他因此对藏原惟人的新写实主义有不少修正、不少反思。因为他自己曾有在大革命中非常丰富的宣传工作实践，也历经了1927政党政策混乱而又多变的现实，这就使得陈启修再次倡导革命文学时更多一份冷静和全面，对文艺和革命的复杂性有着较为清醒的思考，不像后期创造社以及太阳社一些成员那样简单、激进，他特别不同意把文学归结为宣传或政党政策的传声筒，而是小心翼翼地捍卫并追寻革命文学中的主体性建构。

尤其值得我们注意的是陈启修围绕着大革命时期的经历创作了一系列小说，发表在《乐群月刊》，后结集出版名为《酱色的心》。陈启修曾这样跟茅盾解释“酱色的心”：“‘酱色的心’是比喻他自己在武汉时期，共产党说他是顾孟余（当时的国民党中央宣传部长）的走狗，是投降了国民党的（陈原是共产党员），所以他的心是黑的；但在国民党方面，仍把他看成忠实的共产党员，他的心是红的；他介于红、黑之间，那就成了酱色。”④ 陈启修用力最多的一部小说《小大脚时代》堪称是他自己大革命时期的写实自传，主人公姚成

① 陈启修：《革命的理论》，《中央日报·中央副刊》1927年3月23、4月2日、4月9日。

② 陈启修：《革命的政治学》，《中央日报·中央副刊》1927年4月18日。

③ 芦田肇：《陈启修在东京的文学活动——关于他的诗论、文学评论和文学作品的翻译、“新写实主义”论等》，《中国现代文学研究丛刊》2007年第1期。

④ 茅盾：《我走过的道路》（上），第403页。

武曾是北大教授，游学苏联，回国后在汉口担任“中央党报”主编，投入国民大革命，这一段经历几乎和陈启修自己完全相符。更相符的是主人公在作品中大段大段的内心独白，完全是陈启修后来自我意识的完整投射，作品中姚成武因为对过激的群众运动和妇女运动稍有些怠慢，马上被人攻击为宣传部G部长的忠实走狗，很显然G部长就是顾孟余，《中央日报》的社长。主人公在这混乱而又茫然的革命中开始了自我的反思：

> 他想：自己的末路，也太可怜了，简直无力资助一个投怀的小鸟！自己辛苦了两年，只弄得一个病体，加上一个走狗的美名，大的走狗也好了，偏只是一个G部长的走狗，一个走狗的走狗！呸……浑蛋！走狗分什么大小？根本错误，只在太过于忠实服从，太过于以半路出家人自居了。早应该主张自己的意见，如果主张不行，早应该引去呢。……①

的确，顾孟余接任宣传部长后，启用了不少和他一同从北京来的熟人进入宣传领域，引起其他宣传人员的不满和嘲讽，如共产党员朱其华讽刺顾孟余“染满了北京的官僚的习惯”，在宣传部“完全换上了他自己的一批人”，“他所带来的人，都是他的高足，这些人不知道干了些什么事，中央宣传部简直工作也没有做”②。陈启修以及孙伏园等人就是在这种情形下被顾孟余拉入到宣传和党报的编辑工作中，因此，陈启修不论说什么、做什么，都无法改变他属于“顾孟余的人”的事实，朱其华曾多次表达“最使我不满意的是中央日报”，原因仅仅是针对人而不是报纸本身，“笨拙”的陈启修和“布尔乔亚文学家的典型”孙伏园，不管他们身份是否为共产党员，在朱其华一些人眼里都是来自北京的顾孟余的人，因而对《中央日报》及《中央副刊》就报之以“其内容是不待说了”“不用说了”的鄙弃③。

可是，作为顾孟余的人，甚至被骂为顾孟余的走狗，然而让陈启修最难释怀的是顾孟余并未把他真正当作自己人，在和茅盾的交谈中，陈启修谈到了顾孟余做好随时撤逃的准备却让前来打听消息的陈启修不要担心，正如作品中的G部长自己找好了退路却并未告知姚成武。

这种被红的看作黑，被黑的看作红，被后来的红黑双方都抛弃，沦为不红

① 陈启修（陈勺水）：《小大脚时代》，《乐群月刊》1卷6号，第96页。

② 朱其华：《一九二七底回忆》，第25—26页。

③ 同上，第118—119页。

不黑；或者说这种红黑分明的划分都是后来的返观而已，在大革命时期红黑原本就交织在一起。革命文学就是在红与黑的交织中发生、发展着，呈现出酱色。无独有偶，武汉《中央日报》停刊后，1928 年上海复刊的《中央日报》也有一个非常重要的文艺副刊，名称就是《红与黑》①，主编这一副刊的就是大名鼎鼎的胡也频、沈从文、丁玲。可见红与黑交织融合的酱色在革命文学发展中是多么重要的一种颜色，酱色的心是作家们多么普遍的一种心态。

因为有了对“酱色”的自我体认，陈启修也自己选择了脱党，在之后的革命家和理论家眼里，这种“酱色的心”无疑是小资产阶级心态的体现，脱党是小资产阶级背叛革命的行为。不过，陈启修自己把这种“酱色的心”看成找回自我的开始，不再盲目地追随所谓的红与黑，寻找自己的道路，不再一味地服从他人或政党政策，“酱色的心”并非只是一种幻灭的悲哀，而是一种重新发现“自己”的喜悦。“他（姚成武，笔者注）同时发见出他自己的长处了。他觉得，找出一条应走的新路了。他看见独立走路的自己了。他看见他自己变成完全的大大脚了。他反而发见 G 部长和许多自命为革命行家的人是小大脚了。”②

和陈启修同样选择的还有《上游》特刊主编同时也是武汉《民国日报》主编的茅盾，茅盾也选择了脱党。过去，学界常常认为茅盾回到上海后，与党组织失去了联系，因此思想极端苦闷，于是开始了文学的创作，这种苦闷感、幻灭感也在《幻灭》《动摇》《追求》等作品中集中体现，尔后引起了一些革命文学提倡者如钱杏邨等人的批评，茅盾据此写《从牯岭到东京》来进行自我辩护和对批评的回应。这样的描述有诸多逻辑上的错误。事实上，茅盾脱党并非是联系不上党组织，而是和陈启修一样是他自己的主动选择，在茅盾后来的回忆录中分明记载着他回到上海后报告党组织处理丢失支票的事情③，同时茅盾的回忆和郑超麟的回忆都可以相互印证郑超麟和茅盾、陈独秀和茅盾往来的事实，由此可见和党组织失去联系惟一合理的解释就是茅盾自己的主动选择。同时，根据赵璕的考证，“《从牯岭到东京》乃同样是茅盾主动选择用以表达

---

① 具体论述上海《中央日报》文艺副刊“红与黑”交织的意义，参见张武军：《红与黑交织中的摩登——1928 上海〈中央日报〉副刊之考察》，《文学评论》2015 年第 1 期。

② 陈启修（陈勺水）：《小大脚时代》，《乐群月刊》1 卷 6 号，第 105 页。

③ 茅盾在回忆录有这样的记载：“至于我失掉的抬头支票，当时报告党组织，据说他们先向银行‘挂了失’，然后由蔡绍敦（也是党员，后改名蔡淑厚）开设的‘绍敦电器公司’担保，取出了这二千元。”由此可见，茅盾回到上海不存在联系不上党组织一说。见茅盾：《我走过的道路》（上），第 381 页。

自己的主张的结果"[①]，因为在《从牯岭到东京》发表之前，茅盾的《幻灭》《动摇》并未受到多少责难，自然也不存在茅盾回应批评和指责这样的说法，它也不是茅盾被动地表达对革命文学的意见，而是茅盾追寻自我主体性的体现。

我们过去往往只是把"幻灭""动摇"之类的字眼用作对茅盾的批评，而事实上，和陈启修对"酱色的心"的自觉认知并寻找独立走路的自我一样，茅盾对"幻灭""动摇"的自觉书写，同样有一种发现自我找回自我的喜悦感和满足感。多年以后，尽管茅盾不停地为曾经的脱党做各种辩护的、悔恨的说辞，但仍有一种抹不掉的主体性情怀。"自从离开家庭进入社会以来，我逐渐养成了这样一种习惯，遇事好寻根究底，好独立思考，不愿意随声附和。这种习惯，其实在我那一辈人中间也是很平常的，它的好处，大家都明白，我也不多讲了；但是这个习惯在我的身上也有副作用。这就是当形势突变时，我往往停下来思考，而不像有些人那样紧紧跟上。"[②]

陈启修（陈豹隐）和沈雁冰（茅盾），武汉国民政府时代最主要的两大报纸主编，也是同为《中央副刊》上倡导革命文化和文学的重要人物，他们相逢在日本一定有太多共同的话题和想法，当茅盾听到陈启修有关"酱色的心"的阐述时，他会心有戚戚焉，一个是改名取"君子豹变"而隐的陈豹隐，一个是改名为矛盾而来的"茅盾"。他们却并不是逃避、退隐，"停下来思考"是为了再一次的前行，为了重新出发。今天我们从多维的革命视野来观照，就可以发现像陈启修、茅盾这样脱党者并没有放弃革命的理念，他们只是无法认同当时混乱而又多变的政党政策，由此开始通过文学上的译介或者创作来表达自己对革命的独立思考。中国的革命文学正是建立在这种独立思考革命的基础上，建立在对大革命实践的深切体悟和反思基础上，由此中国的革命文学以及后来成立的"左联"虽受到日本的启发，但很显然，革命文学、左翼文学包括新写实主义等诸多命题在日本越来越没落，而在中国却呈现出不断繁荣的迥异局面，这一切均得益于中国的国民大革命，得益于像陈启修、茅盾这样的主体性价值追寻者。

当然，茅盾和陈启修并非是个例，有太多和他们同样经历和感受的文人，例如武汉《中央副刊》的主编孙伏园、发表《脱离蒋介石以后》以及在随后

---

① 赵璕：《〈从牯岭到东京〉的发表及钱杏邨态度的变化——〈幻灭·书评〉、〈动摇·评论〉和〈茅盾与现实〉的对勘》，《中国现代文学研究丛刊》2007 年第 1 期。

② 茅盾：《我走过的道路》（上），第 382 页。

革命文学争论中的重要人物郭沫若、创作《从军日记》红遍中国堪称革命文学代表人物的谢冰莹，等等。根据和茅盾一起被党组织派往《民国日报》的张福康回忆，《中央日报》副刊主编孙伏园，“当时是中共党员，后来也脱党了”①。限于目前材料的匮乏，还没有孙伏园加入共产党的直接证据，不过根据后来很多武汉政府时期的人士回忆，共产党在那个时候极力发展党员，街头群众大会、学校工厂常有大规模集体入党的情形，不少国民党人士只有思想稍微激进（事实上，武汉国民政府时期不激进的国民党太少了），也会被动员加入共产党，成为跨党党员，跨党在当时也是很普遍的情形。孙伏园显然属于思想特别激进的，不管从其在副刊上发表的文章还是组织的稿件我们都不难看出这一点，例如大家都较为熟悉的毛泽东的《湖南农民运动考察报告》就被孙伏园登在《中央副刊》上，所以孙伏园加入共产党或者成为跨党分子并非没有可能，当然这都需要继续寻找资料做更进一步的论述。还有一个明显的例子是郭沫若，他在《中央副刊》上刊登的《脱离蒋介石以后》中所提到：“说我是投机呢，我的确是一个投机派：我是去年五月中旬才加入国民党的，而且介绍我入党的是我们褚公民谊。所以我自己才仅仅是一个满了一周年的国民党员，或者可以说是‘投机婴儿’罢。至于说我跨党呢，那我更不胜光荣之至了。现在‘跨党’二字差不多成了‘革命’的代名。只要是革命的，便是跨党的。”②颇有意思的是，郭沫若后来的改写中删掉了加入国民党和跨党的这些字眼，只留下他和共产党接近的事例以证明其革命性。此外大革命时期最引人注目的作家谢冰莹，她是被《中央副刊》捧红的一个作家，堪称《中央副刊》在文学方面最大的成就。如果翻阅当时的报纸杂志，回到历史的现场来看，革命文学中最有影响力，可以说是革命文学第一人的当属女兵身份的谢冰莹，寻找发现、讨论分析“我们的冰莹”是当时一个热门的话题，其人其作都成了革命的代名词。估计谢冰莹在武汉大革命时期加入了共产党，不过目前我们仍然没有这方面的直接资料，只有一些间接的证明，如谢冰莹后来作为发起人之一创建北方左联并担任组织领导工作，杨纤如回忆谢冰莹曾被“开除出党”③，再比

---

① 张福康：《回忆汉口〈民国日报〉、〈中央日报〉》，《湖北文史资料》1987 年第 4 辑，第 53 页。

② 郭沫若：《脱离蒋介石以后》（七），《中央日报·中央副刊》第 60 号，1927 年 5 月 23 日。

③ 见杨纤如《北方左翼作家联盟杂忆》中记载，“一九三一年初，谢冰莹参加了非常委员会领导下的北平新市委筹备处，被以筹备分子开除出党”，《新文学史料》第 4 辑，人民文学出版社，1978 年，第 218 页。

如武汉中央政治军事学校的绝大部分学生都加入共产党，著名的共产党人左翼作家符号，也是谢冰莹的丈夫，曾多次提到他们互相称呼对方为革命伴侣。从以上诸多迹象来看，谢冰莹的党员身份基本可以确定。①

郭沫若要极力剔除他在大革命时期和国民党的关系，谢冰莹要掩饰和回避她大革命时期和共产党人的关联，他们都只想把自我描绘为一种单纯的色彩而非红黑交织在一起的酱色。郭沫若、谢冰莹、孙伏园、茅盾、陈启修等等在《中央副刊》常露面的重要人物，他们大革命时期的政党身份归属直到今天仍然扑朔迷离。"酱色"正是当时革命颜色的一种很好的描述，它既指涉被分裂的国共双方都无法真正体认的脱党者，也指涉红黑没有像后来那么泾渭分明时国共两党交织的跨党分子。他们的革命实践、思考、心态是中国革命文学生成、发展、演变的主导因素。毕竟，陈启修、茅盾、郭沫若、孙伏园、谢冰莹这些或被记住，或被疏忽，或被改写的人，是我们在民国的多维的革命视野中探讨革命文学所无法绕过的，他们的言行和创作也带给我们对革命文学和左翼文学新的认知、新的界定。

第四节　从东京回到武汉

"从东京回到武汉"，这是钱杏邨后来批评茅盾时所用的标题，而且是不止一次使用的标题。茅盾主动发表《从牯岭到东京》以后，钱杏邨迅速撰写《从东京回到武汉——读了茅盾的〈从牯岭到东京〉以后》来做答复。正如前文所提及，钱杏邨对茅盾的《幻灭》《动摇》评价原本多是肯定和赞扬，但在这篇答复文章中，则明显是针锋相对和严厉批判。颇有意思的是，钱杏邨最后的责问是要求茅盾恢复武汉的革命精神，回到武汉时期的无产阶级革命文学倡导，并列举了茅盾发表在《中央副刊》上的《〈红光〉序》为正面例证。"呜呼，茅盾先生的走入歧途已经不成问题，事实已经很明白的放在我们的眼前了。我们为着无产阶级文艺前途的发展而战斗，我们在'事实上'不能不揭穿，批驳他的主张，使革命的青年不致因他的甘言蜜语为他所惑。同时，我们认为每一个唯物论者谁都应该是一个勇于检点自己的错误的人。无论如何，茅

---

① 具体论述参见张堂锜：《论谢冰莹的左翼思想及其转变》，《苏雪林及其同时代作家国际学术研讨会论文集》，台南：台湾成功大学，2015年。

盾先生曾经相信过无产阶级的唯物论的哲学的，如果他能以幡然悔悟，那我们指出他的错误，也就是希望他能够把革命的现状重行考察一下，把自己的理论重行检定一回，认取自己的错误，勇敢地回到无产阶级文艺的阵营里来，依旧的为着无产阶级文艺胜利的前途而战斗。”①1930 年 3 月，钱杏邨编辑出版自己的《现代中国文学作家》第二卷，涉及对叶绍钧、张资平、徐志摩、茅盾四个人的评论，有关茅盾部分的题目是从《新流月报》上发表的《茅盾与现实——读了他的〈野蔷薇〉以后》② 而来，但是在本书茅盾论述的页面页眉上，保留了“从东京回到武汉”的字样，并在文章后面有“附记”部分，专门解释他直到付印前仍有使用“从东京回到武汉”作为茅盾评论的总题目的意思。“本卷第四篇内容，原分上下二部，上部批评茅盾君的三部曲。下部是答复他的《从牯岭到东京》的论文。当时便用了这论文的题目‘从东京回到武汉’作全篇题目。在付印的时候，感到那篇论文放在这里不相宜，故把它抽去，加上《野蔷薇》一文。并改排了《序引》。因此，在本篇上还留着‘从东京回到武汉’的题目，恐怕读者误会，特附记于此。”③ 钱杏邨结集出书时有关茅盾论的前后变化、差异以及改排、改写，前文提到赵㻛先生已经做了很好的考证，在此更值得我们关心的是钱杏邨对“从东京回到武汉”这一标题的迷恋。“从东京回到武汉”，这是“茅盾与现实”应该有的姿态和立场，也就是说即便在批评茅盾时，钱杏邨仍然和茅盾有一个共同点就是回到武汉的革命现实中来，恢复武汉的革命精神，再现大革命时期茅盾和大家同倡导无产阶级革命文学的事业中来。这再一次说明，不论我们从哪个层面来思考、辨析中国革命文学、左翼文学，我们都应该也必需“回到武汉”，回到国民大革命的历史中来检视。

“从东京回到武汉”，在民国的历史中重新检视革命文学和左翼文学，《中央日报》及其《中央副刊》的确是一个很好的切入点，在这一份时间并不长的报纸副刊上，有太多的话题值得我们进一步讨论，有太多的作家作品值得我们进一步关注。例如，30 年代红色革命文学成为主流是否和一个强力的武汉

---

① 钱杏邨：《从东京回到武汉——读了茅盾的〈从牯岭到东京〉以后》，伏志英编《茅盾评传》，第 313 页，上海：开明书店，1936 年，另见《阿英全集》，合肥：安徽教育出版社，2003 年，第 368 页。

② 钱杏邨：《茅盾与现实——读了他的〈野蔷薇〉以后》，《新流月报》第 4 期，1929 年 12 月 15 日。

③ 钱杏邨：《茅盾与现实·附记》，《现代中国文学作家》第二卷，上海：泰东书局，1930 年，第 177—178 页。

革命政府和革命党报支撑与培育相关?《中央副刊》有关托洛斯基革命文学观念的提倡和30年代之后革命文学观念究竟有怎样关联和差异?“左联”立场是否是对武汉政府时期“左倾”文化立场的一种回归?除了前面提到的陈启修、茅盾、孙伏园、郭沫若、谢冰莹之外,《中央副刊》上倡导革命文学的作家作品我们该怎么来重新审视和分析,并探讨他们之于中国革命文学、左翼文学的意义。像傅东华的《什么是革命文艺》(1927年3月23日)的演讲,译作《文学与革命》(1927年3月25日开始连载)、顾孟余的《学术与革命的关系》、张崧年的《革命文化是什么》(1927年4月1日)、邓演达的《新艺术的诞生——致〈中央日报副刊〉》(1927年4月5日)、淦克超的《建设革命的文艺——呈孙伏园先生》、顾仲起《红色的微芒》(1927年5月8日)、李金发的《革命时期就不顾文艺了吗?》(1927年5月12日)、曾仲鸣的《艺术与民众》(1927年5月19日)、樊仲云的译作《无产阶级的文化与艺术》(1927年6月10日开始连载)、黄其起的《无产阶级文艺的建设》(1927年6月20日)、采真的《关于无产阶级文艺园地底创造》(1927年6月29日)、符号的《无产阶级与文艺》(1927年7月5日)等等,不胜枚举;此外还有像向培良、陈学昭、王鲁彦、潘汉年、张光人(胡风)等都有不少重要作品或著述刊登在《中央副刊》上。上述并不完全罗列的作家作品在我们讨论1928革命文学或之后的左翼文学时很少被关注、被提及,由此不难看出我们的革命文学谱系建构中曾经缺漏了多少重要的东西。借用钱杏邨的标题,“从东京回到武汉”,这才能更好地实现对革命文学与左翼文学的历史检视,也定能带给我们对这一老命题全新理解。

第三章　“红与黑”交织中的摩登

——上海《中央日报》副刊之考察①

“宁汉合流”后，《中央日报》结束了它在汉口的发展期，于1928年2月1日在上海继续出版。上海的《中央日报》也被众多研究者和台湾国民党认为是《中央日报》的真正开端。迁址到上海后，《中央日报》的社长由国民革命军东路前敌总指挥部政治部主任潘宜之兼任，彭学沛是总编辑；发行时间为1928年2月1日至10月31日，共出版了273期，而后《中央日报》迁至南京。上海《中央日报》的副刊有《摩登》《艺术运动》《文艺思想特刊》《文艺战线》《海啸》《红与黑》《经济特刊》《国际事情》《一周间的大事》《中央画报》，由于每个副刊的主编者和主要撰稿人都不同，其侧重点和表达方式及思想内容也各具特色。如果说1927年的《中央日报》副刊是我们重构革命文学谱系的重要突破口，那么1928年的《中央日报》副刊则是理解革命文学内涵丰富性的绝佳窗口。

革命文学和国民大革命息息相关，可是以往研究界基于单一的立场把复杂的国民大革命简单化，进而把丰富的革命文学狭窄化。从多维的革命视野出发，考察1928年国民党中央在上海创办的《中央日报》及其文艺副刊，就可以发现大革命文学中的“红与黑”“摩登”等诸多有意义的命题。胡也频、沈从文、丁玲创办的《红与黑》及其他文艺副刊，再现了革命与反革命、红与黑交织下的革命文学的丰富性、复杂性。田汉等主导的《摩登》副刊，带给我们对于革命和摩登新的理解，又给我们提供了认知中国文学现代性、摩登性的新思路。对1928年上海《中央日报》文艺副刊的考察，既是对革命文学发展理

① 该章部分内容由张武军和畅洁（西南大学文学院2011级中国现代文学专业硕士研究生）共同完成。

路的历史还原和重新梳理，也是在民国历史语境中对中国文学“现代性”“摩登性”的重新探究。

第一节 “夹缝”中的上海《中央日报》

1928年对于南京国民政府和刚上台的蒋介石来说是非常“忙碌”的一年。在二次北伐完成之前，国民党既要清除北伐势力和国民党内部的“反蒋势力”，又要继续实施始于1927年的“清共、剿共”政策，还要应对日本出兵山东、对北伐进程的阻挠；二次北伐完成之后，蒋介石对内致力于通过裁兵和统一财政来求得国家真正意义上的统一，对外以废除不平等条约来求得树立南京国民政府对外自主的形象，从而无暇顾及国家意识形态对文化的影响。同时，此时的上海经济发达、文人聚集，租界的独特政治、文化语境等，也为《中央日报》副刊扩充了新的话语空间。正是在这样的“夹缝”中，上海《中央日报》呈现出了独特而丰厚的阐释空间。

1928年初，蒋介石宣布重新上台。1928年1月9日，“蒋介石致电国民党及全国民众，宣布于4日驰抵首都，继续行驶总司令职责，专司军令，‘至于党务政治，应由中央机关主持’；并表示‘负责筹备第四次中央全体会议，务使早日开会’。”并致电冯玉祥、阎锡山、杨树庄报告复职，声称将以“‘全力完成北伐，肃清共逆’，召集国民会议，早定国是”①。而此时的冯玉祥、阎锡山等实力派，为扩充自己的力量，也都愿意北伐，纷纷致电国民政府表示拥护《北伐全军战斗序列令》，愿率所部革命军听候蒋介石指挥。于是，国民党中各派军阀便取得了暂时的妥协，展开了讨伐北洋军阀的战争。

开始北伐的蒋介石首先对军队进行了重编。1928年3月16日，蒋介石颁发国民革命军北伐总方略，总方略包含方针、前期作战任务及部署、后期作战任务及部署这三个部分。除了加紧部署北伐。同年3月18日，蒋介石还指定邵力子、陈立夫、方觉慧等九人为第一集团军第一纵队整理设计委员会常务委员，并要求他们整顿军风。四月初，蒋介石在徐州连续发表了《北伐出发告后方同志书》《告前方将士书》《告北方将士书》《告全国民众书》和《告北方

---

① 中国社会科学院近代史研究所编：《中华民国史资料丛稿·大事记（第十四辑）》，北京：中华书局，1985年，第9页。

胞书》，呼吁全国同胞同心同德，共同完成国民革命之大业。4 月 7 日，蒋介石下总攻击令并发布誓师词，称“党国存亡，主义成败，人民祸福，同志荣辱，在此一战”①。各集团军同时发动进攻并取得了显著的成绩：8 日攻陷汝城，9 日第一集团军占领梁王城、薛家庄之线和郯城，第二集团军占领邯郸城，10 日第一集团军攻克台儿庄，11 日占领鱼台，渠阁和谷亭，中旬占领临城、韩庄、沙沟、滕县、兖州、曲阜，下旬占莱芜、泰安。4 月 23 日，蒋介石在兖州行营部署第一集团军进攻济南战略，并于 5 月 1 日攻克济南，表示“仍当督率各军，迅速追击残敌，务于最短期间完成北伐”②。为了尽快结束北伐战争，5 月 9 日，蒋介石在泰安调整北伐部署并下达第十七号命令。5 月上中旬，北伐军继续向奉系的安国军进攻，相继占领石家庄、临沂、德州等地。5 月 19 日，蒋介石由徐州抵达郑州，与冯玉祥会商进兵京津策略。至 6 月 1 日，北伐军相继克复了保定、沧州、河间、绥远、大同、张家口等地。6 月 2 日，张作霖发出通电，宣布退出北京。6 月 3 日，张作霖携潘复、刘哲、张景惠等三十余人出京返奉，至此，统治民国十六年的北洋军阀政府遂告覆灭。6 月 10 日，天津改旗易帜。15 日，国民政府宣布“统一告成”。

1928 年是共产党开始大张旗鼓建立苏维埃政权的一年。虽然国民党的“除共”工作从 1927 年就已经开始，但做得并不彻底。由于国民党官员并没有像共产党党员那样进入基层对底层群众开展工作，让共产党在无产阶级中取得了领导权，并在国民党忙于二次北伐之际创建多个革命根据地和建立工农革命军，连续发动了多次武装起义。这对于想尽快完成二次北伐、实现国家真正统一的蒋介石来说无疑是“雪上加霜”，而蒋介石也意识到了“清共、剿共”的重要性。所以 1928 年的国民政府除了要集中力量北伐外，还要抓紧时间和加大力度继续“清共、剿共”。

1928 年 2 月 2 日，国民党第二届中央执行委员会第四次全体会议在南京举行，蒋介石在致开会辞中称“四中全会是在推翻了共产党之后，本党团结起来召开的，可说是‘本党中兴的一个会’，今后的唯一工作是开第三次代表大会及国民会，欲达此目的，必须共同一致反对共产党，铲除共党的理论与方法；对侵略中国的帝国主义，做军阀的后盾来破坏革命势力的，仍然是同反抗俄国

① 中国社会科学院近代史研究所编：《中华民国史资料丛稿·大事记（第十四辑）》，第 96 页。

② 同上，第 120 页。

一样来反对他”[①]。同年3月17日，李济堂在上海向《申报》记者谈共产党近况，妄称一月之内“肃清”共产党。同日，方鼎英在南京各界代表欢迎大会上的演说中指出：“所谓星星之火，可以燎原，这件事是极值得中央注意的。”[②]2月下旬，国民政府通令各省市政府：“各地查获共产党文件，须先送交国民党中央部审核处理，不宜流传各处，以免为共产党作反宣传”，[③] 并在国民党广州政治分会第八十四次会议中确定了剿匪“清共”决议案。同年3月，国民政府在国民党中常会第一二二次会议中通过了《党员总登记条例》，湘鄂临时政务委员会公布了《共产党自首条例》，并颁发实施“清共办法”七条和“共党自首条例”八条。除了在党员的人民群众中进行“清共”，在军事上，国民军也积极贯彻实施“剿共”政策。从3月中下旬开始进行了一系列“剿共”行动：湘赣军西路“剿共”、第十一军布告“剿共”、范石生部往郴州、宜章“剿共”、吴尚所部第八军“剿共”、吴尚赴醴陵“剿共”、长沙警备司令张轸率部协同吴尚“剿共”、黄旭初率部抵普宁“剿共”等。这种“剿共”行动并没有随着二次北伐的结束而停止，一直持续到国民党结束在大陆的统治。

对于1928年刚上台的蒋介石来说，内患除了北伐势力和共产党，还有国民党内部的国民党改组派，即“中国国民党改组同志会”。“它在1928年至1930年间是蒋介石政治上的劲敌。蒋介石经历了将近两年时间的苦斗，才成功地压制了他们。”[④] 国民党改组派的人在上海以拥汪为旗帜，从事反蒋活动。不但主办《革命评论》《前进》等刊物对南京国民党中央独裁、腐败进行揭露，还在上海创办了“大陆大学”，主要吸纳失业和失学的知识青年以及退伍士兵和逃兵。

正当国民政府在山东的北伐战事取得节节胜利时，日本政府于1928年4月7日决定出兵山东。4月17日，日本政府以“鲁军撤退济宁及北伐军中断胶济铁路”为借口，[⑤] 悍然决定出兵山东，并于18日发表出兵山东声明书，

---

① 中国社会科学院近代史研究所：《中华民国史资料丛稿·大事记（第十四辑）》，第29页。

② 同上，第79页。

③ 同上，第54页。

④ ［美］费正清：《剑桥中华民国史（第二部）》，张建刚译，上海：上海人民出版社，1992年，第133—134页。

⑤ 中国社会科学院近代史研究所：《中华民国史资料丛稿. 大事记（第十四辑）》，第105页。

称：“山东形势急转，内乱将波及日侨，出兵纯属自卫。”[①] 4 月 19 日，日本政府下令第二次出兵山东。对于日军的行为，“北京政府外交部据日公使王荣宝电告日本出兵山东，请严重抗议，略谓：‘日本出兵，本日已下动员令，派天津驻防军步兵三个中队四百名，约二十八号到济南，并派本国第六师团步兵两旅及铁路电信队五百余名，赴青岛胶济沿线。27 日预定在青岛登陆，请严重抗议。’”[②] 4 月 21 日，国民政府外交部就日本第二次出兵山东向日本外交部提出严重抗议，要求“迅将所拟派赴山东之军队一律停止出发”[③]。同日，上海市各工会、市民会等团体发表宣言，反对日本出兵山东，全国学生总会在南京开会，发起组织各界反日运动委员会。4 月 24 日，国民党中常会第 130 次会议就日本出兵山东问题，通过《告世界民众书》及《告日本国民书》，呼吁世界民众给予中国以正义之援助，要求日本国民力谋遏止田中内阁之侵略政策。[④] 就在全国下上都在对日本出兵山东发出强烈抗议时，1928 年 5 月 3 日，日军向北伐军发起进攻，发生了惨无人道的“济南惨案”。全国掀起了反日高潮，5 月 5 日，国民党中央执委会通知国民政府向日本严重交涉济案，略谓：“沉冤不雪，民命何堪，国权堕落，至此已极。为特令仰迅向日本政府严重交涉，不屈不挠，务期达到公平解决之目的，以伸民愤，而保国权。”[⑤] 而这时忙于北伐和清共的蒋介石，对于日本的肆无忌惮和全国民众高涨的抗日情绪，在军事上选择退让日军，绕道北伐，在政治上选择口头上的持续谴责并发出《告友邦民众书》，将日军悍然出兵侵入中国领土、制造济南惨案的暴行公之于众，希望得到其他国家和世界人民的同情，造成舆论压力，拟通过和平方式解决中日间问题。

1928 年 7 月 3 日，蒋介石在与日本东方社记者的谈话中说：“为中国目下第一重要问题，对内为裁兵与财政统一，对外为解决中国之束缚，改订一切不平等条约……东三省问题务希和平解决，深望日本国民予以公正之援助。”[⑥] 虽然国民军顺利地完成了二次北伐，但在这 82 个军中，蒋介石所能直接控制的只有九个。因为各省军阀在 1928 年通过建立一系列政治分会，使他们的地

---

① 中国社会科学院近代史研究所：《中华民国史资料丛稿·大事记（第十四辑）》，第 107 页。

② 同上，第 108 页。

③ 同上，第 110 页。

④ 同上，第 113 页。

⑤ 同上，第 126 页。

⑥ 同上，第 182 页。

方军事地位制度化，虽然他们在名义上隶属于南京国民政府，但实际上是自治的行政机构。这对蒋介石的国民政府所希求的国家真正意义上的统一无疑是一个重要的阻碍。所以在二次北伐完成后，蒋介石将重要目标放在了裁兵上，并电冯玉祥、阎锡山、李宗仁这三个真正的地方大军阀，称："今日非裁兵无以救国，非厉行军政财政之统一无以裁兵。"① 于七月初同冯玉祥、阎锡山、李宗仁、张群等开会讨论裁兵问题。在刚完成北伐后的六月中下旬，国民政府连开中常会、中央政治会议、全国经济会议，所有这些会议的主旨都是"从前军阀拥兵割据，破坏财政统一。国民革命完成统一，凡百建设，首在财政。故统一财政，履行预算与实行裁兵，自应并重"②。连续通过了《缩减第一集团军案》《整理财政大纲案》《裁兵善后委员会组织条例》《军事整理案》等一系列法案来落实裁兵和统一财政的政策。

1928 年后半年对国民党来说也并不轻松。除了要忙于落实国内的裁兵和统一财政，对外还要积极致力于废除不平等条约，以塑造南京国民政府在国际上的自主形象，并希望得到国际上的承认，即南京国民政府才是中国唯一的政府，国民党才是中国的正统党。1928 年 6 月 15 日，南京国民政府发表对外宣言，称"现在军事时期将告终结，国民政府正从事整顿与建设，谋求完成建设新国家之目的，国民政府对外之关系，自应另辟一新纪元。望各友邦充分谅解，表同情中国新国家之建设，解除中国八十余年来所受不平等条约之束缚，遵正当之手续另订新约",③ 并通过 7 月 7 日外交部的宣言提出了废旧约、订新约的三条基本原则，相继颁布了《中华民国与各外国旧约已废新约未订前适用之临时办法》《中华民国权度标准》等相关法案来落实宣言，向日本、越南、葡萄牙等国家发出照会，废止旧约。但刚开始效果并不显著，很多国家拒绝承认。直到 7 月 24 日，美国国务卿凯洛格照会南京政府外交部，同意中国修约，在随后签订了《整理中美两国关税关系之条约》后，其他各国才纷纷效仿。到 1928 年年底，欧洲各国都与南京政府签订了新的关税条约和通商条约。直到同年的 10 月 26 日，南京国民政府才发表了《训政宣言》，宣布进入孙中山先生制定的三阶段建国方略的第二阶段。而这种"以党治国"的集权政治对于思想文化领域的干预和控制，首先表现在于 5 月的第一次全国教育会议上确

---

① 中国社会科学院近代史研究所：《中华民国史资料丛稿·大事记（第十四辑）》，第 183 页。

② 同上，第 180 页。

③ 同上，第 170 页。

定了三民主义为国民教育的宗旨，并在7月的国民党中常委会议中决定在全国学校中增加党义课程，强制实行党化教育。但真正对出版言论自由的控制是在1929年1月，国民党中执委通过《宣传品审查条例》。而1928年几乎没有国家关于文化领域方面所发的文案，国家意识形态对文化的控制和影响几乎没有，1928年对蒋介石和南京国民政府来说是一个忙于解决政治纷乱、内忧外患的一年。以蒋介石为领导的国民党根本无暇顾及通过国家意识形态来管控文艺界，即使是作为国民党机关报的《中央日报》，其副刊的创作环境也是相对其他时期较为宽松和自由的。再加上国内外极其复杂的环境，给这一时期的《中央日报》副刊所呈现的独特性提供了条件，使其体现出不同于其他时期的《中央日报》副刊的文学价值和意义。

1928年2月《中央日报》从汉口迁移到了上海，上海也为《中央日报》副刊的发展有着重要的影响。这时期的上海经济发展迅速，成为当时中国最大的工业城市和商业城市，各种新式的印刷机械和先进的印刷技术都被引进到了这里。上海成为全国印刷条件最好、印刷设备最先进的城市，为其出版业提供了充足的发展动力。而上海作为全国拥有最大租界面积的城市，其虽然是帝国主义在中国的“国中国”，但这种特殊的租界背景使上海可以将西方先进的近现代思想文化带给国人，并成为当时西学在中国传播的最重要的阵地。再加上上海远离政治中心南京以及当时报刊和出版物的市民化，这对当时的知识分子来说，上海比其他地方更适合“以文为生”，且其拥有更为自由宽松的创作环境。这些独特的优势给1928年《中央日报》副刊的出版创作提供了有力的客观条件。

除了上述的天时、地利，1928年大批文化精英聚集上海也为这一时期《中央日报》副刊的创作创造了“人和”的条件。“1928年文化人向上海的迁徙造成了中国现代思想文化一次历史性的大转移。它不仅引起了文化中心的南移，而且导致了中国现代思想文化性质的根本变化。这是一次文化的转移。”①“二三十年代的中国，一方面是随着政权的交替，旧的思想道德与礼仪制度迅速地崩溃，另一方面是随着开埠，在各个领域都受到变革如潮的世界经济、思想、文化的猛烈冲击。对于知识分子来说，社会的动荡不安果然是不幸的，但新旧交替之际却为他们各种各样的思想和实践、时尚和实验在不受官方限制的

① 旷新年：《1928革命文学》，济南：山东教育出版社，1998年，第20页。

情况下争奇斗艳创造了条件。"① 由于1926年奉系军阀进京，到1928年政治迫害进一步发展为屠杀，并以"赤化通敌"的罪名捕杀了著名报人邵飘萍和林白水。而这时的上海不仅是中国的经济中心，其作为帝国主义的租界城市也为一些激进的作家提供了政治上的庇护。这使得许多激进的知识文化精英迫于政治压力纷纷选择南下来到上海，例如：较早来到上海的鲁迅（1926年）；南下的徐志摩、胡适、闻一多、沈从文、丁玲等五四新文化运动精英；由于1927年国共分裂后革命转入低潮，曾经身处现实政治斗争第一线的文人也只好选择从北伐前线退回上海的郭沫若、沈雁冰、蒋光慈、阿英等。与此同时，很多在国外留学的知识精英也选择在这一时期回国并大部分留在了上海，如从日本留学回来的夏衍、冯乃超、刘呐鸥、成仿吾等；从西欧留学回来的林文铮、林风眠、徐霞村、巴金等。除了从北京南下和留学归国的大批知识文化精英，还有很多从国内四面八方来到上海的文人，如东北沦陷区来的萧军、萧红和从四川来的沙汀、艾芜，以及从湖南来的叶紫等。伴随着这些文人一起来到上海的还有他们出版的杂志和成立的文学社团，如20年代最大的文学社团文学研究会，虽然诞生于北京，但上海成为其最重要的活动基地，其机关刊物《小说月报》一直在上海发行，并以现实主义为创作特色；1928年1月，成员全部由共产党作家组成成立的太阳社，创办了由蒋光慈和钱杏邨主办的《太阳》月刊；由日本留学生组成的创造社在这一时期创刊出版了《文化批判》和《创造月刊》，并以领袖人物郭沫若为代表倡导的"革命文学"；1928年3月在上海创办《新月》月刊的胡适、徐志摩和梁实秋等人，其倾向于自由主义，以"独立、健康、尊严"为创作原则；以田汉、欧阳予倩、蒋光慈、李金发为代表的南国社创办了《戏剧》月刊和《南国》月刊，该社的宗旨为"团结能与时代共痛痒之有为青年作艺术上之革命运动"②。这些文人带着他们的思想和他们创办的杂志、文化机构来到上海，在租界城市的遮护下，利用上海发达的经济和出版业，宣扬自己的文化思想和理念，成为造成20世纪二三十年代上海文学高度繁荣的重要力量。而这些因素都深深地影响了这一时期在上海出版的《中央日报》副刊，因为他们当中有不少人都成为这一时期《中央日报》副刊的主编者或主要撰稿人。例如作为副刊《摩登》的编辑者之一的田汉发表了戏剧《黄花岗》和很多诗歌，编辑者之二的王礼锡发表了《国风冤词》等，以及沈

---

① 莫小也：《林风眠与丰子恺——以东西美术融合观为观点》，《林风眠与二十世纪中国美术·国际学术研讨会论文集》，杭州：中国美术学院出版社，1999年，186页，

② 邱明正：《上海文学通史》，上海：复旦大学出版社，2005年，第667—668页。

从文发表的《爹爹》《卒伍》等作品；《艺术运动》主编者之一的林文铮发表了译述作品《恶之花》；《红与黑》的主编者胡也频发表了大量诗歌作品，丁玲发表的《素描》《潜来了客的月夜》等，徐霞村的译述作品以及大量译述的国外诗歌、小说、戏剧等文学作品。

所以，不论是上海这座城市所提供的文化基础，还是大批文人聚集于此所创造的“人和”优势，都为1928年《中央日报》副刊的文学创作提供了不同于其他时期的“特殊”背景和人文环境，从而导致了这一时期的《中央日报》副刊呈现出独特的景象。

第二节 1928：红与黑、革命与反革命交织的文学

继法国大革命之后，被冠以“大革命”称谓的是中国的国民大革命，这的确是一场由国共合作，广泛动员各级民众参与的轰轰烈烈的大革命。然而，随着1927年上海及武汉一系列事件的发生，对这场革命的评判出现了前所未有的分歧。从国民党方面来说，1927年4月12日，上海清党及其查禁国民党左派和共产党人的军事活动，避免了中国革命沦为苏俄的附庸以及无序的工农专制暴力运动，这是国民党在危难时刻挽救了革命，是对革命的维护；就共产党人来说，“四·一二”政变及其后武汉事件是国民党背弃了“联俄、联共、扶助农工”三大政策，致使中国革命背离了由苏联引领的世界革命潮流，这是对革命的公然背叛，是不折不扣的“反革命”行为。直至今日，这种巨大的分歧和各自针锋相对的判定依然主导着各界对国民大革命的阐释。

1927年以后国共双方都继续高举着革命的大纛，把自己视为革命的唯一代理人，而斥责对方为“反革命”。“革命”和“反革命”之间看似没有任何妥协的空间，没有任何的中间地带和第三种的可能，不是革命就是反革命，但“革命”和“反革命”又是如此交错混乱且不断相互转变，恰如一枚硬币的两面，既截然不同，又同为一体，一体两面。然而，这种“革命”本身所具有的复杂性在我们谈论“革命文学”时却往往被有意无意地忽略，我们只注意到了其中的一面，并由此来理解和阐述革命文学。例如我们常常把1928年视为革命文学的开端，把后期创造社和太阳社视为革命文学的倡导者，即便有研究者把革命文学向前追溯，也仅仅只是寻找到早期共产党人邓中夏、恽代英、萧楚女、沈泽民等人的相关论述。很显然，这只是注意到大革命中的一面，忽略了

其一体两面中的另一面，在此基础上的革命文学建构无疑是把丰富的革命文学谱系简单化、狭窄化，而由此做出的所谓从“文学革命”到“革命文学”的相关论述就更经不起推敲和质疑。所谓的“红色三十年代文学”既不是那一时期文学的全部，也不是“革命文学”的全部，有一个和红色相对而又相近的颜色——黑色，“红”与“黑”正如革命与反革命一样一体两面。“红与黑”是关涉大革命的最佳文学题目，在法国的文学史上已有这样一部巨著，对于大革命时代的中国作家们来说，不可能不注意到“红与黑”这么一个好名称。

事实上，1928 年上海创办的《中央日报》曾有一个非常重要的副刊，就是《红与黑》，主编和参与这一副刊的 3 个人在后来文学史上都鼎鼎大名——被国民党杀害作为革命烈士而载入史册的作家胡也频，获有从“文小姐”到“武将军”殊荣的左翼女作家丁玲，文学成就斐然却对革命文学不以为然的沈从文。但是我们后来只看到了《中央日报》及其副刊的“黑”而无视其“红”，或者说只是把其视为“反革命”的思想钳制和舆论管控。所谓的“大革命失败”不过是“红”与“黑”“革命”与“反革命”纷繁交错中的一种描述，至少我们任意翻检 1928 年上海《中央日报》就会发现，不论是其主刊还是副刊，压倒一切的核心词汇只有“革命”，文艺副刊的主题同样是“革命”和“革命文艺”。由此可见，考察包括《红与黑》在内的《中央日报》副刊，是我们认知 1928 革命文学复杂性的重要切入点，也意味着对革命文学谱系的历史还原和重新梳理。

1928 年 2 月 1 日上海《中央日报》创刊，编列“第一号”，后来台湾的新闻史大都以这一天作为国民党中央党报的开端。《中央日报》社也把这一天作为社庆创刊日，1978 年的 2 月 1 日和 1988 年的 2 月 1 日，台湾相关机构都有隆重的《中央日报》50 周年、60 周年庆祝活动，中央日报社特别编撰了《中央日报五十年来社论选集》《中央日报与我》《六十年来的中央日报》，其中收录了不少当事人的回忆文章。这为我们了解《中央日报》的历史变迁提供了宝贵的资料，但其中有关 1928 年上海《中央日报》的具体内容却很少。台湾学界虽然强调 1928《中央日报》年作为党报的开创意义，但具体阐述和研究几乎无人涉及，即便在学者徐詠平的《中国国民党中央直属党报发展史略》专文论述中，上海《中央日报》时期也都只是一笔带过，“是年杪中央决在上海创办中央日报，于十七年元月一日创刊，日出两大张。旋中央颁布‘设置党报办法’，规定首都设中央日报，决定将上海中央日报迁京，是年十一月一日该报停刊。翌年二月一日《南京中央日报》创刊”①。而就在这一笔带过的论述中，作者还把创刊时间误作1928年元月一日。

相比较而言，大陆新闻史和学界似乎更看重上海《中央日报》，并把其视为国民党新闻统制的重要一环来强调，这一部分甚至已经成为新闻专业学生学习和考研的重要知识点。然而，各大教材和各种著述有关上海《中央日报》的具体论述却错漏百出，有关上海《中央日报》社长这么关键的内容，各种教材和著述几乎都表述有误。从较早复旦大学新闻系新闻史教研室编写的《简明中国新闻史》，到最近的各种《中国新闻史》的精品教材和规划教材②，包括极富特色摆脱以往革命斗争史观的《中国新闻事业史》③ 等，这些教材都一致认为，“丁惟汾任社长”，“宣传部长丁惟汾兼任社长”。其实，不少教材的这一错误表述是从著名学者方汉奇编写的《中国新闻事业编年史》④ 而来，唯一以《中央日报》副刊作为主旨的专著《民国官营体制与话语空间——〈中央日报〉副刊研究（1928—1949）》，作者也错误地把宣传部长丁惟汾视为社长。“1927年底上海《商报》停刊，国民党南京政府收购《商报》的设备，于1928年2月1日在上海创办《中央日报》。国民党宣传部长丁惟汾担任社长，东路军前敌总指挥部政治部主任潘宜之任总经理，彭学沛任总编辑。”⑤ 事实上，根据上官美博编撰的有关《中央日报》的“六十年大事记”和“本报历任重要人事一览表”，上海《中央日报》创办时“社长由东路军前敌总指挥部政治部主任潘宜之兼任”⑥，同样曾担任社长的陶百川、程沧波等人的回忆中明确指出了第一任社长是潘宜之⑦。和上海《中央日报》创刊关系非常密切的

---

① 徐詠平：《中国国民党中央直属党报发展史略》，李瞻主编：《中国新闻史》，台湾学生书局，1979年，第324页。

② 复旦大学新闻系新闻史教研室编：《简明中国新闻史》，第244页，福建人民出版社1985年；最近的新闻史教材见刘家林《中国新闻史》（武汉大学出版社，2012年）、方晓红《中国新闻史》（北京师范大学出版社，2013年），这些教材中都认为丁惟汾兼任上海《中央日报》社长一职。

③ 吴廷俊主编：《中国新闻事业史》，武汉：武汉大学出版社，2009年，第190页。

④ 方汉奇主编：《中国新闻事业编年史》（中），福州：福建人民出版社，2009年，第1095页。

⑤ 赵丽华：《民国官营体制与话语空间——〈中央日报〉副刊研究（1928—1949）》，第18页。

⑥ 上官美博：《六十年大事记》，《本报历任重要人事一览表》，胡有瑞主编：《六十年来的中央日报》，第246页。

⑦ 见陶百川：《最长的一年》，胡有瑞主编：《六十年来的中央日报》，第36页。

陈布雷在回忆录中也明确提到潘宜之社长，陈布雷的撰述是更可靠之证据，因为上海《中央日报》就是收购了和他渊源密切的《商报》而创办，有志于报业的他也为蒋介石所赏识，被视为是担任《中央日报》主编主笔的第一人选。陈布雷曾这样记载道："已而《中央日报》社长潘宜之（字祖义）来京，蒋公告潘约余为《中央日报》主笔，然《中央日报》有彭浩徐（学沛）任编辑部事，成绩甚佳，何可以余代之，遂亦坚辞焉。"①

之所以有很多教材和研究者认为宣传部长丁惟汾兼任《中央日报》社长，是因为大家有了一个先入为主观点，即蒋介石的重新上台和南京国民政府开始进行思想和舆论管控，或是从第二任社长叶楚伧是中宣部长兼任推及而来，并把这些都纳入到国民党中央新闻事业统制的建构中。但实际上，不仅丁惟汾兼任《中央日报》社长有误，宣传部部长丁惟汾的说法更是错上加错。查阅有关丁惟汾的传记和记事，包括台湾政治大学有关该校重要创始人丁惟汾的介绍以及国民党的党史资料，从未有 1928 年丁担任国民党中宣部部长的材料。1928 年 2 月 2 日国民党二届四中全会召开之前，宁汉两方在党务上并未达成一致，有关各方的党部党务活动基本处于停滞状态。正是在这次大会上，丁惟汾当选为国民党中常委，他和蒋介石、陈果夫提议改组中央党部案，会议通过的最终改组方案是只设组织、宣传、训练三部，蒋介石任组织部长，戴季陶任宣传部长，丁惟汾任训练部长②。很显然，把 1928 年 2 月 1 日创刊的《中央日报》描述为由宣传部长兼任的话，那也不该是丁惟汾而应是确定要担任中宣部部长的戴季陶。丁惟汾确曾有短暂兼任中宣部部长，但时间是 1933 年任职中央党部秘书长时③。由此可见，不仅丁惟汾没有兼任《中央日报》社长，1928 年的中宣部部长丁惟汾更是子虚乌有，中宣部长兼任上海《中央日报》社长体现国民党集团控制新闻事业，这更是后来者主观立场投射下的事项呈现。

桂系主要人物东路军前敌总指挥部政治部主任潘宜之兼任上海《中央日报》社长，这更能说明这份报纸及其副刊是何如颠簸在大革命的浪潮中。尽管作为社长的潘宜之并不能干涉主编彭学沛的具体工作，但整个报刊的命运多少和政治革命者潘宜之在大革命中的起伏相关联。潘宜之既是上海清党工作的主

---

① 陈布雷：《陈布雷回忆录》，北京：东方出版社，2009 年，第 115 页。

② 荣孟源主编：《中国国民党历次代表大会及中央全会资料》，北京：光明日报出版社，1985 年，第 531 页。

③ 有关论述参见杨仲揆《刚毅木讷的学者革命家——丁惟汾传》中《丁鼎丞先生记事年表》部分，上海：近代中国杂志社，1983 年，第 228—235 页。

要负责人，也曾私自释放被捕的共产党首脑周恩来，更是娶了怀有身孕待决的女共产党员刘尊一为妻，难怪后来有通俗类读物记叙潘宜之题目为《扑朔迷离的爱国将领》①，其实扑朔迷离的革命家更为适宜，这也一再说明，我们需要在扑朔迷离的革命浪潮中探析《中央日报》及其副刊。1928 年下半年起随着蒋桂之间矛盾越来越突出，而身为桂系主要人物的潘宜之则难逃漩涡，1928 年底上海《中央日报》的停办直至在首都南京接续复刊，和蒋桂之间的纷争多少有关联。正是基于这样的史实，有论者谈及这一时期《中央日报》为桂系所掌控，“掌控”同样把民国时期《中央日报》运行机制简单化，但至少说明，《中央日报》及其副刊绝不是什么蒋介石和南京中央政府舆论控制的体现，这也是上海《中央日报》不同于后来南京《中央日报》的复杂性、多维性体现。

我们不仅要正视上海《中央日报》和之后南京《中央日报》的差异，同时也需要关注它和之前武汉《中央日报》及副刊的关联。在重新编号的上海《中央日报》之前，1927 年 3 月国民党中央曾在武汉创设《中央日报》，著名的副刊大王孙伏园主编其副刊。但是正如上文所提及，台湾新闻史论者有意回避武汉《中央日报》的存在，“民国十六年三月，汉口曾有中央日报之发刊，自三月二十二日起至九月十五日停刊，计共发行一百七十六号，因为当时武汉政治局势，甚为混淆，报纸亦无保存可供查考，故本报仍以十七年二月一日为正式创刊之期”②。很显然，“报纸亦无保存可供查考”只是个说辞，而“政治局势，甚为混淆”则是史实，更明确说，当时宁汉双方正展开革命与反革命的相互攻讦。武汉《中央日报》及其副刊基本上展示出武汉中央极其激进的革命态度，就副刊来说，孙伏园主编的《中央副刊》创刊不久就刊登了毛泽东的《湖南农民运动考察报告》，也曾登载了郭沫若的《脱离蒋介石以后》，还包含有鲁迅的演讲和一些文章。这些极其激进的革命理念和旗帜鲜明的反蒋姿态正是后来台湾史家无视武汉《中央日报》的原因，而武汉政府后来的“反革命”转向也成了大陆学界回避的理由。事实上，武汉《中央副刊》同样是我们了解“革命文学”谱系的重要一环，而迄今为止学界少有人论及。上海《中央日报》固然不像武汉《中央日报》及其副刊那样激进，不过，宁汉合作后各方虽然在北伐和“反共”的名义下党政趋于统一，但有关革命理论的阐述和建构却并未走向一致，反倒呈现出更加多元化、多维化的特征。

上海《中央日报》的主编彭学沛在政治派系被认定为是不折不扣的汪精卫

---

① 见西江月：《扑朔迷离的爱国将领》，《东方养生》2010 年第 12 期。

② 上官美博：《六十年大事记》，胡有瑞主编：《六十年来的中央日报》，第 246 页。

改组派核心人物，事实上，彭学沛真正追随汪精卫是1929年之后的事了，所以有很多评论认为上海《中央日报》为汪派改组派所把持，这显然不符合史实但也并非没有道理。因为改组派一直都是一个较为松散的政治团体，从政治理念和革命理念上来说，彭学沛在1928年主编《中央日报》时较为接近改组派。改组派之所以成为一个拥有广泛群众基础的政治团体，也得益于陈公博、顾孟余等人的革命理论宣传。陈公博的两篇重要理论文章《国民党所代表的是什么?》、《国民革命的危机和我们的错误》以及创办的刊物《革命评论》，顾孟余创办的刊物《前进》等，在当时掀起了革命思想的巨潮，在国民党党员和革命青年群体中广受追捧，风行一时。陈公博在其一系列文章指出"中国最终革命的鹄的在民生，并主张国民革命应该以农、工和小资产阶级为基础"①，国民党所代表的也应该是农、工、小资产阶级、商人以及学生群体；顾孟余在《前进》上则积极倡导加强国民党党权，力推党内外民主。

虽然彭学沛曾经在《中央日报》上撰文《国民党所代表的是什么？——对陈公博氏理论的商榷》，与陈公博进行辩论，但彭文与其说是对陈公博的理论提出商榷，不如说是在其基础上进一步补充和完善。彭学沛提出国民党的革命基础还应添加资产阶级，而党和国家政府会在平均地权和节制资本的方针下限制大地主和大资产阶级，因此国民党是代表工农商资产阶级全体国民的全民革命②。彭学沛担任主编期间，《中央日报》一直努力建构和阐述国民革命理论，当然是不同于无产阶级专政的革命理论，但不少论述和陈公博一样，在具体分析中多少受到阶级理论的影响。因此，在《中央日报》上我们很容易看到有关农民运动、工人运动、社会主义革命理论、苏联制度介绍的文章，其中不少就是彭学沛所撰写。与此同时，彭学沛在《中央日报》上推进国民党和政府的民主化，探讨党员的言论自由，这和曾经的武汉《中央日报》主编后来的改组派中坚顾孟余观念较为接近。《中央日报》创刊当天彭学沛发表了政论散文《射进窗子的一线太阳光》，"从此以后，在党的内部，在国民革命政府的范围内，一切政治活动应该采取一种完全不同的方法，应当走上新的途径。那些老法门：阴谋，暴动，武力，再也不应采用了；……在同一党里，在民主主义的国家里，要贯彻自己的政见，要克服自己的政敌，只有和平的讨论，剀切的说

---

① 陈公博：《苦笑录》，现代史料编刊社，1981年，第132页。

② 彭学沛：《国民党所代表的是什么？——对陈公博氏理论的商榷》，《中央日报》1928年6月2、3、4、6日。

明”①。既倡议国民党内外民主，反对暴力无序，又号召改组国民党尤其是基层党组织，防止国民党腐化堕落，丧失革命精神。在《中央日报》上，曾刊登有一封浙江天台基层同志对全国党员的恳切呼吁，题为《在下层工作同志的伤心惨绝的呼声》，文章激烈批评了清党之后贪污豪劣、腐化分子趁机混入国民党内，致使革命精神失落。来信中甚至激愤谈道：“如果说如此便是革命，谁不愿反革命？如果说如此便是国民党谁不愿退出国民党？如果说如此便是总理主义，则从今之后，谁不愿由总理之信徒，一变而为总理之叛徒？”②

彭学沛在主编《中央日报》时是否是改组派并不重要，也不是本文考察的重点，但彭学沛和上海《中央日报》对革命理论的建构和提倡，对国民党民主和自由运动的推进，强化和重塑国民党的革命精神以抵制腐化，甚至在《中央日报》上出现“反革命”式的革命呼声。这种现实不满而对革命理想的执着，这种极其赤诚而又激进的革命姿态，无疑和改组派一样吸引了正在迷茫彷徨的革命青年和基层国民党员。虽然没有《中央日报》具体发行数量的统计，但是从报纸上不断扩充的行销处、代售点告示以及最后报纸终刊时财务报告的大量盈余来看，《中央日报》在接受少量党部经费支持的情况下获得了良好的市场效益。市场机制也是我们考察上海《中央日报》多维性的重要因素，迎合青年心声的“革命”远比所谓的思想钳制更符合当时的市场原则。这也就是为什么在老牌党报《民国日报》成为西山会议派保守言论阵地时，国民党中央要另外设立《中央日报》，并以极其革命的姿态压过了曾经积极倡导革命和革命文学的《民国日报》。可以说，曾经左派、革命文学的阵地在 1928 从《民国日报》转移到了《中央日报》，正是因为上海《中央日报》的“革命”和“左”的色彩，1928 年 10 月底《中央日报》才会在所谓“需在国都所在地”的名义下停刊，并在数月后才在南京复刊。接替南京《中央日报》社长的则是中宣部部长叶楚伧，而此人正是先前已经非常保守的《民国日报》主编。

总之，我们只有回到大革命的复杂历史中，重新检视革命与反革命的含混交织，以多维革命视域才能进入到对上海《中央日报》及文艺副刊，并由此展开对其“革命性”考察和分析，因为这份报纸最主要的两个副刊《红与黑》《摩登》的编者或参与人胡也频、丁玲、田汉，毕竟都是我们后来所公认的左翼经典作家。

副刊《红与黑》并非是上海《中央日报》创立的第一个副刊，但它是最

① 彭学沛：《射进窗子的一线太阳光》，《中央日报》1928 年 2 月 1 日。

② 《在下层工作同志的伤心惨绝的呼声》，《中央日报》1928 年 4 月 10、11、13 日。

后一个副刊，也是最重要的一个副刊。从期数上来说，共出刊49期的《红与黑》远远多于上海《中央日报》其他副刊，如出刊38期的《艺术运动》、31期的《文艺思想特刊》、24期的《摩登》等，就是放眼民国时期所有的《中央日报》副刊，《红与黑》在期数上也是排列前名。更值得我们注意的是，编辑或参与《红与黑》副刊的胡也频、沈从文、丁玲在后来的文学史上都鼎鼎大名，《红与黑》副刊对三人之后的文学走向和文学史定位都有重要影响。可这么重要的一个文艺副刊，学界除了一篇论文《从〈红与黑〉到〈红黑〉》① 稍有涉及之外，其他也大都是在论述沈从文、丁玲时简单提及。颇有意味的是，后来不管是沈从文还是丁玲，都有意淡化和回避他们与《中央日报》及《红与黑》的关联。

丁玲特别强调胡也频编辑《中央日报》副刊是由于沈从文的原因，“正好彭学沛在上海的《中央日报》当主编，是‘现代评论派’，沈从文认识他，由沈从文推荐胡也频去编副刊。也频当时不了解《中央日报》是国民党的。只以为是‘现代评论派’，……胡也频不属于‘现代评论派’，但因沈从文的关系，便答应到《中央日报》去当副刊编辑，编了两三个月的《红与黑》副刊。每月大致可以拿七八十元的编辑费和稿费。以我们一向的生活水平，这简直是难以想象的。但不久，我们逐渐懂得要从政治上看问题，处理问题，这个副刊是不应继续编下去的（虽然副刊的日常编辑工作，彭学沛从不参与意见）。这样，也频便辞掉了这待遇优厚的工作”②。在沈从文的记述中，彭学沛和胡也频原本相熟，是彭直接找的胡也频，“恰恰上海的《中央日报》总编辑浩徐，是前《现代评论》的熟人，副刊需要一个人办理，这海军学生就作了这件事。我那时正从南方陪了母亲到北方去养病，又从北方回到南方来就食（计算日子大约是秋天），这副刊，由我们商定名就叫《红与黑》”③。“上海的《中央日报》总编辑彭浩徐，找海军学生去编辑那报纸副刊，每月有二百元以上稿费，足供支配。三个人商量了一阵，答应了这件事后，就把刊物名为《红与黑》。”④

到底真实的事项是什么？因为没有直接而明确的材料，所以也许我们很难

① 黄蓉：《从〈红与黑〉到〈红黑〉》，《湖南人文科技学院学报》2005年4期。这篇文章重心也是在《红黑》杂志的市场因素，对《红与黑》副刊的论述并不十分深入。

② 丁玲：《胡也频》，《胡也频选集》，福州：福建人民出版社，1981年，第25—26页。

③ 沈从文：《记胡也频》，《沈从文全集》第13卷，太原：北岳文艺出版社，2002年，第28页。

④ 沈从文：《记丁玲》，《沈从文全集》第13卷，第112—113页。

给出一个确切的说法。但是后来各方对此事的描述尤其是充满缝隙的描述，恰恰是我们分析的重点，据此我们才可能真正理解《红与黑》副刊的复杂性及其意义。

在丁玲后来的记叙中，胡也频编辑《红与黑》包括她参与此事是碍于沈从文情面，并有一种上当受骗的感觉，甚至说他们完全不了解这个报纸是国民党创办的。这基本不合乎情理，对当时的胡也频和丁玲来说，参编《中央日报》副刊不仅意味着丰厚的收入来源，也是他们长久以来的文学梦想的实现，这么重要的事情他们不可能就糊里糊涂参与进去，也不可能不了解《中央日报》的党派背景。胡也频他们编辑副刊以及发稿时，曾有友人提醒他们注意政党、党派和颜色。胡也频在副刊上明确答复：“又有过朋友来向我说，要我不要乱投稿，有些地方是带着某种色彩，投不得的。我默然：——的的确确，对于眼前的国内各种党呀派呀的区别，我是一点也弄不清楚，这事实，正像那卖茶食和蜜饯的‘稻香村’，‘老稻香村’，‘真稻香村’和‘止（只）此一家’的‘真正稻香村’，一样的使人要感觉到糊涂了。我想，单在要生活的这一点上，把写好的文艺之类的东西去卖钱，纵然是投到了什么染有颜色的处所，该不至于便有了‘非置之死地不可’的砍头之罪吧。”① 很显然，胡也频这话是明显针对当时各党各派都争相把自己塑造为革命的正统，并由此映射当时火热的革命文学论争。

8 月 14 日《红与黑》刊登了《一个观念》，文章未署名，一般都认为是编者胡也频，这篇文章是《红与黑》创刊将近一个月后首次亮出编者的文学理念和办刊宗旨。“凡能把时代脉搏，位置在艺术上，同时忘不了艺术的极致，是真，美，善，是真实，自由，平等的拥护，是可以达到超乎政治形势以上更完全的东西，看不出势力，阶级，以及其他骇世骗人工具的理由，有了这样感觉而在无望无助中独自努力者，我们是同道。”② 文章中更是讥讽了“阶级”“盛名的战士”“革命作者”等名目，认为这都不过是“竞争，叫卖，推挤，揪打，辱骂，广告，说谎，诅咒”的体现，而他们甘做“愚人一群”的“呆子”，踏踏实实写作。很显然，以后来者眼光看来，这些观念——对革命文学的讥讽和针砭，绝不像是胡也频的，倒是完全符合沈从文，在凌宇的《沈从文传》中，“呆子”是出现频率最高的一个词。

《一个观念》没有署名，或许是三人共同的主张，但悖论之处在于，胡也

---

① 胡也频：《写在〈诗稿〉前面》，《中央日报》1928 年 9 月 18 日。

② 《一个观念》，《中央日报》1928 年 8 月 14 日。

频所编副刊本就隶属《中央日报》，而胡也频却在自己副刊中宣告超越党派和颜色之纠缠，更有意味的是副刊本身就是鲜明的颜色命名——“红与黑”。胡也频对“颜色”“色彩”的在意，对色彩之下革命的关注，并非从1928年《红与黑》副刊时开始，早在北京孙中山去世时，胡也频就明确谈到了颜色和革命。“抱着真正革命的志向是不在乎得了个国民党党员的徽章。因此，我到现今还不是国民党的党员。正因为不是国民党的党员，所以对于中国之一般民众的思想，要沉痛的说几句话，大约不至于竟犯上‘色彩’的嫌疑罢!”[①] 文中胡也频更表达了对一般民众和有些大学生排斥革命的“那颜色”的强烈愤慨。

胡也频的这种矛盾恰恰是“红与黑”的最好注解，他一边讲着对颜色和革命的超越，一边注目着革命和各种颜色。他所谓的超越阶级、政治势力的艺术极致追求，确有长久以来他身上唯美主义因素的影响，但并非以此来否定革命和革命文学，而更多体现着他对拉大旗作虎皮风潮的不满，这一点倒与当时和后来的鲁迅相同。胡也频曾借鉴鲁迅《药》在《中央日报》上发表小说《坟》[②]，讲述一个青年革命者被枪决后，负责处理尸体的四个工人认识到青年是为了他们才被无辜杀害，不忍把青年扔在乱坟岗，为其修坟立碑并常来看他。四个工人常常感叹青年牺牲后的孤单，除了一只乌鸦停驻过坟头，居然没有任何人类来到，后来这四个工人也被警察抓走并杀害，墓碑被捣毁，只剩下孤零零的坟。小说甚至在结尾描绘到未来很多年，这坟在新时代成为跳舞的乐园。这篇小说除了受到鲁迅《药》明显影响之外，革命青年的无端被杀，工人意识的觉醒等等，毫无疑问展现出作者对时代的激愤批判和革命情怀。诗歌《一个时代》刊登在10月11日的《红与黑》副刊上，前一天《中央日报》刚刚举行隆重的双十庆祝专刊活动，国民党党政要人纷纷寄语献词美好革命时代，第二天胡也频在其诗作中描述了他眼中的这个时代，“刀枪因杀人而显贵，法律乃权威的奴隶，净地变了屠场，但人尸难与猪羊比价”“人心如惊弓的小鸟，全战栗于危惧”“铁窗之冷狱于是热闹，勇敢的青年成了囚犯”[③]。从思想和艺术两方面来说，像《坟》和《一个时代》这样的作品绝对是革命文学的佳作，红彤彤的色彩非常鲜明，情绪饱满而又激烈。不过，在《中央日报》的《红与黑》副刊上，胡也频类似这样鲜红之色的作品实在太少，他的绝大部分

① 胡也频：《呜呼中国之一般民众》，《中央日报》1925年3月31日。
② 胡也频：《坟》，《中央日报》1928年9月26日。
③ 胡也频：《一个时代》，《中央日报》1928年10月11日。

作品是另一种色调，极其压抑的苦闷、孤独、徘徊、幻灭、颓废，像诗作《遗嘱》《寒夜的哀思》《死了和活着》《空梦》《生活的麻木》……，这一类的暗黑色的作品实在太多了，小说《约会》《那个人》《八天（一个男子的日记）》等也大都呈现同样的色调，主题基本是三角恋爱、恋爱的白日梦之类。

正是由于胡也频在《红与黑》副刊上作品的黑色基调，他的很多作品除了几部鲜明色彩作品之外，都没有被选入到《胡也频选集》中，很显然这是后来的编选者刻意要过滤掉“红与黑”中的黑色。丁玲后来也为胡也频的黑色做了很多遮掩，并极力塑造胡也频的积极一面，甚至说他们逐渐学会了从政治立场上看问题，毅然放弃了待遇优厚的《红与黑》编辑工作。但这种大义凛然的气节很显然是后来的叙述，而非事实，《红与黑》的停刊并不是胡也频、丁玲他们的主动选择，而是正如我们前面所提及，是整个报社所有编辑的集体辞呈，是上海《中央日报》整体停办并要迁往南京。在胡也频事务性启事宣布《红与黑》停刊的同时，报纸还醒目刊登了《本报停刊迁宁启事》《本社工作同人启事》《停刊的前夜》，以及主编彭学沛的《今后努力的方针》等，这些启事和文章一再表达了对停办上海《中央日报》的某种不满，甚至在回顾和对今后的建议中表明上海《中央日报》办报的整体原则，是通过揭露、批评、监督党和政府以图促进革命，不是炫耀功绩或遮掩问题。因此，我们与其认为是胡也频他们因革命的选择而主动放弃编辑《红与黑》，毋宁说这是上海《中央日报》全体同人的“革命姿态”展示。但在后来，大家都理所当然地认定国民党党报是红色胡也频身上的一个黑点，所以要极力去遮掩去回避，完全无视当时红与黑交织的复杂革命现实。

如果说丁玲等人回避胡也频和《中央日报》的关联，这是怕《中央日报》的“黑”有损于胡也频的“红”，而沈从文有意拉开自己和《中央日报》的联系，则是为了回避他极为“鲜红”的一面，回避他曾有过的革命情怀和对革命政治的积极介入。沈从文提到这份报纸是彭学沛直接联系胡也频编辑，还有最明显证据是他说此时陪母亲在北京看病，也有不少研究者认为1928年7月沈从文在上海，的确，有关沈从文1928年在上海的史料非常混乱，各家的描述也很不一致①，沈从文自己说回到上海的日子大约是秋天，《吴宓日记》中则

① 参见吴世勇编：《沈从文年谱（1902—1988）》，天津：天津人民出版社，2006年，第55页注释1。

记载了7月30日他在从天津往上海船上和沈从文的初次会面①。而《红与黑》创刊于1928年7月19日，此时沈从文确实未在上海，可是沈从文又确凿无疑记载“红与黑”的名称是三人商定结果，这一副刊也是三人共同参与。唯一合理解释就是在沈从文去北京之前，他们三人已经商谈了编辑《红与黑》副刊之事。从《中央日报》和其副刊的设置来看，沈从文先和《中央日报》有联系，1928年3月23、27、28日沈从文的《爹爹》刊载于《中央日报》的《摩登》副刊，3月12、20、22、24日《卒伍》在《艺术运动》第4号和《文艺思想特刊》第1—3号发表。更值得注意的是，3月13日《摩登》副刊因田汉小说《亚娜》映射事件而匆忙停刊，沈从文的小说《卒伍》转移到新创刊的《文艺思想特刊》，《文艺思想特刊》没有明确的编者，基本上是处理了《摩登》副刊的遗留稿件以及《艺术运动》的一些分流稿件，《卒伍》则是这一副刊上无数不多的原创作品。很显然，临时的《文艺思想特刊》是由主编或其他艺术类副刊编辑代管，寻找一个文学家开设一个真正文学副刊是彭学沛的当务之急，而沈从文此时发稿在《中央日报》上，且变换副刊阵地，怕也不是偶然巧合，彭学沛理应在这个时间动员熟人沈从文支持或者加入《中央日报》副刊。这个时候即三四月间也就是胡也频和丁玲来上海的时间，沈从文又拉好友胡也频、丁玲，他们商议了“红与黑”副刊的事情，只是胡也频、丁玲匆忙去往杭州，所以编辑副刊之事才未有结果。正因为胡也频和丁玲在上海短暂停留就去了杭州，外人也难以了解其行踪，所以沈从文是《红与黑》副刊核心或联系人就更说得通，当然胡也频和彭学沛在北京时早已相熟也应该是事实，否则彭也不会放心把副刊交予胡也频出面来主持。

沈从文之于《红与黑》副刊的重要性还体现在他回到上海后副刊的变化，他的作品《上城里来的人》重新出现在《中央日报》前两天，即8月14日起《中央日报》连续刊发《本报副刊启事》：“本刊原有之特刊，除国际，一周间大事，及艺术运动外，其他如文艺思想，文艺战线，海啸，经济四种，改出《红与黑》。”② 也是在这一天，《红与黑》副刊刊登未署名的《一个观念》和编者的《写在篇末》，这才是《红与黑》副刊理念的公开宣告，也是《红与黑》副刊大干一场的宣言，正如我们前文所论述《一个观念》中的观念更像是出自沈从文，自此之后沈从文开始在《中央日报》上发表了一系列重要作

---

① 参见吴宓：《吴宓日记 IV · 1928—1929》，吴学昭整理，北京：生活 · 读书 · 新知三联书店，1998年，第98页。

② 《本报副刊启事》，《中央日报》1928年8月14、15、16、17日。

品，《上城里来的人》《不死日记》《有学问的人》《屠户》《某夫妇》，这些作品中对“湘西下层人民现实与都市社会的形形色色”的描绘，在著名沈从文研究专家凌宇看来，“预示着沈从文创作渐趋成熟”①。

另一著名学者金介甫也注意到这一时期沈从文创作的变化，认为“沈从文作品中政治意识逐渐浓厚”②，从他在《红与黑》发表的最早的两篇作品《上城里来的人》《不死日记》很明显能够看出变化的苗头。前者是对军阀侵害和掠夺乡村、奸淫妇女的控诉，作品已经隐约从社会制度方面来看待问题，沿着这一路数一直到1929年《红黑》杂志，沈从文又大量控诉不合理社会甚至从阶级对立来分析社会，如《大城中的小事情》，就写了工人受剥削和阶级对抗，这些作品的阶级意识和革命情怀比胡也频和丁玲要鲜明得多，比当时以及之后的诸多左翼作品要真切。《不死日记》似乎继续延续北京时代的自我书写，也有类似胡也频个人书写的苦闷、孤独与昏暗，但是更有一种强烈的不平和控诉，困苦、贫穷、受到书商的盘剥，第一人称的叙述者似乎要么彻底地崩溃，要么绝望地抗争，包括1929年《红黑》杂志上的《一个天才的通信》，这些作品已经是个人书写的极致，下一步很自然上升到制度的控诉，也就是说我们在沈从文这一类极其暗黑的个人书写中，也总能感受到红色的革命情绪，比胡也频和丁玲更强的革命情绪。难怪金介甫这样评介《红与黑》《红黑》时期的沈从文作品，“从这些小说一眼就能看出，不论就主题和题材方面看，都属于二十年代末和三十年代初期中国左翼文学主流的范畴”③。可是，左翼文学主流从来没有接纳过沈从文，我们后来对于沈从文的“红”总是视而不见，即便是红与黑中的沈从文比胡也频还要更革命些，相反，我们还把他作为革命文学的对立面、黑的一面而不断强化，因为他总是讥讽和非议革命文学。事实上，沈从文嘲讽和非议的并不是革命文学观念，他反感的是那些不如他穷困也没有真实革命情感的人却大打革命文学招牌。并未发表的《不死日记》后边部分，沈从文记述了他和胡也频、丁玲8月14日步入上海文豪开的咖啡店，见到一些“光芒万丈的人物”，“全是那么体面，那么风流，与那么潇洒”，畅谈革命文学，沈从文“自己只能用‘落伍’嘲笑自己，还来玩弄这被嘲笑的心情”④，

① 凌宇：《沈从文选集·编后记》，《沈从文选集》第5卷，成都：四川人民出版社，1983年。

② 金介甫：《凤凰之子：沈从文传》，符家钦译，北京：中国友谊出版公司，1999年，第153页。

③ 同上，第152页。

④ 沈从文：《中年》，《不死日记》，人间书店，1928年，第72—73页。

也就是这一天《红与黑》上刊登了《一个观念》表达了对“革命文学”的不以为然。沈从文几天对此事都未能释怀，就像阿Q被假洋鬼子抢走革命且不许自己革命的委屈和不满，他接连在日记中诉说真假思想前进和革命。“向前若说是社会制度崩溃的根源，可悲处不是因向前而难免横祸，却是这向前的力也是假装的烘托而成的，无力的易变的吧。真的向前也许反而被人指为落后吧，这有个例子了。然而真的前进者，我们仍然见到他悲惨的结果。”① 一面是自命的革命家，一面是真正孤独的革命者，结果就是“一群自命向前的人物”，“制这类俨然落伍者的死命”，并宣告自己的胜利。毫无疑问，沈从文对革命认知相当深刻，对革命文学论争也是一针见血，1928年的沈从文也坚信自己才是孤独的、真正的革命者，甚至宁愿以“黑”的一面、落伍的姿态来展示自己的革命和前进。

“红与黑”的确是大革命中最适合不过的题目，正如胡也频、沈从文、丁玲他们在《红黑》创刊释名时说的那样，“红黑两个字是可以象征光明与黑暗，或激烈与悲哀，或血与铁，现代那勃兴的民族就利用这两种颜色去表现他们的思想——这红和黑，的确是恰恰适当于动摇时代之中的人性的活动，并且也正合宜于文艺上的标题”②。尽管在这篇《释名》中作者说他们只是把红黑作湖南方言横竖、横直的意思，但作者煞费苦心的阐述恰恰表面了“红与黑”的真实寓意。光明与黑暗、激烈与悲哀、血与铁既是交织在个人胡也频、沈从文的文学思想和文学创作中，也是整个《红与黑》副刊、整个《中央日报》文艺副刊的最好注解，在其他副刊如《摩登》既有柏心《叛逆的儿子》吞食反动恶霸势力心肝的赤裸裸暴力诉诸，也有王礼锡《国风冤词》的含蓄表达，林文铮《艺术运动》《文艺思想特刊》既有对西方唯美艺术的推崇，也有在翻译《恶之花》的告白中对撒旦式革命精神的呼唤。

正视大革命中的“红与黑”交织，我们发现了与过去不一样的胡也频、丁玲，也看到了更加复杂的沈从文，更是透过包括《红与黑》在内的《中央日报》副刊洞悉了1928革命文学的丰富与多面。

与《红与黑》相反，《摩登》是上海《中央日报》创设的第一个副刊。如果说通过《红与黑》这一最后副刊我们能看出《中央日报》文艺副刊在革命与反革命交织中复杂性和含混性，那么通过《摩登》这第一个创设的副刊，我们可以洞悉《中央日报》文艺副刊的主导方向，至少是创办者所期待的方向。

---

① 沈从文：《中年》，《不死日记》，人间书店，1928年，第75—76页。

② 胡也频：《释名》，《胡也频选集》下，第1075页。

近些年来，研究界对“现代”和“现代性”的关注持续不断，可不少研究者都是从西方理论预设出发，寻找文学作品和文学现象来印证，很少有人真正深入到历史现场中考察国人对“modern”的认知理解。《中央日报》的《摩登》副刊为我们提供了中国作家如何阐述现代，如何探索摩登文艺的建构，可是学界对此却一直缺乏应有的关注。

早在留日期间，田汉就和郭沫若、宗白华信中畅谈他有关“Modern Drama”构想，感叹中国研究和关注这一命题的人太少，田汉在有地方把它翻译为“近代剧”，即把 Modern 译为近代，思考中国传统戏曲的摩登转换①。上海《中央日报》创立之初，田汉和一群志同道合者继续思考和探索中国传统艺术的“摩登”转换，如邓以蛰之前也曾涉及戏曲转化这一命题；王礼锡在《摩登》上发表《国风冤词》，反复提到“摩登”和“摩登精神”，他要做的就是揭示中国传统文学如《国风》中被遮蔽的抗争的摩登精神②；常乃德也是用摩登精神来重新审视被当时统治者所排斥的柳子厚③；其他文艺副刊如《艺术运动》《中央画报》的编者林文铮、林风眠也是探讨中国画和艺术的摩登化命题。《中央日报》文艺副刊上的诸多理论文章、批评、创作以及翻译作品，都展示了中国文艺界探索和实践现代性的复杂历程，也体现出《中央日报》文艺副刊的活力与开放。

更值得我们注意的是，田汉等通过《摩登》副刊塑造了一个关键词——“摩登”，1934 年“摩登”已经广泛出现在上海社会文化的方方面面时，《申报月刊》对这一词的词源考察指向了田汉，“即为田汉氏所译的英语 Modern 一辞（词）之音译解”④。摩登看似只是一个简单的音译，正是由于田汉以及《摩登》副刊的赋予，使得这一语词有了比“近代”“现代”更复杂的历史内涵和理论维度。

首先，从田汉的《摩登宣言》及这一副刊上的文艺理论和创作来看，田汉他们是明确把摩登和革命关联起来，和国民党主导的国民大革命联系起来。《摩登宣言》中明确提到：“中国国民党者摩登国民运动，摩登革命精神之产物也。国民党之存亡亦观其能摩登与否为断。励精国治真能以国民之痛痒为痛

---

① 田汉：《田汉致郭沫若函》，宗白华、田汉、郭沫若《三叶集》，合肥：安徽教育出版社，2006 年，第 56—71 页。

② 王礼锡：《国风冤词》，《中央日报》1928 年 2 月 11 日。

③ 常乃德：《柳子厚思想之研究》，《中央日报》1928 年 2 月 18 日。

④ 《新辞源·摩登》，《申报月刊》3 卷 3 号，1934 年 3 月 15 日。

痒，所谓摩登之国民党也。反此则谓之‘不摩登’，或谓之腐化恶化，自速其亡耳。”① 由此可以看出，田汉包括王礼锡、邓以蛰、徐悲鸿、林文铮等《摩登》参与者，大家有一个共识，即摩登和革命、抗争相辅相成，革命精神产生摩登，摩登与否亦与不断革命相关，否则“腐化恶化”“自速其亡”。前文曾有提及学界对现代性的火热关注，可在这些“现代”探讨热背后隐含了用“现代观”取代“革命观”的逻辑，显然这未必是当时的知识分子思维逻辑，至少和《摩登》副刊所展示的不相符合。摩登这一语词远比“现代”更加符合历史的本来面目，更加传神，更加丰富和复杂。学界的确有关注“摩登”，尤其自从李欧梵的《上海摩登——一种新都市文化在中国 1930—1945》② 出来之后，摩登这个词语就迅速被热炒，为研究者广泛使用。但是不少研究者并没有厘清摩登和现代之间的区别，包括李欧梵自己都是在混用这两个语词，更值得注意的是，李欧梵和不少研究者把革命和摩登对立起来，认为革命话语压制了摩登，这显然是比较片面的。与此同时，摩登越来越被赋予一种欲望和消费的含义，甚至是庸俗化的意义，例如学者解志熙提出了摩登主义的说法，“这样一种复制‘现代’所以貌似‘现代’、但不免使‘现代’时尚化以至于庸俗化的文化消费和文学行为方式，就是‘摩登主义’”③。张勇在对“摩登”的考辨中也指出：“其逐渐偏向于‘时髦’的意思，开始与‘现代’分野。”④

事实上，不论是把现代观和革命观对立起来，还是认为革命压制了作为消费的摩登，都并不符合“摩登”的本意。从《中央日报》的《摩登》副刊及当时文艺创作来看，革命和摩登是如此紧密相连，在《摩登》副刊上，大都是因为其“革命”而彰显摩登价值的作品。徐悲鸿的《革命歌词》为革命呐喊，田汉的重要作品《黄花岗》，是他革命戏剧的一部大作，林觉民等人的革命精神曾引起广大青年的共鸣。田汉原本在《摩登》副刊上要完成革命三部曲“三黄”系列，除了《黄花岗》其他两部并未完成，写武昌起义的《黄鹤楼》，写南京抗帝的《黄浦江》，都因《摩登》副刊的停刊而终止了写作计划，后来和计划大不同的《顾正红之死》算是《黄浦江》的一个小片段。在田汉等人

---

① 记者（田汉）：《摩登宣言》，《中央日报》1928 年 2 月 2 日，另见《田汉文集》第 11 卷，北京：中国戏剧出版社，1984 年，第 464 页。

② 李欧梵：《上海摩登——一种新都市文化在中国 1930—1945》，北京：北京大学出版社，2001 年。

③ 解志熙：《现代文学研究论衡》，开封：河南大学出版社，2005 年。

④ 张勇：《“摩登”考辨——1930 年代上海文化关键词之一》，《中国现代文学研究丛刊》2007 年第 6 期。

看来，这些弘扬和表现革命精神的文学作品才是真正的摩登文学。

其次，有关摩登和革命何以能结合而不是相悖，田汉和《中央日报》文艺副刊提供了重要的思路，革命之魔和摩登之摩的契合。创刊号《摩登宣言》中田汉开篇就昌明，“欧洲现代语中以摩登一语之含义最为伟大广泛而富于魔力”①，也是在《摩登》创刊的第一天，田汉发表《蔷薇与荆棘》来表达自己的文学理念，他援引厨川白村论文《恶魔的宗教》中的观点，“经典和武器，宗教和征服，本是难兄难弟，正和寺院的法典与银行账簿，说教僧与奸淫妇女是跟着走的一样”②，他提出“荆棘”也随着“蔷薇”。文学要从荆棘之路的反抗与挣扎中走出，化为蔷薇，田汉甚至还引用了《浮士德》中魔与神来喻示奋进。《摩登》停刊之后继而创办的《文艺思想特刊》最重要的作品就是林文铮翻译的《恶之华》，在译者自己看来，波德莱尔的作品是对传统希伯来神的艺术传统和希腊美的艺术传统恶魔式反叛。无独有偶，田汉舍弃“近代”“现代”的称谓而选择把 modern 音译为“摩登”，也因为“摩登”这一词天然蕴含着“魔鬼性”，当时词典在解释摩登时都会提到首要意义即“作梵典中的摩登伽解，系一身毒魔妇之名”③，后来上海流行的摩登女郎，尤其是革命文学中大量出现摩登女郎，既承载着魔鬼式的诱惑、欲望，又最终皈依革命真理正道，这些我们似乎都能在阿难和摩登伽女的典故中找到原型，后来田汉的名作《三个摩登女性》是再好不过的说明。

革命和摩登基于魔性的结合带来了前所未有的魔力，这种魔力也因中国缺乏西方那样的宗教传统而变得无可遏制，比如像弥尔顿巨著《失乐园》那样探究革命之魔和宗教之圣的关系，像雨果和狄更斯那样思考革命。事实上，田汉所引用和乐道的《浮士德》就有魔的力和神的力的复杂探索，而田汉在《蔷薇与荆棘》中对神的力并无多少感触，更感兴趣那促使人前进的魔力。如田汉所宣称，“居摩登之世而摩登者无不昌，不摩登者无不亡，伟哉摩登之威力也”④，当革命和摩登的魔力一旦开启，就势不可挡，永无止境，不断向前，甚至把曾经的倡导者田汉落在后面。田汉在《摩登》副刊大谈国民党革命和摩登，陈明等一群南国社的青年们独立出来另组摩登社，批评田汉的落伍和不够

① 记者（田汉）：《摩登宣言》，《中央日报》1928 年 2 月 2 日，另见《田汉文集》第 11 卷，第 464 页。

② 田汉：《蔷薇与荆棘》，《中央日报》1928 年 02 月 2 日。

③ 《新辞源·摩登》，《申报月刊》3 卷 3 号，1934 年 3 月 15 日。

④ 田汉记者（田汉）：《摩登宣言》，《中央日报》1928 年 2 月 2 日，另见《田汉文集》第 11 卷，第 464 页。

摩登，开始“转向普罗文学靠拢了”①，不久之后又有更摩登的“摩登青年社”宣告成立，发起人就有著名诗人白莽。没有什么可以替代摩登和革命，只有更摩登，最摩登，更革命，最革命，一场伟大的革命总是另一场伟大革命的驿站，摩登总在孕育着更摩登的出现，革命和摩登的潮流永不停息，滚滚向前。甚至革命和摩登的理念和内容是什么都不重要，重要的是追随革命的潮流。随着国民党政权的日益稳固，当权者挂着革命尚未成功的口头禅却在执行稳定的文化理念，田汉弘扬革命精神的《孙中山之死》被戴季陶批判最后乃至禁演，正如上海《中央日报》因为其激进革命而被停刊。但革命和摩登的潮流却无法停止，青年们继续追随和寻找，只要能继续革命就是摩登，否则就是落伍。《中央日报》文艺副刊及其编者也自此有了分野，田汉选择迎头赶上，完成“我们的自己批判”；沈从文坚守自己的“落伍”，选择了不摩登，尽管他坚信自己是真革命但却被视为革命的对立面，时髦姑娘丁玲和胡也频选择摩登，也就选择了继续的革命。当南京复刊后《中央日报》和其文艺副刊不再“摩登”，不再有各式各样革命理论的探讨争鸣，不再有像《恶之华》这样的法国文学作品译介，它也自然被视为革命和革命文学的对立面。但无论如何，上海《中央日报》及其《摩登》《红与黑》等副刊，为我们留下了红与黑交织下摩登，实在值得我们细细探究和分析。

第三节　革命文学的另一“战线”——《文艺战线》

除了《摩登》以外，《中央日报》副刊《文艺战线》的革命姿态同样引人注意。1928 年《中央日报》副刊《文艺战线》发刊于 4 月 24 日，停刊于 7 月 24 日，共发行了 14 号。在副刊《文艺战线》出现的前几天直至其发刊首日，这段时间的《中央日报》主刊集中刊登了一些关于日本出兵山东和日本清共及国民党清共的新闻，例如：1928 年 4 月 19 日（第七十九号）第一张第二面的《日本的险恶的帝国主义赤裸裸地暴露了!》，1928 年 4 月 20 日（第八十号）第一张第一面的《日本出兵内幕》和第一张第二面的《日本已决定出兵山东》《国民群起反对日本出兵山东》，1928 年 4 月 21 日（第八十一号）第一张第三面的《搜捕共产党与劳农党被解散》，1928 年 4 月 22 日（第八十二号）第一

① 赵铭彝：《关于摩登社的补充和说明》，《新文学史料》1980 年第 2 期。

张第二面的《中央党部决定对日方针》《外交部对日严重抗议》，1928 年 4 月 24 日（第八十四号）第二张第二面的《本党留日同志宣布共产党在日秘密活动的内幕》等。而当时的许多杂志，如《创造月刊》《文化批判》《太阳月刊》等，将鲁迅从“思想界的权威”和“青年导师”变成了“封建余孽”和“二重反革命”，极力地推崇无产阶级革命文学。特别是一些从日本回国的创造社青年社员创办的宣传马克思主义的《文化批判》，它的出现“不仅改变了和鲁迅合作的局面，而且他们从日本带回来的福本主义的‘分离结合’的理论，与既成的文坛和作家分离决裂，在中国文坛上制造了剧烈的分裂活动”①。于是，副刊《文艺战线》在 1928 年的革命文学论战的大背景下应运而生，从其刊名可以看出，编辑者将这一次文学论战划分成了两个战线：战线的左边是以刊物《文化批判》为代表的宣传马克思主义和提倡无产阶级文学，并主张艺术阶级化和革命化的队伍；战线的右边是以毛一波为代表的反对将艺术阶级化和革命化，肯定艺术其自身价值和地位的文艺家们。而作为国民党中央机关刊物的《中央日报》及其副刊《文艺战线》自然是不会赞同“战线”左边的观点。

郑今日在 1928 年 4 月 24 日《中央日报》副刊《文艺战线》（第一号）的首刊中首先发表了一篇名为《阶级与艺术》的文章，文章在开头就表明了作者的观点：“我想艺术是没有阶级分别的，艺术和阶级在本质上是没有关系的。如果艺术需要阶级意识，我们就不能不把从来的艺术整个地否定了。从这一点我们可以明瞭以为艺术需要革命的精神，阶级精神，是一个很大错误。”② 虽然“艺术时常把人生来做题材；那个时代的艺术，都以那时代的人生作题材，从这意味，便可以知道现代的艺术，不能不把现代的人生做题材是当然的了。实从这样的意味，当现社会正高调着所谓阶级意识，革命精神的时候，各个人都怀有革命意识，阶级意识的时候，这个思潮也充盛在艺术上，实是当然的结果。现代的作家，抱有阶级或革命的意识，是很好的现象。没有这些意识，可以说是没有深触现代的人生。”③ 郑今日是承认和肯定反映革命和阶级的作品的，但是“战线”另一边的人“总是把这意思打翻，说没有阶级意识就不是艺术，没有革命精神就不能成艺术，这却是个很大的错误”④。这种偏激的、功利性的说法使艺术失去了其本身独立的地位和存在的意义，而成为阶级和革

① 旷新年：《1928 革命文学》，济南：山东教育出版社，1998 年，第 43—44 页。

② 郑今日：《阶级与艺术》，《中央日报》1928 年 04 月 24 日。

③ 同上。

④ 同上。

命的附属品，因为“革命精神等只不过是题材上不同，是不能成为艺术的本体的。艺术的本体，是和题材无关涉而存在着的一种力一种美，好像艺术，美，和经济意味的社会意识各别存在着一样。……艺术的不纯分子，学问，思想，社会意识等，都随时代而变更，但这却不是艺术的本体，本体是不变的。古代有价值的绘画，无论到什么时代，想决不会变动的，如果会变动，不是艺术革了命，却是艺术灭亡的时候”①。含有革命精神或者阶级意识的艺术作品，只能称其是艺术的一部分或者是艺术众多表现题材中的某一种类型的题材，但绝不应该武断地将这种特定的题材定义为艺术的全部，甚至是艺术的全部价值，这不但否定了中国以前的艺术，也否定了世界的艺术。所以作者又一次强调了其对于艺术和阶级的观点：“我总想艺术，是没有和阶级发生关系的。其实，真实从事小说，绘画的创作的人，断不会有这类的感想。文艺之中，也有艺术的部分，和绘画音乐共通的艺术部分。在这艺术部分里，好像绘画音乐和阶级没有关系一样，文艺也是和阶级没有何等关系的。”② 在这里作者也暗示出积极提倡艺术阶级化、革命化的人肯定不是真正从事艺术创作的艺术家们，而是一些别有用心的人，有些艺术家受其蛊惑而成为其利用的宣传工具，郑今日在文章的最后除了再一次强调艺术的本体之外，更有远瞻性地说出了自己对于这个问题的担心：“艺术的本体是不会变的。现在高调着的无产阶级艺术，如果能够存在，这并不是本体的问题。却是形式和外皮的问题。艺术上的阶级区别，只能够成为皮相的问题，并且在高唱阶级文学之前，我们实应该注意的，就是现在的 Proletariat 是否有鉴赏文艺的余裕和力量。虽然不能说现在的无产者还没觉醒到要求文艺。而现代的无产者所要求着是人间的生活，等到无产者得到真正人间生活后，无产阶级的艺术始能成做问题。如果是为着无产者觉醒的艺术，问题就完全不同，至于这启蒙的艺术，不必说是一时间的。”③

紧接着郑今日这篇文章刊载的是毛一波的《文艺工具说》，他是承认文艺具有功用性的，“我们先得承认文艺本来是一个工具，不论是用文字，用雕刻去表达每一个人自己的思想情感及其他一切，总之，他是藉文艺本身做工具的。”这是文艺本身就具有的作用，人类只是通过文艺去表达思想感情，从而使文艺具有了带有个人色彩的功用特点，如果再从社会方面来看文艺的功用性，“则一个人的作品，他除了表现自己以外，他必定同时是表现那时代的社

① 郑今日：《阶级与艺术》，《中央日报》1928 年 04 月 24 日。

② 同上。

③ 同上。

会。……所以就社会对于作家的作品之立场而言，则文艺工具说，尤有坚强的根源。就以文艺的老话而论，所谓表现人生与批评人生云云，也是合于文艺工具说的。因为所谓人生，断定不是指的某一个人，他是包括了人与人间的关系，就是社会关系。这样的结果，文艺之成为人类思想的工具和代表社会活动的工具，自然必然之结论”①。由此作者举了一个例子，“一个作家在他创作的时候，当是丝毫并未想到他的作品是想鼓吹革命，或代表某一阶级说话的。然而在他创作成功了的时候，在他发布给社会上的人看了的时候，于是他的作品之结果却表现出来了，却表现出他的阶级性来，表现他在社会中的地位来。因此，我们敢武断说，任何文艺作品，都是表现社会中某一个事件的，都是为着某一事实做着工具的。从中外古今的文艺发展中，我们可以看出在特定的时代，特定的社会之下所产生的文艺作品，都是做着某一部社会事实之工具的”②。由此可见，毛一波并不反对文艺工具说，他同意文艺是具有功用性的，这种功用性是文艺被社会所赋予的，并不是文艺的本质，而文艺家更不应该刻意为之或者主动使自己的作品成为宣传工具。毛一波所谓的文艺工具说，“断不是和那些德国式的唯物史观派的一样，因为他们是故意把文艺当作工具，当作武器去达到他们夺取政权的野心的，他们把任何东西都专作工具，其意以为，只要把旧的东西，‘奥伏赫变’了使他成为新的物事，（换汤不换药的）成为他私人或一党的工具，这就是他们主张文艺工具说的目的。然而这是错了！因为文艺的本是不是工具，他们所以成为工具，是他的结果，而非其本质”③。可是有一部分文艺家被这种文艺工具说所迷惑，偏激地认为所有的文艺都应该是宣传工具，所以毛一波在文章最后也直接指出了是时候和“战线”左边的队伍进行“商榷”了，“近来，国中盛倡一种革命文学，那般人都在大倡‘艺术的武器’，但这是大错特错了，比如《文化批判》《太阳月刊》等，他们的文学的主张，都是走上了错误的道路。我想，以后是要为文和他们商榷的”④。毛一波和郑今日的观点基本相同，这也代表了副刊《文艺副刊》对于这场革命论战的观点，即艺术应该具有自己独立的地位和价值，不应该被利用或成为宣传工具和阶级武器，更不应该将艺术狭隘地定义为代表某种阶级的或者具有阶级性和革命性的艺术才是艺术，不论是代表无产阶级还是资产阶级的

① 毛一波：《文艺工具说》，《中央日报》1928 年 04 月 24 日。

② 同上。

③ 同上。

④ 同上。

文学作品，只要它不是专门用来当作阶级“武器”的，那这些作品就是艺术。正如署名尹若的作家在副刊《文艺战线》上所说：“艺术的本质，是社会生活样式所形成的；彼应是生活的或生命的最高表现，但不是在‘宣传’或是为了某种事物做‘工具’而始产生这艺术的。”①

虽然副刊《文艺战线》只发行了 14 号，但在 1928 年的革命文学论战中，其确实也发出了属于自己的文艺之声。《文艺战线》作为国民党中央机关报《中央日报》的副刊，并没有为某个阶级说话，更没有赞成将文艺成为某种政权或某个阶级的发声筒甚至是武器。而是始终保持一种客观和中立的立场，让文艺本身去说话，没给文艺作品掺杂太多的政治目的，甚至还刊载了大量译述的俄国和德国的文学作品，例如俄国道斯托耶夫斯基的《死屋》，俄国 S. T. Semyonov 的《仆人》和德国 Karl Bulcke 的《古城》等。由此可见，副刊《文艺战线》与其说是自己在这场文学之争中划了一条战线，不如说是被迫拉进了这场革命文学论战，因为创造社所提出的“一切文学都是宣传”的文学观念，把文学的阶级性摆在了极为重要的位置，甚至是替代了文学的全部因素和内容，而对于像毛一波、郑今日和李惟建等这些文艺家来说，这是不可接受的，甚至是鲁迅，也是不赞同这种把文学的阶级性绝对化的理论。当我们再次回首这段文学历史时，给我们提供了极为丰富的信息和价值。

重回历史语境，从多维的革命视野出发，我们就可发现，1928 年上海《中央日报》的《红与黑》《摩登》《文艺战线》等文艺副刊，它们的革命性是毋庸置疑，而且无比丰富和复杂，是革命文学谱系中的重要一环。红与黑交织，既展示了革命中血与火的鲜红，也提供了革命中幻灭的黯黑，这才是完整的革命文学，也是极具意味的摩登文学。可是在革命和摩登的魔力推动下，后来者总是以更革命和更摩登的姿态轻易否定曾经的革命和摩登，最后只能把 1928 年革命文学描述成突变，对 1928 年上海《中央日报》文艺副刊的重新考察，既是对革命文学谱系的重新梳理，也是在历史语境中对中国文学“现代性”“摩登性”的重新探究。

---

① 尹若：《艺术与宣传》，《中央日报》1928 年 7 月 17 日。

中编

《中央日报》副刊与“民族国家文学”

1929年，《中央日报》正式迁往国都南京，其文艺副刊也展示出国民党人在文艺上的努力。1929年2月到1937年12月，《中央日报》在南京出版9年，前期社长为叶楚伧，副刊主要是王平陵主编的《清白》和《大道》，后期社长为程沧波，副刊较之于前期丰富了许多，主要有《中央日报副刊》（储安平主编）、《中央公园》（储安平、周邦式、华林主编）、《电影副刊》（王梦鸥主编）、《戏剧周刊》（马彦祥主编）、《艺术副刊》（徐悲鸿主编）、《诗刊》（徐芳主编），等等。面对如此丰富多彩的文学事实，目前学界却理所当然地把国民党相关文艺视为和左翼文学相对应的右翼文艺。的确，南京国民政府成立之后一些文艺政策和理念带有某种保守立场，是其作为"党报""喉舌"的一个繁盛期。但这并非全部的事实，至少从《中央日报》文艺副刊以及其他国民党主办的刊物上，我们不仅看到很多左翼作家的身影，就文学理念上来说，很多《中央副刊》上的文学理念和左翼有异曲同工之处，另外被我们后来视为声势浩大的左翼戏剧和左翼电影，其实基本上都是由《中央日报》副刊及其相关刊物推动的。即便国民党及其《中央副刊》上所倡导的民族主义是极其保守的右翼文学，我们更应该仔细清理分析国民党从激进的革命党到执政党的转变的历史过程中，其党报《中央副刊》从先前张扬革命话语到倡导民族话语的复杂过程。而且，《中央日报》副刊对民族主义文艺和民族国家关系问题的倡导，使之与现代性的话语勾连了起来，二者间的复杂关联也成为我们关注的焦点。

第四章　训政理念下的革命文学与民族主义文学

1949年之后很长一段时间，我们的文学研究和文学史书写，把1928年开始的左翼文学树为30年代文学主潮，或干脆以“左联十年”或“左翼十年”来命名。大家要么忽略南京国民政府成立之后的文艺理念及文学活动，要么把其斥为和革命文学相对立的反革命文艺。20世纪80年代以来，伴随着现代文学研究界的平反思潮，有关国民党文艺研究的禁区也有所突破。尤其是1986年，《南京师大学报》刊登了一组有关国民党右翼文学研究的文章，《关于开展“国统区右翼文学”研究的若干问题的思考》（秦家琪）、《从〈前锋月刊〉看前期“民族主义文艺运动”》（朱晓进）、《从〈黄钟〉看后期“民族主义文艺运动”》（袁玉琴）、《国民党1934年〈文艺宣传会议录〉评述》（唐纪如）。这组专题论文的发表，预示着有关国民党的文学研究将迎来巨大突破，文学南京也势必成为研究界的一个重要话题。作为突破研究禁区的系列论文，论者仍在传统革命文学史观的逻辑下展开论述，不过，他们的问题意识尤其是对未来进一步研究该命题的构想，特别值得我们关注。这组系列论文提出了研究国民党右翼文艺的两大议题，首先是怎样知己知彼的研究和阐述“国统区右翼文学的产生、演变过程”，如何把握“国民党的文艺政策和策略”；另外一个议题就是对国民党的民族主义文艺和民族国家关系问题的涉及，尽管论者对国民党的民族主义文艺基本持否定性的评价，但无疑为后来的研究开启了新方向。事实也是如此，此后研究南京国民政府文艺的基本上围绕着上述两大议题展开，即国民党文艺统制问题以及民族主义文艺和民族国家形象建构问题。

毫无疑问，民族国家话语的引入，为南京国民政府文艺的重新定位提供了新的可能。只要我们稍稍清理一下既往的研究思路，就不难发现，在告别过去的革命文学史观的同时，学界基本确立了现代性研究范式。有关现代性的理论可谓众说纷纭，而把民族国家建构和现代性关联起来则是备受关注的一种研究思路。刘禾曾提出，“‘五四’以来被称之为‘现代文学’的东西其实是一种民族国家文学。这一文学的产生有其复杂的历史原因。主要是由于现代文学的发展与中国进入现代民族国家的过程刚好同步，二者之间有着密切的互动关系”①。很显然，在民族国家建设这一命题上我们无论如何都绕不开南京国民政府，不管我们是否同意“黄金十年”的说法，南京国民政府与现代中国的形塑则是不争的事实。作为建国方略最重要的文宣领域，则有政府和官方明确主导的民族主义文艺运动和思潮。因此，超越过去简单的意识形态对立，进而从民族国家建构的角度来考察南京国民政府的文艺，无疑为这一命题开拓出无限宽广的研究空间，文学南京的意义也被凸现出来。

倪伟在其代表性论著《“民族”想象与国家统制——1928—1948 南京政府的文艺政策及文学运动》的前言中，明确提道：“我认为，20 世纪中国文学研究是 20 世纪中国研究的一部分，它应该紧扣住中国的现代性来展开论题，探讨中国特殊的现代性是如何在文学的创作、生产以及演变过程中呈现出来的，也即是说中国文学的现代性是如何得以实现的。……我个人更感兴趣的问题是文学与现代民族国家建设之间的关系，即文学是如何被整合进民族国家建设的方案之中的？它在民族认同或是民族意识的形成过程中发挥了什么样的作用？……把现代文学放在民族国家建设的大背景下加以审视，可以使我们对 20 世纪中国文学获得一种新的认识。正是基于上述思考，我选择了南京国民党政府的文艺政策和文学运动作我的研究课题。在我看来，南京国民党政府在其统治时期所制定的文艺政策以及策动的文学运动，在表面上看来，是为了对付左翼文学的，完全是出于政党意识形态斗争的需要，但是再往深里想，这一切又是和国民党所制定的建国纲领紧密关联的。换言之，国民党政府所推行的文艺政策在一定程度上可以说是其建国方略在文艺领域里的具体实践。由此入手，我们可以对文学与现代民族国家建设之间的互动关系展开具体的分析，从一个侧面揭示中国现代性艰难而独特的过程。”②

之所以如此详细援引倪伟专著的前言说明，不仅因为这一著述是南京国民党政府文艺研究的代表性成果，更在于倪伟的这种研究视角、研究模式，为这一领域的研究者所普遍采用。其他涉及国民党文艺的博士、硕士论文，例如北

---

① 刘禾：《语际书写：现代思想史写作批判纲要》，上海：三联书店，1999 年，第 191—192 页。

② 倪伟：《“民族”想象与国家统制——1928—1948 南京政府的文艺政策及文学运动》，上海：上海教育出版社，2003 年，“前言”，第 9 页。

京师范大学钱振纲的博士论文《民族主义文艺运动研究》（2001 年），复旦大学周云鹏的博士论文《“民族主义文学”论》（2007 年），湖南师范大学毕艳的博士论文《三十年代右翼文艺期刊研究》，华东师范大学牟泽雄的博士论文《（1927—1927）国民党的文艺统制》（2010 年），南开大学房芳的博士论文《1930—1937：新文学中民族主义话语的建构》（2010 年），等等，这些论文大都着重涉及国民党政府文艺政策和民族国家建构，大家也都共同指向一个文学思潮，即民族主义文艺运动。

第一节 训政与革命文学及启蒙

民族主义文艺运动是 20 世纪 30 年代文坛的一件大事，相关研究著述已经相当丰富，参与的社团和人员考证也较为详尽①，这一运动的官方背景已成学界共识。但是，有关民族主义文艺运动如何成为官方的文艺政策和运动，大家却语焉不详。1930 年 6 月 1 日在上海成立的前锋社及《民族主义文艺运动宣言》的公布，正式标志着国民党官方民族主义文艺思潮和运动的展开。可问题在于，从南京国民政府成立到 1930 年六七月间这段时间，南京国民政府的文艺政策、理念和文艺活动究竟有些什么？有关这一点，学界鲜有人论及或一笔带过，很多关注南京国民政府文艺的著述虽说从 1928 年谈起，但实际上大都从 1930 年明确的民族主义文艺政策及运动出来之后谈起，并以此回溯南京国民政府成立之后的文艺理念。不少学者都认为，1928—1930 年这个时期正展开革命文学论争，而国民党官方完全缺席。“在 1928 年‘革命文学’的激烈论战中，新生的国民党政权，实际上是处在一种尴尬的边缘位置，既不能控制和引导论战的走向，亦不能提出一个有力的对抗话语。”② 倪伟也这样提到，“‘革命文学’口号的提出，引出了一场激烈的文学论战，当时有影响的代表性文学刊物，像《语丝》《小说月报》和《新月》等，都被卷入了这场论战。由于论战各方缺乏必要的理论准备，又加上囿于宗派主义的门户之见和个人意气之争，‘革命文学’论争并没有达到应有的理论水准。论战各方坚持己见，

① 参见钱振纲：《民族主义文艺运动社团与报刊考辨》，《新文学史料》2003 年第 2 期。

② 赵丽华：《〈青白〉、〈大道〉与 20 年代末戏剧运动》，《中国现代文学研究丛刊》2007 年第 1 期。

互相攻伐，上演了一场争夺文学话语权力的混战。尽管如此，这场论战却在客观上扩大了无产阶级文学的影响，使马克思主义的意识形态得以迅速地传播开来。令国民党人颇为难堪的是，在这场爆热的文学论战中，他们竟然无从置喙，提不出什么独到的见解和主张，当然就更没有能力来引导和控制这场论战的走向了"①。

其实，不论是在1928年之前还是在1928年之后，国民党人从来都没有放弃过革命的大纛，然而不少论及南京国民政府文艺政策和文艺运动的著述，却基本只关注国民党文艺中的民族主义文艺思潮而无视其革命文学倡导。这样的论述主观预设了南京国民政府与革命文艺的绝缘，并由此框定国民党相关文艺与民族主义文学的天然联系。

认为南京国民政府成立伊始在文艺上尤其是革命文学论争中毫无作为，这种观点本身就基于对革命和革命文学的简单化理解、狭窄化认知。其实自20世纪20年代以来，革命就是一个各家竞相追逐的神圣事业，历史学者王奇生认为，从1920年代以来，革命从过去的国民党的"一党独'革'到三党竞'革'"，三党是指最有影响力的三大政党，中国国民党、中国共产党、中国青年党。"1920年代的中国革命，本是一场由不同党派、群体以及精英与大众所共同发声（赞成或反对）、组合（推动或抗阻）而成的运动。我们有必要尽力'复原'和'再现'那个年代里不同党派'众声喧哗'的状态"②。1927年之后，三大政党之间革命的理论和宣传较之过去更加多元，尤其各政党内部因对大革命的不同态度裂变为不同派别，革命声音更加"喧哗"。

各大政党、各种派别众声喧哗的革命声音，是我们理解20世纪20年代以来革命文学丰富性与复杂性的基本前提，也是我们重构革命文学历史谱系的基本依据。而报纸副刊尤其当时颇有影响的《中央日报》及文艺副刊，是我们"复原"和"再现"那个年代"众声喧哗"革命声音的最好依据。例如武汉《中央日报》副刊上积极倡导的无产阶级革命文学③，这既表明国共两党曾经在革命文学上高度一致，也说明并非到了1928年无产阶级革命文学才蓬勃兴起，才扩大影响；如前所述，上海《中央日报》副刊可谓是"革命与反革命"

---

① 倪伟：《"民族"想象与国家统制——1928—1948南京政府的文艺政策及文学运动》，第6页。

② 王奇生：《革命与反革命：社会文化视野下的民国政治》，北京：社会科学文献出版社，2010年，第68页。

③ 张武军：《国民革命与革命文学、左翼文学的历史检视——以武汉〈中央副刊〉为考察对象》，《中国现代文学研究丛刊》2015年第5期。

“红与黑”交织中的“摩登”，即便是南京国民政府成立之后，其党报的重要副刊却依然由后来大名鼎鼎的左翼作家田汉、丁玲、胡也频等人把持，由此可见革命话语之于国民党人，之于中国文学摩登性、现代性的重要意义。迁宁之后的《中央日报》及副刊，其革命性固然不像武汉《中央日报·中央副刊》那么激进，也似乎不像上海《中央日报》文艺副刊那么复杂，但是只要我们翻检南京的《中央日报》及其副刊，革命仍然是最为核心的语词，统一革命理论，统一革命宣传是《中央日报》各个版块1929年以来最核心的任务。《中央日报》每日报头刊登“总理遗嘱”，黑体提示“现在革命尚未成功”①，其各个版面所谈论所言说的大都关涉革命，各个副刊讨论和倡导的也是革命文学，其实有研究者已经注意到了这一现象②，但并未意识到《中央日报》副刊倡导革命文学的历史意义和价值。

副刊《大道》是《中央日报》1929年迁宁后最为重要的一个副刊，它得名于孙中山先生最喜引用的“大道之行也，天下为公”，这是《礼记·礼运》中的一句。《大道》并非纯粹的文艺副刊，征稿要求为“二千字左右研究党义，讨论问题，发挥思想的文字”③，以“介绍世界思潮，党义宣传，以及社会实际问题的讨论”④为办刊思路，文章内容包括“评论，研究，译述，社会状况，谈话，书报批评，文艺，游记，通讯，随感录数种”⑤，作者队伍大都为国民党党政要员、名人、理论家。可以说，《大道》副刊刊登的基本都是关乎国民党党义和革命理论的重要文章，虽说征稿要求2000字左右，实际上我们常看到连载好几期的长篇宏文；虽说标榜“讨论问题”，实际上常是国民党的高官和理论家直接宣讲政策，“党国气息”浓重的理论宣导，是《大道》副刊最为显著的特征。因此，虽非纯粹文艺副刊，但《大道》却对我们理解国民党的文艺理念、文艺政策、文艺运动，有着至关重要的作用，更何况《大道》副刊上有很多明确关于文学方针的论述。《大道》比较集中的话题就是国民党革命理论的阐述，胡汉民、孙科、戴季陶、潘公展等人的革命理论或直接刊登，或被阐述研读，如傅况麟的《国民革命与革命农民的权利教育》《革命理

---

① “总理遗嘱”从1932年7月开始在报头位置消失，代之为广告宣传之类内容。

② 参见付娟：《〈中央日报·青白〉副刊（1929—1930）与国民党文艺运动》，硕士学位论文，四川师范大学，2008年。作者注意到了1929年《中央日报》革命文学问题，但仍然用固有的革命观来看待《青白》副刊上的革命文学倡导。

③ 《本刊启事》，《中央日报·大道》1929年4月6日。

④ 《本刊启事》，《中央日报·大道》1929年7月24日。

⑤ 《本刊征稿简则》，《中央日报·大道》1929年5月5日。

论之批评家》（《大道》副刊1929年4月15、1929年9月3日），黄舜治的《知识阶级与革命》（1929年11月19日、20日），等等。此外作为某些时段替代《大道》副刊的《微言》《新声》副刊也有大量对革命问题的阐述，如毛礼锐的《国民革命与社会革命》（《新声》副刊1929年4月11日），雷肇堂的《从社会心理学的观点说明国民革命与共产革命之异点》（《微言》副刊1929年2月28日），施仲言《民众文学与新文学之关系》（《微言》副刊1929年2月28日），等等。颇有意味的是，在冗长理论的文章中间，《大道》副刊仍然夹杂了一些短小的文学作品，其中不乏极具革命主题的书写，如梦生写于镇江党部的《凯旋的歌声》："青天白日飘扬汉江/武装铿锵战鼓镗镗/这是革命胜利的光芒/这是封建势力的灭亡/……/朋友/只要抛跑入革命的疆场/最后的胜利终在我掌上/听哟！凯旋的歌声在欢唱/朋友，我们再也不要徜徉彷徨/坟墓是反动者的故乡/……"①。

《中央日报》上和革命文艺密切相关的栏目自然当属《青白》副刊，较之于《大道》的长篇幅的革命党义宣讲，《青白》副刊起初定位为日常生活的各种资料搜罗。从形式来说，《青白》征稿要求是篇幅短小，内容上"不分门类，各种文字"，只要有趣充实就行。副刊早期编辑李作人在《我们的打算》中这样提倡："以前，大家投来的稿件里面，大部分是谈性爱的东西，我们是不以为谈性爱的东西绝对没有新的意义，我们以为凡是与人类生活有关的资料，都为我们工作的范围所包裹，性爱，我们尽可以发泄，不过，我们要兼顾到生活的一切，如实际的生活问题，社会的进化趋向，民间的风俗改革，时事的新闻评断，实用的科学常识，人生的艺术描写，一切的建设计划，急切的民众运动，都是我们所需要讨论的资料，我们要把他来调和一下才好。"② 由此可见，早期《青白》副刊，定位搜罗五花八门的日常生活，但这种日常生活显然蕴含着国民党的革命精神、革命理念的生活宣扬，如阴阳历的计时革新，民间风俗的革新，人力车夫的生活和地位，如何平民化生活等等问题。事实上，编者也特别看重《青白》上有关文艺和政治的讨论，如在1929年3月16日的《编后》中提到，"以后希望爱护本刊者，关于小品文字（如党务政治短评及文艺批判为最好）多多赐下"③。其实这之前《青白》也已经刊登了不少有关革命和文艺的短文，如成名作家鲁彦的《介绍狂飙演剧运动》，文章对打破苦

① 梦生：《凯旋的歌声》，《中央日报·大道》1929年4月13日。

② 李作人：《我们的打算》，《中央日报·青白》1929年3月3日。

③ 《编后》，《中央日报·青白》1929年3月16日。

闷的革命戏剧和狂飙精神的宣扬①，谈论革命和戏剧的《革心的工具——戏剧》②，谈论心理革命和文化宣传的《再论心理革命》，还有像《一个青年女子的忏悔》这样的书信文章，讲述一个小资产阶级的女青年要和过去醉生梦死的优越生活告别，深入民间自食其力，把自己的生命奉献给革命事业，末尾特别引用总理话并用黑体标出，“今日之我，其生也为革命而生，其死也为革命而死”③。在这里不得不特别强调陈大悲的革命剧作《五三碧血》，这部五幕剧从1929年3月11日开始在《青白》副刊上刊载，这时的主编还是李作人，一直到8月8日才连载完，而副刊主编早换成了王平陵。李作人和后继者王平陵主编副刊时都曾强调文章的短小，超过千字基本不会刊登，陈大悲的这部五幕剧显然很是例外，连载时间之长，占用版面之多，实乃《中央日报》副刊历史上绝无仅有，哪怕后来郭沫若的名剧《屈原》在《中央日报》上连载时，时间和篇幅也难与之相比。《五三碧血》由李作人约稿，接任的王平陵不仅没有嫌弃冗长而把它砍掉，反而是作者都不愿坚持写下去时不断催稿并鼓励。陈大悲后来向读者道歉说：“我把《五三碧血》最后的一幕搁浅了……青白的编辑，王平陵先生，屡次来电话催我交稿，我便屡次重新再写，写了好几个第五幕，简直的全是一些没有灵魂的东西，写了就撕，撕了再写，直到前几天，才决心牺牲睡眠，点了两夜的蚊香，才把这最后一幕完功。”④ 由此可见这篇剧作在编辑眼里的重要性，可谓最能代表1929年《中央日报》副刊理念的作品，然而翻阅相关研究，竟然一篇文章都没有，有关戏剧的编目大全之类也基本都没有提及《五三碧血》。正如编者王平陵和作者的通信中所赞颂，描写“济南事件”的《五三碧血》特别契合《中央日报》副刊有关革命文艺的提倡，“《五三碧血》，不是恭维你，的的确确是富有革命性的剧本，结构，情节，描写，都能恰到好处，与近代一般的作风，当然不同”⑤。

王平陵对陈大悲《五三碧血》革命性主题的高度肯定和赞扬，其原因在于他比李作人更注重把《青白》建设成文艺的园地，准确地说，革命文艺的园地。1929年4月21日，王平陵接任《青白》编辑，预示着《青白》副刊进入一个新的时期，当期发表了王平陵类似宣言的文章，《蹈进“革命文艺”的园

① 鲁彦：《介绍狂飙演剧运动》，《中央日报·青白》1929年2月28日。

② 羊牧：《革心的工具——戏剧》，《中央日报·青白》1929年3月11日。

③ 剑谭：《一个青年女子的忏悔》，《中央日报·青白》1929年2月22日。

④ 陈大悲：《为〈五三碧血〉向读者道歉》，《中央日报·青白》1929年7月23日。

⑤ 《通讯》，《中央日报·青白》1929年8月1日。

地》，编者大声疾呼："真真的'革命文艺'的建设，实在是急不容缓的问题。今后的《青白》，愿意和爱好文艺的读者，共同在此方面努力，希望大家蹈进'革命文艺'的园里来，努力垦殖，努力灌溉。《青白》敬以十二分的诚意，接受所有的贡献和建议。"① 可以说，自王平陵接手《青白》后，风格和面貌大为改变，俨然纯文艺刊物，且集中明确、系统化地探讨建设革命文艺的问题。此后几乎每期《青白》都有王平陵的文章，而绝大多数都是有关革命文艺的提倡或创作，如《革命文艺》（1929 年 4 月 27 日）、《跑龙套的》（1929 年 4 月 28 日）、《副产品》（1929 年 4 月 29 日）、《多与少》（1929 年 4 月 30 日）、《皈依》（1929 年 4 月 30 日）、《回来罢！同伴的》（1929 年 6 月 6 日）、《降到低地去》（1929 年 6 月 17 日）、《致读者》（1929 年 7 月 1 日）、《艺术与政治》（1929 年 7 月 6 日）、《编完以后》（1929 年 7 月 7 日）、《再来刮一阵狂风》（1929 年 8 月 7 日）、《评思想统一》（1929 年 9 月 6 日）、《建设 positive 的文学》（1929 年 11 月 7 日）等等。

王平陵的"革命文艺观"的具体内容探讨以及其和普罗文学之间的区别联系，限于本文论述重心不在此，以后另撰文详述，笔者在此想要强调的是，1929 年南京的《中央日报》副刊，尤其是王平陵接手后的《青白》，几乎都是有关革命文学的倡导和讨论，也有不少作家甚至是大牌的作家，有些还是后来成为左翼的代表作家，在《青白》上讨论革命与文学、革命与戏剧的关系，如白痴的《理论与作品》，阎折悟的《戏剧的革命与革命的戏剧》，杨非的《革命文学与民众戏剧》，田汉的《艺术与艺术家的态度》《艺术与时代及政治之关系》，洪深的《政治与艺术》，心在的《艺术与民众》，等等。正如有研究者所统计的那样，"从 1929 年 4 月 21 日到 1930 年 5 月 9 日共出版 253 期，几乎占整个《青白》统计总数的一半，刊出评论文章 261 篇、小说 222 篇、翻译小说 46 篇、诗歌创作 180 首、翻译诗作 34 首，剧本 11 个；从质上说，这个时期的《青白》大部分评论文章都涉及了'革命文学'及'民众戏剧'等问题"②。

《大道》是革命的理论阐发，《青白》是革命的文艺提倡，其实我们只要翻阅 1929 年的《中央日报》，从大文学的视野出发，《中央日报》各个版块共同营造了浓厚的"革命文学"氛围。《中央日报》的外交和中外关系版块是

① 王平陵：《蹈进"革命文艺"的园地》，《中央日报·青白》1929 年 4 月 21 日。

② 付娟：《〈中央日报·青白〉副刊（1929—1930）与国民党文艺运动》，硕士学位论文，四川师范大学，2008 年。

“革命外交”，如像邵元冲的《如何贯彻我们“革命的外交”》（1929 年 10 月 17 日），理解了革命外交也许会对中日、中苏关系和事件有更多体悟如“济南惨案”“中东路事件”，也就会明白为何《青白》副刊及其编者把《五三碧血》作为革命文艺的典范，也能重新审视“中东路”事件后民族主义文艺的如火如荼。《中央日报》的党务版块常有党员的人生观培训，像《种种反革命与革命人生观—胡汉民在中央党部及立法院讲》（1929 年 10 月 15 日、16 日），革命家的艺术修养问题有《革命家应有艺术修养（叶楚伧先生讲）》（1929 年 7 月 7 日），而革命的人生观和革命者的艺术修养不正是革命文艺最核心的命题么？就连《中央日报》中缝广告也是革命和革命文艺书籍的推荐如《中央军校续编革命丛书、革命文艺及革命格言两种》（1929 年 6 月 11 日）、《南京北新书局廉价革命刊物优待表》（1929 年 5 月 31），甚至有《历书须加印革命纪念日》（1929 年 8 月 31 日）的提议，其实每个革命纪念日如五卅、五四等都会开辟专版专栏，中宣部也定期在《中央日报》上放出近期加强宣传的革命口号，这些不都是和革命文艺最为密切的内容么？

可是，国民党官方后来明确打出了民族主义文艺运动的招牌，这是文学史上的定论和共识，那么国民党如何从革命文学转型到 1930 年民族主义文艺，恰恰是最值得我们关注和探究的文学史命题。因为对这一命题的考察和辨析，不仅带给我们对 20 世纪 30 年代文学思潮的重新认知，还关联着我们对后来抗战文学发生的全新理解，甚至带给我们对民国历史语境下中国现代文学历史进程的重新叙述。而转折时代的 1929—1930 年《中央日报》副刊，仍然是我们考察这一命题的绝佳切入点。

第二节 革命文学与民族主义文学论争的重新阐释

长久以来，大家把《中央日报》副刊核心人物王平陵和上海的潘公展、朱应鹏等人，视为“民族主义文艺运动”的组织者和发起人。不过，最近学者张玫对王平陵是否参与民族主义文艺运动作了详细考证，并指出：“王平陵被认为是‘民族主义文艺运动’的发起者与参与者之一，与文学史不符。”① 张玫

---

① 张玫：《再论王平陵：“民族主义文艺”还是“三民主义文艺”》，《中国现代文学研究丛刊》2015 年第 10 期。

对历史细节的考证详细充分，厘清了诸多含混的史实，对这一议题的研究很有助益，但作者对整个民族主义文艺运动来龙去脉的大方向把握存有偏差。

1930年6月1日，一群自称为“中国民族主义文艺运动者”的文人在上海结社，成立前锋社（因是6月1日成立又名六一社）并发表《民族主义文艺运动宣言》，这被学界认为是国民党发动民族主义文艺运动的标志。因为大家普遍认为前锋社系官方策划的御用文人社团，后台老板为时任上海社会局局长潘公展，而潘又和蒋介石所看重的cc系陈氏兄弟及其掌控的中组部关系密切。但根据倪伟的考证研究，既无法证明潘公展是“前锋社”的后台和积极参与者，也无法证明前锋社的官方属性，“同一时期的其他国民党文学社团如‘中国文艺社’、‘开展文艺社’、‘流露社’和‘线路社’都接受官方的津贴，但我目前尚未找到可以证明‘前锋社’也曾接受官方津贴的材料。《前锋周报》前期的稿件都为‘前锋社’成员义务承担，不计稿酬”①。此外，根据前锋社征求社员的标准和要求，我们也可发现前锋社的定位和官方策划的御用社团之间有不小的差距，“凡与本社宗旨相同，不分性别，曾在本社出版之前锋周报投稿三篇以上，经本社认为合格者均得为本社社员”②。由此可见，把前锋社定位为官方欣赏的民间社团组织更恰当些。

事实上，学界有关前锋社和潘公展以及陈果夫、陈立夫兄弟“CC系”亲密关系的描述，基本上引自“左联”机关报《文学导报》1卷4期上思扬的《南京通讯》，副标题为“三民主义的与民族主义的文学团体及刊物”，但很显然，这篇通讯太过主观情绪化且多为猜度之词。可是学界却普遍不加辨析地采用思扬的说法，尤其是他夸大国民党中宣部和二陈CC派中组部之间矛盾的叙述，提出三民主义文学和民族主义文学相对抗的说法，被后来的研究者广泛引用，并作为国民党文艺思潮论述的基本依据。“在一九三〇与一九三一相交的数月间，民族主义文学与三民主义文学之对抗，在南京颇嚣尘上，虽然彼此都是国民党的自家人。”③ 很多学者依据此说，把三民主义文艺视为中宣部系统的提法，把民族主义文艺视为中组部系统的理念，并且得出了如下结论，前锋社不会把民族主义文艺运动宣言交由中宣部审定，民族主义文艺运动不是国民党官方文艺政策和运动，上文提到的学者张玫就依照此说，认为中宣部系统的

---

① 倪伟：《“民族”想象与国家统制——1928—1948南京政府的文艺政策及文学运动》，第54页注释1。

② 《前锋社征求社员》，《前锋周报》第1期，1930年6月22日。

③ 思扬：《南京通讯》，《文学导报》1卷4期，1931年。

王平陵不是民族主义文艺运动的发起者和参与人。

然而，正如前文所论述，我们尚无证据表明提出民族主义文艺运动的前锋社是“CC系”掌控的社团，那么就更无所谓两个系统的文学理念和口号对抗之说。前锋社之所以不会把民族主义文艺运动的宣言交由中宣部来审议决定，并非两个派系之间的冲突和抵牾，恰恰是因为前锋社自我民间社团体认，虽然前锋社中不少成员具有国民党员身份或曾担任党政职务，但这一社团的文学活动并非是因为党政工作职责所在，他们的文学主张起初并非来自管辖意识形态的中宣部的指示或授意。

前锋同人结社之后，他们的宣言最早并非发表在6月22日创刊的《前锋周报》，而是以《民族主义的文艺运动发表之宣言》[①] 为题，刊登在上海《申报》本埠增刊版的副刊《艺术界》。从宣言发表的阵地以及文章前面介绍来看，影响和波及范围仅限于上海地区，也许是前锋社的成员后来自己也觉得影响力不够大，他们只声称宣言是发表在他们的刊物《前锋周报》和《前锋月刊》，学界目前也基本沿用此说。《前锋周报》是6月29日第二期才开始刊登《民族主义文艺运动宣言》，并于7月6日第三期才连载完成，10月才在《前锋月报》的创刊号上刊登。然而，在1930年7月4日，《中央日报》副刊《大道》上全文刊登了《民族主义文艺运动宣言》，虽然相比6月23日“申报本埠增刊”的刊登是晚了几天，但是比学界公认的《前锋周报》完整刊登要早两天，比《前锋月刊》的登载更是早很多。就影响力来说，不论是“申报本埠增刊”中的一个副刊，还是前锋社成员后来津津乐道的《前锋周报》《前锋月刊》，远不如《中央日报》及其副刊，尤其是党国气和政策味浓厚的《大道》副刊。《中央日报》的《大道》副刊全文刊登《民族主义文艺运动宣言》之前，以傅彦长、朱应鹏、叶秋原等为核心的文艺小团体早已形成，20世纪20年代初期他们就在探讨文学和民族关系问题，也有一系列的著述出版，《民族主义文艺运动宣言》中的基本观点业已成型。有关这一点，有研究者已经做了详细考证，题为《“民族主义文艺运动”兴起的历史文化语境探析——兼对〈民族主义文艺运动宣言〉来源的考证》[②]。事实上，考察民族主义文艺运动兴起的历史文化语境，我们不难发现，起初这一团体的党国气息并不浓厚，同人文艺味更鲜明些，他们对世界各国文学中民族精神和民族特色的分析，尤其是

---

① 《民族主义的文艺运动发表之宣言》，《申报本埠增刊·艺术界》1930年6月23日。

② 周云鹏：《“民族主义文艺运动”兴起的历史文化语境探析——兼对〈民族主义文艺运动宣言〉来源的考证》，《社会科学辑刊》2011年第2期。

对弱小民族国家文学中的民族精神之肯定，多有真知灼见，他们的观念不难使我们联想起鲁迅最初的文学实践活动。

虽然1930年之前，前锋社骨干成员的民族文学观点已基本定型，相关著述也已见诸报刊或公开出版，但在文学界却并无太大影响，更遑论是一场文学运动了。事实上，前锋社这一民间社团主张的《民族主义文艺运动宣言》，正是由于《中央日报》的《大道》副刊转载及阐发，或可以说，正是由于《中央日报》的推波助澜，民族主义文艺才运动起来，成为思潮并上升为国民党官方的文艺理念和文艺运动，由此受到各方关注，不论是赞成方或反对方。尤其之后不久，潘公展又在《大道》副刊上发表了《从三民主义的立场观察民族主义的文艺运动》，明确把民族主义文艺运动和国民党意识形态及革命理念对接起来。“中国现在是国民革命时期，在革命过程中间，文艺既然是时代和环境的产物，当然是需要一种富于革命情绪的文艺，以与国民革命的进展相适应。”“只有民族主义的文艺，真可以认为中国所需要的革命文艺。也只有民族主义的文艺运动，可以希望为中国民族始终培养革命的根苗，开拓革命的生路。”① 事实上，原本前锋社成员的民族文学主张更偏重文艺，而《中央日报》的《大道》副刊更着重把其向革命化的方向引领，正如潘公展所说的，“只有民族主义的文艺，真可以认为中国所需要的革命文艺”，当然这个革命是国民党人所秉承的三民主义为指导的国民革命。也正是由于《中央日报》副刊的介入，此后民族主义文艺运动的论述越来越朝着关涉现实政治和革命的方向走去，这一点从后来吴原编的《民族文艺论文集》② 就可以看出，这本1934年由杭州正中书局出版的集子相比前锋社自己1930年编的《民族主义文艺论》③，更多政治和革命议题。可以说，也正因为王平陵在《中央日报》转发刊登《民族主义文艺运动宣言》，潘公展用国民党革命理念来进一步阐发，这两人也因此成为民族主义文艺运动的重要发起者和参与人。虽然在具体的社团发起和宣言起草时，并未见到二人的身影，但把这一民间社团理念和文学活动上升到政府文艺理念和文艺运动，显然二人居功至伟，这就是后来台湾史家论及民族主义文艺定把王平陵、潘公展放在前列，这也是当时左翼作家如茅盾等人批判“民族主义文艺运动”是国民党中宣部所为的原因之所在。

---

① 潘公展：《从三民主义的立场观察民族主义的文艺运动》，《中央日报·大道》1930年7月18日。

② 吴原编：《民族文艺论文集》，杭州正中书局，1934年。

③ 前锋社编：《民族主义文艺论》，光明出版部，1930年。

民族主义文艺并非革命文艺的对立面，国民党人的革命话语和民族话语有其内在的统一逻辑，那就是基于训政理念的三民主义革命观。如果检索从1928—1949年的《中央日报》及其副刊，也仅就标题而言，“革命”这一语词出现频率超过2000多次，“三民主义”和“训政”紧跟其后，分别有500多次和300多次的出现频率①。1929年之后《大道》副刊上除了明确谈论训政的理论文章之外，论及文学时基本都涉及三民主义的革命和训政理念，如周佛吸《倡导三民主义的文学》（1929年9月21、10月1—2日），《怎样实现三民主义的文学——复大道编者先生》（1929年11月24日），《何谓三民主义文学》，（1929年11月26—30日连载），此外最为关键的还有中宣部部长叶楚伧的《三民主义的文艺创造》（1930年元月1日）。因此，也有不少学者认为国民党的文艺最初是三民主义的文艺，并如前文所说，把三民主义文学和民族主义文学对立起来，进而基于整体左右立场之分，把左翼的革命文学和右翼的三民主义文学、民族主义文学对立起来。然而，这种观点不仅与事实不符而且在逻辑上很难讲通，只要我们正视《中央日报》上随处可见的“革命话语”，仔细阅读《中央日报》及副刊上的相关文章，我们就不难发现，三民主义和民族主义其实都是作为修饰词的前缀，完整的名称应该是“三民主义的革命文学”或“民族主义的革命文学”。而这些文章的字里行间，这些论说的背后逻辑，都是极其明确的训政理念，正是基于训政理念，国民党人希望把自身的革命理念统一起来并使之成为整个国家民族的价值理念，这也正是潘公展用三民主义的立场来阐发民族主义文艺的思路。1928年8月11日，国民党第二届中央执行委员会第五次全体会议上午表决通过“统一革命理论案”“民众运动案”“革命青年培植救济案”“厉行以党治政、治军案”；下午表决通过“训政时期遵照总理遗教，颁布约法”“训政时期之立法、行政、司法、考试、监察五院，逐渐实施等案”。训政与革命理论和宣传的统一如影相随，“自总理逝世，迄至现在，党的革命理论，由同志凭各个对主义的认识，及革命实际变动的观察，致革命理论，纷歧万端。致理论中心不能建立。共信不立，互信不生，则宣传不能统一，行动不能一致，力量不能集中。数年来，党内纠纷百出，实源于党员对革命理论未能统一。现在本党宣传刊物如雨后春笋，其思想立场，微有出入

① 统计数字根据上海数字世纪网络有限公司制作的“《中央日报》（1928—1949）标题索引”的网络版，此统计未必十分严谨，因为有些标题有重复或缺漏，但“革命”“三民主义”“训政”三个词出现频率最高，应该没有异议。

者有之；绝对异趋者有之，……”[①] 自此之后国民党的每一次代表大会或中央全会，都会毫不例外地强调训政理念，“几乎毫不例外要通过一个《统一革命理论案》之类的议案”[②]。很显然，训政理念背后有明显的“一党专政”色彩，《中央日报》副刊谈论革命文学、三民主义文学以及民族主义文学时，大都会理直气壮地宣传和鼓吹党治文学。因此，这种一元化的思想统一要求和作为，不仅会遭到被他们斥为反革命的其他党派文艺工作者的反驳，自由主义的文人强烈反对也是预料中的必然。

总之，通过对南京国民政府成立后《中央日报》及副刊的考察，训政理念的革命文学是国民党文学的内在理念和根本方针，而诸如三民主义文学、民族主义文学是其表现形式。训政理念下的革命文学关乎很多富有意义的文学史命题，如训政理念下革命文学的精英启蒙立场和之前五四启蒙文学之间，显然有更为直接更为内在的关联，也许这才是文学革命到革命文学更为深层的内在逻辑，1929 年之后《中央日报》副刊上的民众化戏剧的启蒙运动吸引了包括田汉等南国社同仁就是明显的例证，美国学者费约翰对“唤醒与训政”“唤醒与启蒙”[③] 话题的涉及，直到今天仍然没有学者跟进。

革命和革命文学始终是国民党文宣领域的一条经线，与之相伴随的恰恰是训政理念这条纬线，没有了训政纬线，革命文学的经线也就戛然而止。

---

① 参见《统一革命理论案》，荣孟源主编：《中国国民党历次代表大会及中央全会资料》上，北京：光明日报出版社，1985 年。

② 江沛、纪亚光：《毁灭的种子——国民政府时期意识形态管理研究》，西安：陕西人民教育出版社，2000 年，第 6 页。

③ 参看费约翰：《唤醒中国：国民革命中的政治、文化与阶级》，李霞等译，北京：三联书店，2004 年。

第五章 《中央日报》副刊与抗战文学的发生

有关抗战文学的发生，学界一直关注不够，仅有的论述也大都侧重于强调共产党领导下的《新华日报》副刊以及左翼人士主导下的“文协”的成立。然而，重新考察和分析《中央日报》和《新华日报》副刊，从“卢沟桥主题艺术运动”的策划到联合作家们团结起来成立“文协”等全国性组织，都是由《中央日报》及副刊或台前或幕后所主导。事实上，《中央日报》、《新华日报》这两大报纸副刊共同处在民国历史文化这一语境下，它们之间并非只是对台戏，还有更多复杂的关联。由此可以帮助我们进一步发掘抗战文学的丰富性、多元性和开放性。

第一节 《新华日报》《中央日报》两大报纸副刊与抗战文学

“文革”结束后，儿童文学剧本《报童》曾引起了广泛赞誉，它先由中国儿童艺术剧院搬上舞台，尔后，北京电影制片厂把它改编成电影，这部影片红遍了中国。《报童》的故事并不复杂，主要是通过报童的视角揭示了《新华日报》的出版、发行在国统区受打压、被破坏的遭遇。影片一开始有这样一个情节设置，两个报童一个叫卖《新华日报》，一个叫卖《中央日报》，彼此针锋相对，互不相让，后来在大家的感召和帮助下，《中央日报》小报童觉醒了，加入到《新华日报》的革命阵营。影片的结尾，周总理亲自带着小报童，迎着敌人的刺刀和机枪，突破封锁，沿街叫卖和发送《新华日报》，受到群众热烈的追捧和拥护，《新华日报》把党的声音传递到国统区的各个地方。

很显然，这部号称优秀的现实主义儿童之作，有太多的细节与历史史实不相吻合，像周恩来怀抱《新华日报》沿街叫卖，像《新华日报》和《中央日报》如此革命与反革命的势不两立，等等。后来有人专门对周恩来重庆街头卖报做了研究，并得出结论，认为这与历史事实严重不符，并附有《关于周恩来同志卖报问题调查材料选编》[①]。当然，《报童》只是一部文艺作品，艺术加工可以不必完全拘泥于现实。然而奇怪的是，后来很多人的回忆录中，都提及周恩来当街卖报也是他们目睹的事实。而之后不少严肃的历史著述和学术论著则以这些当事人的回忆为材料支撑，这样，周恩来当街卖报、散发报纸成了不容置疑的史实。

事实上，不仅仅是周恩来当街叫卖《新华日报》这一细节，有关《新华日报》的很多论述都建立在当事人后来的回忆和记叙基础之上。1959 年，潘梓年、吴克坚、熊瑾玎等当事人结集出版了《新华日报的回忆》[②]，收录有潘梓年的《新华日报回忆片段》、吴克坚的《艰苦复杂的斗争》、熊瑾玎的《突破纸张封锁，使反动派为之失色》等文章。1979 年更多当事人更丰富的回忆录结集为《新华日报的回忆》[③]，1983 年《新华日报的回忆・续集》[④] 也相继出版。这几部当事人的回忆文章为“文革”后《新华日报》的研究提供了难得的史料支撑，也为后来的《新华日报》研究定下了一个基调，那就是强调《新华日报》在国统区的战斗性。诚然，这种观念的产生有历史的原因和现实的考量，因为自抗战结束后，有关《新华日报》和国统区文化文学的“右倾”说就没有停止过，“反右”运动和“文革”期间，不少《新华日报》的当事人和国统区文人还因此蒙冤受辱。“文革”结束后，伴随着拨乱反正的潮流，这些当事人自然会集中笔力声明自己不是叛徒，也没有犯过右倾的错误，而是始终为党、为革命在文化宣传和文艺创作上做出了巨大贡献。可以说，20 世纪 80 年代起步的抗战文化和文学研究主要是驳斥“右倾论”，《新华日报》的革命性和战斗性就成为反击“右倾论”的最有力证据，毕竟《新华日报》属于党报，是和中共长江局、南方局以及周恩来密切相关的。

直至今日，有关《新华日报》的研究成果已经相当丰富，但总体上仍然大家仍停留在对《新华日报》及其副刊战斗性、革命性的阐述。例如，论文集

---

① 王明湘：《周恩来同志在重庆没有卖过〈新华日报〉的调查》，中国人民政治协商会议四川省重庆市委员会文史资料研究委员会编（以下略）：《重庆文史资料选辑》第 6 辑（内部发行），1980 年，第 63—82 页。

② 潘梓年、吴克坚、熊瑾玎等：《新华日报的回忆》，重庆：重庆人民出版社，1959 年。

③ 陆诒、吴玉章、潘梓年等：《新华日报的回忆》，成都：四川人民出版社，1979 年。

④ 石西民、范剑涯编：《新华日报的回忆・续集》，成都：四川人民出版社，1983 年。

《坚持团结抗战的号角：1938—1947年代论文集》（1986），重庆市档案馆、中国第二历史档案馆合作编撰的《白色恐怖下的新华日报——国民党当局控制新华日报的档案材料汇编》，黄淑均、杨淑珍的《抗日民族统一战线的号角——战斗在国统区的〈新华日报〉》（1995），左明德的《血与火的战斗——〈新华日报〉营业部纪实》（2000），吴扬的《斗争的艺术——浅析抗战时期〈新华日报〉与国民党斗争的策略》（2007），这些研究成果从题目到内容都不难看出其主旨所在。

颇有意味的是，不少研究著述强调《新华日报》革命性的同时，大都会选择《中央日报》作为对立面来比较，以此来凸显《新华日报》的进步性和革命性。例如曹恩慧的论文《国共两党对韩国独立运动的看法比较研究——以抗战时期的〈中央日报〉与〈新华日报〉为中心》（硕士学位论文，复旦大学，2001），黄月琴的论文《二十世纪三四十年代国共两党报纸广告研究》（硕士学位论文，武汉大学，2002年），马娟的论文《〈新华日报〉对国统区舆论的建构和消解》（硕士学位论文，安徽大学，2010），李全记的论文《抗战时期中国共产党领导下的战时文化宣传工作研究》（硕士学位论文，河南大学，2011），曹炎的论文《抗战时期〈新华日报〉、〈中央日报〉、〈大公报〉舆论宣传研究》（硕士学位论文，湖南师范大学，2011年），等等①。从最近这几年这一系列的硕博士论文来看，我们不难发现把两大报纸作对比以此来凸显《新华日报》的革命性，这是目前研究界的主导倾向。在副刊的研究上也呈现出同样的思路，把《中央日报》和《新华日报》副刊拿来作对比，认为它们是彼此针锋相对，或者批判《中央日报》副刊如何体现着国民党政府钳制思想，或者肯定《新华日报》副刊又如何展示了左翼作家在文学上的战斗性。例如郭枫的硕士论文《抗战时期重庆〈新华日报〉、〈中央日报〉副刊上的文艺战争》就是这一思路模式的集中体现。

事实上，我们总是有意忽略了《中央日报》和《新华日报》及其副刊的彼此关联性，忽略它们同处于民国历史文化这一共同语境中，把《中央日报》和《新华日报》这两份报纸及其副刊简单化和概念化了。例如，不少研究著述基本上开篇就提到《新华日报》是党在国统区公开发行的报纸，很显然，用抗战时期压根儿就没有的“国统区”“解放区”之说来表述，正如当下很多抗战神剧中的台词“八年抗战开始了”一样可笑。然而，这不正是我们抗战文学研究的实际情形么？直到今天，我们仍然在大谈特谈抗战时期的“国统区文学”

① 上述硕士学位论文均引自中国知网（CNKI）博硕士学位论文数据库。

和“解放区文学”。

由此可见，要把抗战时期的文学研究向前推进，我们就得回到当时的也就是民国的历史文化语境中，而不能只是依赖后来人的回忆和记叙。从当时的报纸副刊来考察抗战时期的文学，其实是一种很好的思路，《中央日报》和《新华日报》这两大党报报纸及副刊的确是我们认知抗战文学复杂性的最好切入点，尤其是《中央日报》副刊，相比较《新华日报》副刊而言，学界对它的关注和研究还远远不够。

今天有关抗战文学的发生，大陆的文学史基本上都会从“七七事变”后中共中央通电宣言这一历史背景讲起，然后谈及《新华日报》的成立以及共产党人和左翼作家主导下成立“文协”（中华全国文艺界抗敌协会）。唐弢等主编的《中国现代文学史》就是这样描述的，“1937 年 12 月，以中国共产党首席代表身份参加抗日民族统一战线工作、担任军委会政治部副部长的周恩来同志来到武汉。他十分关心抗日文艺运动的开展，亲自领导了以武汉为中心的国统区文艺运动。他通过武汉的八路军办事处和党在国统区公开发行的《新华日报》，以及亲身参加和组织各种抗日的文艺活动，……把聚集在武汉的大批文艺工作者组织起来，除了一部分输送到延安和各个抗日民主根据地，绝大部分的文艺工作者，通过中华全国文艺界抗敌协会和郭沫若主持的军委会政治部第三厅，都被吸收到抗日民族统一战线中来，组成一支浩浩荡荡的抗日文艺大军。”① 在这样的描述中，《新华日报》以及副刊之于抗战文学的意义常常被强调，尤其是大家把《新华日报》和“文协”成立关联起来，并由此证明了“文协”的成立是共产党人和周恩来起到了主导作用。

然而，《新华日报》创刊于 1938 年 1 月 11 日，“文协”也是在 1938 年 1 月才开始筹备。那么在这之前的文学思潮和文学动向呢？这可是真正关系到抗战文学的发生问题，而且在此之前，左翼文学界围绕着抗战和民族话语曾经有过巨大的分歧，这就是著名的“两个口号”之争。从“两个口号”的巨大分歧到形成全国一致的抗战文艺，这很显然并不是一个简单的过程。然而，有关左翼文学的话语转型和抗战文学的发生，我们总是笼统地描述为自然而然地发生或含混地一笔带过。1980 年代，楼适夷在为《中国抗日战争时期大后方文学书系》作序时就提到：“卢沟桥事件与‘八·一三’上海全面抗日战争的爆发，使一时展开的所谓两个口号的内部论争，自然归结为一个口号：‘抗战文

① 唐弢、严家炎主编：《中国现代文学史（三）》，北京：人民文学出版社，1980 年，第 3—4 页。

艺’，使所有文艺工作者都站在这面共同的大旗之下了。”① 作为《新华日报》的《团结》副刊的主编，楼适夷也参与了“文协”早期的筹备工作，他的这一阐述很具有代表性，然而“自然归结为”抗战文艺的说法太过简单和含混。其实，“两个口号”论争期间，就有人提出过抗战文艺这一说法，例如杨晋豪在“两个口号”论争时期就提议：“为了使现阶段的中国文艺运动，能有一个更自然，更正确而且更通俗的文艺口号起见，所以我特在已存两个口号——‘国防文学’和‘民族革命战争的大众文学’——之外，另又提出了‘抗战文艺’这一口号。……“‘国防’和‘抗战’在中文的意义上显然是很有出入的。前者是对于正在侵略进来的敌国外患作防御，而后者是对于已经侵略进来的敌人以及压榨的人们立即作反抗的战争；前者是局限于一时间性一国家性的，而后者则是有延续性与国际性的；为了这一点意义，我另提出了‘抗战文艺’这一新的文艺口号，大概不至于被人误认为是故意标新立异吧！”② 然而，杨晋豪提出的“抗战文艺”这一合理的说法在当时并没有获得左翼文学阵营的认可，由此可见，就左翼文学立场来看，抗战文艺“自然而然”产生在逻辑上很难说清楚。

不仅大陆学界忽略抗战文学发生这一重大命题，台湾及海外其他地区，也忽视甚至是有意回避这个问题，因为在他们看来，抗战文学的发生，总不免和左翼文学牵扯到一起。正如台湾一学者后来所总结的：“为何大家避谈抗战文学呢？一谈到抗战文学，就难免涉及卅年代文学及作家，一提到卅年代文学及作家，就感觉到有如烫手的山芋，总认为那是‘左倾文学’”，这位学者也强调因为不愿涉及“左倾作家”而避谈抗战文学，“实则这是‘因噎废食’的不智之举”③。然而，这位学者所反思的现象在台湾学界是极为普遍的，所以在有关抗战文学的发生问题上，他们会特别强调“左翼”文学界内部的矛盾、分歧，以及两个口号最终被抛弃，以此来证明左翼和共产党人在抗战文学发生和发展过程中几乎没有什么影响力。例如李牧在他的《三十年代文艺论》中谈到，“其实，这两个口号都是笨拙的，抗战而后，自然而然地都被淘汰而称为

① 楼适夷：《中国抗日战争时期大后方文学书系·第一编·文学运动》，重庆：重庆出版社，1989 年，“序言”第 2 页。

② 杨晋豪：《〈现阶段的中国文艺问题〉后记》，中国社会科学院文学研究所现代文学研究室编《“两个口号”论争资料选编》下，北京：人民文学出版社，1982 年，第 1045—1047 页。

③ 端木野：《整理抗战文学》，李瑞滕《抗战文学概说》，台北：文讯月刊杂志社，1987 年，第 179—180 页。

‘抗战文艺’了”[①]。夏志清在他的《中国现代小说史》中，有专门一个章节题为“抗战期间及胜利以后的中国文学”，夏氏大谈特谈“两个口号”之争，然后直接过渡到抗战后共产党人的文艺批判和文艺斗争，其言下之意是想表明，在抗战文学中左翼文学界和共产党人实际上起到的是破坏作用。

由此可见，不论是大陆的学界还是台湾及其他海外地区的研究界，大家对于抗战文学的发生都不怎么关注，或者选择各取所需的回避。因此，我们要考察抗战文学的发生，就必须回到当时的历史语境中，而两大政党的党报文艺副刊显然能够提供给我们有关抗战文学发生的诸多历史细节。

第二节　《中央日报》副刊与“卢沟桥”形象建构

只要我们认真翻阅《中央日报》及其副刊，就不难发现，在每一次中日冲突时，《中央日报》副刊都展现出极其鲜明的抗战姿态。“九一八”事变后不久，由王平陵、黄其起、何双璧主编的《青白》副刊，改名为《抗日救国》特刊，把民族主义文艺的命题具体化为抗日救国的文艺，可以说这是较早提出抗战文艺的呼声。

1937 年卢沟桥事变发生后，当时大家还未意识到这一事件会成为中日全面战争的开始，《中央日报》副刊先于主刊对此事作出强烈回应，文化文艺团体比军政人员表现出更积极的抗战姿态。7 月 12 日，《中央日报》副刊《中央公园》几乎开辟了卢沟桥专版，刊载蒋山的《关于卢沟桥》、徐亚的《卢沟桥》，还配有大量的卢沟桥图片如《卢沟桥石狮之一》《桥上之御碑亭》《由桥上遥望宛平》等[②]。7 月 13 日，《中央日报》刊登了署名抱璞的《民族抗战声中谈谈卢沟晓月》，这不仅是首次有人提出把文艺和民族抗战关联起来，也是整个《中央日报》自七七卢沟桥事件来首次出现“民族抗战”的提法，“卢沟桥已成为我们和敌人血战肉搏的所在”[③]。7 月 14 日，《中央日报》第二版出现了

① 李牧：《三十年代文艺论》，台北：黎明文化事业股份有限公司，1973 年，第 101 页。

② 蒋山：《关于卢沟桥》，徐亚：《卢沟桥》，《中央日报·中央公园》1937 年 7 月 12 日。

③ 抱璞：《民族抗战声中谈谈卢沟晓月》，《中央日报·中央公园》1937 年 7 月 13 日。

《京文化团体纷电慰抗敌将士》的报道，副刊《中央画刊》全版都是卢沟桥和北平的名胜图以及抗战现场图。7月15日，《中央日报》刊登《京文化界纷电当局，戮力杀敌捍卫国土》的报道，在当天的副刊《贡献》上，刊登了诗歌《卢沟桥是我们的坟墓》①，来讴歌二十九军将士誓死守卫卢沟桥的抗战精神，“卢沟桥是我们的坟墓”，这是守城将士当时喊出的口号，在前面的《民族抗战声中谈谈卢沟晓月》中也特别描述了这一情形。7月17日，《中央日报》刊登了《南京文化界商御侮方针》，这是一次南京文化界和文艺界的大聚会，由《时事日报》的副总编辑方秋苇、《中央日报》副刊的重要编辑王平陵等人联名发起。在此之后的《中央日报》各个副刊，如《中央公园》《电影周刊》《贡献》等各个副刊版块，基本上都是围绕着卢沟桥为题材以民族抗战为主旨的诗文和艺术作品。

7月25日，《中央日报》刊登了《首都报人劳军公演，今日开始排戏，田汉昨日讲述剧情及所需演员》的报道，并附录了田汉《卢沟桥》中的唱曲《卢沟月》这一段。这场首都报人的劳军公演实际上是由《中央日报》的新闻记者和副刊人员号召起来的，从报道内容来看，是《中央日报》社同仁作为召集人并提供了《中央日报》大礼堂作为活动和排演地点，除了剧本的作者和担任编剧的田汉之外，起到主要作用的还有《中央日报》的《戏剧周刊》《戏剧副刊》的编辑马彦祥、余上沅，以及他们所支持建立的“中国戏剧学会”等团体。8月8日、9日，《中央日报》接连预告、报道了正式公演的《卢沟桥》，这是一个由两百余人报人动员演出，并委托聘请了上海戏剧界的一些明星，如作曲的冼星海和张曙，著名的演员胡萍、王莹、金山、戴涯等客串演出②，首日演出后，《中央日报》对客串明星给予很高评价，“参加客串之诸君，均甚卖力，为剧本增色不少”③。南京报人集体公演的《卢沟桥》和两天前上海演出的《保卫卢沟桥》，被公认为是抗战戏剧乃至整个抗战文学的头炮。而且这两个以“卢沟桥”命名的戏剧演出中，有不少人如洪深和马彦祥是两边都参加，从宣传和声势上来看，南京报人公演的《卢沟桥》更具影响力。这不仅仅是因为南京报人公演的《卢沟桥》有田汉这样一位戏剧界的执牛耳者作编剧，洪深和马彦祥这样的知名导演参与，更是由于《中央日报》社的良好组

---

① 一瞥：《卢沟桥是我们的坟墓》，《中央日报·贡献》1937年7月15日。

② 《首都报人联合四大戏院慰劳抗敌将士公演，四幕新型伟大民族戏剧〈卢沟桥〉》，《中央日报》1937年8月8日。

③ 《报人公演〈卢沟桥〉》，《中央日报》1937年8月10日。

织，联合了各大颇有影响的新闻报人共同参与，在前期的宣传和新闻炒作以及后期的报道和评论上更胜一筹。

从《中央日报》副刊的策划和宣传报道来看，他们很显然不只是把《卢沟桥》话剧看作一个艺术作品，尽管这出戏剧是的确《中央日报》副刊长久以来有关“卢沟桥”系列主题的最高呈现，在艺术上尤值得称道，特别是田汉创作的插曲歌词《送出征将士歌》《卢沟月》《卢沟桥》，经由张曙谱曲后，艺术魅力和感染力都大大提升。事实上，《中央日报》是把“卢沟桥”系列作品当作一场艺术运动，当作一场声势浩大的宣传运动来搞，而围绕着话剧《卢沟桥》的种种活动则是这场运动的顶峰。正如前文所粗略列举的，在《中央日报》的副刊各个版块，包括绘画木刻、摄影插图、旧体诗词、音乐曲调、戏剧电影、游记散文、历史梳理等等，都紧紧围绕着卢沟桥来展开。但很显然，由200多人参演的戏剧《卢沟桥》在南京大华、国民、首都、新都四大剧院公演，其重要性怎么强调都不为过。

首先，在《中央日报》系统地策划“卢沟桥”艺术作品及话剧《卢沟桥》公演活动的带动下，大量的“卢沟桥”戏剧和小说作品问世，例如张季纯的《血洒卢沟桥》(《光明》3卷4号，1937年)、胡绍轩的《卢沟桥》(《文艺》5卷1、2期，1937)、蒋青山的《卢沟晓月》(《文艺》5卷1、2期，1937)、李白凤的《卢沟桥的烽火》(《戏剧时代》1卷3期，1937)、陈白尘的《卢沟桥之战》(《文学月刊》9卷3号)、文赛闳的《卢沟桥》(剧作集《毁家纾难》，1938)①，此外还有张天翼等人集体创作的小说《卢沟桥演义》影响也较大。

其次，在《卢沟桥》的成功上演后，营造演出场面的宏大、追求参演人数的规模、强调演出性质的公演和募捐，成为戏剧演出界开始广泛使用的操作范式，例如其后在武汉以《大公报》策划的《中国万岁》募捐公演为代表，在重庆以新闻界策划的《为自由和平而战》募捐公演为代表。这些大型的话剧演出参与人数都超过百人，规模极其宏大，更重要的是，“公演”作为一种演出模式和运作模式被普遍采纳，例如我们所熟悉的话剧史上著名的“雾季公演”。毫无疑问，这种操作范式使得话剧地位大大提升，也使得话剧在抗战时期进入辉煌期和成熟期。而这个源头不能不追溯到《中央日报》副刊的《卢沟桥》公演运动的实施，不能不提及卢沟桥事变后《中央日报》副刊整体性的连续不

① 卢沟桥主题的戏剧作品参见李锋统计的“七七国难戏剧”目录，李峰：《“七七国难戏剧”述评》，《抗战文化研究》2010年。

断的“卢沟桥”艺术主题策划。

最后，《中央日报》副刊上以卢沟桥主题为主导的抗战文艺作品的刊登和传播，使得“抗战文学”先于“抗战”而出现。过去我们总是把抗战文学描述成随着七七全面抗战爆发自然而然发生。事实上，正如前文所提及，卢沟桥事变发生后，大家并没有把这件事视为全面抗战爆发的标志，而是看作华北中日驻军摩擦的局部事件，直到7月17日，随着日本的步步紧逼，蒋介石在庐山发表谈话，亮出“抗战”宣言，此时仍受到国民党政府内部军政及外交人员的劝阻，延迟到19号才公开发表宣言①。顺便提及一点，著名的庐山谈话抗战宣言，也是出自《中央日报》社长程沧波之手，“地无分南北，年无分老幼，无论何人，皆有守土抗战之责任，皆应抱定牺牲一切之决心”，宣言中的这句话在抗战时期反复出现在各种文艺作品里，出现在各种文宣口号中。事实上，即便国民政府抗战宣言公开发表后，宋哲元依然和日本方面和谈，甚至达成协议，直到7月28日，《中央日报》才有了《和平绝望准备抗战，一切谈判昨晚完全停顿》② 的报道。8月13日蒋介石向张治中下达全面攻击日本上海侵略者的命令后，这才真正进入全面抗战。当然，全面抗战的爆发究竟起于何时并非本文要谈论的核心，笔者在此想要强调的是，不是因为有了抗战才有了抗战文学，因为在局势还未明朗时刻，重要的社论和报道都未轻易使用“抗战”的字眼，而《中央日报》副刊以及文艺界却旗帜鲜明地提倡了抗战文学和相关主题书写。也就是说，正是抗战文学以及卢沟桥系列作品的呈现，成为推动抗战发生的重要舆论力量，也可以说，正是由于大量卢沟桥的书写以及围绕着此展开的艺术运动，才使得原本只是局部冲突的卢沟桥事变在其后的叙述中被塑造成全面抗战爆发的标志，而这场卢沟桥主题的艺术运动主导者当属《中央日报》副刊。

第三节 《中央日报》副刊与文艺界团结抗战局面的形成

《中央日报》副刊上出现大量直接冠之以“抗战”名称的作品、讨论文

---

① 参见吴景平的《蒋介石与抗战初期国民党的对日和战态度——以名人日记为中心的比较研究》，陈红民主编《中外学者论蒋介石——蒋介石与近代中国国际学术研讨会论文集》，浙江大学出版社，2013年，第92—108页。

② 《中央日报》1937年7月28日。

章，这些固然是抗战文学发生的重要标志，但更为重要的是深层的和抗战紧密结合在一起的文学机制的生成。作家的活动方式和组织形式是我们考察抗战文学发生的关键要素。

伴随着全国统一抗战局面的形成，在文艺领域也开始形成全国性的组织，如中华全国电影界抗敌协会、中华全国戏剧界抗敌协会、中华全国文艺界抗敌协会、中华全国美术界抗敌协会、中华全国木刻界抗敌协会、中华全国漫画界抗敌协会，等等。这些协会基本都冠之以“中华全国”的名义，是和以往文艺社团大不相同的新型的文艺组织。正如研究者段从学对“文协”所做的定位，“中华全国文艺界抗敌协会（以下简称‘文协’）是中国现代文学史上明确而自觉地以领导和组织抗战时期的文艺运动为目标的一个全国性文学组织”，“其人员组成的复杂性和包容性，超越了现代文学史上所有的文艺团体，初步建立起了一种新型的作家组织”①。我们以往的研究大都只是强调因抗战发生而形成的文艺界的团结，可是我们忽略了更为深层的作家和文艺家新的组织形态的出现，这种内在的机制变革对后来文学思潮和文学观念的影响更为深远。

这种全国性的文艺组织的形成和《中央日报》及其副刊有着密切关系，正如前文所提及的，《中央日报》副刊社策划的话剧《卢沟桥》，正是在这出戏剧大规模的排演活动中，南京以及一些上海的戏剧界同仁，在《中央日报》及《戏剧副刊》相关人士的主导下，形成了剧人大联合。1937 年 7 月 25 日，《中央日报》在报道《卢沟桥》公演排演的同时，另外也特别报道了剧人们的联合谈话会，“留京剧人田汉、余上沅、戴涯、万家宝，暨国立戏剧学校留京同学，中国戏剧学会全体会员，发起劳军救国募捐联合公演，定于今（二十五）日下午四时，假公余联欢社召集南京剧人举行谈话会”。② 由此可见，在联合公演造就抗战舆论的同时，《中央日报》副刊有意识地利用自己的影响力把剧作家组织起来，报道中提及的田汉、余上沅、戴涯、万家宝（曹禺），以及《卢沟桥》的导演马彦祥、洪深，这些人要么曾经在《中央日报》副刊担任主编、编辑，要么是和这些担任编辑的人是至交好友，例如田汉和《中央日报》副刊编辑王平陵关系很不错，而洪深和《中央日报》的《戏剧运动》副刊编辑马彦祥则是师生情谊。正是这些人凭借《中央日报》这个平台有意识地联合，其中和《中央日报》关系最密切的张道藩和王平陵在促使剧人联合上所起

---

① 段从学：《“文协”与抗战时期文艺运动》，北京：北京大学出版社，2012 年，第 1 页。

② 《中央日报》1937 年 7 月 25 日。

的作用尤为重要，这为后来先于“文协”而成立的“剧协”（中华全国戏剧界抗敌协会）奠定了基础。1937 年 12 月 31 日，“剧协”在武汉光明大戏院正式成立，理事和常务理事及各部门负责人主要就是我们上述所列举的那些人，张道藩、王平陵、田汉、余上沅、戴涯、马彦祥、洪深等人，加上阳翰笙和国民党的要员陈立夫、方治，以及武汉当地汉剧社的朱双云、傅心一和其他地方剧或旧剧人富少航、赵小楼等①。从阳翰笙当时写的祝辞来看，他所要祝贺的并非左和右的团结而是新与旧的联合，“团结了最不易团结的新旧剧界”，“从今天以后，我们将要努力使我们戏剧艺术在内容上无新的与旧的区分，只有在形式上才有歌剧与话剧的类别”②。其实抗战时期文艺界对待“新旧”命题和前 20 年的态度有了很大不同，可以说，抗战时期几次大的文学争论都和新旧相关。当然，这是一个值得另外撰文详细讨论的大命题，笔者在此想要说明的是，文艺界左和右的融合团结也许不是抗战文学发生时的重要关注点，左和右的区分、所谓左翼文人主导了抗战文学团结局面的形成是后来人主观立场的投射。在“剧协”班底的基础上，1938 年 1 月中华全国电影界抗敌协会成立，正如学者提出的那样，抗战之前根本“不存在严格意义上的‘左翼电影’③”，抗战爆发后更无所谓夏衍、阳翰笙等人后来回忆中的左右翼电影的联合与斗争。和戏剧界一样，电影界统一的协会的形成和《中央日报》的《电影周刊》以及其所联系起来的影人密不可分。

由此可见，不论是戏剧界还是电影界，其全国性的协会组织，都是国民党政府通过《中央日报》副刊或台前或幕后组织起来，而“剧协”和“影协”则为文协的成立奠定了基础，这一点研究“文协”的段从学已经着重提及。“先于‘文协’成立的中华全国戏剧界抗敌协会、中华全国电影界抗敌协会等几个全国性组织，都是以这种特殊的社会历史心理为基础，在有关党政机关的支持和帮助下迅速组织起来的。这些全国性文化团体的相继建立，把全国文艺作家组织起来的共同愿望推向了新的高度，为‘文协’的建立提供了积极的文化氛围。”④ 其实不只是氛围，更主要的是操作模式和背后的支持力量，我们对比下“文协”的各部门负责人，就可发现《中央日报》副刊的编辑人员起的

---

① 人员名单参见中国第二历史档案馆的《中华全国戏剧界抗敌协会》档案，卷号十一（2）789，《战时文化界抗日团体组织活动史料选》，《民国档案》1997 年第 3 期。

② 阳翰笙：《我的祝辞》，《抗战戏剧》1938 年第 1 卷 4 期。

③ 李永东：《租界里的民国机制与左翼电影的边界》，《文艺研究》2015 年第 4 期。

④ 段从学：《“文协”与抗战时期文艺运动》，第 40 页。

作用最为重要，如曾主编《中央日报》的《青白》和《大道》副刊的王平陵，主编《文艺周刊》的中国文艺社同仁，主编《中央公园》的华林，以及和《中央日报》副刊关系密切的幕后参与者如张道藩、邵力子等人，他们既是“文协”筹备和成立过程中的主导力量，也都担任着“文协”中的最重要职务，是“文协”成立后向前运行的核心人物。

在《中央日报》及其主管机构中宣部的筹划下，“文协”等全国统一性的文艺团体先后成立，标志着中国的文学因作家的组织形态的变化而步入一个新阶段。事实上，“集中”“一致”不仅是文艺界的诉求，也是整个文化界和宣传领域人士在中日危机时的共同心声，甚至他们主动提出接受国民党政府的战时统制。远在西安事变发生时，之前一直对国民党政府持有批评立场的新闻界，却在 12 月 16 日公开发表《全国新闻界对时局共同宣言》，“国内舆论界，以全国各地报馆通讯社一致连署，发表共同宣言，在中国新闻历史上，尚为创举，其意见表示已有重大影响，当可想见”，这份影响很大宣言强调，“对任何主义和思想，亦应绝对以国家民族生存为最高基点”，“吾人坚信欲谋保持国家之生命，完成民族之复兴，惟有绝对拥护国民政府，拥护国民政府一切对外之方针与政策”①。1937 年卢沟桥事变及“八·一三”之后，《大公报》更是积极做出改变，反复倡议减少对政府的指责，而是表决心“我们誓本国家至上、民族至上之旨”②。事实上，后来被我们称之为国民党法西斯主义体现“国家至上、民族至上、军事第一、胜利第一”之口号，恰恰是《大公报》首先提出并一直极力倡导的。

这些言论看似与自由、民主等“五四”以来的价值观念有所背离，这就是学界常常有人提及的所谓“救亡压倒启蒙”说，事实上，这只是一个方面。在新闻界、文艺界拥护“集中”走向一致的同时，他们“集中”在一起的机制则是依循民主、自由和宪政，而且国民党政府的态度也为知识分子和其他党派的拥护减少了压制性措施，换句话说，抗战成了大家共同朝着民主宪政方向努力的契机。新的《出版法》颁布，国民党第五届中常会第九次会议通过的《国民党中央文化事业计划纲要》开始执行，正如有研究者对这一纲要的评价，“首次以是否违背或妨碍‘民族利益’作为检查刊物的标准，并且对阶级斗争

---

① 《全国新闻界对时局共同宣言》，秦孝仪编：《西安事变史料》（上册），《革命文献》第 94 辑，台北：中央文物供应社，1983 年，第 488—492 页。

② 《报人宣誓》，《大公报》1939 年 4 月 15 日。

等‘专门内容’不再禁止”①。在1938年颁布的《抗战建国纲领宣传指导大纲》中，有关言论、出版、结社的自由也得到了进一步的强化，而并非受到了更严酷的压制。正如时任宣传部长邵力子在抗战期间宣传方针中所表白的，“自本人服务中宣部以后，关于检查标准，即决定不用可扣则扣的方针，而改用可不扣即不扣的方针。……数月以来，新闻界同业已都能认识，检查为此时所必要，不仅不妨碍言论之自由，而且还能加以辅助”②。

由此可见，抗战文学的发生恰恰和这些内在的机制因素关联在一起的，上文论及了《中央日报》主导的《卢沟桥》公演之于抗战文学发生的意义，其实这一演出过程中还有一个备受关注的事件，就是因抗战言论入狱的“七君子”亲临现场观看，台上台下打成一片燃起了激情抗战的声音。而最新的档案揭示，七君子事件是背后日本军政府武力逼迫所致③，而当国民政府决心抗战时，这些压力自然并不存在，七君子出狱预示着抗战局面、抗战舆论的形成和保障，而“七君子”公开亮相和《卢沟桥》公演的联动，则预示了抗战文学新气象以及整个抗战舆论新局面的形成。按照这样的思路延展，我们就可发现，《新华日报》及其副刊的创设，预示着抗战文学和文化的真正发生。因为之前共产党人的言论的确受到了很大程度的限制，而《新华日报》的出版发行，尤其考虑到《新华日报》大多数从业人员都是从监狱里释放出来的政治犯，其中所体现的文学的民国机制要素更为显著。也就是说，抗战文学的发生既和全国性的统一性的文艺组织形态相关，也和言论、出版、结社的民主宪政理念相关。这种特性成就了抗战文学的开放性与多样性，也使得抗战文学和五四以来的价值理念一脉相承。抗战文学绝不是救亡压倒启蒙的体现，恰恰是启蒙意识最高涨的时刻，例如新启蒙运动就伴随着抗战出现；抗战文学也不是革命与反革命的左右之争，而是民主宪政理念贯彻与否的抗争。从《新华日报》及其副刊来考察，民主自由和宪政理念一直是其最核心的价值，这也是抗战时期整个文艺界、文化界的核心价值理念，民主党派伴随着抗战越来越昌盛就是最有力的证据。可见，民主宪政、自由结社等原则的有效实施和贯彻，是抗战文学得以生成并走向繁荣的制度性保障，正是在这个意义上，我们可以把《新

① 曹立新：《让纸弹飞——战时中国的新闻开放与管制研究》，新北市：台湾花木兰出版社，2012年，第58页。

② 邵力子：《抗战期间宣传方针》，《抗战与宣传》，独立出版社，1938年，第2页。

③ 参见《揭开“七君子”事件的内幕——日本外交档案摘译》，《档案与史学》2004年第2期。

华日报》及其副刊的开设作为抗战文学最终形成的主要标志。

从民国的历史文化语境出发，我们可以发现《中央日报》副刊对抗战文学生成的主导性作用，从民国的文学机制出发，我们可以发现《新华日报》副刊作为抗战文学开放性价值的标志性意义。这两大报纸副刊共同处在民国历史文化这一语境下，两者之间是有竞争，如《中央日报》设有《戏剧研究》副刊，《新华日报》也开始了《戏剧研究》，两方都筹划了各自的戏剧特刊；《中央日报》设有《妇女新运周刊》，《新华日报》则开设了《妇女之路》副刊。但是它们之间只是针锋相对的敌我关系么？且不说因为轰炸原因形成的联合版的开设和各大报社的轮编，《中央日报》和《新华日报》如何礼赞对方的抗战将领和英雄，仅就副刊和文艺方面而言，两大报纸的相互配合、合作实在是不胜枚举。《中央日报》副刊开设屈原研究并刊登郭沫若的《屈原》，《新华日报》也极力推崇《屈原》，《中央日报》发表陈铨的剧作，《新华日报》也积极评价推介《野玫瑰》和陈铨的其他作品。两大报纸副刊都积极推动抗战时期戏剧运动，在唱对台戏的同时，更是在竞争中相互提升、协调促进。在民族形式和文学新旧雅俗的讨论上，两大报纸副刊都曾积极介入。在声援贫病作家的活动中，《新华日报》固然很积极走在前面，可《中央日报》也不落后，起到的实际作用甚至更显著。郭沫若的五十寿辰固然是《新华日报》策划的重头戏，可《中央日报》及其国民党文宣领域的重要人物悉数到场。《新华日报》的《妇女之路》和《中央日报》的《妇女新运》在战时女性形象的塑造和女性动员，更多是相互配合而并非后来回忆者所叙述的相互诋毁。最有标志意义的事件莫过于两大报纸都在抗战期间隆重纪念"五四"，尤其对《中央日报》来说，更是难能可贵，因为只有"在 1928 至 1931，以及 1940 至 1949 这两大阶段中，国民党政权对于五四有较多的阐释'热情'"①，而这种热情是通过《中央日报》的纪念体现出来的。两大报纸对五四的纪念再一次印证之前所论述的抗战文学和五四内在的承续。

总之，《中央日报》《新华日报》两大报纸副刊之间并非只是对台戏，还有更多复杂的关联。由此可以帮助我们进一步发掘抗战文学的丰富性、多元性和开放性。同时，我们的抗战文学研究亟须回到民国历史文化框架下，只有这样，抗战文学研究才会打开一片新天地。

---

① 赵丽华：《民国官营体制与话语空间：〈中央日报〉副刊研究（1928—1949）》，北京：中国传媒大学出版社，2011 年，第 125 页。

第六章 重庆《中央日报》副刊与抗战文学形态之考察[①]

由于抗战的爆发，重庆成为战时的陪都，《中央日报》也从南京迁至了重庆。从1938年9月到1945年9月，《中央日报》在重庆一共出版了7年，期间主要的副刊有1938年12月到1939年9月由梁实秋主编的《平明》、1941年3月到1942年5月由孙伏园主编的《中央副刊》以及从1943年11月至1945年9月由王新命主编的《中央副刊》。三位不同的主编，让重庆《中央日报》副刊展现出了不同的特色：“梁实秋在编辑《平明》时，延续了他一贯的文学本位观念，他的《编者的话》引发了围绕‘与抗战无关’的争论。”“孙伏园编《中央副刊》时，作者队伍、作品倾向、关注的问题、组织的讨论各方面都显示出了开阔博大、兼容并包的特色”。“王新命更注重于执政党的配合”。[②] 可见，此时的《中央日报》副刊的一大特色就是丰富与多样。而抗战期间的《中央日报》副刊之所以表现得如此多样与丰富，与此时的重庆文学生态的变化以及国民党相应出现的新的文学策略等因素密切相连。孙伏园时期“开阔博大、兼容并包”的《中央副刊》可谓是战时重庆《中央日报》的重要代表，通过它不仅可以让我们一窥此时《中央日报》的总体特色，也可以让我们从国共两党的互动中立体地考察抗战文学，从而对抗战中文学复杂与多样性有新的认识。

---

① 该章中部分内容由张武军与张颖（西南大学文学院中国现当代文学专业2012级硕士研究生）共同完成。

② 赵丽华：《民国官营体制与话语空间——〈中央日报〉副刊研究（1928——1949）》，第28页。

第一节 文学中心西迁与新文学形态的生成

30年代末期，随着政治形势的发展，以及抗日战争的开始，北京与上海不再是政治、经济、文化的重要中心，继前两者之后，中国的第三个城市中心迅速形成，这就是——重庆。中国的现代文学版图也随之发生变化，影响到40年代及其后整个中国整体文艺的走向与发展，而此时的重庆汇聚了一批内迁至此的文人雅士，报刊的大量出现，将这些作家紧紧地聚集在一起，书写出了堪称伟大的大后方文学。而《中央日报》在汉口停刊后，辗转经历了上海、南京两地，于1938年随国民党内迁至重庆，这一时期的《中央副刊》更呈现出独特的创作风貌，文艺思想的兼收并蓄，作家群的繁荣与发展，很大程度上反映出抗日统一战线的风貌与要求。这一时代重庆的文学活动，存在着新的创作语境下形成的文艺思维方式与国民党文艺政策的交锋与相互影响的情况。

与战时经济发展的不平衡相似，在抗日战争爆发之前，中国的文化中心主要集中在北平、上海、南京、天津等大城市，而其中，又以北平与上海最为繁荣，因为在这里诞生了中国现代文学史上最有影响力的“京派”和“海派”。但随着战争的开始，这一切都被渐渐瓦解，北京与上海文学中心的陷落①，标志着中国现代文学格局的变化已成定局。

在文学中心的内迁过程中，主要存在着三类群体的迁移，一是高等院校的内迁，二是文学团体的内迁，三是文人的内迁，这三方面共同完成了对四十年代重庆这个新的文学中心的建设。

高校的内迁是出于对中国文化教育事业在战争中的保护，当时的日本侵略者对中国的教育事业采取了大力摧残与破坏的方针，许多高校在战争中受到不同程度的破坏。日军的轰炸，致使正常的教学活动无法进行，也威胁到师生的性命，于是在1937年8月，国民政府出台了《战区内学校处理办法》，其中要求“于战事发生或逼近时，量予迁移，其方式得以各校为单位或混合各校各年

---

① 张武军：《北京、上海文学中心的陷落与重庆文学中心的形成——略论抗战对中国文学中心的影响》，《现代中国文化与文学》2005年第02期。

级学生统筹支配暂行附设于他校”①，于是，一场浩浩荡荡的高校迁徙运动就展开了。1938年成立的全国战时教育协会，成了高校迁徙和建设活动的实际负责组织。在高校内迁的过程中，国民政府为了促进内迁工作的完成，还给予了高校建设及广大师生一系列的优惠政策，其中包括公费教育制度，出资提供救济金帮助家庭困难学生解决一部分经济问题，以及免试入学等等。这些政策在一定程度上维护了当时混乱局势中的高校建设秩序，给予了其有限条件下的良性发展。

据统计抗战时期迁入重庆的高等院校有36所②，这个数字几乎是之前在重庆创办高校的18倍。如：中央大学（1937年10月迁入）、山东大学（1937年秋迁入）、复旦大学（1937年12月迁入）、戏剧专科学校（1938年2月迁入）、北平师范大学（1938年夏迁入）、武昌中华大学（1939年春迁入）、南开大学（1939年夏迁入）、交通大学（1940年秋迁入）、北平艺术专科学校（1941年迁入）、东吴大学（1942年法学院迁入）、沪江大学（1942年部分迁入）等。

十几倍数目的高校涌入，为战时的重庆文化发展营造了空前活跃的思想氛围，不仅如此，内迁的高校更促使了一批新的高等院校的组建，师生还开展了各种形式丰富的抗日宣传活动，如演出话剧、街头剧等，这些都为新的创作语境的形成提供了客观有利的条件。

1938年3月27日，中华全国文艺界抗敌协会在武汉成立，它的成立标志着文艺界的“抗日统一战线”正式形成，全国的文艺工作者们，在民族面前，达到了空前的团结和统一，不久文协就由鄂迁渝，随后中华歌咏界抗敌协会、中华全国电影界抗敌协会、全国美术界抗敌协会、中华全国木刻界抗敌协会等全国性的抗战文化团体陆续内迁。国民党方面，成立于1938年4月1日的国民政府军事委员会政治部第三厅（以下简称第三厅）也随国民政府迁往重庆。第三厅在国民中央的领导下，到达重庆之后，积极开展抗战文化宣传，响应“抗日统一战线”的口号。

此外，还有诸如中央青年剧社、中华剧艺社、中国艺术剧社、中央实验剧团、中国胜利剧社、复旦剧社、五月剧社、怒吼剧社、上海影人剧团、农村抗

---

① 李隆基，王玉祥：《中国新民主革命通史第八卷1938—1941坚持抗战 苦撑待变》，上海：上海人民出版社，2011年，第442—443页。

② 常云平：《试论抗战期间内迁重庆的高等院校》，《西南师范大学学报》（哲学社会科学版）1997年第12期。

战剧团、四川旅外剧人抗敌演出队、上海业余剧人协会、怒潮剧社、中电剧团、孩子剧团、七七少年剧团等一批专业的戏剧团体也纷纷转移到重庆，到1943年，重庆各种类型的文艺团体约有四十多个。

而伴随着全国文协和第三厅的迁渝，以往团结在这两大文艺团体周围的作家文人也开始大规模的迁徙，其中的一部分人奔赴了延安，而更多的人则选择在重庆汇聚，以至于当时的重庆形成了一个蔚为壮观的风云际会之地。据统计，抗战时期，到重庆的作家有121人之多，这个数字几乎占到了全国作家总数的三分之一①。郭沫若、老舍、胡风、王平陵、姚蓬子、叶圣陶、田汉、丰子恺、茅盾、陈白尘、巴金、阳翰笙、沙汀、以群、宋之的、袁水拍、臧克家、姚雪垠、萧红、萧军、路翎等先后达到重庆，在大后方展开了自己的文学创作。这些作家中有左翼作家、中间派人士，更不乏跟随国民政府的右派作家。他们或坚持独立创作，或组成小型的文学团体，用手中的笔作为武器，书写着战争中民族国家的前途和命运。

随着作家、文艺团体与高等院校的内迁，重庆开始成为战时的文学与文化中心，这种中心地位，为重庆的文学发展带来了前所未有的有利条件，尤其是在面对民族生死存亡的关键时刻，文人们满腔的创作热情便被大大地激发了出来。

“七七卢沟桥事变”以后，抗日的烽火燃遍了整个中华大地。上海、南京陷落，重庆成为战时的陪都，大量的难民涌入，使这座城市更加拥堵不堪。从1938年开始的大轰炸，给后方带来了难以估计的损失，同时，人民的生命财产安全受到严重威胁。

战争造成重庆城市基础设施遭到严重的破坏，最为突出的问题就是房屋损毁严重。身为军委会副委员长的冯玉祥就在日记中记录了当时重庆遭到轰炸之后的城市状况：

> 早起赴重庆，看到渝市区惨炸情形，房屋大半成为丘墟，有的火还未灭，令人看起不觉发指。
>
> 因为苏联大使馆被炸，我去慰问潘大使，苏大使馆的房子，炸的是一塌糊涂，正大门掷一弹把大门亦炸成一个大坑，其投弹有四枚，客厅及宿舍均被炸坏。

---

① 司马长风：《中国新文学史》下卷，香港：昭明出版社，1978年，第6—7页。

开罢会到歌乐山，到了一看……董先生的房子亦被炸了①。

而看到一些人住洋房，冯玉祥还表示了自己的愤愤不平：

因为我是个丘八出身，忍不住，没涵养，听说巴中周围的洋楼都被炸了，我真是忍不住要说几句话，这些少爷小姐们，在上海、南京、武汉都是住的小洋楼，到这里的重庆还是花了几十万元盖洋楼，把百姓的血汗都消耗在上面，为什么这样办，因为他不知道什么是抗战，什么是打仗。②

不仅如此，战争导致重庆的经济膨胀严重，物价飞涨，民众的日常生活没有保障，吃饭都成了问题。一些身居要职的高官都感到囊中羞涩，就连冯玉祥本人都感到发电报对他来说都成了奢侈：

报载马相伯先生逝世，本来想发电报吊唁，并安慰其家属，可是没发电报，发了一封快信，因为什么呢？电报每一个字须6元，要是有50个字就得300元，因为我是穷小子，所以没发电报。③

混乱、逼仄的生存空间与满目疮痍的城市景象，颠沛流离、无家可归的生活常态，精神上的紧张与忧虑，对战争的痛恨和愤怒，对故土家园的渴望和期盼，都时时刻刻萦绕在文人作家们的心头。

战争中的重庆给他们提供了一种不同的人生体验，这种独特的经历，罗织出了30年代末40年代，中国现代文学创作的大背景，一同出现的炮火、饥饿、贫穷更是构造出了独特的创作语境。生活的艰辛已经不堪忍受，而战乱的噩梦还在时刻萦绕着，惊恐、不安将人们时刻包围，人性的脆弱与对战争的痛恨叠加成了精神上的折磨，这些切身的体验促使文人操起手中的笔杆，描摹战争中的众生相。

此时，一大批报纸刊物的兴起，成了作家们聚集的园地。这些刊物中，有的是在战时迁入重庆的，有的则是在重庆本地创办的，总数超过了1000多种，

① 中国第二历史档案馆编：《冯玉祥日记》第五册，南京：江苏古籍出版社，1992年，第869页。

② 同上，第868页。

③ 同上，第737页。

其中文艺副刊占到了多于五分之一的数目。专门的文艺杂志，如：《七月》《抗战文艺》《文学月报》《中原》《文哨》《诗前哨》《天下文章》《戏剧月报》《戏剧岗位》《戏剧时代》《学习生活》《群众周刊》《中苏文化》等；文艺性的报纸副刊，如：《新华日报》副刊、《中央日报》副刊、《大公报》副刊、《新蜀报》副刊、《国民公报》副刊、《扫荡报》副刊、《中国日报》副刊、《新民报》副刊等。这些刊物的形式多种多样，所登载的文学体裁也不尽相同：戏剧、小说、诗歌、散文、漫画、杂文、随笔、歌谣、甚至是专业性的论文层出不穷，其中尤以戏剧和诗歌的成就最为瞩目，诞生了由 7 个剧目组成的《抗战建国进行曲》，以及围绕在《七月》和《希望》周围的“七月派”诗人群。

这些驳杂的文学作品虽然身披不同形式的外衣，但都有一个共同的主题，那就是抗日，战时，几乎所有的文学书写都与抗日有关，用多种多样的形式与方法来反映抗日生活的方方面面成了战时重庆各大报纸期刊的首要任务。而在报社期刊繁荣发展的背后，越来越多的文人参与其中，一方面扩大了报纸副刊的影响力，丰富了其创作内容；另一方面，则吸引更多的有识之士加入进文艺抗战的队伍中来，他们之间形成了一种相互促进的良性互动关系。

第二节　重庆《中央副刊》新的发展方向

在 20 年代末 30 年代初，国民党致力于“三民主义的文艺路线”的推行，它自然包含在孙中山的所提出的“三民主义”的范畴之内，但“主义”的盛行是当时的一种普遍现象，甚至已经到了一种泛滥的地步，统治阶级的观念是有了“主义”就好像有了一样夺权的利器，便可以帮助他们达成“一统江湖”的愿望。“自从蒋介石抬出三民主义，大出风头以后，许多人都觉得主义是值钱的，于是乎孙传芳标榜三爱（爱国、爱民、爱敌），东三省有人主张三权（民权、国权、人权）。听说四川有些军人到处请教人替他们想个主义玩玩。料不到民国闹了 15 年，大家都没有主义的时候，‘主义’两字忽然这样行起时来。”① 某某“主义”更像是一种广而告之的宣传手段，甚至是一时的盲目跟

① 天马：《主义值钱》，《大公报》1926 年 10 月 17 日。

风。“三民”之“主义”在当时看来更像是一种既流行又“时髦之口头禅”①，至于对它的真正含义，民众当中却鲜有人知。这种宣传手段并没有收到任何实际的效果，“国民党拿出什么三民主义、五权宪法，遍（便）可以风靡南北，其实国民心理，并不是真了解主义，懂得宪法，不过他们热心，拼命向民众宣传；另一方面，又从没有一种对抗的东西，去向民众解释”②。由此便知，所谓的“主义”只不过是一场满足自我虚荣的作秀。

不仅如此，国民党在“三民主义的文艺路线”的实行过程中，同样没有做到脚踏实地，自然也就不可能收获预先设想的效果。1930年代的《中央日报》副刊上虽紧跟主刊的政治决策，积极地倡导“三民主义的文艺路线”，时任副刊主编的王平陵还将其精神内涵阐释为博爱、牺牲、奋斗、和平、统一、世界大同，称建筑在此种内涵之上的才是文艺发展的真正方向。但事实上，“三民主义的文艺路线”大有“徒有虚名”的嫌疑，所谓的主义的提出也只不过是在看到共产党方面的文艺运动开展的（得）轰轰烈烈之后，为了重新夺回在文艺领域的控制权而被迫想出来的一个口号而已。这个口号雷声大，雨点小，在国民党实际的文艺活动中并没有起到多大的作用。就连响应号召的实际创作作品都少之又少，当时《中央日报》副刊主编王平陵主编之下的《青白》与《大道》就没有真正将“三民主义”文艺建设的氛围建立起来，反而招致了一些言辞激烈的批评，如署名白痴的《理论与作品》（《中央日报·青白》1929年9月28、29日）一文就针对“三民主义文艺”流于形式的问题提出了自己的看法，认为当时副刊上的文艺作品并没有真正遵循“三民主义”的路线，甚至是有悖于这个理论的提出，它一针见血地指出了国民党当时企图用这个界限并不十分清晰明确的含混概念来一统文艺界的意图。这篇文章引起了《中央日报》副刊上关于创作的讨论，但最终，这些讨论并没有引起大家的足够重视，而“三民主义之文艺”就这样匆匆地流产了。

究其失败的原因，最主要的就是此口号空洞且不切实际，过于含混的表述，并不能为文艺创作带来方向性的指导，创作者们自己甚至都不明白这个口号的真正意义是什么，单靠一两个诸如王平陵等的机关报刊的编者撰文阐释其含义，不可能对这种局面起到实质性的改变，这就不能不引起大家对这个口号的怀疑和排斥，甚至是“讥笑的声音”③。

---

① 随安：《奉晋尚在接洽中》，《大公报》1926年6月8日。

② 天马：《时局的趋势》，《大公报》1926年10月15日。

③ 周佛吸：《何为三民主义的文学》，《中央日报·大道》1929年11月24日。

再者，一条“被动”提出的文艺路线注定了其失败的命运。政治与文艺之间本身就存在某种微妙的难以言说的深切联系，为政治而文艺还是为文艺而文艺向来就是争论不休的话题，但是“三民主义的文艺路线”的提出却只有强大的政治外衣，而缺乏文艺的实质内容，被动裹挟在政治外衣之下的文艺创作，只能是标签式的，缺乏了形成一场文艺运动的最重要的内因，进而变成了与共产党意识形态、“左”倾文艺思想的较量，甚至认为只有首先消除共产党的意识形态与“左”倾文艺思想，才取得了文艺自由发展的前提条件①，这种错误的理解，把国民党的文艺创作引向了一种极为错误的死胡同，在与共产党的文艺较量中时刻处于下风，如此被动的局面自然不可能在这场较量中争取到优势，只能是被人牵着鼻子走路。

最后，相对涣散的文艺组织力量，不成体系的文艺机构，缺乏与之相对应的文艺体制与机制，对文艺路线的制定不够重视，在工作的开展中不能找到行之有效的办法与技巧，凡此种种，都成为遭人诟病的由头，甚至是在国民政府的高级文化官员中，官僚资本主义思想严重，认为钱是解决一切问题的万能办法，认为文艺宣传的失败，主要原因是“缺乏经费”②。可以说，过于武断的观念，造成了国民政府当局无法审时度势，“三民主义的文艺路线”的失败就成了一种必然发生的结果，毕竟“所谓文艺政策的成败，在于是否将文艺成功地转化为阶级，政党和民众的意识形态，这种转化既需要与社会同步的指导思想，也需要创作实绩的支持”③，显然，国民党并没有做到这些。

进入40年代，中国的左翼运动开展得轰轰烈烈，共产党在文化领域掌握了更多可利用的资源，这一优势条件，有利于取得舆论的控制权，在通过文艺创作控制意识形态方面占尽先机，尤其是在日战争爆发之后，民族情绪达到了高潮，并且在文艺创作中蔓延开来，文坛笼罩在一种空前的民族主义氛围里。鉴于此种客观形势，迫使国民政府不得不重新考虑制定适应时代发展的文艺路线，以期挽回失去的文化控制权。

然而文艺，从来就是一项关乎人心的工程，但国民党在“民权”与“民生”两个方面做得并不尽如人意，不然也不会同时遭到左翼阵营与自由主义知识分子的诘难，贫富悬殊，民生艰难，确实成了突出且严重的社会问题，那么，国民党手中就只剩下“民族”这唯一的砝码了，自然就只能抓住“民族”

---

① 计壁瑞：《张道藩与国民党的文艺政策》，《中国现代文学研究丛刊》2012年1期。

② 赵友培执笔：《文坛先进张道藩》，台北：重光文艺出版社，1975年，第490页。

③ 计壁瑞：《张道藩与国民党的文艺政策》，《中国现代文学研究丛刊》2012年1期。

来大做文章，目的是以此来转移日益加深的社会矛盾，摆脱自身的窘境。

但必须说明的是早在30年代的《中央副刊》上就自发地弥漫着一种“民族主义”情绪，所以说是自发，是因为这一种情绪最初并不是受到国民政府的官方指示才出现的，即使作为党国的喉舌，《中央副刊》依然呈现了一种独立的文艺姿态。以《民族主义文艺运动宣言》的发表为标志，民族主义的文艺运动开始发展了起来，然而这种显现着民族情绪的文艺姿态最初并没有得到国民政府切实有力的支持，或者说依然没有引起足够的重视，各种创作的发表的确表达了在国难当头的时刻民众的愤怒与担忧，但是，“九一八事变”爆发之后，国民党提出了“攘外必先安内”的政策，成了一个关键的转折点，先前《中副》上燃起的民族情绪在一夜之间就被浇灭了，国民政府的文化霸权统治，使得30年代初的“民族”情绪还没有来得及释放，就被无情地打压下去。这一点从《中央日报》当时的几个副刊所散发的纯文艺气息中就能得到印证。

但40年代，几乎是一样的口号又重新被国民党捡起，在与共产党的高下较量中，国民党逐渐意识到，单靠铁血的政治控制，并不能稳坐文艺王者的宝座，而失去文艺阵地，就意味着失去了最行之有效的宣传手段，就不能在争取和拉拢“知识分子”与“青年”的战场上取得胜利，一旦失去了他们，文艺这场没有硝烟的战争就不战而败，文艺的半壁江山一旦失去，对政治统治的影响将不可估量。于是，“民族主义”的文艺思想又被重新挖掘，甚至被奉为圭臬。

在对这一文艺思想所做的新的阐释中，国民党紧紧抓住了对自身有利的客观条件，一是“抗战”的现实状况；二是基于此种现实之下的“民族主义”无法让人提出质疑与挑战。

陶百川在《民族问题需要民族主义》一文当中重新解读了孙中山提出“民族主义”的时代背景，该主义遵循的两个原则，一是“驱除鞑虏”，二是“各民族一律平等”，由此进一步指出：“民族主义的提出并不是无病呻吟，完全是时代要求的”，即使是重提“民族主义”，也依然具有其重大的意义，这种意义有两个方面——“中国民族自求解放”与“国内各民族一律平等”，并且是在辛亥革命之时就已经确立了的，并反驳一些人“说它是民国十三年容共以后的产物”的说法，斥其为“无稽之谈”① 这种说法无疑为“民族主义”文艺方针的重提做好了铺垫，也为重提做出了合理的解释，那就是“时代之要求”。

---

① 陶百川：《民族问题需要民族主义》，《中央副刊》1941年3月19日。

可见，“时代”成了最好的理由，它既是国民党重提“民族主义”文艺政策的客观原因，也是这一路线得以贯彻的客观保障。

在重写“民族主义”的愿望中，国民党还极力指出共产主义者对它的错误认识：

“共产主义者对于民族主义的革命，常认为是资产阶级民主革命的性质，这是犯了机械论上的错误”，“列宁的观点和一切共产主义者一样，他们都把欧洲社会进化的历程，由封建，资本，再到社会主义的社会，认为是一条天经地义的公律。好像殖民地或次殖民地国家的社会进化历程，他们以为和欧洲先进国家的社会进化然一致。所以中国共产主义者，将这种进化历程的观点，竟机械的应用于中国社会发展的历程上。他们以为殖民地国家社会进化的现阶段既是封建的或半封建的社会，于是这些众家的革命一定是资产阶级民主革命的性质了”①。

这种观点虽然是在与共产党的相互排斥与抵抗中提出来的，还有一定的贬低对手的意图，但仔细推敲，却不无道理，它分析了中国的社会性质毕竟与西方发达国家是不同的，所以，不能主观地、笼统地将中国的“民族主义”革命戴上资产阶级革命的性质，应当注意到中国社会的实际情况，作者还讲道：

“共产主义者把中国或殖民地国家的民族革命，看为只是资产阶级的民主革命，因而他们——‘要把被压迫阶级的利益从普遍全国民众的利益的观念分将出来’。(第三国际第二次大会议谈决案)。

这种观点，对于中国或殖民地国家的民族革命是最有害的。在民族革命的过程中，各阶级应有‘存则俱存，亡则俱亡’的信心。分别无产阶级利益与全民族的利益这是一种离心的观念……”②

以上文章中的观点虽然没有概括出中国民族革命的社会性质究竟是什么，但事实上，中国半殖民地的社会性质，决定了中国的“民族革命”是一场以“解殖民”为目的的革命，相应的，处于此种社会情形之下的文艺创作应该被称之为“解殖民的书写”③。也就是说，按照“民族主义”文学的构想，它应该是囊括中国社会各阶级的文艺运动，中国民众所要面对的是来自帝国主义的殖民统治，帝国主义就成了各阶级共同的敌人，所以才要抱定“一存俱存，一

---

① 张铁君：《对于民族主义应有的认识》，《中央副刊》1941 年 3 月 21 日。

② 同上。

③ 张武军：《半殖民与解殖民书写——从革命文学到抗战文学》，《天津社会科学》2015 年 3 期。

亡俱亡”的信念，单就在这一点上，国民党的文艺观念是有其合理性的，也可以将它理解为是40年代发展了的“民族主义”文艺政策。

此外，抗日战争的客观现实，是各方政治力量与社会阶级都不能回避的存在，面对外敌，政治上的分歧只能暂时搁置，重新回到“合作”的前提之下，共同完成“抗日民族统一战线”的题中之意，这既是缓和各方矛盾的应对之策，也是稳定民心的要求，因此，这种文艺政策的重新提出某种程度上成为共赴国难的必然，显然，国民党这样做是借此来缓解自身在舆论方面的压力，也希望能够拉拢“青年”与“知识分子”加入自己的阵营。

第三节 孙伏园与抗战时期的《中央日报》副刊

1938年起，迁往陪都的《中央日报》开始越来越重视对意识形态的控制，国民党政权从汪到蒋的易主，使得《中央日报》这份中央党报呈现出与汉口时期迥异的风格面貌，转而更加注重政治取向、立论态度与舆论导向等言论问题，并且在重庆时期，国民政府加强了新闻审查制度，形成了等级森严、层层把关的报刊审查制度，目的就是为了剔除对其政治统治不利之因素，排除异己，而将党国的意识形态理念深入人心，那么，作为党报的《中央日报》就更加显示出一种谨慎从之的言论态度。

但是，这种言论的钳制却并没有为国民党带来预想中的成效，尤其是在抗战爆发后的大后方，颠沛流离中的知识分子更加呼唤一种精神上的自由，来为暗淡的现实寻找一方光明的精神寄托，让被困缚的身心得到解脱。与此同时，在重庆创办的大量报纸杂志却一派繁荣之景，如：《新华日报》副刊、《大公报》副刊、《新蜀报》副刊、《国民公报》副刊、《扫荡报》副刊、《中国日报》副刊、《新民报》副刊，以及《七月》《抗战文艺》《文学月报》《中原》《文哨》《诗前哨》《天下文章》《戏剧月报》《戏剧岗位》《戏剧时代》《学习生活》《群众周刊》《中苏文化》等具有文艺特色的杂志。尤其是在与共产党所主办的《新华日报》副刊的对比中，《中央日报》副刊的言论自由度就稍逊一筹。

造成这种局面，与迁渝之前的南京时期的《中央日报》的办刊思想不无关联，是受到了作为党国“辩护者”的思想余孽的影响，尤其是在程沧波任《中央日报》社长期间，认为《中央日报》的职责是维护国民党的统治，巩固其一党专政的地位，必须“发扬党义”①。在对待陈独秀案的态度上，他还明确抛出政府即为国家的观点，认为党的地位与国民政府的地位是与国家的地位相等同的，把“党”放置在了一种至高无上的境地。这种偏激狭隘的观念，并没有为国民党迎来政治上的全面胜利，反而降低了国民政府的号召力，还导致团结一切可以团结的力量，吸纳社会各阶层，共同致力于伟大的民族之事业的愿望成为泡影。

而迁渝之后所遇到的种种问题，使得国民党开始反思自身在文化宣传工作方面的失误，意识到陈旧的宣传方法应当得到一些改善，才能在新的环境中显示新政府宏达的气魄。

作为一份党报，它的地位自然是十分重要的，但如何最大限度地发挥它“唤起民众”的作用是此时国民政府最为头痛的问题，它作为“党的代言”，“更可以说是代表中央政府的政策”，“有了这双层关系中央日报②不仅为国内留心时事者所注意，即在国际上亦常被视为中国③国民党对内对外态度公开表示的地方”，它的职责“有号召全国国民团结一致，在青天白日旗帜之下共同奋斗之必要”④。

《中央日报》现有的宣传队伍已经不能满足新形势下的要求，虽然这支队伍是经国民党多年时间一手培养起来的党国精英，如：程沧波、潘公展、叶楚伧、陈布雷、何浩若、陶希圣、马星野、胡健中、殷海光等，他们也曾是声名显赫的笔杆子，但是流亡到陪都的知识分子，自由作家，甚至是普通民众对于他们之前的宣传显然并不买账。国民党意识到，仅仅靠自己的文化官员是不够的，还要吸收一些经验丰富的文化界名人，来扩大声势和影响。于是，迫于这种压力，尽快拉拢一些党外人士加入，一新党报之面貌，成为国民党宣传工作中亟待解决的问题。

在程沧波卸任之后，陈博生被召回国内，开始担任《中央日报》社社长一职，这位早年留学日本，与李大钊有同窗之情的新任社长，是曾经在“五四”前后将马克思主义介绍到中国的重要人物之一，抗日战争爆发后成为中央社驻日本特派员，在1941年就任《中央日报》社长一职之前，撰写了大量的以分

① 程沧波：《敬告读者》，《中央副刊》（南京）1932年5月8日。

② 原引文“中央日报”下方以下划线标识。

③ 原引文“中国”二字下方以下划线标识。

④ 黎世芬：《中央日报》，《中外月刊》1936年第1卷7期。

析日本政坛为内容的著作和文章，如：《近卫往何处去》[1]《敌阁改组与其内部困难》[2]《倭囚近卫的新体制》[3]《从近卫到米内》[4]《从近卫到平沼》[5]《敌人政治的贫血症》[6]《日本经济危机解剖》[7]《侵略阵线的三角同盟》[8]《近卫内阁改组之推测》[9] 等。这些文章记录了他在日本亲历的日政坛的变幻，透露出强烈的反日爱国主义色彩。

召陈博生回国，国民政府正是希望他能够利用自身的优势，来组建一支吸纳党外人士的舆论队伍，在抗日战争的大背景之下，为国民党的宣传工作的开展贡献力量。他的优势一是来自于多年的驻日记者生涯，对日本的政治经济文化等各个方面有着深刻的了解，二是他丰富的报刊编辑经验，历任《晨钟报》编辑、《晨报》总编、《北平晨报》社长，并且与林仲易一手创办了《晨报副刊》，当时以《晨报副刊》为园地集结了一大批优秀的创作者和文化名人，也让陈博生逐渐声名鹊起。

在较短时间内为《中央日报》组建一支得力的宣传队伍不是一件容易的事情，此时，他想到了同在北平《晨报》共事时期的孙伏园，邀请他以主笔的名义出任《中央日报》副刊的总编。陈博生一来是想要弥补 20 年前与孙伏园友情之间的歉然，起因是孙离开晨报时与刘勉已的争执，二是因为他以为在当时全民抗战的大背景之下，《中央日报》副刊的编辑理应由一位跨党人士出任，即所谓既是共产党党员又是国民党党员，这已经成为大革命时代报纸杂志的一种普遍现象。如此，孙伏园理应是最合适的人选，但陈博生实际上并不知晓，孙伏园并不是共产党也不是国民党，但他又确实游移于两党之间，与两方面的人士都保持着或近或远的联系。

孙伏园此时正在重庆负责中华平民教育促进会的联络工作，为专区实施新县制所需的干部进行培训，同时受聘于重庆政治部文化工作委员会，但实际上是个闲职，没有什么具体的工作可做，所以在 1940 年冬季，《中央日报》改组

---

① 陈博生：《近卫往何处去》，战地图书出版社，1940 年，第 58 页。
② 陈博生：《敌阁改组与其内部困难》，《中央周刊》1938 第 1 期。
③ 陈博生：《倭酋近卫的新体制》，《战地》1940 第 13 期。
④ 陈博生：《从近卫到米内》，《战地》1940 第 1 期。
⑤ 陈博生：《从近卫到平沼》，《时事月报》1939 第 2 期。
⑥ 陈博生：《敌人政治的贫血症》，《改进》（半月刊）1940 年第 9 期。
⑦ 陈博生：《日本经济危机解剖》，《半月文摘》1938 年第 8 期。
⑧ 陈博生：《侵略阵线的三角同盟》，《日本评论》1940 年第 4 期。
⑨ 陈博生：《近卫内阁改组之推测》，《半月文摘》1938 年第 8 期。

时，答应了老上司陈博生的邀请，开始接手《中央副刊》的编辑工作。

首先，选择孙伏园来执笔党报的副刊，是有一定原因的，表面上是因为他与陈博生是多年的搭档，在《中央日报》改组之时给予帮助显得理所当然，而事实上，前文笔者已经详细论述过他曾经主编过汉口时期的《中央副刊》，在当时引起过不小的轰动，并且，1938 年，因在湖南推广平教会的工作，而出任湖南衡山实验县县长，国民政府迁渝之后，还在政治部任职，这些与国民党接触的经历成为国民政府选择他的重要条件。

其次，陈博生坚持力邀孙伏园，正是看中了他人脉颇广，善于团结作家的才能，在孙伏园接触的人中，包含了各种社会阶层，各种政治立场的人物，他们或是效力于国民党，或是共产党方面的得力干将，又抑或是保持独立姿态的中间派，如此广泛的人际交往，正是拉拢知识分子为《中央副刊》言论造势的好时机。在这三类人群中，除去国民党的官方文人和其亲自培养的文人之外，国民政府对共产党方面的文人自然持一种警惕的态度，那么，中间派作家就成了他们极力拉拢的对象。在这一点上，国民党采取的政策是有意在与共产党暗中较量，因为中共方面认为，在对待左、中、右三派的态度上，应该采取加“强左派、反对右派、孤立中派使之‘左倾’”① 的策略，显然，在中间派“左倾”之前，尽力将中间派作家纳入自己的阵营，是最好的选择，国民党因此确立了“联络本党作家吸收中间作家并感化左翼作家”② 的文艺方针，与共产党大力争夺文艺战线上的中间派，使得中间派作家成为自己的同盟军，希望通过文艺队伍的扩充，不仅在文艺宣传方面取得先机，最终达到遏制共产党的目的。而孙伏园则刚好符合国民党的这一条件，出任《中央日报》副刊的主编则成为了不二之选。

最后，前任《中副》主编梁实秋“与抗战无关论”的风波，给国民党当局带来了不小的舆论压力。即使，梁实秋的言论遭到了某些人的曲解，而使这场祸从口出的风波愈演愈烈，但在抗日战争的大背景之下，却已经严重影响到《中副》党报副刊的形象。老舍还曾经写信对《中央日报》的工作提出质疑，矛头直指梁实秋主编的《平明》，认为该副刊与抗日统一战线貌合神离，言语轻佻，破坏了抗战文艺的发展，并且国民党方面在用人及宣传上存在严重的漏

---

① 中国社会科学院近代史研究所编，张海鹏主编：《中国近代通史》第 7 卷，南京：江苏人民出版社，2009 年，第 324 页。

② 转引自唐纪如：《国民党 1934 年〈文艺宣传会议记录〉评述》，《南京师范大学学报》1986 年第 3 期。

洞，对梁采取放任的态度。不仅如此，“与抗战无关论”的批判已经远远超出了文艺的范畴，左翼作家更是把它放置在了政治立场的高度加以挞伐，批判其有分裂统一战线之嫌疑。这些口诛笔伐的责难，更加不利于国民党去拉拢中间派作家，也让其宣传工作一度陷入了停滞，甚至是无比尴尬的境地。从国民党方面来说，十分希望孙伏园能一改梁之前的作风，在“抗日统一战线”的旗帜之下编辑《中副》，以消除社会上对于《中副》以及党国文艺宣传之非议。

《中央日报》副刊并不是孙伏园来到重庆之后第一次与国民党的合作，在进入《中央日报》社之前，几乎是同时（1940 年开始筹办，1941 年 1 月正式成立），国民党军委政治部就邀请孙伏园任职的平教会共同合办《士兵月刊》，这份杂志是得到蒋介石的手令交与主办的，目的是向国民党军队内的广大官兵传达抗战胜利的消息，鼓舞军队士气，坚定抗战必胜的信念。此事由中央军委新任政治部部长张治中与平教会负责人晏阳初进行接洽，张治中 1937 年—1938 年在湖南任主席时就与晏阳初结识，并有过举办“湖南省地方干部学校”的成功经验，因此，选择与平教会合办《士兵月刊》就显得水到渠成①。

为了办好这份杂志，国民党政治部还专门成立了士兵月刊社，这个编制八人的杂志社，直接隶属于政治部部长室，地位与第三厅属于平级，社长的军阶相当于少将，可见当时国民党给予的重视程度之高。晏阳初推荐孙伏园担任《士兵月刊》社的社长，负责该杂志的编辑工作。

在孙伏园编辑《士兵月刊》期间，始终用一种审慎的态度去对待国共之间的合作与斗争问题，虽然是一份国民党主办的杂志，却很少使用攻击共产党的言论。1941 年，发生了震惊中外的皖南事变，重庆《新华日报》在 1 月 18 日用整版的篇幅刊登了周恩来的“千古奇冤，江南一叶；同室操戈，相煎何急”的手书题词，而第一期的《士兵月刊》只是提到了皖南事变一事，并没有使用过分的言辞来攻击共产党。不仅如此，在《士兵月刊》整个办刊历史中，是找不到任何反共言论的，这与平教会和孙伏园本人始终赞成国共合作的态度是分不开的，孙真正把《士兵月刊》作为“对国民党几百万士兵进行国共合作全面抗战以争取胜利的宣传教育的阵地”② 来对待。

《士兵月刊》社的地位虽与第三厅平级，但也受到了第三厅的制约，孙伏

---

① 详见绍兴县文史资料工作委员会、绍兴鲁迅纪念馆编：《绍兴文史资料选辑第十三辑·孙伏园怀思录》，1994 年，第 12—13 页。

② 玄云（堵述初）：《忆孙伏园先生》，绍兴县文史资料工作委员会、绍兴鲁迅纪念馆编：《绍兴文史资料选辑第十三辑·孙伏园怀思录》，第 15 页。

园所在的平教会负责对杂志的内容进行编辑，具体的印刷出版事宜则交由第三厅负责。郭沫若在张治中上任政治部部长之后就辞去了第三厅厅长的职务，转由何浩若接任，何浩若是一名积极的反共分子，面对这种形式，孙伏园便考虑应当如何将《士兵月报》继续沿着自己的理念坚持编辑下去，而不流于政治斗争的傀儡工具。

此时恰巧《中央日报》改组，孙伏园便由此加入了《中副》，事实上，孙接手《中副》的初衷是为了掩护《士兵月报》的工作，更好地实践自己所坚守的政治信念。加上当时重庆的政治环境十分复杂的情况，《中副》无疑成为一个很好的选择。就是否接任《中副》主编一职的工作，孙伏园还曾向老舍征求意见，老舍因为梁实秋"与抗战无关论"一事，对此持保留态度，但孙伏园依旧坚持自己的考虑与想法，这与他从五四走来的一代身负国家与民族的知识分子良知不无关联，战争爆发、外敌入侵，社会进入战时体制，个人的抉择被置于国家与民族的立场，如何通过自己力所能及之事为国家贡献力量，成为每一个中国人都不能回避的抉择。

起初，孙伏园与陆晶清分别负责《艺林》与《学海》，后二者合并为《中央副刊》，由孙伏园任主编。孙的大胆与敏锐在接手《中副》的一开始，就已经初露端倪。当时老舍的剧本《张自忠》创作完成，孙伏园在接手《中副》的第一期上就发表了有关《张自忠》的评论文章；此外，他还邀请了《新华日报》编辑欧阳凡海共同发起了重庆副刊记者联谊会，邀请《新华日报》的作家们为《中央日报》副刊写稿。孙伏园在接手《中副》之初，就展现了自己立志刷新《中副》之决心，极为重视报纸这份精神食粮在战时对民众的生活所产生的影响，首期的发刊词中，孙伏园说道："在抗战进入第五年代，中华民族正进行在最艰苦的一段阶程的今天，本刊之刷新。贺有它特殊的意义与使命。"并且将副刊这种特殊的意义向读者做出了解释："它和整个报纸同为时代的镜子，是民众的乐园，她不会常扳着战争的面孔，有时微笑，有时幽默，有时捧献给你一束智慧之花，她是那么可爱的！"指出他理想中的副刊必须具备三个条件：一是"刺"——"严正的批评"，二是"蜜"——"给予读者的精神食粮"，三是"体"——"短小精悍"，这三者缺一不可，尤其是"刺"与"蜜"一定要兼而有之，"徒有刺而无蜜，将成为无趣味的牧师说教；徒有蜜而无刺"①。

在这样的副刊理念之下，孙伏园期待《中副》能够做到两件事情，一是要

① 《发刊词》，《中央副刊》（重庆）1941年3月5日。

敢于批判社会生活中出现的各种问题，二是要一种“轻淡的描写”，希望能给予战争中的民众以最大的安慰与鼓励，唤起“新的热情，新的活力，再接再厉，为三民主义的新中国，完成伟大而光荣的抗战建国的任务”①。从中不难看出，孙伏园期望《中副》在它的手中既要敢言，又要向人们传递一种战争中的正能量，向着必胜的方向前进与努力，这一点基本延续了他在《士兵月刊》时的办刊理念，这与国民党所期望的也有一致之处，是迎合了国民党在宣传方面的需求的，但在实际的运作中，迎合之下又有所碰撞，甚至是较量。

1941 年，中国的抗日战争已经走入了第五个年头，处在战争中的人们饱尝了战争带来的颠沛流离、生死诀别与精神折磨。无论是在战火纷飞、硝烟弥漫的前线，还是在日夜盼望胜利、亲人凯旋的后方，战争将人们的目光与情感紧紧地凝聚在一起，在与战争旷日持久的拉锯中，一种关于“胜利”的坚定信念在被强烈地需求着、渴望着。梁实秋坚持的文学本位主义在抗战的大环境，尤其是在统一战线的压力下，显得越来越不合时宜。从梁实秋到孙伏园的转换，本身就意味着试图将副刊纳入到统一战线的话语空间中。孙伏园重新接手《中央日报》副刊之后，努力实践着自己一以贯之的办刊理念，将文艺与时代的命运紧紧结合在一起，这一时期的《中央副刊》在孙伏园的手中逐渐显示出一种兼收并蓄的姿态，背景迥异的各色文人开始在这样一份党报之上呈现着空前活跃的状态，也成为《中央日报》副刊历史上为数不多的自由开放时期，在官方相对宽松的意识形态控制之下，多样性与丰富性成为《中央副刊》的主要特色。

文协的迁渝，将文艺界的“抗日民族统一战线”在重庆重新集结完毕，作为文协的一分子，孙伏园时刻意识到抗战与文艺之间所存在的紧密关系，这种关系不仅是时代赋予的文艺的责任，更是作为知识分子的良知，“抗战建国”成为一切努力的归结，更成为文艺必须牢记的创作原则，孙伏园并不认为这种一致性会消磨文艺的个性，阻碍文艺的进步，相反，在这种空前团结的氛围之下，“我们的文艺”② 在各个方面都有长足的发展，这种成绩的取得，与各方面人士的努力是分不开的。

在大后方，汇聚了全国各地的知识分子，文化名流，青年学者，各种阶级、派别、团体，他们积极响应文协的号召，以抗战之名，共同为着“抗战建国”之大业而努力。这种状况正是文协希望看到的，也是文协一直为之努力的

---

① 《发刊词》，《中央副刊》（重庆）1941 年 3 月 5 日。

② 孙伏园：《文协的五年》，《中央日报扫荡报联合版·艺林》1943 年 3 月 27 日。

目标，身为文协一员的孙伏园，将这种理念带入了他主编的《中央副刊》，在国民党的党报之上，言说着“抗日民族统一战线”之于“抗战建国”的意义。

一直以来，关于孙伏园的党派身份始终成为学术界的一个谜团，这位叱咤报坛的人物，以大胆而敏锐的风格著称，在他的编辑生涯中，有许多令人为之振奋的大事件，也因为他的大胆与不羁使自己遭遇了一轮又一轮的政治风波。在面对他热爱的报刊事业时，他是毫无畏惧的战士，但在直面自己的身份之时，却有意躲闪，游离于党派之外，他的党派观念很大程度上影响着他的报刊事业。

在1927年编辑武汉《中央副刊》时，孙伏园在政治事件面前，表现出了超乎常人的魄力与胆识，并且永远走在时代的前列，鲁迅的演讲、毛泽东的《湖南农民运动考察报告》为他贴上了“激进”文人的标签，他所倡导的革命的夺权表明了他对待“革命”彻底的立场，有人曾指出孙伏园在武汉时本是共产党员，但后来脱党了①。但是孙伏园曾公开表示自己并不是所谓的“跨党党员”②，没有加入共产党和国民党的任意一方。现有的资料虽无法直接证明孙伏园当时的党员身份，但可以确定的是他在政治上的“亲共”意识，只不过在“亲共”的意识之内包含了某种谨慎的态度。孙伏园本人坚称为“超党派”观念。

孙伏园的这种“亲共”意识在他到达重庆之后表现得更为明显。1938年孙的两个儿子到延安陕北公学学习，他特意请徐特立为他们写了介绍信，与他们同去的还有一直跟随孙伏园工作的堵述初，他一再强调到延安学习是可以的，但不要加入共产党，依然坚持自己的“超党派”立场。但随后，他的两个儿子双双在延安参加革命，不仅加入了共产党，而且成了部队的骨干，这种情况孙伏园不可能不知道，也从一个侧面表明了他的政治立场。

此外，在孙伏园交友甚广，在他的朋友圈中有不少共产党人士，如，徐特立，甚至他还一度利用自己的身份掩护了许多地下党，如刘尊棋、陈翰伯、李若士等。并且在《士兵月刊》上执行全面抗战的方针、在《中央副刊》上首先发表郭沫若的剧本《屈原》以及在《陪都文化界对时局进言》上的签名等

---

① 张福康：《回忆汉口〈民国日报〉、〈中央日报〉》，《湖北文史资料》1987年第4辑，第53页。

② 孙惠连：《君问归期未有期——记孙伏园在四川十年（1940—1949）》，《鲁迅研究月刊》2010年第9期。

事件，都从某种程度上表明了他“拥护中共，力争民主”① 的态度与立场。

加入“中华全国文艺界抗敌协会”，对于孙伏园来说也是影响他的政治理念的一个重要因素。1939 年孙伏园被选举为文协第二届大会理事，并于 1941 年、1943 年以及 1945 年的换届选举中连任，在文协工作期间，孙接触了老舍、郑伯奇、孔罗荪、姚蓬子等人，对抗战时期的文艺有了更加深刻的认识，主张发挥文艺的社会作用，在全民族进入全面抗战的关键时期，孙伏园利用自己交友甚广的优势，将一大批文人汇聚在了《中央副刊》的周围，并将“统一战线”的方针贯彻始终。

翻看这一时期的《中央副刊》，作者群的驳杂蔚为大观，国民党原有的宣传队伍自不必多说，陶百川、张道藩、陈立夫、陈布雷、于右任、陈纪滢、程天放、王平陵、周曙山、冯玉祥等一一在列；所谓的“进步文人”，即中间派知识分子，在这一时期的《中央副刊》上人数颇多，以老舍为代表，聚集了丰子恺、许寿裳、孙本文、梁漱溟、洪深、鲁丁、谢冰莹、钱歌川、王辛、吴祖光、孟十还、李鲁人、常任侠等。而《中央副刊》上名噪一时的左翼作家莫过于郭沫若了，孙伏园本人与郭沫若私交甚好，经常到郭沫若的住所去拜访约稿，此外，安娥、孔罗荪等人也是为《中央副刊》写稿的常客；除了官方文人、自由作家、左翼作家之外，一批青年作家开始在孙伏园主编的《中央副刊》上崭露头角，任钧、蒋星煜便是其中的代表。

各个派别的文人作家在《中央副刊》上发表了形式内容各异的作品，包括诗歌、戏剧、散文、小说、读书杂记、时评、漫画、译作等，内容涉及政治、文艺、心理、日常生活等各个方面。

在孙伏园主编的第一期《中央副刊》上，发表了一首题为《战时文学的首部战歌》② 的短诗，打响了“战时文学”的第一枪。“我爱战时首都，即便有别些短处”，诗中作者表达了对战争与敌人的憎恶，并热情歌颂了战争中的中国人民，表达了对自己的国家与民族的热爱。的确，一时期有一时期之文学，同样，战争与文艺的交织，成为战时《中央副刊》不能回避的一个话题，显然在文学的社会功用上大家已达成了普遍共识，那么问题的关键点就落在了如何建设“战时的文学”上。

首先，对“抗战八股”的反对。肖为璋首先提出了《关于战时文学的一

---

① 玄云（堵述初）：《忆孙伏园先生》，绍兴县文史资料工作委员会、绍兴鲁迅纪念馆编：《绍兴文史资料选辑第十三辑・孙伏园怀思录》，第 23 页。

② 长之：《战时文学的首部战歌》，《中央副刊》1941 年 3 月 5 日。

点意见》，他从“文学是什么的问题入手”，阐释了罗家伦对“文学”二字做出的定义“文学是人生的现象和批评，从最好的思想里写下来的；有想象，有感情的，合于艺术的组织，集此众长，能使人类普遍心理，都觉得他是极明了极有趣的东西。”并由此提出“一个时代文学的产生都有它那个时代的背景，不管是社会、宗教、政治、经济、历史、地理以至于人民的生活状况，都是构成一个时代文学产生的重要因素。有了一种背景，才会产生一种文学，有了中世纪千年的黑暗，然后才有十八世纪光明灿烂的‘文艺复兴’，有了俄国专制时代的淫威，然后才产生了沉痛雄厚慷慨悲歌的俄国近代文学。所以文学这东西，它能跟着时代走，顺着环境变，不仅是思想感情的化生，亦是时代的产儿。”结合中国的抗战背景，肯定了抗战以来新老作家齐心协力为“抗战文学”做出的努力，但同时对文坛上的流于形式、失之内容的“抗战八股”提出了批评，提倡在抗战时期，作家应当首先充实自己的生活经验，有深刻的观察和理解之后，再用写实的精神去描写生活中“可歌可泣”的人和事，来组织“坚强的文学阵地，以此来创造伟大的‘国防文学’”①。《战争文学》一文的作者意识到“治世之音安以乐，乱世之音怨以怒，亡国之音哀以思。”乱世之中人们用文学来表达愤怒、悲哀、失望的情感，肯定了因乱世产生的“哀怨之音”，但是，作者同时指出，“我们所谓的战争文学。它，和其他的文学一样，是活的，有力的，而且，是一滴血一滴汗水所写成的，人类要求生存，抵抗暴力的怒潮所发出的澎湃激荡之音。它消极的说明着时代精神，写照着人生现象；积极地指示着人生必然的应有的趋向，使人们从灵幻的梦想里解脱出来，向直正的人生途径上去奋斗。然而它依然是感奋的，艺术，不是说教的，呆板的；它依然有普遍的情操和永久的兴味，因为它是人的，真的，忠实的！”②中国与中国的文学同处在战争的乱世之中，但这种“哀怨”之音不应当是“战争八股”这么公式化概念化的东西。周曙山在《文学与趣味》一文中提倡文学创作应当讲求趣味，不要搞所谓学究学理式的艰涩文学，不能因循八股之风。“在终日劳劳之余，若再去读那些苦涩生硬的文章，那有不会感到头痛呢？尤其是‘学究式’的讲道或‘牧师式’的说教，甚至与像‘泼妇的骂街’，更难得到一般读者的欢迎。”并且就怎样办好战时的文学刊物表达了自己的见解，“所谓刊物，就是杂志，在少数专门刊物外，大都是综合性的东西”，在对于战争描写的组稿方面可以不全是“正面”的描写，也可以掺杂一些“侧面”的

① 萧为璋：《对于战时文学的一点意见》，《中央副刊》1941年3月26日。

② 晓光：《战争文学》，《中央副刊》1941年4月19日。

反映，“写刊物的文章则用轻松曼曼的笔墨”，甚至是对于敌人，都可以采用“各式文字”“又何伤于其为有价值的宣传?”对于“文学与趣味的关系，毕竟是不容否认的事情，只是在创作或鉴赏之时必须持以严肃的态度。即科学的著作也需要‘美妙的笔调’”，如此“构造”，才能显示出“文学艺术的要素”①。

其次，对待文学的态度。在对待文学的态度方面，主要集中在两点，一是对待前辈留下的文学遗产的态度，二是在当下的时代中，进行文学创作的态度，这两点是一以相成的，这是对于“民族文学形式”讨论的延续。首先是在对待本民族固有的文化遗产方面，已经开始渐渐地受到了文艺在工作者的重视，通过反省“确切地认识到了固有文化遗产的价值”，但是同时，《略论文学遗产》一文的作者批评了理论家们关于“民族文学形式”的讨论过于空洞和狭窄，这场讨论“连篇累牍”地在各个报刊上掀起一种风潮的同时，并没有意识到，在对待“遗产”与“当下创作”之间的关系上应当持有的正确态度。“当我们高喊创作民族文学的时候，又不能不同时高唱批评地接受文学遗产了，而且也只有如此，民族文学才有光明的前途。”但是在“批评地继承”已成为大家的共识之后，还有一些人极端地埋入故纸堆，将“三侠五义”一类说成是中国“民族文学的源头”，这种极端地想法不仅对民族文学的发展毫无益处，相反只会阻碍文学的进步。作者肯定了中国光辉灿烂的古代文学遗产，但同时提出在重视继承中国古典文学遗产的同时，不能轻视外国优秀的文学作品，尤其是不能轻视外国文学作品中优秀的现代作品②。除了继承文学遗产之外，在对待当下的文学创作时，《中央副刊》上的文章提出要更重视和端正在创作时应有的态度，《写作的态度》一文从做人的态度说起，类推及文学的创作，讲道虽然一经各人写成的文学作品给读者留下的印象是不尽相同的，造成这种现象的原因不一定是“方法与技巧”，很大程度上取决于作者“写作的态度有别”。“好比是一种同样的衣料，给两个雅俗异趣的人做成衣服穿在身上时，而在别人看着他们的样子，就使然免不了雅俗之分的”。作者批评了对待文学的另一种极端态度，那就是面对俄国、英国等西方文学中关于下等人的生活情状的描写时，有些人就认为这是“表现人生的”，但在面对本国的此类作品时就认为是糟粕，因此就出现了怕被误会而回避去描绘生活中的阴暗的一面，认为“只要能有严肃的态度”，“就不必因噎废食，怕被误会”，相反的，它更能全

---

① 曙山：《文学与趣味》，《中央副刊》1941年6月21日。

② 长弦：《略论文学遗产》，《中央副刊》1941年4月18日。

面地展现生活的本来面貌，言说出现实与理想之间的差距①。

最后，文章力求经济。在抗战时期生活中的一切都务求简洁经济，同样，在做文章方面也不例外，《文章的节约》一文中，作者谈到了关于文章篇幅的问题，认为，写文章比起国家大事虽是一件小事情，但同样必须加以注意，因为“它的目的在求得生活的满足和环境的适应，而就现实来说，这种生活和环境，是战时的生活和环境。那就是说：在抗战建国的艰苦时期，做起文章来要讲经济，不要浪费笔墨，浪费时间；要求切实，不尚空谈，不尚圈套，要求实用，不弄玄虚，不唱高调，不得因袭前人的笔调和口吻”。从文体与内容两方面对战时的文学提出了要求，概括来说就是简洁和务求实事。“要在节约的原则下做文章”，提出了写文章时应当遵守的三个理念和一个主旨——“讲求经济”“切实”“实用”，以及“文不在多，达意为尚”，如此就可以去除空洞、乏味、浮躁的坏风气，这就应当是“战时的文章，文章的节约”②。此外，除了有“体”的节约，还要有“意”的节约。我们的文章往往是说得多，做得少，“调子太高”而不能贴近实际的需要，这样是行不通的。造成这种现象，除了研究者要负责任之外，青年作者同样也要负责。应当认真思考什么才是时代的需要，怎样才能写出符合时代需要的文章，重视文章的实际功用，以小见大，从小小的节约的文章中，切实地反映出时代之面貌③。

除了以上三个方面之外，关于战时文学的讨论，还涉及了小说的创作，日记的写法，作品中的人物塑造，资料的征集与写作的关系等方面，这些有关战时创作的讨论，表达了大家关于如何写好战时文学的看法，从各个角度探讨了战时文学应该具备的特征，为其后如《屈原》等作品的出现准备了条件，打下了基础。

可以说，在这一阶段的《中央副刊》上，文学作品与“抗战”之间形成一种无法回避的关联，在孙伏园的努力之下，《中央副刊》的文艺话语走向开始极力显示出向“抗日民族统一战线”靠拢的姿态，并且日渐明显。

---

① 曙山：《写作的态度》，《中央副刊》1941年5月25日。

② 羊达之：《文章的节约》，《中央副刊》1941年3月26日。

③ 羊达之：《文章的节约（续）》，《中央副刊》1941年3月27日。

第四节 《中央日报》副刊郭沫若的《屈原》

郭沫若历史剧《屈原》的发表，成为孙伏园在《中央副刊》任职期间的一件大事，这个轰动性的事件成为其后多方争论的焦点，也因此有人说孙伏园是“共产党”，并且受到牵连而“被赶出”了《中央副刊》①。但翻看和梳理有关《屈原》发表前后的一些文章，笔者发现，当时各方尤其是国共双方关于《屈原》所形成的对抗其实并不激烈，相反，无论是左翼作家、进步人士，又或者国民党的官方文人，更多地表达了一种对于《屈原》所象征的“独立的中国精神”的肯定与赞扬，这无疑成为战时各方力量超越阶级、党派、意识形态的束缚，团结一致，共赴国难的又一有力的证明。

1941 年 5 月 30 日，文协在重庆举办了第一届诗人节。诗人节是由中国的传统节日端午节演变而来，具体是由谁提出已不得而知，它以重塑屈原的爱国精神为旗帜，意在团结陪都的左、中、右三派人士，共同为战时的文艺建言献策。

第一届诗人节的规模可谓宏大，与会人员的数目超过了两百人，包括了于右任、陈立夫、冯玉祥、老舍、郭沫若、阳翰笙等各界文化名流。重庆的各大报刊如《大公报》《新华日报》《新蜀报》《国民公报》《扫荡报》等都对这一盛事争相进行了报道，展现出文化界空前团结的氛围。而在《中央副刊》上，孙伏园做了一期“诗人节专页”，组织了相关的纪念文章，包括老舍的《新诗论》、安娥的《吊屈原》、堵述初的《屈原之歌》、柏生的《端午与五卅》以及孙伏园的《文艺的地方性与通俗性》。这些文章虽出自不同立场的作者，但都一致地反映出屈原的爱国主义精神，并且一再表示屈原的精神正是抗战时期所需要的民族精神。

诗人节之后，郭沫若对屈原的研究开始愈加深入，1942 年 1 月 24 日，郭的历史剧《屈原》开始在《中央副刊》上连载，总共用了十个版面来登载这一剧目。此时，国民党制造的“皖南事变”产生的巨大影响还未散去，郭沫若写作《屈原》的目的正是想要借古讽今，表达大敌当前，对内战的愤怒。

---

① 参见玄云的《忆伏园先生》和董谋先的《回忆〈屈原〉的发表和公演》，《绍兴文史资料选辑第十三辑·孙伏园怀思录》，1994 年。

因为郭沫若本人的左翼背景，将这样一部作品在国民党的官方党报上全文刊登，并且还是先于《新华日报》，就显得出人意料。但事实上，对于《屈原》的发表，孙伏园本人并没有过多的复杂的政治原因的考量，或者说，他把这样一部作品经自己的手发表出来之前，早就做好了“思想准备”。他的两个儿子已经奔赴延安参加了革命，而他本人的“亲共”政治立场愈加明显。

将《屈原》发表的情形仔细加以考察就会发现，这个事件并不陌生，也不突然，孙伏园此前就与郭沫若有过合作，早在汉口时期的《中央副刊》上孙就连载了郭的《脱离蒋介石以后》，当时的《中央日报》还在汪精卫的管辖之下，《脱蒋》的发表自然惹恼了蒋介石，也因为武汉《中央日报》的反蒋言论，而长期不被国民党官方承认，时至今日在国民党的新闻报业史上都将其视为“伪”的存在。

然而，郭沫若在抗战时期由敌国的流亡生活归来之后，一下子就被视为抗战时期文坛的领袖型人物，周恩来曾在1941年高度评价郭沫若在文坛的地位，而国民党方面同样对郭沫若十分看重，不得不说，在抗战的大背景之下，郭是各方都想要极力争取的人物，这并不是因为他的文学造诣，而是在于他作为一名社会活动家的极为广泛活跃的交际能力。在与国共双方的周旋中，郭沫若十分清楚自己的处境与位置，在被迫辞去第三厅厅长的职务之后，郭与国民党依然保持着联系，他并没有与国民党彻底决裂，也没有急于表现出自己的党派立场。转折点出现在庆祝郭沫若50岁寿辰的活动之后，这场由周恩来亲自批示，中共中央南方局策划的祝寿活动，规模可谓宏大，范围涉及中国重庆、成都、延安、香港，以及新加坡等地区和国家，这在中共的贺寿历史上可谓空前。并由此聚集了一大批文人为祝寿活动进行了各式各样的文学创作，还在《新华日报》上推出了纪念活动的专号，将郭沫若的形象塑造为民族进步的斗士，如此，满足了郭沫若英雄主义的文人情怀，他的政治立场开始向共产党倾斜，并且对国民党心存不满的情绪日益增多。

由此，《屈原》在《中央日报》上的发表就成为中共策划已久的一场“双簧”，郭沫若借历史人物屈原之口表达了对国民党方面的深深不满，而孙伏园在“统一战线”的文艺路线之下将这样一部历史剧发表在国民党机关党报上又显得顺理成章，因为处于抗战时期，借“统一战线”的名义自然合理合法。事实上，后来《屈原》得以在重庆公演也证明了这是共产党有意为之的。但值得注意的是，孙伏园本人虽然因为《屈原》的发表受到国民党上层官员的责难而离开了《中央副刊》，但是国民党并没有将他彻底地驱逐，还保留了他在政治部《士兵月刊》的社长职务。

孙伏园盛赞《屈原》充满了“正气”，“实在是一篇‘新正气歌’”。郭沫若创作的屈原之形象是“一个爱国诗人”，他的爱国之心令人动容，在他身上具备了一种倔强又顽强的精神，孙伏园将它称之为“中国精神”。这是一种“杀身成仁的精神，牺牲了生命以换取精神的独立自由的精神”，在中国的历史上，甚至是在抗日的战争中，中国人民将这种精神发挥到了极致，用最劣等的武器迎击敌人，抵御侵略，甚至是在各行各业的人们，都具备了这种精神。并且，“有着这种精神的民族永远不会失败，永远能够存立于天地之间”①。陈西滢在《关于屈原片段》一文中谈到了屈原之于现实的意义所在，“我们现在来纪念屈原，介绍屈原”固然不能忘掉“他对于中国艺术上的贡献”“但是不应该忘掉的，还是他的孤忠亮节”。这是因为“他的艺术思想已在中国文化历史上建立了辉煌的功绩，有文史可以稽考，但他的孤忠亮节似乎迄今还被人在误解着”。他认为虽然我们可以接受时代新的思想甚至是西洋思想，“而这种立国立人的精神——孤忠亮节，则决不容漠视”②。严恩纹则从民族主义的立场出发，对《屈原》的精神内涵进行了解读，他分析了楚辞的历史地位，肯定了楚辞的时代价值，认为即便是在今天，这种传统的民族文学也有它独特的意义，并且在当今的背景之下，《屈原》所代表的精神就更加伟大而深远。

总的来说，《中央副刊》上关于《屈原》的讨论更多地集中在对作品本身的解读，以及“屈原”所代表的时代精神与民族精神，而将它理解为意识形态的对立以及对国民党残暴统治的文章几乎找不到，尽管郭沫若本人对国民党有着不满的情绪，他也借古人屈原将这种个人情绪进行了表达，但至于将《屈原》上升到两党对立的高度，解读为表达对国民党的贬斥之意，并不是《中央副刊》刊登《屈原》时所呈现出来的，因《屈原》的发表而引发的国共双方革命与反革命的攻讦，就已是后来共产党人在有意为之的事情了，甚至于蒋介石的震怒，说《中央日报》里有共产党，以及潘公展谈到《屈原》的发表是对国民党的污蔑与诽谤之事，无一不是因为共产党的言论所作出的回应。并且，就连国民党一派的官方文人对屈原的精神也持肯定态度的，否则，“诗人节”上级不会出现于右任、陈立夫、冯玉祥等人的身影。

值得肯定是的，郭沫若在《屈原》中所要表达的是一种为着国家与民族命运敢于献身的精神，这种精神正是抗战时期的中国所需要的，是“中国精神”的化身，那就是——独立。在面对民族危亡面前，争取民族独立是一切事情的

---

① 孙伏园：《读〈屈原〉剧本》，《中央副刊》1942 年 2 月 7 日。

② 陈西滢：《关于屈原片段》，《中央副刊》1942 年 4 月 7 日。

先决条件，只有取得了独立自主的民族权利，才具备了享有其他权利的保障。可以说，在抗战时期的文艺阵线上，文人们对于独立的体验比其他人群更为深刻，如果说生存的空间受到严重的威胁，生命安全在炮火连天的轰炸中亦得不到保证对于他们的考验仅仅是外在的方面，那么在目睹了敌军密集的轰炸与满目疮痍的家园之后，精神上的处境则更为焦灼，这种焦灼来自于对于作为人的个体独立的渴望，更来自于对于国家民族独立的渴望，双重的“独立”缺失，让文人们更加盼望抗战的胜利。

即便是按照郭沫若本人的说法，创作《屈原》是他带着强烈的民族情感与政治意识，来配合“皖南事变”之后中国的革命形势，将他看到的社会情状、政治生活、意识形态斗争一一复活在历史当中，用屈原生活的时代来喻指我们生活的时代，然而，结合当时《屈原》发表的实际情况，它之于社会现实的真正意义，即是号召大家团结起来，共同抵抗外敌的侵入，是出于对文艺界“抗日民族统一战线”的重申与维护，这既是孙伏园一以贯之的抗战理念，也是《中央副刊》上大家对于该部历史剧的真实反映。

第五节 《中央日报》副刊与抗战建国

全面抗战暴发后，战时的文艺应当集中一切努力为了抗战与建国而奋斗，已经成为文艺界的共识。在抵御战争带来的痛苦时，最有效的手段莫过于及时向民众传达一种坚定的胜利的信念，孙伏园把这种理念从《士兵月刊》带到了《中央副刊》，在利用文艺争取抗战的话语言说权利之后，继续主打文艺的社会功用，将文艺与建国紧密地联系在一起。

1941 年 8 月，《中央副刊》举办了“关于胜利后的中国”主题征文活动。这是一次对胜利后的新家园的规划，是对憧憬中的新中国的赞美，它热情地号召社会各界参与进来，亲手绘制心目中的国家蓝图；同时，这又是一次极富包容性的活动，它将横亘在党派、阶级、行业、年龄、性别之间的界限打破，把拥有不同政治立场和社会背景的各色人等第一次纳入到了一个统一的、完整的、崭新的“国家”里，尽管这个“国家”目前还没有组建起来，尽管它还只是想象中的，但是，“关于胜利后的中国”却于无形中将“抗日民族统一战线”向前推进了一大步，成为文艺与政治的一次成功结合的典范，也成为孙伏园个人编辑理念的一次成功实践。

“胜利后的中国，一定是富强康乐的，同时也是辛勤振奋的，这一点我们大家都能想到。但是我们全国同胞，从心目中，一定还有一个详细的‘胜利后的中国’的想象。”① 这则征文启事连续一个月在《中央日报》的头版刊登，吸引了各行各业民众的目光，在为期2个多月的时间里，陆续收到了不少作品，第一期“胜利后的中国征文发表专页”上，将征文的情况进行了汇总和统计：“本报此次以‘胜利后的中国’征文，承各方踊跃应征，体裁各种俱备，如论文，方案，小说，戏剧，诗歌，对话，应有尽有，共得一百四十篇，以字数而论，少至两百余字，多至十三万字，应征者所属之机关约计百数，可谓相当普遍。”② 从中，我们不难看出，此次征文活动在社会上引起的反响之巨大，参与人数之多，作品之丰富，可谓壮观。

《中央副刊》将这百余篇的投稿加以选择，分为十二期③，以“胜利后的中国征文发表专页”的形式刊登。应征作品的内容涵盖了政治、国防、经济、文化、教育、矿业、乡村建设、矿业、农业、航业、水利等，从各个角度、全方位对胜利后的中国展开了描绘。孙伏园利用《中央副刊》的阵地，向民众传达着胜利的信念，这种鼓动性的为抗战团结所发出的声音又一次响起。

一想到抗战的胜利，人们便按捺不住激动的心情，仿佛此刻胜利真的就在眼前，真的就已经发生了，“胜利已经放光了，我心里充满了美妙的憧憬”，“传来胜利消息那一刹那间，我想不到人人将要怎样狂欢，男的丢下了铁锹，锄头，书本，女的放下了锅铲，纺车，针线。……朋友们见面说不出话来，发疯的互相擦着发亮的眼泪”④。人们尽情想象着若干年后的国家新貌，将它在脑海中勾勒为自己理想中的样子。与写实文学不同，这些作品对个人想象中的中国景象进行描摹，如蒋星德的《胜利后的中国》，从抗战结束十年后的元旦写起，展现了新中国首都的新风貌：“清晨五时，天色刚刚发白，从紫金山顶俯视首都全景，这五百万市民的都市，慢慢展现在朝雾弥漫下，然后热闹兴奋的一天在壮丽的声音中揭开了。”“当孝陵卫内的军营里举行严肃的升旗礼时，一队青天白日国徽的飞机也同时出现在天空了。五色缤纷的纸条上面写着庆祝元旦的字句，落在百万商店居户的屋顶上。”⑤ 周永冰以一个外国人口吻在新

---

① 《“胜利后的中国”征文启事》，见1941年8月至9月《中央日报》头版。

② 《启事》，《中央副刊》1941年10月1日。

③ 十二期专页分别为1941年10月1、7、8、15、16、18、26、29、30日及11月20、22、26日出版。

④ 常思：《胜利的憧憬》，《中央副刊》1941年10月15日。

⑤ 蒋星德：《胜利后的中国》，《中央副刊》1941年10月1日。

中国进行了一次旅游，在“一九四X年的冬季，在兵荒马乱的世局中，东方的战争发生了一个决定的胜利”。作者首先将中国的胜利进行了热情的歌颂，称它是西方战争结束的基础，“是人类历史上最光荣、伟大与不朽的一页”。这胜利之福不仅属于中国人，也属于美国人、英国人、苏联人等其他国家的民众。“因为中国人在失败与失望中所忍受的一切是为了——谁？是为了你、我、与他。”认为“你”所代表的是“老的或过去的一代”；“我”代表的是“活的或现在的一代”；而“他”代表的意义则更为重大，“他”是未来的象征，代表着“新生的一代”，并且“新生的一代”就是“未来的一万代”，不仅是中国的希望，也是世界的希望。在这样热情的赞美中，字里行间同样流露着对于战争的愤恨与苦难的中国人的同情，是中国人的团结和忍耐才换取了这来之不易的最后的胜利，“让我们再说一遍，中国人在失败与失望中所忍受的一切，是为了人，人，整个的人类。他们正义；所以他们要流血，要拼命地奋斗，要坚决地争取最后的胜利”①。人们一面在高兴和欣喜的氛围中想象着胜利之后的美景，一面却在这种自我的陶醉中流露出对战争何时是个尽头的感伤，胜利后的中国新貌夹杂着现实中对苦难的体尝，“当苦难的日子终了，这四万万五千万的中华民族会疯狂地去迎接那胜利的到来。这光明的种子是用了无数的生命与财力换来的，是血与泪把它培养成长的，人们会无时的忘记了过去数年里忍受着的苦难，在去落着眼泪的面庞上显出了安慰的微笑”②。所以，就连微笑中都带着苦涩的回忆，在对胜利的遥望中，人们的心头还夹杂着疑问，胜利何时才能到来，胜利也确实还未到来。

除了一些想象类型的文字，来稿中还提出了胜利后中国所面临的诸多问题。“经过四年多长期苦战的中国，因国内进步的加速与国际形势的好转，更使最后的胜利必属于我的信念分外加强，基于此种普遍而且坚决的信心，更激发了大家不屈不挠，再接再厉的勇气，最后的胜利之到临，即将随此勇气与信心之不断增加而日益接近。回念抗战中为国牺牲的数百万英勇将士和殉国同胞，以及被敌寇毁灭劫掠以去的无量数的物资财富，使我们意识到胜利绝非幸致，对于胜利获得后不能不以戒慎恐惧的心情，作计深虑远的规划。”③ 在这份规划中，作者详细地列出了自己所能想到的问题，如“复员问题”“安定社会问题”“充实国本问题”等，并于每一个问题之后都列出了数十条的解决办

① 周永冰：《新中国观光（上）》，《中央副刊》1942年10月7日。

② 俞敬身：《只许微笑一分钟》，《中央副刊》1941年10月8日。

③ 罗治清：《胜利后的诸问题》，《中央副刊》1941年10月2日。

法，充分发挥了作为新中国一分子的责任心与主人翁精神，为战后的国家献言献策。

此外，吴铁冀《胜利后的国防》[①] 张其泽《胜利后的矿业》[②] 吴骏《胜利后的北国乡村》[③] 龚弘《一个小乡村的傍晚》[④] 鲁昌文《胜利后的合作农场》[⑤] 沈绳一《胜利后的中国航业》[⑥] 张友直《胜利后如何整治黄河》[⑦] 曾普《亚洲博览会速写》[⑧] 程铮《憧憬》[⑨] 等作品，都写出了战后中国各行各业的新风貌，这些稿件也从侧面反映出孙伏园优秀的组稿能力与编辑才能，为《中央副刊》上的“抗日统一战线”增添了浓墨重彩的一笔。总体而言，孙伏园时期的《中央副刊》形象不仅不单薄，反而呈现出了一种丰富、多样的姿态，其实，这也是整个抗战时期《中央日报》副刊的一个投影。

① 吴铁冀：《胜利后的国防》，《中央副刊》1941 年 10 月 16 日。
② 张其泽：《胜利后的矿业》，《中央副刊》1941 年 10 月 18 日。
③ 吴骏：《胜利后的北国乡村》，《中央副刊》1941 年 10 月 26 日。
④ 龚弘：《一个小乡村的傍晚》，《中央副刊》1941 年 11 月 20 日。
⑤ 鲁昌文：《胜利后的合作农场》，《中央副刊》1941 年 10 月 29 日。
⑥ 沈绳一：《胜利后的中国航业》，《中央副刊》1941 年 10 月 29、30 日。
⑦ 张友直：《胜利后如何整治黄河》，《中央副刊》1941 年 11 月 26 日。
⑧ 曾普：《亚洲博览会速写》，《中央副刊》1941 年 11 月 20 日。
⑨ 程铮：《憧憬》，《中央副刊》1941 年 11 月 22、23 日。

第七章 战火中的“妇女新运”与“妇女之路”[①]

战争导致国破家亡、人们颠沛流离，逃亡和被掳而遭遇的多重灾难都紧紧地套着战争时期的女性身上。在战争的宏大背景下所有人都被纳入其间，即使古代王公贵族的女子也以另一种身份被迫参与战争。“和亲政策”是古代政治集团常用的为了平息战争实现两国友好往来的手段，女子常常以停止战争实现交好为目的被送入对战国。此刻历史将美化她们成为解救国家的“天使”；而当男性昏庸引发战争，需要一个冠冕堂皇的替罪羊羔，女性又免不了承受红颜祸水之责。至近现代，战争进化到此出现另一个同义词——革命，战争以革命为依托继续呈现卷席之势，当然不会放过女性。社会革命伴随着中国女性的觉醒，知识女性自觉地参与社会活动加剧了战争对女性的影响。中国女性与西方女性的觉醒不同，“中国知识妇女的觉醒多半起于‘民族革命’而不是‘妇女解放’，其‘民族意识’先于并远远高于‘女性意识’和‘个人意识’”[②]，女性意识与民族、国家纠缠不清，战争与革命也深刻烙印在女性的人生之中。因而，女性在中国抗战文学中的形象构建，其意义就显得更为突出。女性形象在抗战文学中的构建及其流变，不仅可以视作抗战文学的一部分，也可以被视作“民族国家文学”的重要一脉。

抗战时期政党积极把女性纳入政治之中，企图以政党力量左右女性命运，并宣扬女性必须依附于民族解放才能获得自身解放。《中央日报·妇女新运》和《新华日报·妇女之路》是两种处于同一地域空间不同党派同样关注战争中

① 本章中部分内容由张武军与金黎（西南大学文学院中国现当代文学2012级硕士研究生）共同完成。

② 李小江主编：《让女人自己说话：亲历战争》，北京：生活·读书·新知三联书店，2003年，“导言”，第3页。

女性的副刊。以此为切入点，探索抗战时期女性文学和女性书写，关注抗战时期女性生存状态以及民族国家文学的发展构建，是绝佳的切入口。《新华日报·妇女之路》是诞生在国统区的中共党报，副刊上呈现的妇女政策既继承了延安女性观，又与延安不同。《中央日报·妇女新运》体现出了国民政府对家庭本位女性的偏好和重视，与中共倾向的革命妇女形象形成鲜明的对比。由此看出国统区与解放区女性形象的差异，这种差异的女性观也导致文学作品中女性形象的差异描绘。

第一节　民国历史文化背景下《新华日报》副刊《妇女之路》

抗战爆发后，中国社会局势异常复杂和尖锐，抗日民族战争、国内党派斗争互相杂糅，呈现一派混乱不堪的局面。《新华日报》是中国共产党的机关党报，1938 年 1 月 11 日创刊于汉口，武汉沦陷后 1938 年 10 月 25 日迁至重庆，1947 年 2 月 28 日被国民党查封，这时期出版 9 年 1 个月 18 天，出版报纸 3231 期。《新华日报》作为中共机关党报，承载着中共的政治主张而战斗在国统区，也承受着来自国统区的诸多政治压力。1940 年博古在重庆亲眼看到《新华日报》遭受国民党的种种刁难，因而 1941 年博古任《解放日报》社长时说：“《解放日报》是中国共产党的机关报，不是资产阶级的报纸，不管是社论、通讯和文艺栏，都要注意立场问题。”① 博古特别地强调《解放日报》的立场问题，则是从侧面指出《新华日报》在政治立场上的不明确性，或是报纸所呈现的是一种“中间”性质。

《新华日报》虽是中共的机关党报，但是它是在国共合作的基础上诞生于国统区，成长在国统区，它的各个方面都受到国民党的制约和国统区政治环境的影响。在舆论宣传方面，国民党根本不允许《新华日报》大肆宣传中共的政治主张。由于严厉的“战时新闻检查制度”和国民党当局的逼迫，《新华日报》大量刊登国民党上层官员的抗战言论和社交活动。从《新华日报》创刊到抗战胜利前，报纸上经常刊登蒋委员长、陈诚、宋美龄等国民党上层领导社交的文章。如：1940 年 8 月 13 日《蒋委员长发表告渝陷区同胞书——伟大中华民族决不屈服投降 坚持抗战驱逐敌寇出我国境》，1940 年 9 月 20 日《蒋夫

① 王敬主编：《延安〈解放日报〉史》，北京：新华出版社，1998 年，第 7 页。

人为发展妇女工作发表告全国女青年书》等文章，从报纸的表面上看《新华日报》确实存在立场问题。因而，1943 年 11 月中宣部致电董必武，批评《新华日报》和《群众》周刊，“刊登统治阶级的新闻与知识分子议论太多”①。处于国统区的《新华日报》始终有种“屋檐下”的低姿态，而不能公开地与国民党抗衡，因而《新华日报》利用报纸副刊进行策略性的政治斗争。中共的妇女干部认为民族革命的胜利会带来妇女的解放，所以在这种情形下《妇女之路》的政治意识形态颇为浓烈。

《妇女之路》是《新华日报》副刊中一个极其重要的组成部分，它全面传达和宣传中共在国统区的妇女政策，动员妇女走出家庭，成为扩大妇女组织运动的重要传声筒。抗日战争全面爆发后，中共中央制定《妇女工作大纲》，明确地把妇女纳入抗战烽火之中。大纲指出，要“动员妇女力量参加抗战”，“团结各阶层广大妇女群众”②。在《妇女工作大纲》的方针政策下，中共的妇女工作在国统区、解放区、沦陷区轰轰烈烈地展开。中共在国统区的妇女工作主要由中共南方局妇女运动委员会负责，她们不定期地在《新华日报》上发表进步性文章借以鼓励妇女勇敢斗争的革命精神。在国统区妇女报纸杂志如火如荼地创刊和发行，各党派阶级、进步势力都创造自己的阵地，宣传妇女主张扩大党派阵营。1940 年之前在国统区政治中心重庆的妇女刊物，大多数是新生活妇女指导委员会的刊物如《妇女新运》杂志及国民党党报《中央日报·妇女新运》副刊，然而介绍中共延安根据地的妇女方针政策是中国南方局妇女运动委员会的首要任务，在国统区创办一个中共的妇女刊物则是当务之急，因而《新华日报·妇女之路》应运而生。

《妇女之路》创刊于 1940 年 5 月 16 日。第一期的《写在刊首》规定了《妇女之路》的内容和主题，“反映中国妇女应走的解放之路”，“介绍生动进展的妇女工作和经验”，“反映妇女大众的生活和呼声”，“写下妇女在抗战中英勇奋斗的事迹”③。《新华日报·妇女之路》第一期发表张晓梅的《革命的五月与妇女》，文中指出五四运动中的妇女运动只限于少数知识妇女参加，到 1940 年也有 20 年的历史，但是妇女在政治、经济、教育等方面并未取得平等地位，所以妇女运动应该深入工农妇女大众之中。

---

① 廖永祥：《〈新华日报〉史新编》，重庆：重庆出版社，1998 年，第 291 页。

② 中共中央组织部：《妇女工作大纲》，中华全国妇女联合会妇女运动历史研究室：《中国妇女运动历史资料（1937—1945）》，北京：中国妇女出版社，1991 年，第 1 页。

③ 《写在刊首》，《新华日报·妇女之路》1940 年 5 月 16 日。

的确，五四时期，妇女解放运动是男性精英知识分子对女性的共同想象，他们所提倡的妇女解放并不是以女性自身觉醒和对自我的要求为目的。男性主导的女性解放，其主要出发点是以男性为主体的妇女号召。在民族战争矛盾急剧迸发，国内党派斗争尖锐时期而大声疾呼的妇女解放，其中有多少是以女性自身的需求为目的和宗旨?《妇女之路》发刊词声称，要“反映妇女大众的生活和呼声”①，然而在《妇女之路》的文章背后却常常隐含党派政治的“呼声”。因而，《妇女之路》并不是完全以女性自身的需求与利益来号召妇女走出家庭，以女性的利益进行妇女运动斗争，同时肩负着宣传中共的抗战理念、传播新民主主义文化的任务。

《妇女之路》第一期刊登了中共南方局妇委邓颖超、张晓梅、康克清的文章，她们给广大妇女解放的出路即是“坚持抗战是争取民族解放和妇女解放的途径”，“在整个民族解放运动中求得妇女的解放”②。文中指出“五四”、“五卅”运动中，党派看到妇女的力量与作用，要完成抗战建国大业，必须把女学生、知识妇女和工农妇女组织起来，而妇女的解放在抗战民族胜利中才能实现。妇女的解放是以“整个民族抗战利益出发的”，“中国妇女解放运动的任务”，“和中国民族解放的任务息息相连”③。所以《妇女之路》认为，妇女的解放是依附于民族革命胜利而获得解放。

在关注妇女切身利益问题上，《妇女之路》认为抗战时期，广大妇女能更加积极走上各种抗战工作岗位。妇女自觉地参加抗战工作，也就顺其自然解除女性的封建捆绑和家庭牵制。1943 年《妇女之路》提出了保护妇女切身利益的主张，“帮助妇女发展生产，又是保护妇女切身利益的中心环节”④。“皖南事变”后，国民政府不仅不再为陕甘宁边区、新四军和八路军提供经费，还加强了对解放区经济封锁，解放区的财政经济发生了严重的困难。1942 年底中共中央提出发展经济，保障供给的方针政策，以解决财政困难。因而，妇女政策随之改变。紧接着，1943 年 4 月 11 日《妇女之路》上随即出现以经济为中心的妇女政策的文章。文章指出，这是中共中央确定的“新方向，新作风”，指出妇女应该认识经济建设对持久抗战的重要性，并告诫妇女要多生产。⑤ 可

---

① 《写在刊首》，《新华日报·妇女之路》1940 年 5 月 16 日。

② 张晓梅：《革命的五月与妇女》，《新华日报·妇女之路》1940 年 5 月 16 日。

③ 邓颖超：《关于〈蔚蓝中一点黯澹〉的批判》，《新华日报·妇女之路》1940 年 8 月 12 日。

④ 蔡畅：《迎接妇女工作的新方向》，《新华日报·妇女之路》1943 年 4 月 11 日。

⑤ 同上。

见，《妇女之路》所提出的保护妇女利益的方法，与政策的变动息息相关。

1944年1月16日《妇女之路》出现了一个新的名词“民主政治”，塔宁的《妇女对宪政应有的态度》一文明确提到，女性获得解放的前提是民主政治。[①] 抗战进入1944年后，国际和国内的战局发生很大变化，中国的抗日战争指日可待。中共的政治主张提出“民主政治”，从这以后《妇女之路》中大量地出现关于“新民主主义”“民主”之类的词汇。如：1944年2月13日《新民主主义下的妇女教育》，1944年3月8日《马杏儿——新民主政治下的劳动女英雄》等。沈邈的《中国妇女努力的方向——纪念十月革命节》一文中，也把妇女的解放和民主政治联系在一起，“十月革命解放了苏联各族人民大众，也就解放了妇女大众；社会主义的宪法保障了人民大众的权利，也就保障了妇女的自由权利”[②]。“民主政治”宣传不仅仅在副刊，正刊也大量报道。1945年3月8日，国际“三八”节，《新华日报》社论刊登张晓梅的《团结妇女力量，争取民主》，以及《妇女们要为着实现民主不断努力》《妇女要恢复“人”的地位，必须争取政治自由》。这一天的《妇女之路》也刊登了呼应的文章《今天的妇女刊物——一个编者的苦闷》，文中认为中国的妇女不像英美苏妇女那样能在自由的国境中生活，得到鼓励创造出辉煌的工作成绩，分担法西斯斗争的重任和分享胜利的荣誉，其主要原因是自由民主政治还未实现。综上所述，《妇女之路》对妇女解放的策略由抗战胜利、发展生产转向民主政治。

《妇女之路》的政治话语叙事不仅仅体现在主题内容与正刊的呼应上，还表现在同期内容版面的巧妙设计。《新华日报》作为国统区的“窗口”展现延安，为了突出新民主主义社会制度优于国统区，在《妇女之路》的同一期、同一版面上常常发表延安和国统区同一问题的文章。具体体现在女工、抗属等问题上。

1942年3月8日《妇女之路》刊登《我们不比男子弱——××印刷厂女工的生活写真》《我们的生活——边区印刷女工》，这两篇文章都是谈论印刷厂女工的生活，前者写出国统区职业女性的苦闷，“一天九小时的工，我们拣字至少可以拣到一万字，每千字拣和还的工资二元，可是男工却又四元一千拣和还的工资。在这里男工和女工是一样的工作，男女的工资不平等，女的工资只及男的一半。”“我们希望政府当局、社会人士，为我们一群职业妇女，说句

① 塔宁：《妇女对宪政应有的态度》，《新华日报·妇女之路》1944年1月16日。

② 沈邈：《中国妇女努力的方向——纪念十月革命节》，《新华日报·妇女之路》1944年11月5日。

公平话。”① 文章话语中明确地表达出对国统区政府的不满，对当前社会制度的抗议；后者表达了边区女工的快乐生活，“我们在解放日报社工作”，“当我们入会时，他们曾开了一个欢迎会。那真是一个热烈的会啊！在一间大大的屋子里，挤满了人，演剧、唱歌……”“我们女工对工厂的工作也是热心的”，“我们便自愿地由每天八小时增加为十小时工作”，“厂方对女工的生活是很关心的”。②

1945 年 2 月 25 日刊登两篇文章来叙述国统区与边区对待抗属问题的不同展现，其目的也是为了突出延安社会制度的优越。《她的苦闷——记一个抗属的生活》讲述了定华的丈夫三年前去打国仗，政府发的优待金并不能保障她们的基本生活，因此婆婆嫌弃她，希望她改嫁给家里节约费用。但是政府规定不准抗敌军人的妻子再婚，所以“许多乡村农妇为丈夫的出征而发生种种苦痛与烦闷，但很少有人替她们解决这个苦恼”。③ 而另一篇文章则写出了抗属的另一种风貌，“在边区，抗属是被尊崇的”，抗属的“子女可以免费入学受教育”，“抗属看戏和集会时坐前排，尊称为‘抗属席’”，“许多妻子送劝丈夫归队，父亲送儿子当兵，这是多么动人的事呵！要是战士的家属终日啼饥号寒，要是他们的家属受辱，要是他们的家属踯躅在街头，怎能使他们安心？怎能叫他们打胜战？”。④

这种形式的排版具有很明显的对比性，不仅仅在女工和抗属的问题上，在难民、保育、托儿所等抗战所产生的一切问题，《妇女之路》为显示延安社会制度的优越与国统区进行一一比对，这种对比性最大的优点是让广大读者轻而易举地看出，中共治理的边区延安在各个方面都比国民党统治的国统区优越。

《妇女之路》虽然声称要为处于国统区社会底层，生活最苦受压迫最重的女性呐喊，为她们争取解放指明方向，为抗战时期女性指引走向解放的道路而标榜，但也负载着一定的政治任务。所以，整个《妇女之路》并不是完全以女性主体为宗旨的女性解放言论，也具有一定的补充正刊的政治性话语作用。

---

① 徐克明：《我们不比男子弱——××印刷厂女工的生活写真》，《新华日报·妇女之路》1942 年 3 月 8 日。

② 王庶心：《我们的生活——边区印刷女工》，《新华日报·妇女之路》1942 年 3 月 8 日。

③ 兆彤：《她的苦闷——记一个抗属的生活》，《新华日报·妇女之路》1945 年 2 月 25 日。

④ 陈静：《边区怎样优抗》，《新华日报·妇女之路》1945 年 2 月 25 日。

第二节　重庆《新华日报》副刊与战时女性形象构建

郭沫若说："旧式的中国的才女到处这样的人生悲剧，为伦常观念所约束，便每每自暴自弃，以郁郁终老。秋先烈的初年很明显地也就是这样的一位牺牲，但他终于以先觉者的姿态，大彻大悟的突破了不合理的藩篱，而为中国的新女性。"[①] 在《妇女之路》中这是首次提到"新女性"。不同的时代对新女性形象的建构不同，40 年代战火中新女性形象在革命与抗战的文学思潮影响下逐渐建构。此时演剧家、剧作者、文人、《新华日报·妇女之路》、观众、读者，他们形成有趣的互动关系，将"新女性"形象建构推向高潮。《新华日报·妇女之路》不停地在戏剧、演剧中寻找符合自己政治立场的新女性，文人也或多或少地受到《新华日报·妇女之路》的影响，创造戏剧中的新女性。革命女性、雄强化女性成为《新华日报·妇女之路》建构的焦点，这些女性形象也深深打上时代的烙印。

由晚清时期开始，中国的传统文化礼教规范对女性生活所形成的包裹，逐渐出现崩坍的裂缝、罅隙。"新女性"最初由清末新式女学堂的女学生而来，因为这群女学生突破中国传统对女性的要求，她们冲出闺房阁楼与家庭，走入社会，由私人隐秘空间移向开放大众的公共空间。中国的"新女性"受到西方思潮的影响，是思想和行为上超前的现代女性形象。然而，"新女性"这一词的称谓并不是一开始就形成。1918 年胡适在北京女子师范学校讲演时提到"新妇女"一词，"'新妇女'是一个新名词，所指是一种新派的妇女"，"善于应酬"，"衣饰古怪，披着头发"，"言论非常激烈，行为往往趋于极端，不信宗教，不依礼法，却又思想极高，道德极高"的女性。[②] 而"新女性"一词最早出现在 1923 年陈学昭在上海《时报》发表《我之理想的新女性》一文中。1926 年章锡琛主编《新女性》杂志问世之后这一词汇普遍使用。

"新女性"的"新"，在不同的时代有着不同的内涵，社会对新女性的建构也有着时代的差别。晚清时期的新女性是以放足或天足与进女学堂为必备条件，此时期新旧女子的区别，最简便最直接的则是看她们的脚。20 世纪 20 年

---

① 郭沫若：《〈娜拉〉的答案》，《新华日报·妇女之路》1942 年 7 月 19 日。
② 胡适：《胡适全集》第 1 卷，合肥：安徽教育出版社，2003 年，第 630—631 页。

代新女性的建构主要在于争取女权与妇女解放。五四时期北京的精英知识分子建构了20年代新女性形象，他们在五四狂飙突进思潮的指引下打破传统对女子的各种规范，提出了个性解放、男女平等、婚恋自由等观念。“20年代初期的妇女解放主要是指反叛封建礼教与男权主义，获得‘人’的资格；20年代后期真正的新女性则是指突破了封建礼教与男权文化的禁锢，追求独立、自由、平等，获得了‘人’的资格，并谋其广大妇女解放的女性。”① 此时期对新女性建构的最大特点是强调“自由”。

李永东在《新女性形象的建构》一文中认为，30年代前北京为政治、文化的中心，30年代后转移到上海，所以这时期的新女性观念在上海建构。由于上海中西、新旧文化杂糅，社会环境驳杂所催生的新女性界定也是十分复杂的。因而30年代“新女性”的界定众说纷纭。《良友》画报在1933年和1936年刊登《时代女性》《新女性（上海职业妇女写真）》两组照片来界定新女性。在1933年《良友》画报站在左翼立场把广大工农群体与底层自食其力的女性称之为“时代女性”。而在1936年刊登《新女性（上海职业妇女写真）》，无疑是站在中上阶层的立场建构新女性形象。这与1933年报道的《时代女性》在品味上极其不符。《良友》画报以去阶层化的立场把自食其力的职业妇女称之为“新女性”。对于新女性形象的争论引起轩然大波的是电影《新女性》，虽然名曰“新女性”，但是电影并未明确突出新女性的形象。因而不同的阶级、媒体、评论家、文人纷纷站在自己的立场加入对新女性形象的评论之中。左翼作家对新女性的建构总是趋向革命女性形象；海派文人则认为，小资知识女性和广大工农群体都是不能忽略的；国民政府对传统文化的珍视所提倡新女性应是为“家庭服务，为社会服务”的“新贤妻良母”。②

尽管30年代对谁是真正的新女性有众多争议，但是，不管是代表社会中上流高档职业者，或下层广大女工群体，还是小资知识女性，抑或是“新贤妻良母”类女性，她们的共同性都强调女性的能力。20年代的新女性彰显反叛封建社会规约，强调自由；而30年代新女性凸显女性在社会中的生存能力，强调“能力”，这个能力也指女性自食其力。

在抗日战争的时代背景下，《妇女之路》对新女性进行整体的营建，重新

---

① 李永东：《租界文化语境下的中国近现代文学》，北京：人民出版社，2013年，第192页。

② 李永东：《新女性形象的建构》，《租界文化语境下的中国近现代文学》，第191—203页。

诠释了新女性的时代内涵。自1942年7月19日郭沫若在《新华日报·妇女之路》上首次提及新女性形象，并大大赞扬具有革命精神的秋瑾才是真正的新女性，随之关于“新女性”的讨论在《新华日报·妇女之路》上随即展开。

随后1942年11月22日署名星火的《纸厂女工》一文，文章反应国统区底层女工生活的同时，更道出《新华日报·妇女之路》的新女性观。文中写道，“这中间的工作者有背着自己婴儿的母亲，有十来岁的小姑娘，更还有年已半百的老太婆。在她们枯黄的头发和破旧的单衣上早已布满了棉纱的细屑和灰尘。”“她们一方面固然是为了生活，但是另一方面她们还是在为国家生产哪!”“象（像）这样从事生产事业的女同胞，我们大家都应该特别尊重，因为她们才是新中国的新女性。”① “背着婴儿的母亲”，“十来岁的小姑娘”，“年已半百的老太婆”，都可以称之为新女性，此时期新女性的界定突破了年龄与外表的要求更加注重女性的内涵。抗战时期职业新女性延续了30年代《良友》画报所界定的新女性形象，但因社会背景与时代语境的差异，抗战时期职业新女性与30年代职业女性不同。值得注意的是，30年代职业新女性主要强调女性自食其力，然而抗战时期职业女性更多的是强调为国家而工作，为抗战而生产。抗战时期职业新女性的界定从个人化的生产劳动，转入集体与国家宏大的话语背景中。

新女性的界定众说纷纭，1943年3月8日《妇女之路3·8》特刊刊登了《新女性的条件——一个座谈会的记录》，讨论了抗战时期的新女性内涵。座谈会对新女性的定义是：“在思想上、品质上、生活上适合时代要求的女性，才能称为新女性。”座谈会也把新女性与摩登女性加以区别，认为“形式上的奇装异服，不能算是新女性，而假如她具备了新女性的条件，纵然是并不摩登，仍不失为一位新女性”，“在社会上，的确有很多这样的生活自命为新女性”，她们“衣着现代化而实则堕落的女性”，她们并不是真正的新女性。②《妇女之路》的新女性观，更加注重女性的内涵。《中央日报·妇女新运》对新女性形象的探讨也提出同样的看法，《论新女性》一文中认为，新女性“如何装饰我以为这应为次焉者，而要紧的是在于其如何做‘人’的精神”③。

那么，《妇女之路》认为切合时代潮流，懂得现时代要求的新女性应该具备什么条件呢？座谈会对新女性提出八点要求：第一，“要有正确的人生观，

---

① 星火：《纸厂的女工》，《新华日报·妇女之路》1942年11月22日。

② 庐瑾：《新女性的条件——一个座谈会的记录》，《新华日报》1943年3月8日。

③ 树山：《论新女性》，《中央日报·妇女新运》1941年7月2日。

为着正确的目的而生活”，“有为人类求解放的高尚理想，有为这个理想而奋斗的决心和行动方法”；第二，“要志气大，胆量大，眼光大，气量大”；第三“谦虚，切实，好学，力求上进”，“在政治上理论上文化上，不断向实际”；第四，“有丰富的感情和坚强的理智，对人类有高度的情，有高度的爱，有最高人性的修养”；第五，“要有独立的人格和顽强的精神，不依顺丈夫”，“敢作敢为”，“永不自甘落后”；第六，要有“愉快的精神和健康的身体，健全的精神寓于健康的体格”；第七，“要善尽妇女的职责”，“为妻的做一位好妻子”，“为母的尽母职”；第八，“互助合作”。①

在抗日战争的时代背景下《妇女之路》提出新女性观念首要要求是要“有为人类求解放的高尚理想，有为这个理想而奋斗的决心和行动方法”，也就是说新女性切合时代潮流首先要成为革命女性。

抗战以来小说、散文等文学形式趋于清冷，电影这种艺术表现形式也受到制约，这使戏剧与演剧成为当时重要的国防文学的表现形式。此时，戏剧与演剧达到顶峰。剧作家与读者，演剧家与观众形成热烈的互动与交流。而以本报视角向读者解剖剧本，分析人物形象成为《新华日报》与《妇女之路》的重要工作。

《妇女之路》在1943年1月17日刊登《妇女楷模——丁大夫》一文，文中认为，“曹禺先生在《蜕变》中创造了一个完全的人物——‘丁大夫’。她有着对工作极高的责任感，对事业的忠实坚韧，对祖国的热情，真堪称一个时代的新女性。而同时她又有着对人类至爱的天性和慈母般的心怀。”“象丁大夫这样的女性，正是新中国的新女性，我们每个人都可以把丁大夫作为妇女的楷模，作为自己的模范。”② 曹禺先生的《蜕变》写于1939年，是曹禺为抗战服务的佳作，讲述了在抗战初期省立伤兵医院蜕变的过程，治愈千百个伤兵，使得他们重返战场英勇作战的故事。剧作中塑造了丁大夫这个形象，她放弃安逸的生活毅然决然加入伤兵医院，她痛苦地忍受着医院腐化、贪污自私自利的现象，一心抢救伤员。曹禺将丁大夫的品质升华到制高点，赞扬她为抗战为国家的革命精神。

另一篇剧评《小云和她的路》，文中评价了夏衍的《芳草天涯》中的一个进步女性青年知识分子的典型——小云。《芳草天涯》是夏衍创作的关于知识分子爱情题材的剧作，描写了尚志恢、石咏芬和孟小云之间的婚姻、爱情纠

① 庐瑾：《新女性的条件——一个座谈会的记录》，《新华日报》1943年3月8日。

② 阿淑：《妇女楷模——丁大夫》，《新华日报·妇女之路》1943年1月17日。

葛。这部剧作体现出夏衍对女性在婚姻、社会问题中的深切关注与清醒思考。在《中国现代戏剧史稿》一书中写道："年轻漂亮的孟小云性格活泼、大方，对生活充满热情，富有进取心，是剧作家热情赞美的时代新女性。"① 而《妇女之路》中《小云和她的路》一文，否认小云足以代表抗战期间锻炼出来的进步女青年，认为她并不是理想的新女性。剧中的小云活泼、美丽、娇俏，从世俗的眼光看她的确算是理想。然而在抗战时代背景下，衡量女性进步是以她对社会、人生、革命的认识、热情和贡献来审视。40 年代用美丽、娇俏来要求女性无疑具有讽刺意味。文中写道，提到工作与政治小云并不感兴趣，她忙于"一天两三个约会，今天晚会，明天聚餐，唱唱歌，听听唱片"，"她愉快地'游泳'在文化圈的上层，接受着四面八方献上来的赞美和爱慕"。② 小云更多地契合 30 年代的摩登女性而非新女性。所谓摩登女性，是指"20 世纪 30 年代沉迷于物质享乐和都市情欲的时尚女性，她们是女权观念在殖民性、商业性、欧化的租界化上海恶性发展的产物，具有欧化时尚、妖艳活泼、情欲膨胀、擅长交际的特性，道德意识淡薄，持个人中心主义与享乐玩世的人生态度"③。在 30 年代摩登女性遭到各阶级、党派与进步人士的批判。文中作者否定了小云的摩登生活，她认为"在小云的面前存在着两条路：一条是通往没落的，一条是通往新生的"，而新生的路是夏衍所寄托的对新一代女性的希望，即是"把小云放到另一条路上——到人民中去，到战斗中去的路上"，"新的女性只有在群众中在战斗中才能诞生"。④ 或许夏衍并不认为孟小云就是代表时代新女性，所以在剧作结尾，当孟小云尝尽情感的痛苦时，夏衍给予她一条光明的出路——参加战地服务队。面对战火纷飞，剧中人物精神面貌都发生积极的变化，这也看出作者的希望与寄托。

从这两篇剧评文章看出《妇女之路》的新女性观，抗战时代新女性首先要有为国家奉献与民族牺牲的精神。郭沫若在《妇女之路》发表《〈娜拉〉的答案》⑤ 一文，文中以秋瑾的事迹来回答"娜拉出走后怎样"，突破了鲁迅对女性走出家庭的设想，为娜拉提供了第三条道路。郭沫若在这篇文章中表达的重点并不仅仅是提倡女性走出家庭，而是告诉娜拉们走出家庭后不必堕落与回

---

① 陈白尘、董健主编：《中国现代戏剧史稿》，北京：中国戏剧出版社，2008 年，第 439 页。

② 林莹：《小云和她的路》，《新华日报·妇女之路》1945 年 12 月 8 日。

③ 李永东：《租界文化语境下的中国近现代文学》，第 204 页。

④ 林莹：《小云和她的路》，《新华日报·妇女之路》1945 年 12 月 8 日。

⑤ 郭沫若：《〈娜拉〉的答案》，《新华日报·妇女之路》1942 年 7 月 19 日。

去，走上革命的道路也是出路。

此外，《妇女之路》塑造另一类新女性形象，这类新女性代表着延安新女性观。《妇女之路》刊登了《年青村长徐大嫂——新民主政治下的新妇女》，文中说道这是在“民主运动中涌现出的新人物——战斗中的新妇女”，“她具有苦难磨炼出来的劳动无产者的妇女的坚实作风”，“在这位年青的村长徐大嫂的坚强领导下，××村的村政工作蒸蒸日上了”。[①]《女村长——孙剑》也刻画了一个积极进步，能干，为大家谋利益的女村长形象。从1944年中共倡导“民主政治”的视角下考虑，参政女性是《妇女之路》所极力推崇的新女性。

显然，20世纪40年代《妇女之路》所建构的切合时代潮流的新女性是指，在抗战时代背景下，有为国家和人类求解放崇高理想的革命精神与革命行动，和有最高人性修养的革命女性、职业女性、知识女性和参政女性，她们谦虚、好学、力求上进，不自甘堕落，有坚强的意志、独立人格和健康的体魄，善尽职守，互助合作。

同时，由于党政话语过多地侵占女性的性别空间，《妇女之路》上的女性呈现出了雄强化的特征。20世纪20年代末从左翼思潮开始，社会对女性审美态度相对于传统审美发生了改变。不管是在传统文学抑或古代社会，对女性的审美趋向于女性区别于男性的阴柔之美，或是象征女性独特美的缛丽精致的衣着、首饰、脂粉、香气。然而，在20代末开始女性成为表现对象，并不由于她们区别于男性独特的传统审美观，相反是因为她们具备了和男性相同的在国家、社会中的政治意义。在左翼思潮的影响下，对革命力量的崇尚和政治功利性的目的，他们并不注重女性形式的阴柔美。在20世纪30年代的女性观念中，存在倾向于男性的趋势，这种趋势主要表现在女性身体的雄性化。“身体修辞的雄性化赋予女性以‘战士’、‘勇士’的身体品格，与左翼作家的暴力革命观念和狂飙突进精神相切合”[②]。

值得注意的是，30年代左翼女作家笔下女性所呈现的雄强只是趋向男性，或是对男性的刻意模仿，在身体话语方面强调与男性靠近。而40年代《妇女之路》所建构的女性躯体修辞，不仅仅是趋向男性而是超越男性，强调不管是躯体还是品格都比男性更男性化。如下所述：

30年代左翼女作家冯铿的《红的日记》《最后的出路》与谢冰莹的《从军

---

① 菲藻：《年青村长徐大嫂——新民主政治下的新妇女》，《新华日报·妇女之路》1944年7月16日。

② 李永东：《租界文化语境下的中国近现代文学》，第201页。

日记》《女兵自传》，显示出巾帼英雄的雄强姿态，她们漠视自己的性别特征，刻意模仿男性抹杀自己性别为代价，跻身男性主流保家卫国的场域，以此争取女性的解放。冯铿是左翼女性文学作家的代表，她的创作主要表现女性觉醒的自我意识，凸显新女性觉醒的过程以及对人生独立、自由的追求和自我命运的掌握。冯铿的作品中女性解放与争取女权最大的特点是，试图抹灭女性的性别特征，刻意模仿男性以此来消除男女两性的性别差异从而达到男女平等。小说《最后的出路》叙述了在革命思潮中觉醒的新女性郑若莲。郑若莲是潮汕地区富商家的孩子，从小在母亲的宠爱下过着富庶的生活。在女性解放思潮的影响下，郑若莲进女校读书，受到新思想的影响。母亲去世后毅然离开家到农村当教师。然而社会生活的困难与贫穷打败了郑若莲的意志，为着“几千块的遗产”她接受了三爷的诱惑，回到家庭的牢笼。然而这时受到好友许慕鸥的启发，“她把指上那照着阳光闪烁着的订婚戒指，脱下来抛向临街那个窗外去了”，“干着精神得到安慰的伟大事业”，[①] 郑若莲走上了革命的道路。

冯铿所阐释的女性解放之路是走上民族革命的道路，这与她 1929 年加入中国共产党和 1930 年加入“左联”成为职业革命家密切相关。在这样一种思维影响下，她的小说常常表现出对女性性别特征的厌恶、嫌弃，与对男性化特征的追求。小说写到郑若莲第一次见到许慕鸥时候的情景，“一种崇高的精神把若莲压住了！虽然相对站着，但自己像渺小的（得）够不上她脚下的一粒细砂”。然而是什么让郑若莲觉得自己渺小呢？“剪了发……男性化的没有一点粉痕香气的圆脸上，配着气概爽人的长眉大眼；身上是不加修饰的纯朴的学生制服。”让郑若莲感到渺小的是许慕鸥男性化的外貌特征，从这也看出冯铿创作的旨意，即是对女性男性化的推崇。在小说中富有女性性别特征的郑若莲被作者刻意地贬低，“自己艳丽的服装和闪烁的饰物就像给涂上了污泥般污浊黯晦……”冯铿还在郑若莲的心理描写与动作描写中将对男性化的崇拜达到极致，文中写道“她仅仅说出这‘久仰’两字之后，便不知所措地低着头儿”，“自己真像她鞋底的泥砂呵！自己不知道要怎样称呼她，更不知要如何向她道出倾慕之忱”。[②]“不知所措”“不知道要怎样称呼她”“不知要如何向她道出”，这接连三个“不知……”，着实写出冯铿意识中以郑若莲为代表的女性在男性面前的渺小，强烈表现出女性对男性的崇拜，更写出由面见崇拜者带来

① 冯铿：《最后的出路》，冯铿、罗淑：《红的日记》，北京：中国社会出版社，1998 年，第 310—311 页。

② 同上，第 166 页。

的兴奋与精神的紧张。

冯铿在《红的日记》中更是将这种对男性化的崇拜推向极致，这里作者不仅仅倾向男性化，更一度强调要把自己是女人忘记，从而在外貌、体态、语气等方面达到与男性一致。“真的，现在的我简直忘掉了我自己是个女人!”① 忘掉自己是女人的同时，日记中的语言作者刻意使用“他妈的”“管他妈的”等豪放气概和粗俗语词，来达到在语言上趋向男性。冯铿在《最后的出路》《红的日记》中表达了女性革命与政治革命的一致性，所以她笔下点缀的女性都是抹杀了女性性别特征，失去性别意义女性形象。她所认同的时代新女性就是：“真正的新妇女是洗掉她们唇上的胭脂，握起利刃来参进伟大的革命高潮，做一个铮铮铿铿，推进时代进展的整个集团里的一分子，烈火中的斗士。”② 冯铿总是把外表修饰享受欲望的女性称为“一团香艳的肉”，并认为“是资本文明所产生的罪恶的结晶，而也是没有灵魂”,③ 这其实是暗指30年代的摩登女郎，摩登女郎在这时期是左翼作家批判的对象。所以在这种思维的驱使下左翼女作家更加倾向男性化的特征。

谢冰莹的《女兵自传》和《从军日记》为中国女性文学增添雄壮的风采，在文中谢冰莹塑造了“大脚，没头发，穿兵衣的女人”与“根本不承认自己是个女人”④ 的女人。冯铿与谢冰莹在创作中都抹掉女性的性别特征。早期共产党人与左翼女作家对这种雄强女性形象的塑造与追求，更多的是对男性的推崇或是模仿男性。

然而，40年代抗击外来侵略的民族解放斗争成为时代主潮，在轰轰烈烈的革命背景下，“被压迫的义愤，对拯救民族的神圣的责任感，使得一个怯弱的人变成勇士了”⑤。所以，《妇女之路》中新女性的雄性化倾向，更多体现在赋予女性刚毅、英勇的品质，具有勇士般的浩然正气。在《妇女之路》中《新妇女的气节》一文讲述刘胡兰在铡刀面前毫无畏惧，与刘和珍光荣的牺牲。文中写道，“象所有的爱国战士一样她们代表了中华民族的气节和中国人民的气节。这种浩然正气，将传诸百世而不朽。”“在这伟大的时代，我们需要的是‘富贵不能淫，贫贱不能移，威武不能屈’的传统气节，坚定地站在爱国主义

① 冯铿：《红的女人》，冯铿、罗淑：《红的日记》，第15—16页。

② 冯铿：《一团肉》，冯铿、罗淑：《红的日记》，第55页。

③ 同上。

④ 谢冰莹：《从军日记》，南京：江苏文艺出版社，2010年，第132、152页。

⑤ 罗涛：《使我们新生的日子——纪念“一二·九”》，《新华日报·妇女之路》1942年12月6日。

的立场上”。[①] 这篇文章所表现出来的雄性化倾向超越 30 年代左翼女作家笔下的女性。

不仅如此，《妇女之路》创刊第一期刊登了林伯渠的《梁红玉》七律一诗：“南渡江山底事传，扶危定倾赖红颜。/朝端和议纷无主，江山敌骑去复还。/军舰争前扬子溢，英姿焕发鼓声喧。/光荣一战垂青史，若干须眉愧尔贤。”[②] 梁红玉是南宋抗金名将韩世忠的夫人，1130 年金兵孤军深入，被韩世忠截击于镇江金山、焦山之间。梁红玉亲自击鼓进军，把金兵统帅困于黄天荡。此诗“表现梁红玉富于民族大义，是一位值得推崇的女英雄”[③]。这首诗表达了两个意思，一是推崇梁红玉富于民族大义的精神，二是体现在“若干须眉愧尔贤”，强调战时女性让“若干须眉”都惭愧。林伯渠亲自作诗表示对战时女性形象的期望与想象。另一首民歌《广西女》也具有此种倾向，“广西女，体力强，走出家庭，挑担、做工”，“担子挑的重，路又走得长”，“步儿走得快又好，有的男人赶不上”，“抗战啦，广西女，踊跃上战场”。[④] 在这些文章的抒写中体现了《妇女之路》建构女性形象是对 30 年代左翼女作家笔下女性的继承，然而更表现在其超越上。

《妇女之路》对雄强女性形象从革命职业家、生产劳动英雄、抗战女勇士来建构。革命职业家介绍了在国际妇女运动史上和国际社会主义运动的历史上最光辉的人物，克拉拉·蔡特金、罗莎·卢森堡和列宁夫人克鲁普斯卡亚，及印度女战士班弟脱夫人。她们都是始终坚定地为革命奋斗的职业家，国际妇女运动的领导者，向敌人作不调和斗争的勇士，积极反对帝国主义大战的先锋。蔡特金是“为共产主义事业及国际妇女运动而斗争的英勇战士”[⑤]，“卢森堡一生的事业是英勇的，光荣的”[⑥]，《妇女之路》介绍国际革命女性具有选择性，从党派政治倾向角度出发，一方面创造更多的政治同盟者，另一方面激励中国女性。

生产劳动英雄是指勤奋劳作的女性，也是《妇女之路》主要推崇的女性。这类女性形象大多出现在延安或是晋察冀。既有整体劳动女性的描写，也有典

---

① 周贤：《新妇女的气节》，《新华日报·妇女之路》1947 年 2 月 16 日。

② 林伯渠：《梁红玉》，《新华日报·妇女之路》1940 年 5 月 16 日。

③ 谷莺：《新华日报旧体诗选注》，成都：四川省社会科学院出版社，1984 年，第 21 页。

④ 旦尼：《广西女》，《新华日报·妇女之路》1942 年 11 月 22 日。

⑤ 宝娟：《关于蔡特金》，《新华日报·妇女之路》1940 年 6 月 13 日。

⑥ 葆荃编译：《卢森堡的生平及事业》，《新华日报·妇女之路》1941 年 1 月 20 日。

型个案的塑造。既写养蚕纺织能手，也写垦荒种地英雄。“天还没亮，生产的英雄们就赶到地里”，“从播种到秋收，没有一天歇过手，土挖得特别深，除草也分外勤快”。[①]“×区妇女总共垦荒修滩×万余亩，种树×万余株，开渠×万多丈，筑堤×百余道，建立妇女菜园×百余个，造妇女林×百余座，……成绩总数比往年超过×百余多倍，比今年预计总数也超过×十倍。在春耕运动中，涌现了成千成万的女劳动者，女英雄们她们不仅种田，她们还要参加破路，担任警戒，进行武装战斗”。[②]

抗战女勇士主要塑造了妇女们上前线帮助军队和直接作战。“妇女们除了放哨、侦察，还担负送茶水、招呼伤兵、包扎伤口……救护工作，没有一个女人，为害怕战斗而离开自己的岗位。”[③]“曾在抗大受过训的易飞女同志，就在×城的一个集子上与敌人搏斗。”“她在这里表现得异常英勇和壮烈”，“她们赤手空拳地和敌人肉搏”。[④]

从上述论述可见《妇女之路》塑造的女性，都是去女性性别特征的女性，战时对此种雄强女性的推崇有两种意义：一是，从身体的改变中突破女性对自我身份的认同。在特定的社会文化语境下塑造身体的同时，身体也以对当前时代文化的体验影响社会。因而，身体越来越倾向于成为女性自我认同感的关键。女性一直处于社会文化政治的边缘，《妇女之路》通过介入营造女性身体形象的标准范本，引诱更大的群体参与“标准自我”的共同想象与体验，从而希望女性产生与社会政治文化接轨的自我认同感。二是，有力地回击“妇女回家论”和“女子无用”的言论。20世纪40年代“妇女回家论”的呼声一浪高过一浪，大量的职业女性无辜被辞退，《妇女之路》企图塑造众多的英雄、强健的女性形象消除社会对女性的歧视。

可见，《新华日报》因其在国统区诞生与成长，报纸从主刊至副刊党派意识异常浓烈。在参与时代新女性的讨论中，《妇女之路》突破年龄、外在的界限，注重女性内涵与能力，强调在国家、民族宏大的话语下探讨新女性。从大革命时期中共确立了“马克思女性主义主体”与左翼女作家对女性形象的塑造之后，革命的雄性的女性形象成为《妇女之路》建构女性形象的首要标准，也

---

① 《马杏儿——新民主政治下的劳动女英雄》，《新华日报·妇女之路》1944年3月8日。

② 仓夷：《晋察冀的女劳动英雄》，《新华日报·妇女之路》1940年11月14日。

③ 孙晓梅：《繁昌战斗中的妇女们》，《新华日报·妇女之路》1940年7月12日。

④ 康克清：《华北敌后的妇女英姿》，《新华日报·妇女之路》1940年5月16日。

是时代新女性的标准。《妇女之路》对雄强女性的建构使妇女群体产生与社会政治文化接轨的自我认同体验，从而认可并接纳《新华日报》的妇女主张，并有力地回击“妇女回家论”的言论。

第三节　延安女性对重庆《新华日报》副刊女性形象构建的影响

《妇女之路》在中共南方局妇委的支持下创刊，成为中共在国统区宣传妇女方针的传声筒，也作为国统区远视延安的“窗口”。抗战时期大量知识女性集中延安，所以关注延安女性，介绍延安女性成为《妇女之路》的重要使命。反过来，延安女性观在一定程度上也影响了《妇女之路》对女性形象的建构。

抗日战争时期，中共在延安执政进行一系列的社会改革与整顿治理，被知识分子称之为天堂。在那里政治清明，生活安定，思想解放，它开放的政策吸引着知识分子，确实让人感受到天堂般的岁月。在当时的政治环境下，能够与国统区有明显区别具有吸引力的地方只有延安。因为延安是中共执政的区域，而国民党对其进行严格的控制，但是越控制就越显其神秘越且具有吸引力。由于斯诺的《西行漫记》赋予延安很强的浪漫神秘色彩，所以增加了人们对它的热情与好奇。在那激情燃烧的岁月，知识分子奔赴延安成为那时期人们最美好的集体记忆。

在延安革命队伍里，女性是一道靓丽的风景，在抗战时期显示出风景这边独好的姿态。知识女性集中延安，成为抗战时期独特的文化现象。展示延安女性的“幸福”“自由”生活，已成为《妇女之路》“引诱”国统区女性的重要凭证。《妇女之路》出版一百期纪念，克钝撰文《光明的灯塔——祝〈妇女之路〉出版一百期》说道：“看到最近由湘桂逃来的妇女同胞底惨状，看到大后方失业妇女的日渐加多，看到一部分妇女的荒淫堕落，真有说不尽的感慨。中国妇女要得到真正解放，还有着多大的艰难的阻碍啊！但愿《妇女之路》在妇女同胞的解放航行路上，永远做我们光明的‘灯塔’。”① 而“灯塔”的光则来自延安，《妇女之路》的意图和目的是带领国统区女性走向延安的“妇女之

① 克钝：《光明的灯塔——祝〈妇女之路〉出版一百期》，《新华日报·妇女之路》1945 年 1 月 28 日。

路”。

《妇女之路》视角下的延安女性都是令国统区女性羡慕和追求的理想女性。《妇女之路》创刊后的第六期整期介绍延安中国女子大学，“中国女子大学是中共为专门培养妇女干部人才而创办的，是那个时代中国妇女寻求解放，争取女权的象征”①。在《庆祝女大的一周年》中张晓梅说妇女干部的成长与抗战建国的需要是不平衡的，所以训练大批妇女干部锻炼大批妇女战士，这已经成为抗战中刻不容缓的任务，也是适应着时代迫切的需要。所以 1939 年 7 月 20 日，在延安诞生了中国女子大学。文中还说道抗战与妇女解放不但要求武装起手足，而更要武装起头脑，女大是适应这个迫切需要锻炼妇女干部的烘炉。在女大学习的革命知识女性毕业之后，“很快地回到实际工作中去”，这对于国统区的职业女性来说是莫大的幸福，失业在她们的心灵深处是一道难以缝合的伤口。所以“虽然有千山万水以及其他种种阻碍，成群的妇女工作者仍然涌向那儿去，去学习，去锻炼，造就成更坚强的妇女工作者”②。

女大的学生中有的结婚有的怀孕，但是结婚和怀孕并不影响她们的学习和工作。接着《女大托儿所》介绍了中共对母亲和孩子的态度“共产党是爱护母亲的，论爱孩子，我们共产党也是最爱护孩子的”，再介绍婴儿室和孩子的饮食，“一岁上下的孩子吃大米粥，或者鸡蛋饭，六个月左右的多半吃人奶”，在托儿所里“洋溢着温馨和情爱”。③ 国统区的职业女性结婚即失业，或用损害健康的方式隐瞒怀孕，而延安女大的女性呈现了区别于国统区女性理想的生活风貌。在这期中还介绍女大的高级研究班，高级研究班是培养较高深理论的干部，把她们培养成在一定工作岗位上有独立工作能力的干部，为中国的妇运造就一批新生力军。

《妇女之路》视角下的中国女子大学女学生不管在工作、学习、生活都呈现出与国统区迥异的风貌而吸引着众多国统区知识女性。

《妇女之路》还展现了延安女工与国统区女工不同的风貌，“这里不需要工人集体大规模的去进行为获得各项权利的惨（残）酷罢工和斗争，因为她们的生活又过得很安适，她们没有外面产业工人那种愁苦的气息，她们的精神都

① 朱鸿召：《延安日常生活中的历史 1937—1947》，桂林：广西师范大学出版社，2007 年，第 218 页。

② 张晓梅：《庆祝女大的一周年》，《新华日报·妇女之路》1940 年 7 月 20 日。

③ 方紫：《女大托儿所》，《新华日报·妇女之路》1940 年 7 月 20 日。

很矫健，穿着很整齐的制服，象各机关中的女工作人员一样"①。延安女工的工资是由工作能力和所属的工作部门来决定，在边区工厂中关于决定工资的方法和手续与国统区迥然不同。边区由厂方和工会双方共同拟定，并经过全体工人讨论后公布"集体合同"，合同包括工资、待遇、工作时间、例假等各项条例。"集体合同"中边区女工所具有的第一个特点是"男女工同工同酬"的规定，没有贱价剥削女工。而国统区工厂歧视女工，男女同工不同酬，女工工资只是男工的一半。边区所有工厂，工作时间一律是八小时制，如要加班要经过全体工人讨论和同意后才能实行。边区的女工们不只在工资、工作时间上完全享受到与男工同等的权利，而且全边区工厂都为女工制定保护条例。如"妇女每月应由厂方发给卫生费三角（纺织厂生理纸十张），并得给生理假（即经期例假），工资照发"；"女工女学徒于产前后各给假二月，工资及津贴照发"；"凡女工女学徒有小孩，哺乳时规定在每日工作时间内上午下午各乳一次，每次二十分钟"等。这些关于女工利益的特殊规定，尤其是产妇奶妇的优待，减少了边区女工很多痛苦。不仅如此边区女工还有文化娱乐生活，上文化课，工人俱乐部，以及节日的演剧。"这在外面的一些产业女工看来，简直是天堂上的幸福而为她们从未梦到的。"②

而国统区的女工却在各种严厉的条约下艰难地生存，"规定不得怠工或中途请假，否则就该保证人负责伙食上的赔偿责任"，"每日工作十二小时"，"工作时有督导员监视，不许谈笑"，"一桌人的菜只够一个人吃"，"最痛苦的是没有自由，平时进出都要盘问"，"厂中无书报看，唯一的消遣就是找同性的同事谈天"。③《妇女之路》中展现的都是国统区女工、妇女悲惨的生存状态，与延安女性幸福、自由生活的对比。《妇女之路》通过这种对比突出延安，引领国统区女性走向延安。

《妇女之路》视角下的延安女性不仅在学习、生活中享受优待，而且还获得了民主权利——参政。因此出现了新民主政治背景下的女村长，如《年青村长徐大嫂——新民主政治下的新妇女》《新民主政治下的妇女生活》《女参议员刘兰芬》《女村长——孙剑》等文章都是对延安参政女性形象的塑造。塔宁的《妇女对宪政应有的态度》一文中说就，"今天妇女运动的中心，不是仅仅争取多几个妇女去参政，而是争取实现民主宪政"，"才是妇女运动的成功，妇

① 钟毅：《陕甘宁边区的女工》，《新华日报·妇女之路》1940年10月4日。

② 同上。

③ 英：《一个女工的生活》，《新华日报·妇女之路》1942年7月5日。

女的一切问题也才能得到总的解决”。[①] 在这篇文章的影响下迫切希望妇女解放的国统区女性，渴望着妇女参政，从而解决妇女问题。《妇女之路》塑造下的延安女性完全享有自由、民主，在副刊中大肆宣扬道：延安女性“在政治上获得了和男子平等的地位”，“在婚姻方面也一天比一天自由”，所以“从这些事实表现出，边区妇女是在向真正自由的生活迈进着”。[②]

需要注意的是，延安女性观对《新华日报·妇女之路》的影响体现着传播新民主主义文化的意图。《新华日报·妇女之路》作为观照延安的“窗口”和国统区女性的灯塔，它本身所隐含的政治文化导向使它不可能完全站在女性立场说话，所以《妇女之路》对延安女性观也是选择性的接受和宣传。

例如，在延安出现的革命婚姻的“间隔”问题，《新华日报·妇女之路》就毫无体现。知识女性和工农兵革命者之间的婚姻，成为当时延安社会现实的焦点。知识分子看到革命婚姻所带来的种种问题，在他们的作品中大胆地揭示了革命婚姻的不合理性。

1941 年 12 月 17 日《解放日报·文艺》发表马加的《间隔》，小说反映了知识女性面对革命婚姻无可奈何的困境。小说女主人公杨芬是学生出生的知识女性，在“五四”个性解放和新文化思潮的熏陶下成长起来的新女性，而她与农民出身的工农兵游击队长是两种极为差异的性格类型。小说描写游击队长见到杨芬的神情，“支队长露出不整齐的黄牙微笑，他的两只小眼睛频频的闪着光，表示着无限的愉快”。[③]支队长不断地向杨芬示好，但是却让杨芬感到无限的隔阂。杨芬敬重支队长，他的英勇、果敢、沉着的革命气质让她敬佩，但是在杨芬看来这些敬佩都与爱情无关，杨芬拒绝了支队长的追求。然而政治部主任和支队长却以组织的名义加以革命的冠冕来游说，并且把革命婚姻上升为个人前途和利益的依靠，“找个老干部结婚，是顶吃得开的”[④]。这篇小说发表后，立刻引起某些老干部的不满。据丁玲的《延安文艺座谈会的前前后后》中记录，《解放日报》文艺栏三次因为“某些文章而紧张过”，而其中一次是因马加的《间隔》。丁玲写道：“小说写一个老干部、游击队长喜欢一个从城市来的女学生。但他那种简单、纯朴、粗鲁的爱是使这位女学生害怕的，他们中

---

① 塔宁：《妇女对宪政应有的态度》，《新华日报·妇女之路》1944 年 1 月 16 日。
② 袁勃：《解放中的晋察冀妇女》，《新华日报·妇女之路》1940 年 12 月 3 日。
③ 马加：《间隔》，《解放日报·文艺》1941 年 12 月 17 日。
④ 同上。

间有很大的间隔”，“作者显然是不同情这位老队长的”。[1] 丁玲写于1982年的回忆，她也认为小说中描写的恋爱追求存在问题，男女主人公之间有间隔。

1942年留在一二零师战斗剧社工作的鲁艺学员莫耶在《西北文艺》上发表小说《丽萍的烦恼》，写小资产阶级的女性与革命干部婚姻的矛盾。小说描写一个小资产阶级知识女性丽萍为了逃避封建家庭的包办婚姻而来到延安投身革命，但是她却无法摆脱小资产阶级的性格弱点，她高傲自大，虚荣心强，性格浮躁且嫉妒心强，受不了艰苦的生活。因而在X长的强势追求下答应结婚，成为回到窑洞的娜拉。然而婚后小资产阶级与工农兵之间的矛盾逐渐显露出来，工作不顺心，与X长志趣、性情的不符以及交友的限制，使丽萍在物质丰满的生活中，出现精神的贫瘠，从而陷入烦恼、忧郁之中。

小说描写X长因为自己有很长的革命历史而感到光荣，更因“老婆是个洋学堂出来的‘知识分子’，比起别人的土包子，当然也光荣的多”，X长与丽萍结合更多是丽萍身上的“洋气”给他带来的光荣。他们之间“有些生活习惯和不来，话也不容易谈到一起”，[2] 这是让丽萍常常感到烦恼的地方。小说中从对白沙和她爱人的描写看出丽萍在与X结婚后的情志不合：白沙“跟谁都很亲切，连对她那个在延安结婚的，一同到教育股工作的爱人，也是平常的像普通朋友，两人各有各的男女朋友，也都互相爱护对方的朋友，他们之间真挚的感情常常刺激着丽萍，引起她的嫉妒和羡慕。”他们在谈论问题的时候“白沙响亮的嗓子和轻松的笑声直刺激着她，一种妒嫉的心理烧得她浑身热辣辣地想冒火”。[3] 从丽萍对白沙与她爱人之间情感的嫉妒看出，丽萍与X长在婚后生活情感交流的匮乏。文章结尾道出丽萍烦恼的根源：“X长是个脾气暴躁的人”，“对于自己的老婆，他熟悉的方式也只有一种，那就是从小在家庭中看到的父亲对母亲奴役的权利及母亲对父亲服从的义务”，“他认为妻子服从丈夫也是一种天职，于是现在对丽萍也要拿出丈夫的威力”。[4] X长身上封建的婚姻思维与丽萍的小资产阶级之间产生巨大的隔阂，而导致丽萍的烦恼。延安的这些女性问题都未在《妇女之路》上有所体现。

《妇女之路》对女性形象的建构吸纳了延安对女性体格的要求与规训，延

---

① 丁玲：《延安文艺座谈会前前后后》，戴淑娟编：《文艺启示录》，北京：中国戏剧出版社，1992年，第26—27页。

② 莫耶：《丽萍的烦恼》，《生活的波澜》，西安：陕西人民出版社，1984年，第83页。

③ 同上，第90页。

④ 同上，第101页。

安革命圣地以战斗和劳动为中心，所以对女性的要求是对弱不禁风、娇羞答答的古典美，转为体格雄强、英姿飒爽的无产阶级战士美。所以《妇女之路》对女性形象的建构吸纳延安女性观对雄强女性的推崇。《妇女之路》在对延安女性进行观照与展现时，大都从法律、政策上等政党制定的硬性措施上予以关注，因而在《妇女之路》上呈现出优越于国统区的女性关怀。

第四节 重庆《中央日报》和《新华日报》副刊女性形象比较分析

《新华日报·妇女之路》与《中央日报·妇女新运》同时刊发于国统区重庆，联系《中央日报·妇女新运》展示同一地域环境下不同党派的妇女观。也展现出国统区文学与延安文学中的女性形象的差异描绘。国共在第一次合作之时出现共同的妇女观念，然而大革命结束后，国共在妇女观念上产生分歧，各自具有侧重点，这种分歧一直延续到抗战前。在抗日战争的历史背景下，国共妇女政策出现短暂的契合，然而，随着《中央日报·妇女新运》的衰落和《妇女·儿童·家庭》专栏的设置，体现国民政府对以往妇女观的回归。

1924 年国民党改组后，中央委员会设置妇女部，国民党的妇女工作自此展开。何香凝在 1926 年 1 月 8 日的国民党第二次全国代表大会作《中央妇女部妇女运动报告》认为，在帝国主义和军阀混战的社会环境下，“国民革命还要妇女参加，始能说是完成”①。从这篇报告中可以看出国民党开始将妇女视作一种革命的力量，并欲加以掌控。在国民党的此种妇女政策宣传中，把妇女解放与国民革命的胜利联系起来，强调国民革命才是妇女解放的首要出路。此时期由“五四”唤醒并冲出家门的女性知识分子大多茫然，她们开始沉陷在冲出家门的泥淖里，她们发现走出家门获得自由仍旧让她们感到迷茫与烦恼。而恰逢此时，国民党的妇女政策，把这一群迷惘的知识女性纳入国民革命的洪流之中，给予“出走的娜拉”们一个灵魂寄托的港湾，她们在此可以找到自我的人生价值。知识女性与革命政党之间形成一种互相需要的模式，政权急需对妇女力量进行掌控，而这些迷惘的女性恰好需要精神的依归。这种一拍即合的需要

---

① 何香凝：《中央妇女部妇女运动报告》，中国妇女管理干部学院汇编：《中国妇女运动文献资料汇编（1918—1949）》，北京：中国妇女出版社，1987 年，第 128 页。

模式使彷徨的知识女性加入到轰轰烈烈的国民革命之中。这时期女性要获得解放，从军似乎是唯一选择。谢冰莹报考军校与她的成名作《从军日记》的发表，有效地阐释了这一切。《从军日记》发表于《中央日报》孙伏园主编的副刊，《从军日记》的发表看出国民政府对革命主体女性形象的赞同与欣赏。

但是在为妇女工作宣传所创办的妇女刊物上，则显现出另一种妇女形象的偏好。《妇女周报》是《民国日报》[①] 的副刊，创刊于1923年8月22日。《妇女周报》是国共共同编辑的刊物，编者来自中共、妇女问题研究会以及《妇女评论》《现代妇女》原来的编者。据1924年6月24日《中国共产党妇女部关于中国妇女运动的报告（节选）》中《中国关于妇女运动刊物一览表》记载：《妇女周报》的宗旨是"提倡女子自觉，肃清两性旧污，策进男女道德，建设男女幸福。"[②] 大部分学者对《妇女周报》的评论大多倾向于主编向警予的文章，认为此副刊的主要内容是积极的妇女革命和女权运动，当然不可否认这一方面，但是他们却忽略了此时期国民党的偏向。这时期除了向警予的文章之外，其他大部分妇女问题研究会发表的文章都偏向女性的恋爱、婚姻、家庭、母性等等具有女性性别特征的文章。正如《妇女周报》的宗旨是"提倡女子自觉，肃清两性旧污，策进男女道德，建设男女幸福"，主要偏向两性的角度，而并不仅仅宣扬女子的革命。1925年由于《民国日报》"右倾"，向警予离开后，《妇女周报》更是延续了《民国日报》原来妇女刊物《妇女评论》时期的风格，加剧了对女性性别的专注。

从这份国共同编辑的副刊来看，并立出现两种不同女性倾向。妇女问题研究会由沈雁冰、周作人、周建人、胡愈之、章锡琛于上海1922年7月成立，该会针对妇女问题进行研究。该会的理论主张大多是外国女性主义，他们提出的"恋爱自由与新的性道德"[③] 在当时影响强烈。除向警予之外的编者，她们所呈现出的是与革命政党形象差异的女性性别主体。而这一倾向直接受到国民党的青睐，国民党对女性性别形象的建塑，直接影响到20年代部分作家文学创作中女性形象的书写。这时期茅盾作品中呈现出大胆的女性身体描写，如《蚀》中对孙舞阳、章秋柳体态曲线的描写，并在体态描写中突出乳房。由此

---

① 《民国日报》创刊于1916年1月22日的上海，1932年1月停刊，以讨伐袁世凯为主旨，是国民党在上海的机关报。筹办人陈其美，总编辑叶楚伧，副刊编辑邵力子。1924年2月中国国民党第一次全国代表大会后，该报成为国民党中央机关报。

② 《中国共产党妇女部关于中国妇女运动的报告（节选）》：中国妇女管理干部学院汇编《中国妇女运动文献资料汇编（1918—1949）》，第88—90页。

③ 林丹娅：《大革命时期的女性形象与文学创作》，《厦门大学学报》2013年第6期。

而言，茅盾作品中的性感的女性描写，或多或少受到《妇女评论》与《妇女周报》的影响，也可以看出茅盾对此刊物主题的思考。

直至大革命结束后，国民党“右翼”占据主要领导位置，因而“革命主体的女性形象在其舆论宣传中逐渐被淡化，而性别主体的女性形象则在渐次加强”①。然而与此相反，共产党注重女性的革命妇女形象，而轻视女性性别主体部分。国民政府在对女性形象建塑时，特别重视性别主体的女性形象，而这一女性形象一直被重视，直至延续到国民党训政时期。

1934 年 2 月蒋介石在南昌发起新生活运动，欲复兴中国传统道德文化和礼义廉耻。为动员妇女运动，于 1936 年 2 月 10 日设置新生活运动促进总会妇女指导委员会，简称“妇指会”，宋美龄任指导长。抗战全面爆发后，1938 年 5 月宋美龄在庐山召开妇女工作谈话会，邀请全国知名女性和妇女领导者讨论如何动员全国妇女积极参加抗战，并决定将隶属于国民党政府的新生活运动促进总会妇女指导委员会改组并扩大为全国性妇女组织。“妇指会”改组后设有总务组、训练组、文化事业组、儿童保育组、生产事业组、生活指导组、慰劳组、乡村服务组、联络委员组、战地服务组十个组。为了提高妇女的文化水平和宣传妇女工作，“妇指会”由文化事业组出版会刊《妇女新运》杂志，其创刊于 1938 年 12 月 20 日，1948 年 10 月停刊。会刊《妇女新运》的内容兼具抗战时期妇女活动的各个方面，涉及女子教育、职业、参政、工厂服务、战地服务等问题。

而《中央日报·妇女新运》则是附属于《中央日报》的妇女刊物，创刊于 1939 年 1 月 14 日，终刊于 1944 年 12 月 3 日，共出版 236 期。《中央日报·妇女新运》在创刊第一期《编者的话》中写道：“新运总会妇女指导委员会，于去年年底出了一本会报性质的《妇女新运》，现在为了希望更迅速更广泛地大家来商讨抗战建国时期妇女工作，报道各方面的妇女消息与工作经验，记载各地的妇女实生活的状况，以及推进妇女界的新生活起见，特别在中央日报的一角开了一个《妇女新运》周刊，希望全国妇女同胞大家来注意他。同时希望大家投稿，关于妇女新运工作之论。”② 从这段《编者的话》中可以看出《中央日报·妇女新运》与《妇女新运》杂志的功能和性质一样，但是为什么要在《中央日报》的副刊上单独出版《妇女新运》？《编者的话》中的理由是：“现在为了希望更迅速更广泛地大家来商讨抗战建国时期妇女工作，报道各方

---

① 林丹娅：《大革命时期的女性形象与文学创作》，《厦门大学学报》2013 年第 6 期。
② 《编者的话》，《中央日报·妇女新运》1939 年 1 月 15 日。

面的妇女消息与工作经验，记载各地的妇女实生活的状况，以及推进妇女界的新生活起见”，但是《妇女新运》杂志也具备这方面的功能，“妇指会”是全国性的妇女团体，成员包括全国各界的妇女工作者，传播性应比《中央日报》更加迅速和广泛。再者，诚如《编者的话》中所言只是为了加大对妇女工作的宣传而创办《中央日报·妇女新运》，则完全没必要浪费资源编排一份性质功能一致的刊物。所以，《中央日报·妇女新运》是国民党单独发表自我妇女言论的刊物。

早在庐山妇女工作会谈中宋美龄为了打消各个妇女界的顾虑，说新运总会妇女指导委员会不具任何政治色彩和党派作用，以此来团结全国妇女界。然而在国共暗中角逐的政治环境下，国民党不可能放弃或者说忽视对妇女力量的掌控。在编辑《妇女新运》杂志时，宋美龄因意见不合而常与文化事业组组长沈兹九争执。据郑还因回忆，有一期的《妇女新运》月刊中，“有一篇来稿中竟有谩骂共产党制造摩擦的字句，沈大姐一笔把它勾掉了”，在文章出版后遭到来自国民党方面的兴师问罪，然而沈兹九淡定地说：“这是会刊。我们遵循的是抗日统一战线的原则，对违反这个原则的，我们有编辑权，可以删掉。”①沈兹九的浩然正气说得宋美龄哑口无言。所以，正因国民党不能完全控制《妇女新运》杂志，因而只有在国民党的机关党报上创办《中央日报·妇女新运》，以便自由地发表言论。

《中央日报·妇女新运》在创刊之初发表一些进步性文章，如沈兹九的《妇女的精神总动员》②，夏英喆的《辛亥革命和妇女》③ 等。但是在这之后以家庭本位的文章逐渐占据大量篇幅。国民党对女性性别个体的偏爱仍旧延续下来，并直接影响《中央日报·妇女新运》。

国民政府对于教育尤其关注，但是这种对教育的关注是从生物性的繁衍审视，因而国民政府对于女子教育则是培养健全的母性。健全母性的女子才能优生强种，在此国民政府提出“母性主义”的教育观念。④“母性主义”即是从国民党对女性性别偏好衍生而来。《中央日报·妇女新运》在 1941 年 8 月 11 日《本会征文启事》中写道：“本刊定于最近期内，把新生活妇女的动向和真

① 郑还因：《沈大姐在妇指会》，董边编《女界文化战士沈兹九》，北京：中国妇女出版社，1991 年，第 84 页。

② 沈兹九：《妇女的精神总动员》，《中央日报·妇女新运》1939 年 4 月 12 日。

③ 夏英喆：《辛亥革命和妇女》，《中央日报·妇女新运》1939 年 10 月 10 日。

④ 参见万琼华：《在国权与女权之间：近代中国关于女子教育宗旨的四次争论》，《现代大学教育》2010 年第 3 期，第 75—80 页。

铨，作详细的讨论。略拟了十个题目，各界人士，对于这些问题，若感兴趣，请惠鸿文。”题目是：“一、论良母（女子是人类的天然教师）（括号为作者添加，以便更好地阅读）；二、论贤妻（女子是男人的佳偶）；三、论爱人（女子是男子的理想）；四、论金兰谱（女子当重视同性友谊）；五、论职业妇女（女子是社会的忠仆）；六、论女战士（女子是奋斗线上的精兵）；七、论女学士（女子是思想的向导）；八、论妇德（女子是“善”的证人）；九、论女性美（女子是“美”的代表）；十、论女子的爱（女子是“爱”的维护者）。”① 从这篇征文启事可以看出《中央日报·妇女新运》所谓的“新生活妇女的动向和真铨”就是包括在这十个题目之内。观之，除了第六论女战士具有妇女运动和妇女革命的进步意义外，其他九个题目全部偏向女性性别形象特征与“母性主义”。换言之，国民党所谓的新生活的妇女就是突出女性性别特征的妇女与具有健全母性的妇女。

国民党妇女干部李曼瑰②在副刊上发表《论良母》《谈妇德》等文章积极响应征文。《论良母——女子是人类的天然教师》与征文启事刊登在同一期，文章开篇写道，“社会上男女尽管不平等，男子的地位尽管高，女子的地位尽管低，但女子永远是个母亲”，依据作者的口吻似乎默认女子地位的低下而并不作抗争之势，女子作为母亲就能够弥补男女不平等的缺憾。在文章中李曼瑰强调女子应该受到良好的教育，但是作者笔锋遂转，女子为什么要受到教育？则是为了能更好地作良母。“我们要确定女子教育的目的。若是说女子教育在求和男子抢风头，争地位，则做‘良母’是永远吃亏的”，所以应该把女子教育看得深远，就是“期望这些天然教师能够领导人类走向幸福的将来”。然而“幸福的将来”是什么呢？作者说“男子尽管作大总统，作大元帅。但是这些大总统大元帅谁教出来的呢？是女子。”所以女子只要看见自己教的孩子不违背自己的教诲，“她便满足，便快慰”，“至若握拳捋臂去和男子争权夺利，未免失掉教师的尊严，贻笑大方。”③ 诸如此类的文章有瑛《新妇女对于职业与家庭的态度》④ 等。副刊中经常刊载关于妇女如何管理好家庭的建议和意见，

① 《本会征文启事》，《中央日报·妇女新运》，1941 年 8 月 11 日。

② 李曼瑰，国民党妇女干部，1930 年毕业于燕京大学国文学系，1934 年赴美国密歇根大学主修戏剧。1940 年回国后任教于金陵女子文理学院，1942 年 7 月 30 日，任新运妇指会文化事业组组长一职。

③ 李曼瑰：《论良母——女子是人类的天然教师》，《中央日报·妇女新运》1941 年 8 月 11 日。

④ 瑛：《新妇女对于职业与家庭的态度》，《中央日报·妇女新运》1941 年 2 月 3 日。

如《常识三点——献给家庭妇女》[①]，勉于的《家庭妇女的生产事业》[②]，于的《废物怎样利用》[③]。从这些大量关于家庭建设的文章来看，《中央日报·妇女新运》的女性观念更多是提倡妇女在家庭中作良母。

国民党的“母性主义”的教育观也影响了《中央日报·妇女新运》对文学作品的选择，也影响了一些作家的文学创作。

在《中央日报·妇女新运》中连续三期刊载小说《母亲》。故事以抗战为背景，讲述一个年轻的母亲带着三个幼小的孩子从汉口坐船去洞庭湖避难。文本极力渲染年轻母亲的苦难，丈夫远戍北方，自己孤苦无依，每天在躲避敌机和期盼征夫中抚养孩子，敌军逼近苦于无奈逃难他乡，奋力地挤进拥挤嘈杂的小船。到了一个小渡口休息时，敌机轰炸着渡口，等到飞机飞走后，她的三个孩子全部都躺在血肉模糊的死尸中。然而在死尸中突然爬出来一个孩子哇哇大哭喊“妈妈！抱我”，“年轻的母亲神经受到一个有力的刺激，借着初升的月光，她看着血腥中站起来的孩子，像是把自己从死亡里面抬起来了一样！‘我不能死！我不能死！’我应该把这一片爱自己孩子的心来爱千万失去母亲的孩子，培养他长大”，年亲的母亲“回转身踏过一堆堆的尸首，抱着她一切希望的寄托者，走上码头的石阶”。[④]

小说最主要表现的并不是在抗战时期女性的苦难和悲惨，而是强调这个年轻母亲伟大的母性，文本中一切苦难的渲染都是为了突出这个年轻母亲的高尚品质。小说叙述中讲到三个孩子很聪明，他们的聪慧和天资是“靠着母亲的苦心，受到很好的家庭教育”，“孩子的好坏完全决定在做母亲的身上，她苦心教养三个孩子，在他们小小心田中萌生勇敢尚武的苗，这在年轻母亲的苦闷生活中是至大的慰藉”。[⑤] 整个文本着重突出女性母性的光辉，对年轻母亲来说“最大的慰藉”不是展现自我的价值与魅力，而是教养出优秀的儿女，这也是国民党表现“母性主义”思想文学的标准范本。

社会生活中提倡妇女解放反映到文学中来则是妇女文学的提出，千百年来妇女在社会中的掩埋以致在文学上遭到失声，妇女的文学活动对处于正统男性中心的文学来说实则是一种附庸与点缀，并未形成名正言顺的主流。五四时期

---

① 《常识三点——献给家庭妇女》，《中央日报·妇女新运》1941年10月13日。

② 勉于：《家庭妇女的生产事业》，《中央日报·妇女新运》1941年11月3日。

③ 于：《废物怎样利用》，《中央日报·妇女新运》1942年3月16日。

④ 孟家庆：《母亲》，《中央日报·妇女新运》1939年3月26日。

⑤ 同上。

虽然许多女性知识分子开始自我言说与言说自我试图进入男性的场域，对于整个社会女性来说毕竟是凤毛麟角。因而抗战文化背景与妇女解放的潮流中，亦有进步知识分子提出在新的社会背景下妇女的自我言说与言说自我。国民党对于女子文化教育的重视，更提倡妇女在文学领域上的进步。

《中央日报·妇女新运》发表金启华的《我亦谈谈“妇女文学”》，文章中赞同当时提出的“妇女文学”的口号，并认为妇女文学是妇女运动中的一部分，是不能轻视的。文中对妇女文学作定义为：“妇女文学我们可以分为两方面来说，就是写妇女的文学和妇女写的文学。”① 这篇文章并不是站在整个文学历史中论妇女的文学创作，而是以抗战作为出发点来谈论当时妇女文学的创作。文章写道在抗日战争中在血的斗争中，最遭受敌人蹂躏与践踏的人是广大的妇女，在战区里在后方都有妇女的悲楚，这些都是血与泪的史诗。文章还指出抗战中的女性具备成为伟大文学素材的条件，在抗战中妇女们从戎、劝征，不屈不挠的奋斗、坚毅斗争中表现的“奔放热烈的情感”，都可以创作出伟大的妇女文学。然而“我们看到的描写妇女文学太少了”，所以提出“妇女文学”的口号是为了“促起一般作家的注意，提醒他们有所取材，来写妇女文学”。② 作者从支持妇女文学的创作，进而延伸至呼吁社会来关注抗战中的女性。

作者对妇女文学有很高的期待，他说“在文学的园地里，固然伟大的文学不一定全是妇女文学，但妇女文学亦不失其为部分的伟大文学的”。他进一步认为妇女文学应该妇女自己来写，大胆而真实地写出自我这比谁写都要深刻，“妇女文学是应当由妇女自己写起，从妇女的本位写起”。③ 冰心最初于1934年发表在《北平晨报》副刊《妇女青年》上的《今日中国女作家的地位》一文中说道，女作家在中国的地位很高，然而这种地位高的原因是因为“物以稀为贵”，所以当时有很多男作家为了出名而冒充女士，但是男士和女士在心理和情感及至写作都有不同，“因此女子应该写自己的东西，社会上很需要非女子写不出的作品”④。《妇女新运》的观点与冰心的观点如出一辙，在不同的时代语境下妇女的话语权依旧是亟须争取的。金启华在文章最后大胆地期待，希

① 金启华：《我亦谈谈“妇女文学”》，《中央日报·妇女新运》1939年11月13日。

② 同上。

③ 同上。

④ 冰心：《今日中国女作家的地位》，卓如编：《冰心全集》第2册，福州：海峡文艺出版社，2012年，第371页。

望妇女文学“写出含蓄流利生动雄浑的文学，把妇女文学加入到胜利伟大的文学里面，我们更希望文学妇女活跃在中国的文坛，在世界的文坛，放出文学的异彩来”。①

这篇文章虽然是谈妇女文学的创作，但是这是具有妇女解放时代的进步意义。千百年来女性在文坛上的失声，可以视为在社会中对话语权的丧失，再者在抗战宏大时代语境下女性诉求往往被淹没，主流的文学话语往往是国家、民族。所以提出妇女文学，提倡妇女对话语权的掌控，大胆言说自我从而跻身“胜利伟大”的主流文学之中，这也是一种妇女革命的进步，更是对被淹没与争夺话语权的抗争。

《中央日报》代表国民党的官方态度，所以可以看出国民党对妇女文学与文化教育的重视。国民党妇女工作者在对妇女力量的筛选中，“持有较强的精英意识”，在何香凝的心目中“知识女性是妇女革命与妇女工作的领导者”②。所以国民党政府比较重视妇女的知识文化水平。党国第一夫人宋美龄在 1940 年 3 月 8 日以个人名誉举行“蒋夫人文学奖金”，《中央日报》新闻版刊登“渝市纪念‘三八’妇女节蒋夫人特举办文学奖金奖励妇女写作选拔新近作家”③。在副刊《妇女新运》刊登《蒋夫人文学奖金简则》，“以奖励妇女写作及选拔新近妇女作家为宗旨”。关于文章的要求分为甲乙两种，甲种文为论文，要求是“凡关于妇女问题，妇女工作，妇女修养，妇女运动等研究著述”；乙种文为文艺创作，包括“（小说，短剧等）以在抗战中的妇女生活，妇女活动为中心题材”。对征文者亦有要求，“作者资格：限于三十岁以内之女性，未曾出版单行本著作者”。简则中还规定录取名额及奖励，“甲乙两种各取第一名一名，每名奖励五百元，第二名各取二名，每名奖励二百五十元。第三名各取三名，每名奖励一百二十元。第四名各四名，每名奖励六十元。”④ 以上从作者资格与文章要求看出，征文活动与金启华《我亦谈谈“妇女文学”》中对抗战时期妇女文学的提倡相契合。

蒋夫人文学奖金征文在当时引起强烈的轰动，许多青年知识女性纷纷响应。据宋美龄秘书钱用和女士回忆，“当时应征者有五百五十二人，实收到征

---

① 金启华：《我亦谈谈“妇女文学”》，《中央日报·妇女新运》1939 年 11 月 13 日。

② 林丹娅：《大革命时期的女性形象与文学创作》，《厦门大学学报》2013 年第 6 期。

③ 《渝市纪念“三八”妇女节蒋夫人特举办文学奖金奖励妇女写作选拔新近作家》，《中央日报》1940 年 3 月 8 日。

④ 《蒋夫人文学奖金简则》，《中央日报·妇女新运》1940 年 3 月 8 日。

文稿件三百六十份，其中甲种论文一百四十六名，乙种文艺二百四十名”，评委由宋美龄亲自聘请都是重量级人物，“论文请吴贻芳，陈衡哲，陈布雷，罗家伦先生与我（钱用和），文艺请郭沫若，杨振声，朱光潜，苏雪林，谢冰心诸位评阅”。[①] 评阅结果公布于1941年7月3日《中央日报》第三版的《蒋夫人奖学金得奖者昨日揭晓》，获奖者共十九名。

国民党重金举办的征文大赛，是否起到提拔新近作家的作用，征文稿卷中作品如何？不同评委对于文卷的看法不同，苏雪林给予很高的评价，苏雪林给冰心的信件中提到，所阅征文稿卷中尽有佳作，思想、题材、结构、技巧都趋于完美，“可见新文学前途自有希望……”[②] 但是冰心作为“妇指会”文化事业组组长全权负责此次活动，对于文卷大胆提出许多缺点。距征文活动一年以后，《中央日报·妇女新运》发表《由评阅蒋夫人文学奖金应征文卷谈到写作练习》一文，这篇文章由冰心口述，宋文记录。冰心在此主要谈论文艺卷的情况，她说“大概说来不好的较多，好的较少”，好的方面冰心总结有两点。“第一作者写她们自己亲切的生活环境。第二作者描写其本地风光，如蒙古、平津等地的风光，这一点是近代欧美小说最注意的一点。”对于坏的方面冰心认为有三点，“一是不会运用标点符号”，“二是别字太多”，“三是技术之劣，这是普通一般初学写作者的共同缺点”。“技术之劣”冰心分为三点来讲，首先题材方面过于偏重英雄主义；其次“作者只描写大时代中的大事——如战场，间谍，毒杀敌方军官等，像这样冒险写非本身经验以内的事，完全凭一种想像（象），……不但不能感动人而且适得其反”；再次是“缺少剪裁——文章的剪裁，是艺术中最重要的”，“很多作者都不善于剪裁，以致事实杂乱，人物太多”。[③] 对于这些缺陷冰心给出的意见是，要填充情感上的经验，学习用字与譬喻，多阅读前辈作家的作品，与不同行业的人多交流，以及多行山看水收集丰富的素材。

宋美龄举办的征文活动，虽然不至于给中国文坛造就大量的青年女作家，但是在抗战激烈时期而提出“妇女文学”培养青年女作家，提倡妇女自己写自己。在国家、民族话语之下提倡女性话语，单就此种行为本身对女性已经具有重大意义。

抗日战争如火如荼地斗争时，冰心应宋美龄之邀，由昆明来到战时陪都重

---

① 钱用和：《钱用和回忆录》，北京：东方出版社，2011年，第44页。

② 冰心：《评阅述感》，《冰心全集》第2册，第597页。

③ 同上。

庆，于1940年12月至1942年3月任“妇指会”文化事业组组长一职。重庆的生存体验与任“妇指会”文化事业组长，无不对冰心的文学创作产生影响，而冰心也以自己对“妇指会”特有的理解来指导《妇女新运》的编辑。《中央日报·妇女新运》由魏郁主编，但是据魏郁所说《中央日报·妇女新运》的文章都要经过宋美龄过目方可刊登，由此说明了宋美龄另一编者身份对《中央日报·妇女新运》上的文章加以筛选。因此也体现《中央日报·妇女新运》与“妇指会”其他杂志的区别所在。

这时期冰心的文章不断地刊登在《中央日报·妇女新运》，《鸽子》发表于1941年1月6日。这是一首描写重庆大轰炸时，母亲与两个孩子对话的诗作。

砰 砰 砰，三声土炮；\ 今日阳光好，这又是警报！ \ 我忙把怀里的小娃娃交给了他，\ 城头树下好藏遮，\ 两个孩子睡着了，\ 我还看守着家。\ 伏着沉重的心上了小楼，\ 轻轻地倚在窗口；\ 群鹰在天上飞旋，人们往山中奔走。\ 这声音惊散了栖息的禽鸟，\ 惊散了歌唱的秋收。\ 轰 轰 轰，几声巨响，\ 纸窗在叫，土墙在动，屋顶在摇摇的晃。\ 一翻身我跑进屋里，两个仓皇的小脸从枕上抬起：\ “娘，你听什么响?” \ “别嚷，莫惊慌，你们耳朵病聋了，这是猎枪。” \ “娘，你的头上怎么有这些土? \ 你的脸色比吃药还苦?” \ 我还来不及应声，\ 一阵沉重的机枪声，\ 又压进了我的耳鼓。\ “娘，这又是什么?” \ “你莫作声，这是一阵带响的鸽子，\ 让我来听听。” \ 檐影下抬头，整齐的一阵铁鸟，\ 正经过我的小楼。\ 傲慢的走，欢乐的追。\ 一霎时就消失在，天末银色的云堆，\ 咬紧了牙齿我回到屋中，\ 相迎的小脸笑得飞红，“娘，你看见了那群鸽子? 有几个带着响弓?” \ 巨大的眼泪忽然滚到我的脸上，\ 乖乖，我的孩子，\ 我看见了五十四只鸽子，\ 可惜我没有枪!”①

诗作并没有正面描写大轰炸血腥、悲惨的场面，而是通过躲避轰炸时母亲与孩子的对话体现出大轰炸给儿童与妇女带来的苦难。冰心通过孩子的眼光把敌机比喻成象征和平的鸽子，通过孩子与母亲的对话可以看出冰心对孩子的教育所持的态度，她不愿让如此残酷、非人道的事实玷污孩子纯洁的心灵，过早污染孩子天真烂漫的童话世界。所以当孩子一次又一次问母亲，那响声是什么的时候，母亲告诉孩子的是代表和平的鸽子。当“咬紧了牙齿我回到屋中”时，面对的是孩子“笑得飞红”的小脸，并天真地问母亲看见鸽子了吗? 在孩

---

① 冰心:《鸽子》,《中央日报·妇女新运》1941年1月6日。

子纯洁的问话中，我的悲愤之情上升到极致。这首诗中，作者除了表达敌人的惨无人道与妇女儿童的悲苦之外，更重要体现出一个母亲对幼小孩子的教育，并赞扬了母亲“善意谎言”的教育意义。这即体现了国民党对健全母性的推崇。

然而与《鸽子》意义相似的是冰心发表于1942年4月6日《中央日报·妇女新运》的《我的童年》，这篇文章开头告知读者冰心写作这篇文章的缘由，“我的童年生活，在许多零碎的文字里，不自觉的已经描写了许多，当曼瑰对于我提出这个题目的时候，我还觉得有兴味，而欣然执笔”①。这篇文章并不是冰心自我主观意识要写作，而是受李曼瑰之邀约文稿。换句话说，李曼瑰是站在符合副刊意义的角度上而拟定题目。文章描述作者童年与父亲在海军军队中的生活，十一岁后回到故乡福州之后，“我才渐渐的从父亲身边走到母亲的怀里，而开始我的少女时期。”接着作者讲述自己童年印象对自我性格和生活态度的影响，文章末尾作者说道：“说道童年，我常常感谢我的好父母，他们养成我一种恬淡，‘反乎自然’的习惯，他们给我一个快乐清洁的环境。……我尊敬生命，宝爱生命”，“我们的人生观，都是环境形成的。”“我不但常常感念我父母，我也常常警惕我们应当怎样做父母。”② 对于《中央日报·妇女新运》来说文章的末尾才是中心，国民党推行的“母性主义”与健全的良母，似乎都没有发表冰心的文章有影响力。《中央日报·妇女新运》并不是想了解冰心的童年对其创作的影响，而是借冰心父母教育成功的典范来推行其女性观。

回到1942年4月6日的《中央日报·妇女新运》，这期的副刊除了冰心的《我的童年》之外还刊登了《高尔基对于儿童教养的意见》。文章中写高尔基对孩子教育主张“爱的教育”，“要告诉幼小的孩子说：‘要学习爱太阳——一切快乐与力量的源泉，要像太阳对万物一视同仁一样的（地）善良一样的（地）欢悦。’”③ 高尔基希望能够创办一种关于儿童的杂志，并倡导社会中除了教师以外的更多人都能加入对儿童的教育中来，因为儿童是“人们的将来”。这一期的《中央日报·妇女新运》是以儿童教育为话题。在《中央日报·妇女新运》上刊登关于儿童教育的文章，实质上是“母性主义”推行中的一部分。

冰心另外一篇文章《为职业妇女请命》发表于1941年2月24日《中央日

---

① 冰心：《我的童年》，《中央日报·妇女新运》1942年4月6日。

② 同上。

③ 禹镜：《高尔基对于儿童教养的意见》，《中央日报·妇女新运》1942年4月6日。

报·妇女新运》，这篇文章应该算是冰心的轶文，在卓如编的《冰心全集》（海峡文艺出版社 2012 年版）中并没有收录这篇文章，而在关于冰心的许多论文集中也没有有关这篇文章的研究。这篇文章署名冰心，从标题来看是冰心为职业妇女说话。冰心 1940 年来到重庆后，当时社会中“妇女回家”的口号异常强烈，引起社会强烈的争论。《大公报》《新华日报》《中央日报》《战国策》纷纷发表言论，沈从文、尹及、聂绀弩等作家著文加入激烈的论争之中。（关于“妇女回家”论，第一章第二节已有论述，在此不再赘述）冰心任“妇指会”的文化事业组长一职，面对社会中如此强劲的声音，她不可能没有看法。文章中冰心分析了社会中女职员被辞退的原因，“任期不长，效率低劣，这是很可能的弱点”，但是冰心认为这些弱点是可以克服的，并分析为什么这些弱点在女职员身上容易发生。因为结婚之后的女性有“家务之劳，儿女之累”，“倘若家务棘手，儿女生病，她坐在办公室里，就不免要头疼脑昏，神思恍惚”。面对妇女职业上的阻碍，冰心解决的办法是“安居乐业”。游历欧美的冰心看到美国对工人的福利，希望中国效仿。她认为“一个工作人员在衣食住行方面能以舒适，生活能以安定，那么，工作效率就能无限度的提高。”她希望各公私机关有“合于卫生条件”的员工宿舍、食堂、浴室、图书馆、会客室等等。最好还有个会场“可以开会、演剧、看电影、听演讲”，在近郊能有收容职业女性的托儿所。① 冰心提出的“安居乐业”的解决办法固然是好，但是在抗战面临敌机的轰炸与物资困难时期，这种想法近乎痴人说梦，还是难以实现。

冰心的这篇文章主要讨论怎样为妇女争取职业，她鼓励支持妇女走出家庭为抗战建国工作。在她的《悼沈骊英女士》一文中，冰心认为沈骊英是个极不平凡的女子，然而她的不平凡之处也正是冰心欣赏的地方，“女科学家中国还有，但像她那样肯以‘助夫之事业成功为第一，教养子女成人为第二，自己事业之成功为第三’的，我还没有听见过”。② 所以在职业和家庭之间，冰心所希望的如沈骊英女士一样，家庭事业两全。但是她的重心仍旧从“家”这个角度出发，以家庭为本位。

冰心在抗战时期的创作必然受到“妇指会”以及《中央日报·妇女新运》的影响，虽然在抗战之前冰心的作品涉及“儿童”与“爱”的关注，偏重中国传统女性角色定位。所以有的研究者认为这是前期创作在抗战时期的延伸，

---

① 冰心：《为职业妇女请命》，《中央日报·妇女新运》1941 年 2 月 24 日。

② 冰心：《悼沈骊英女士》，《冰心全集》第 2 册，第 605 页。

但是细读作品则会发现，此时期的“母爱”更加契合国民政府推行的“母性主义”。冰心在重庆时期重要的作品首推《关于女人》系列，《关于女人》是冰心以笔名“男士”而写的关于十四个女人的故事。“冰心之所以在此时撰写《关于女人》的系列文章，其原因正是因为加入新运妇指会。”① 冰心在《〈关于女人〉后记》中写道，“世界上若没有女人，这世界至少要失去十分之五的‘真’、十分之六的‘善’、十分之七的‘美’”。② 这与《中央日报·妇女新运》的征文题目相契合——“八、论妇德（女子是“善”的证人）；九、论女性美（女子是“美”的代表）。”③ 正是由于《中央日报·妇女新运》的征文而引发冰心对女子在家庭、社会角色以及抗战时期女子生存状态的思索。然而这一思索一直延续到抗战结束后，冰心在日本写了大量关于日本妇女的文章，对日本妇女生存现状的思考、探索与呼吁，对此有所启示的则是受战时《中央日报·妇女新运》与“妇指会”妇女观的影响。

抗战进入白热化时期，重庆各大报刊虽然办报风格迥异，报纸的政治取向明显的不同，但是争取抗战胜利是所有报刊的主导方向，因而《中央日报·妇女新运》与《新华日报·妇女之路》为抗战而合，出现短暂的相互配合。大革命时期之后中共与国民党的妇女政策逐渐出现分歧，中共以向警予理论为主逐渐偏重革命妇女形象，而国民党以家庭本位为主偏重妇女的性别主体。但是进入抗战时期，在国民党的机关党报《中央日报》的妇女刊物《妇女新运》上，革命妇女形象逐渐渗入其中，成为抗战时期国民政府重要的妇女政策。

在抗战深重的民族矛盾之下，《中央日报·妇女新运》创刊初期刊发一些进步、积极的妇女言论，以此获得更多妇女力量支持抗战。此时期以家庭为本位的妇女政策已经不符合抗战的时代需求。钱用和女士发表了《中国妇女的新生命》，文中认为“国家兴亡、匹夫有责”这句话用在今天时代则有些狭窄了，“把妇女在民族的地位，社会的立场，完全埋没了”。抗战之后妇女“参加游击战，为战地服务，为伤病服务，征募巨款，赶制寒衣，慰劳将士伤兵，救济难童，……妇女踏上新生命的大道”。④ 在这篇文章中钱用和认为以前妇女在社会的地位被埋没，而今在抗战中女子尽到自我力量参加抗战，所以以后

① 熊飞宇：《试论冰心与新运妇指会的关系》，《中国现代文学研究丛刊》2013 年第 4 期。

② 冰心《〈关于女人〉后记》，《冰心全集》第 2 册，第 590 页。

③ 《本会征文启事》，《中央日报·妇女新运》1941 年 8 月 11 日。

④ 钱用和：《中国妇女的新生命》，《中央日报·妇女新运》1939 年 2 月 12 日。

的作者不能再说“国家兴亡，匹夫有责”的话。

卓生的《前方需要大批的妇女干部》主张女子走出家庭走上前线参加抗战，文章说在抗战时期男子和女子分工大体是，男子到前方女子在后方，而实际上前方也需要女子去工作。前方工作的女同志叮嘱道：“千万多在报上宣传宣传，多动员些女同志到前方来吧，这里的工作太多了，她们呆在后方干什么?”① 文章介绍了汪女士与左女士在前线的工作情况，并呼吁妇女到前线参加抗战工作。在这时期诸如此类文章有承逸芬的《指示妇女应走的路吧!》，知鲁的《上海的妇女在为祖国跳跃着》，李素的《促进妇女解放的具体办法》等。

此类国民政府大量宣传妇女参加抗战文章中的女性形象，与以家庭本位为主的女性完全不同。此时期《中央日报·妇女新运》上文章的女性形象逐渐向《新华日报·妇女之路》塑造的女性形象靠拢，坚强、勇敢的革命妇女形象成为此时期宣传的重点。

蒋鉴女士的逝世引发了《新华日报·妇女之路》与《中央日报·妇女新运》的大量报道。1940 年 11 月 5 日《新华日报·妇女之路》整期版面刊登纪念蒋鉴女士的文章。邓颖超《痛悼蒋鉴》中写道蒋鉴女士的逝世“是抗战建国的损失，是民族的损失，更是妇女界的损失!”，“她是自始至终，死而后已，坚定不移的献身抗战建国！她为了伤兵，为了难童，专诚致力的工作，日以继夜，忘食弃家，以至舍己亡身，这种坚强意志，牺牲精神是难能可贵的”②。张晓梅的《回忆蒋鉴女士》中写道，“神圣的抗战产生了多少伟大的战斗的女性，蒋鉴女士就是其中一个最优秀的模范!”③ 杨慧琳的《记一颗殒落了的星》中写道，“提一只黯淡的笔来悼念任何一位英勇的民族战士的夭殇，是令人手抖心酸的事”。④ 在这些文章中都把蒋鉴女士誉为“伟大的战斗的女性”与“英勇的民族战士”，革命妇女与战斗女英雄一直都是《妇女之路》建构的女性形象。

《中央日报·妇女新运》在这天发表了张蔼真的《纪念蒋鉴女士》，文章虽然没有像《妇女之路》把蒋鉴女士称为“伟大的战斗的女性”与“英勇的民族战士”，但是肯定蒋鉴女士的革命精神与抗战精神。张蔼真通过蒋鉴女士

---

① 卓生：《前方需要大批妇女工作者》，《中央日报·妇女新运》1939 年 1 月 29 日。

② 邓颖超：《痛悼蒋鉴》，《新华日报·妇女之路》1940 年 11 月 5 日。

③ 张晓梅：《回忆蒋鉴女士》，《新华日报·妇女之路》1940 年 11 月 5 日。

④ 杨慧琳：《记一颗殒落了的星》，《新华日报·妇女之路》1940 年 11 月 5 日。

的事迹总结三点启示，“第一，要保证抗战胜利，必须动员占全民半数的妇女参加抗战工作”，“第二，家庭妇女同样有能力可以为国家社会服务”，“第三，妇女只有将自己的汗血浸透在民族解放的浪潮里，才能获得自身的解放”。在文章最后张蔼真呼吁，“我们要在抗战的烘炉里锻炼出无数坚强的战斗员为国家民族流血流汗”。[①] 不仅如此，《中央日报》还开辟专刊悼念蒋鉴女士，1940年11月20日《中央日报·追悼周蒋鉴女士特刊》，副刊发表史良的《追悼全国妇女的楷模——蒋鉴女士》，超人的《蒋鉴女士精神不死》，赵小梅的《哭蒋鉴院长》，兰纪彝的《悼蒋鉴女士》的文章。

对蒋鉴女士的事迹《中央日报》与《新华日报》异曲同声，都呈现出对革命妇女形象与抗战女战士的推崇。推崇革命妇女形象的文章频频发表，这种妇女政策的宣传对《中央日报·妇女新运》上的文学作品产生直接的影响，大量异于家庭本位的小说、诗歌、散文的女性描写，成为此时期副刊上的一大风采。

诗歌《夜感》中写出诗人对敌人的愤恨，并呼吁全国妇女参加抗战建国。诗中写道在夜晚听见“哀怨的哭泣声，/细弱的呻吟声，/粗暴的打骂声，/淫荡的欢笑声”，这些声音刺痛诗人的心，因为这是“在黑暗中，/在铁蹄下的姊妹们！/正受着魔王的践踏与蹂躏”；在深夜传来“噼啪的枪声，轰轰的炸弹声，愤怒的吼声，雄壮的歌声”，这声音是“为人类正义和平，为国家自由独立的将士们！正在与魔王肉搏与厮杀”。这首诗没有正面描写战场上腥风血雨，诗人巧妙地集合了战场上的声音，敌人强暴妇女的“打骂声”“欢笑声”，妇女的“哭泣”“呻吟”，以对声音的描写而呈现出一幅动感、凄惨的画面；“枪声”“炸弹声”“吼声”“歌声”，这组连续声音的出现，组合成一次战争胜利的过程。诗歌最后一节诗人呼吁青年姊妹们，“再别做那粉红色的迷梦，再别过那恬静安适的生活，快擦去你脸上的脂粉，穿上战时的武装，荷上抗敌的刀枪，走上神圣的战场，杀尽那些世界魔王”。[②] 在这节诗中体现出诗人对传统闺阁女子的摒弃与对革命妇女与战斗女性的推崇。“粉红色的迷梦”“恬静安适的生活”“脸上的脂粉”这些描写，与“战时的武装”“抗敌的刀枪”等形成鲜明的对比。对两种不同女性形象的塑造，在诗作中诗人显然要青年姊妹们抛弃传统的女性形象，转变为荷枪制敌的战斗女性。

散文《北风里底剪影》讲述了13个年轻的姑娘在寒风中到高安镇宣传抗

---

① 张蔼真：《纪念蒋鉴女士》，《中央日报·妇女新运》1940年11月5日。

② 再来：《夜感》，《中央日报·妇女新运》1941年6月23日。

战，赞扬她们不怕苦、不怕累坚强的斗争精神。高安镇的男女老少听了她们的演讲都流着泪，愤怒地吼着"非打倒日本鬼子不可"，"时间的迫促，在这一个隆重的聚会结束时，男女老幼们都在留恋，都在伫立着，直望到这十三个年青的姑娘的姊妹群在这遂野上消逝了的时候"①。作者在文尾对年轻姑娘们背影的描写中，将她们的精神升华了。这类文章还有卡尔曼的《妇女战士》等，在这类文章中都赋予女性英勇、坚强等性格特征。

然而，即便如此，抗战时期《中央日报·妇女新运》所呈现的女性观是很复杂、很彷徨的，它表现出一种无法取舍的情绪。

《中央日报·妇女新运》创刊于抗战激烈时期，所以它在创刊之后大量描绘革命女性与战斗妇女，以此获得更多妇女力量的支持。但是在抗战期间《中央日报·妇女新运》并未放弃对家庭本位女性的书写，只不过这时期革命女性形象成为重要的凸显的对象。在这时期，一方面它想继续本党所追求的女性，以家庭为本位的"母性主义"，但又发现这种观念在抗战时期在妇女解放激烈时期，并未被从封建家族中挣脱出来的女性接受，反而被一些知识女性批判为复古、倒退。因而害怕失去对妇女力量的掌控，而小心翼翼地把这种意识形态注入发动妇女力量抗战建国的宣传中。另一方面为了争取妇女的支持它又无可奈何地对革命妇女的书写，因为面对民族仇恨与社会中的妇女解放，没有多少女性愿意拘阈于家庭之中。

所以在《中央日报》与副刊《妇女新运》中总是发现国民党在妇女政策上的矛盾，与文章中呈现的两难。在1940年3月8日的社论《祝三八节》中总结了妇女在抗战中的特殊意义，"战地服务工作，有女同胞参加，后方生产工作，女界参加的尤其踊跃。……中国妇女运动在抗战中的表现，最值得称道的还是精神。"然而这种精神是什么呢？国民政府把它归结于"尤具备伟大的'母爱'！这热情与母爱是妇女界特殊精神的基础，一切妇女运动，由于这种热烈的'情'和诚挚的'爱'来推动"。② 抗战时期民族矛盾上升为主要矛盾，妇女界一切工作与服务的动力更多的是疾恶如仇的爱国主义精神与民族仇恨心理，国民政府抹杀了妇女宏大的社会、民族的心理，而把这种革命精神勉强地寓于"母爱"。所以在这篇社论中国民政府一面提倡革命妇女形象，一面又将革命妇女的精神简单归于它所提倡的"母性主义"。所以在这类文章中则表现出模棱两可的特点。

---

① 宝如珍：《北风里底剪影》，《中央日报·妇女新运》1940年3月8日。

② 《祝三八节》，《中央日报·妇女新运》1940年3月8日。

宋美龄的《中华民族的再生》一文中也具有此类倾向。文中支持女子走出家庭服务社会，支持女子战地服务，在这里她建构的是革命的妇女形象，但是文中又说道“任何女子，倘若她们要对国家的进展有所贡献，一定是贤妻良母”①。在树山的《论新女性》中，作者说“所谓‘新’，也绝不是要他们徒于外表上学些时髦，是要她们从精神上努力做‘人’而对国家尽应尽的天职”，“经过这番抗战烘炉的锻炼，我希望从我们这一代的姊妹起，与我们男子共同建设新中国”，然而文中又说道“但不论如何，为人总当以家庭为本位”，“女子已早当放弃两性斗争的办法，而力求两性协调才是真幸福，也必定是更美满”。②

所以从这些文章看出，《中央日报·妇女新运》总是呈现出很矛盾的妇女政策，而《中央日报》正刊也辅助性呈现这时期的思想意识。在这时期它不断宣传革命妇女但是又不舍放弃性别女性形象，所以这时期的文章总是出现前后不一的情绪，在对革命女性的宣传中总是念念不忘地加入家庭本位的女性意识。

《中央日报·妇女新运》与《新华日报·妇女之路》的妇女政策有短暂的契合，但是在短暂的契合中，《中央日报·妇女新运》出现矛盾的书写。然而正是由于抗战时代语境下，《中央日报·妇女新运》才会出现此种矛盾。《中央日报·妇女新运》创刊后到 1943 年，这种以革命妇女中加入性别女性的扭曲书写一直存在，直到 1944 年《中央日报·妇女新运》逐渐衰落，这种状态才停止。《中央日报·妇女新运》的衰落预示着国民政府妇女政策与“旧我”的断裂。

《中央日报·妇女新运》创刊之后，直到 1943 年出刊一直很规律，每星期一期。1943 年后副刊很难做到每周一期，在 1944 年只出刊 16 期，1944 年 12 月 3 日第 236 期后，《中央日报·妇女新运》停刊。之后没有创办妇女刊物，直到 1945 年 4 月 25 日《中央日报》副刊中出现《妇女·儿童·家庭》专栏，每周一篇文章由徐天白撰文。《中央日报》妇女刊物由半版多篇文章变为每周一篇文章，并且每周都由一个作者撰文。《中央日报·妇女新运》的衰落和《妇女·儿童·家庭》专栏的设置，可以看出《中央日报》要摒弃与《新华日报》相契合时的妇女政策，从而恢复国民政府建构的“理想”的妇女之路。

1944 年的《中央日报·妇女新运》断断续续地只出刊 16 期，而到 1944 年 9 月后的《中央日报·妇女新运》与《中央日报·中央副刊》在内容上毫

---

① 宋美龄：《中华民族的再生》，《中央日报·妇女新运》1939 年 2 月 18 日。

② 树山：《论新女性》，《中央日报·中央副刊》1941 年 7 月 2 日。

无区别，副刊中大肆呼吁女青年服兵役。1943 年底国民政府倡导知识青年运动以补充国民军队在抗战后期的严重减员。这时期《中央日报》不管正刊还是副刊都大肆呼吁知识青年服兵役，所以在这时期《中央副刊》大量刊登知识青年服兵役的文章。而《妇女新运》作为《中央日报》妇女刊物积极响应政府号召，成为呼吁女青年服兵役的阵地。《中央日报·妇女新运》从 1944 年 10 月 22 日第 233 期到 1944 年 12 月 3 日的 236 期每期都成为鼓励女青年服兵役的专栏，这时期的《中央日报·妇女新运》毫无妇女刊物的特色，与此时期的《中央副刊》刊登的文章大同小异。如《中央副刊》在 1944 年 10 月 25 日刊登的四篇文章分别是：《怒吼吧！中国青年》《我们去战斗》《为祖国庆幸》《青年从军歌》，这四篇文章不管题材和体裁如何变化，但是中心内容无一例外都是倡导知识青年从军。而 1944 年 11 月 19 日第 235 期的《中央日报·妇女新运》刊登的三篇文章，《女青年从军不当后人》《献给一般有志投军的姊妹》《美国妇女各种战时服务工作》，每篇文章的内容都与《中央副刊》相契合，洋溢着鼓励女青年从军的热情。

面对国民政府如此号召，《新华日报》在 1944 年 10 月 23 日社论《知识青年从军问题》一文中，指出“我们不能把知识青年从军看作是挽救目前危局的唯一方法”①。面对这一时期国民政府的兵役宣传，《新华日报》大量报道了与《中央日报》不同的一面。《中央日报》里的文章写出知识青年风风火火从军的热情和激情，但是《新华日报》这时期的文章则与《中央日报》完全不同，如文章《拉丁的惨剧》《被拉丁的家属》《壮丁也能囤集简直把人不当人》《壮丁也是人怎么能随便打》等文章。这些文章从另一个角度揭露了国民党在抗战后期兵役上的弊病。对于国民党在兵役制度上的弊病早在抗战初期沙汀发表于 1940 年的短篇小说《在其香居的茶馆里》，对这一问题早有揭露和讽刺。

1944 年后国民政府军队由于严重减员，所以大肆呼吁女青年服兵役，此时的《中央日报·妇女新运》也毫无妇女刊物的特色，而与《中央副刊》在内容上一致。这可以看出此时期的国民政府根本就不关注妇女，或者说国民政府此时没有把女性当成女性来看待，更加不重视妇女的命运和道路，它重视的只是政治目的。此时期呼吁女青年服兵役与前期提倡妇女走出家门帮助抗战建国的性质完全不同，后者尚且是站在女性角度上看问题，具有进步意义，而前者只是单纯的为军队补充力量之需。由此可以看出《中央日报·妇女新运》逐渐呈现出衰落的迹象。

① 《知识青年从军问题》，《新华日报》1944 年 10 月 23 日。

《中央日报·妇女新运》在1944年12月3日停刊之后，就没有创办妇女刊物，直到1945年4月25日《妇女·儿童·家庭》专栏在“一周鸟瞰”版块中出现。这一版块在第二周之后更名为“七日漫谈”，直至停刊。从这个专栏的命名可以看出它的内容是集中谈论妇女、儿童与家庭，以家庭为本位的女性为主，专栏由徐天白负责。“七日漫谈”版块在1946年5月14日星期日最后一期后停刊，《妇女·儿童·家庭》专栏也随之停刊。纵观这一专栏的文章，中心内容聚焦于家庭，反应抗战时期妇女问题的视域尤其狭窄。专栏中的文章围绕孩子、家庭、妇女来谈论，关于孩子的文章有《儿童公育》《谈孩子的模仿》《孩子们的日常卫生》《孩子们的服装》等；关于家庭，谈两性之间的婚姻从“蜜月”“举案齐眉”等六个方面谈论，还有《谈家庭布置》《谈装饰品》以及《婆媳之间》等等；关于妇女，《谈再嫁》《闲谈女红》《漫谈纳妾》等等。从以上文章的标题看出《中央日报》的妇女刊物完全陷入家长里短的境地。

从《妇女·儿童·家庭》这个专栏的设置，以及专栏中的文章可以看出《中央日报》企图是恢复抗战前期的妇女政策，恢复“母性主义”的妇女观。这个专栏谈论的主题完全是告诉妇女如何做一个贤妻良母，如何照顾、教育孩子，如何维护婚姻，如何与婆婆相处，如何打造一个优美、整洁的家庭环境。抗战时期建构的革命女性形象在此时完全被抹灭、销毁。所以随着《中央日报·妇女新运》的衰落与《妇女·儿童·家庭》专栏的设置，国民政府彻底摒弃抗战时期与《妇女之路》短暂契合的革命妇女形象，而恢复其一直倾心的“母性主义”妇女观。

可见，国民政府在大革命结束后倾向女性性别为主体的女性形象，注重以家庭为本位的妇女观。宋美龄在庐山开妇女谈话会，把新生活运动时期的妇女指导委员会改组并扩大为全国性妇女组织。并创办了《妇女新运》杂志，以作为宣传“妇指会”的刊物。由于国民政府未能完全掌控《妇女新运》杂志，因而在《中央日报》副刊创办《中央日报·妇女新运》专刊，名义上是“妇指会”的刊物，实则是由宋美龄掌控的国民政府的妇女刊物。副刊中呈现对家庭本位与“母性主义”女性观的重视。国民政府对妇女文化教育的重视，因而提倡“妇女文学”，并举办蒋夫人文学奖金征文，以此鼓励女青年写作。冰心作为文化事业组组长，在评阅文稿中对女青年提出宝贵的写作建议。由于任职于“妇指会”以及对《中央日报·妇女新运》的指导中无不影响她的创作。《中央日报·妇女新运》在抗战时期与《新华日报·妇女之路》在妇女政策上有短暂的契合，而随着《中央日报·妇女新运》衰落，国民政府摒弃与《新华日报·妇女之路》的契合，回归“母性主义”的妇女观。

下编
战后《中央日报》副刊和中国文学走向考察[①]

① 该编中部分内容由张武军与陈静（西南大学文学院中国现当代文学2012级硕士研究生）共同完成。

从抗战胜利到 1949 之前的文艺思潮一直是学界关注的薄弱点，大家仅有的关注点也都集中在延安文学如何走向全国，并由此进入共和国文学。很显然，这种思维模式是在站在后来者的立场去建构延安文学走向全国的必然性，我们很少去关注抗战结束后国民党文艺政策、文艺理念和中国文学的走向问题，即便国民党人的文学政策是失败的，是没有成效的，但其缘何如此，更值得我们仔细分析，而《中央副刊》是我们探究这一问题的绝佳切入点。

第八章　战后《中央日报》副刊与文艺思潮变迁

1937年，抗日战争爆发，中华民族危在旦夕，国共两党从全民族的利益出发建立了抗日民族统一战线，文化界也出现了大统一的局面。1945年8月，抗战结束，战时文艺界大团结的局面也彻底被打破，面对新的国际国内形式，在全国人民要求和平的呼声中，国民党在政治和文化方针上都做出一系列调整。在抗战爆发到胜利这段历史中，人们对文艺界大团结的形成和发展投入了大量的目光，却往往忽视了抗战过后这种文化格局是如何走向解体的；解体之后国统区的文化格局又有怎样的分化。国民党在战后的文艺政策，是打破文艺界大团结的导火线，作为国民党政策传声筒的《中央日报》及其副刊自然是重要的见证者。而从1945年8月到1946年5月间，南京版《中央日报》复刊，但重庆《中央日报》仍然继续发行，因此这期间实际上存在着两个版本的《中央日报》及其副刊。这种"花开两朵"的特殊局面，本身就意味着战后文艺思潮变迁所面临的复杂局面。可见，对战后《中央日报》副刊的梳理，是我们探究战后文艺思潮转变的有效手段。

第一节　战后《中央日报》副刊的自我定位及发展流变

《中央日报》是国民党的机关党报，从1928年起，跟随国民党的步伐，在大陆发行了22年。从一开始，党报本身就被定义为国民党的宣传机构，其副刊自然也成为宣传国民党政治、文化纲领的工具。《中央日报》副刊在大陆20多年的发行史，是一段曲折而又复杂的历史。而战后复员时期，由于国际国内局势的影响，更是《中央日报》副刊发展史上一段特殊的阶段。

国民党自诞生之初，就非常重视宣传工作。以革命领袖孙中山为代表的国民党人更是十分注重报纸对革命政治纲领、路线方针的宣传。在辛亥革命之前，就有大批革命报刊在海内外创立，如1905年创刊于东京的《民报》，孙中山在该报的发刊词中首次明确提出了民族、民权、民生三大主义，“三民主义”在发刊词中出现表明了《民报》的宣传宗旨；辛亥革命之后国民党更是在全国范围内设置诸多党报。1916年中华革命党的机关报《民国日报》在上海创刊，并以之为政党宣传的喉舌。在《民国日报》创刊之后，诸多副刊也相继出现，如《文艺部》《民国闲话》《民国思潮》《救国之声》等等，著名的《民国日报》《觉悟》副刊就是在综合了以上几种副刊的基础上产生的。“觉悟”顾名思义觉悟世界的变化，追求新思想，这也是国民党人在当时所追求的目标。

1927年4月18日，南京国民政府成立，在舆论宣传方面急需代表自己的言论机关，虽然国民党在之前创办了许多党报，但此时大多掌握在西山会议派、汪精卫集团手中。因此，在蒋介石等人的策划下，政府将1927年3月22日创刊于武汉，后又改迁上海的《中央日报》改组，于1929年2月21日在南京出版，序号承接上海《中央日报》。南京的《中央日报》在一开始就被定位为国民党最高党报，但由于设备简陋，体制不完善，人员变动大等原因，报纸内容单调，并且党报一切言论皆以国民党之政策为出发点，因此在民间并没有多少好印象。此时的副刊编辑是“蜚声文艺界”① 的王平陵，副刊种类主要有《青白》和《大道》两种，王平陵编辑这两份副刊时，对国民党提出的“三民主义文艺”和“民族主义文艺”的宣传和探索起到了积极的作用。副刊在与正刊的配合中积极探索着党治文艺的发展路线。1932年，程沧波接任《中央日报》社长，对报纸进行了全面革新，在副刊方面增加版面，开辟了《中央公园》《文学周刊》《戏剧周刊》《中央副刊》等多种副刊，此时的副刊内容较为全面，文学性大大加强，即使如此，作为党报副刊也时时不忘与国民党思想路线的呼应，比如副刊对30年代“新生活运动”“本位文化建设”等国民党党治文艺路线的宣传。

抗战爆发，南京沦陷，《中央日报》辗转来到重庆，于1939年9月1日继续出版。抗战前期的《中央日报》副刊《平明》邀请到梁实秋任主编，梁实秋企图拓展抗战文学的广度，但因此引发了著名的“与抗战无关”的争论。1941年到1942年的《中央副刊》由孙伏园主编，孙伏园主编副刊时注重与抗

① 党营文化事业专辑编纂委员会：《党营文化事业专辑之二：中央日报》，台北：中国国民党中央委员会文化工作会，1972年，第4页。

日民族统一战线的呼应，副刊呈现出空前的自由和包容，但因为孙伏园在《中央日报》副刊上刊登了郭沫若的历史剧《屈原》，引起了国民党的不满，因而被迫离开《中央副刊》。梁实秋和孙伏园编辑副刊时有各自的办刊理念，也试图为《中央日报》副刊注入活力，但他们的行为几乎处处受到国民党的指责和限制，颇为压抑。民国三十二年十一月十五日，即 1943 年 11 月 15 日，《中央日报》社长陶百川辞职，中央即调令《东南日报》社长胡健中兼任《中央日报》社长。此时抗战进入到后期，国民党再次加强对文化界的言论控制和党义文化的宣传。《中央日报》在副刊上也做出调整，胡健中主张加强副刊，并确定使用《中央副刊》的名称。为加强副刊在宣传国民党党义文化中的实际作用，《中央日报》调派王新命编辑《中央副刊》，王新命是正刊社论的主笔，他的身份和思想倾向决定了抗战后期到抗战胜利期间《中央副刊》的编辑宗旨，副刊再次回到了积极配合正刊进行党化宣传的道路。

抗战胜利后，重庆、南京两份《中央日报》在陪都和首都并存，然而副刊却呈现出不同的发展面貌。重庆版副刊继续延续正统，在国民党和政府的直接监视下循规蹈矩；南京版副刊在相对自由的发展环境中呈现出中兴的嚆矢。直到 1946 年 5 月国民政府迁都回南京，重庆版《中央日报》才失去其主导地位，改为重庆分版，南京版也正式恢复其独一无二的中心党报地位。然而，在此期间，虽然二者的言论尺度有一定差别，但纵向较之以往，重庆和南京的《中央日报》副刊都表现出前所未有的自由和开放，这是特殊历史时期的产物，也是国民党在文艺控制中心有余而力不足的体现。顺从和反叛在《中央日报》副刊中相互交织，有理想的编辑抓住每一次控制松懈的机会改善副刊，这是其他性质的报纸所无法经历的体验。在之后的几年中，《中央日报》改组股份制，建立企业化制度。副刊在社长马星野的带领下呈现出再次繁荣的局面。然而《中央日报》作为国民党党报，自然无法摆脱国民党失败命运的牵引，在四十年代后期，疲于战争，捉襟见肘的国民党已经无法顾及社会、政治、经济、文化等各方面的颓势，在其退败台湾之时，《中央日报》自然也只能随其黯然消失在大陆人民的视野中。

“当某一政党试图用其意识形态来干涉和操纵文学创作时，它必然会首先从本党意识形态的角度出发，对文学的目的、性质、作用和地位重新予以规定和解释，企图以此来规范作家的创作。”① 党报副刊的文艺路线理所当然被视

① 倪伟：《“民族”想象与国家统治——1928—1948 年南京政府的文艺政策及文学运动》，第 36 页。

作政党用来操纵和干涉文学创作和文艺思想的规范。纵观《中央日报》副刊发展的整个过程，作为党报副刊的命运决定了它一直肩负着国民党文艺喉舌的重要任务，然而当其试图在文艺道路上走得更远时，又始终无法逃脱国民党意识形态的牵引，只能戴着镣铐跳舞。在国民党“党国一体”的训政时期，它是国民党文化宣传的重镇，举凡重大的文化政策决定、政党理念宣传等，都会透过《中央日报》及其副刊发布。跟随国民政府经历了20世纪上半页中国历史的跌宕起伏，副刊也犹如一面多棱镜，从各个不同的侧面折射出国民党及其政府统治时期在文艺发展和文化宣传上的政策方针；然而由于编辑个人的因素，特殊历史、政治时期的影响，《中央日报》副刊也曾有过诸多自由开放的时期，副刊的文学表现力度也在此时有大幅度拓展。正因为《中央日报》副刊身上的镣铐始终无法解除，它在特殊时代的“脱轨”行为往往能够折射出时代的最强音，也能反映出文学企图突破限制的强烈诉求。而出现这一现象的时期，往往正是社会政治文化的大转折阶段。

中国近现代文学的发生和发展是和19世纪末及20世纪中国社会的巨大变革紧紧联系在一起的。朱晓进认为：“20世纪各种政治的、经济的、文化的需求。尤其是包括战争、国共政治斗争和党内斗争在内的政治原因，使20世纪成为一个非文学的世纪。”① 的确，在梁启超那里，文学革命是伴随着政治的维新而发生的；五四时期的文学革命是在以思想、政治启蒙为出发点的新文化运动的基础上发展起来的；30年代的文学是在多种权力运作机制、不同党派、群体的碰撞中成熟的；而40年代文学最根本的背景是战争。抗日战争是二十世纪影响中国的一件大事，它的整个历程对20世纪中国的政治、文化、经济、军事等各方面产生了深远影响。抗战的胜利更激发了全国人民对中国未来的美好憧憬，带着中国将向何处去的疑问，在战与和的拉锯中，中国的政党和人民再次做出了自己的选择，而这个选择也决定了中国政治、文化在之后的走向。

首先，在政治背景上，从中国战争史上说，抗战胜利是一个分界点。1937年7月到1945年8月的抗日战争是中华民族抵御外敌的反侵略战争，而1946年6月到1949年的解放战争是国共两党之间的内部斗争。1945年8月到1946年6月这段特殊的时间处在这两场重要的战争中间，其重要性相对于战争时期比较容易被忽视。然而，这接近一年的时间，和战争时期比起来看似微不足道，实质上却蕴含了前一段历史大事的症结，也包含了将在之后的历史中掀起

---

① 朱晓进：《非文学的世纪——20世纪中国文学与政治文化关系史论》，南京：南京师范大学出版社，2004年，第3页。

波澜的种子。

抗战胜利后，中国国内的政治格局发生了巨大转变：国民党作为执政党，在舆论上受到了人民的普遍认同，蒋介石的威望也在此时达到了最高点。与此同时，中国共产党在抗战中也毅然崛起，成为当时唯一能和国民党抗衡的政治力量。抗战八年，国力消耗巨大，全国人民无不希望和平，而美、苏也不希望中国再有内战，从内外局势来看，内战对国民党有害无利。于是，蒋介石于8月14日电邀毛泽东来重庆会谈。中共中央根据国际国内形势和广大人民的意愿，提出了“和平、民主、团结”的方针，并派毛泽东、周恩来、王若飞等人赴渝进行和谈。此外，从抗战胜利到1946年间，“全国共成立了几十个小党派”①，各党派都表现出空前的主人翁意识和政治参与热情，将中国政坛的沉寂一扫而光。社会各界人士和民众也积极发表意见，表明拥护和平建国的主张。1946年1月10日，各党派的政治协商会议在重庆召开，此次会议也标志着战后中国民主政治运动的高潮。政治协商会议达成的协议很长一段时间成为人民衡量是非的重要尺度，谁能坚持协议，谁就得人心，反之则是公然与全国人民作对。国民党政府迫于强大的社会舆论压力，不得不适当放松控制，空前自由民主的气氛为战后中国的文化、经济等各方面带来了短暂喘息的机会。然而共产党和国民党最终在协议坚守问题上的不同选择，也在之后中国政治局势的演变中起了决定性的作用。

其次，在文化背景上，在政治上进行明争暗斗的同时，国共两党的宣传斗争也逐渐加强。报纸成了争夺舆论的最佳场所，也成为普通民众了解时局，分辨是非的重要媒介。

抗战胜利后，国共两党在新闻事业中展开了激烈的竞争。国民党利用强大的党营文化事业体系，抢占舆论的主动权。一方面，国民党政府利用复员接收的机会，在全国的收复区内建立、强化自己的新闻事业网。或恢复已有的报纸、通讯社、广播电台，或强行改组和接管民营报纸，扩充新闻事业；另一方面，限制共产党党报的恢复出版，为国民党党报能在收复区迅速出版创造各种便捷条件，排除竞争对手。这样一来，在收复区内率先恢复出版的都是清一色的国民党控制下的报纸。此时的收复区内，国民党的党报、团报、军报，集一时之大成。同时，接收来的大量“敌伪”资产，为国民党党报的复刊提供了强大的财力和物力支持，南京的《中央日报》是受益者的代表。1945年9月5日，南京接收特派员陈训悆和重庆《中央日报》人员李荆荪、卜少夫率先奔赴

---

① 崔之清：《国民党结构史论（下）》，北京：中华书局，2013年，第916页。

南京，指挥接收事宜。接收而来的丰厚物资，使得《中央日报》能够迅速在南京复刊，也为之后的企业化改组提供了财力保证。政治和经济的双重保障使战后南京《中央日报》得到迅猛发展，企业化的经营模式更为其提供了一线生机。

战后国民党的新闻事业表面上长驱直入，很快深入到沦陷区和收复区的各个地方，然而在具体的文化宣传内容上却又显得畏首畏尾，这主要是由战后国际国内局势所造成的。战后和谈期间，国民党内主持行政事务的政学系坚持使用温和的宣传政策，控制着国民党宣传事业命脉的强硬派“CC 系”自然极为不满，但碍于政治局势和蒋介石的意见，国民党中宣部和各级党报在文化宣传上不得不暂时收敛。由于惧怕过激的言辞引起民众和其他党派、政治势力的不满，瞻前顾后成为此时国民党新闻宣传一大特征。战后的局势使国民党宣传机构的言论发生了转变，同时，国民党及其政府对全国的舆论管理方针也做出了相应的调整。抗战胜利后，国民党为了争取舆论支持，获得政治上的主动，为自身塑造一种开明、民主的形象，摆出了一副支持舆论自由的姿态，废除了战时新闻出版检查制度。出版检查制度的废除客观上减轻了专制制度对文化界的钳制，舆论环境的初步松弛也极大鼓舞了文化界进步人士，激励他们为争取更多自由而努力。因此，和刚刚过去的战时相比，国民政府名义上虽然加强了专制色彩，在和平谈判的同时打着内战的算盘，但实际上落实到具体的文化政策和文化管制上却出现了短暂的放松，适当地改善了国统区文学的生存环境。

第二节 “花开两朵”——两份并存的《中央日报》及副刊

从 1945 年 8 月日本投降，到次年 5 月国民政府还都南京，这段时间被称为国民政府统治史上的“还都复员”时期。经过抗战初期大规模的西迁和八年的混战，中国的社会面貌完全被颠覆。面对突如其来的胜利，还未做好准备的国民政府只能匆忙投入到战后的接收复员工作中。和政府其他方面的复员工作相比，报业因为实时性的要求必须走在最前面。“其中效率最高者如首都中央日报，甚至在受降典礼之次日，已在南京复刊，报道抗战期中重大史实，阐述政府宣慰陷区同胞德意，使当地民众耳目一新。”① 抗战胜利后，国民党党报系统率先开始复员工作，但由于蒋介石和国民政府尚未离渝，党报不能先行，

① 曾虚白：《中国新闻史》，台北：三民书局股份有限公司，1989 年，第 451 页。

因此，“经‘二陈’与胡向中宣部商定，调派新闻事业管理处长马星野代表胡健中去南京主持复刊事宜”[①]，《中央日报》副刊跟随报纸也得以迅速在南京复刊。而胡健中继续在重庆主持重庆《中央日报》。战后南京党报的迅速复刊在短时期内并未影响到重庆党报的地位，在整个还都复员时期，重庆的《中央日报》都未因南京版《中央日报》的复刊而停刊或降为地方报纸，重庆、南京两地的《中央日报》一起占据着中心党报的位置，也即是说，战后复员时期，国民党的中心党报《中央日报》实际上是分别在重庆和南京发行，二者地位相当，但听命于不同的社长，内容也尽不相同。

由于两份《中央日报》的存在，此时段的副刊自然也有重庆版和南京版之分。在研究国民党党报发展历程和专门研究《中央日报》副刊的众多成果中，这一现象是经常被忽视的。比如罗自苏在总结《中央日报》发展历程时，以1945年9月10日为界，将其前后划分为重庆时期和南京复刊时期[②]。赵丽华的专著《民国官营体制与话语空间——〈中央日报〉副刊研究（1928—1949）》认为重庆《中央日报》副刊起止日期为1938年9月至1945年9月，迁回南京后的发行时间为1945年9月至1949年初[③]。以上两者的时间划分表面看来有着连贯的时间顺序，实则却忽视了一个事实：虽然1945年9月南京《中央日报》复刊，但重庆的《中央日报》及其副刊仍在发行，古籍出版社出版的《中央日报》影印本在此时段收录的是重庆版《中央日报》，而并非南京版，就是最大的证明。笼统地将1945年9月以后的《中央日报》定义为南京时期，是对重庆版《中央日报》及其副刊的忽视，而忽视的后果是直接导致了重庆《中央日报》研究上的有始无终。根据抗战后重庆、南京《中央日报》及其副刊发行的实际情况，如要将其具体出版地点和出版阶段做一个准确的划分，应该是：重庆时期：1938年9月至1946年5月，南京复员时期及以后：1945年9月—1949年4月。中间重合的时期1945年9月到1946年5月即是重庆、南京两份《中央日报》及其副刊同时发行的时期。

两份报纸以及副刊并存的局面从战后一直延续到1946年5月，国民政府

---

① 穆逸群：《中央日报的廿二年》，《新闻研究资料》1982年第5期，第119—147页。此处“二陈”指陈立夫、陈果夫，“胡”指胡健中。

② 罗自苏：《〈中央日报〉的历史沿革与现状》，《新闻与传播研究》1985年第2期。

③ 赵丽华：《民国官营体制与话语空间：〈中央日报〉副刊研究（1928—1949）》，第28页。

和蒋介石还都南京，重庆的《中央日报》改为地方版，并更名《陪都中央日报》①。其实，《中央日报》及其副刊在此阶段并存发行的现象并非没有人注意过，中国国民党中央委员会文化工作会在1972年出版的《党营文化事业专辑之二：中央日报》中曾明确指出《中央日报》的分期，第三阶段是从“民国二十七年一月，至三十五年五月五日，为随中枢迁都重庆出报时期。惟期间在二十七年九月重庆版出报前，曾先在长沙出报。”第四阶段为“民国三十四年九月十日，至三十八年四月二十二日，为胜利还都，在南京出报时期。”② 通过这个时间段的划分，可以勾勒出战后《中央日报》副刊流变的过程，它并非由重庆直接搬回南京，而是经过了近一年的两地并存时期，南京《中央日报》复刊后，重庆的报馆、机器均照常使用，部分工作人员还都后，重庆报社仍在补充人员之后继续出版。只有理清出这个特殊的过程才能真实、完整地考察《中央日报》副刊在战后特殊的社会环境中的流变过程。即使这是《中央日报》及其副刊发展史上的一个小阶段，但它所传达的丰富信息却不容忽视，我们考察文学发展的细节，正是需要从整个纷纭复杂的过程和现象中，抓住那些重大的转折时刻，如此，对报纸和副刊前后演变的认识都会获得延伸。

重庆版的《中央日报》副刊在抗战胜利后继续沿用《中央副刊》的名字。从抗战胜利到次年5月，中间三易主编，分别是王新命、遂今和王德亮。王新命大概是在1944年开始主编《中央副刊》③，1945年11月23日，王新命返回南京《中央日报》担任主笔，离开重庆《中央副刊》。《中央副刊》在王新命编辑期间，注重与党政路线的配合，根据国民党宣传的需求，几次改变副刊的作风，因此，王新命编辑期间的《中央副刊》可以当作一扇窥测国民党党治文艺的窗户，用以考察抗战后期及胜利之后国民党文艺宣传方针的转变。王新命

---

① 关于重庆《中央日报》改名为《陪都中央日报》的具体时间，在很多史述中还是能够达成共识，如赖光临的《七十年中国报业史》196页，而根据现存《中央日报》的影印版可知，重庆《中央日报》由中心党报降为地方报的时间确实应该在国民党正式迁都回宁之时，也就是1946年5月底。

② 党营文化事业专辑编纂委员会：《党营文化事业专辑之二：中央日报》，第2页。

③ 王新命编辑《中央副刊》的确切日期已不可考，赵丽华《民国官营体制与话语空间》一书附录中标明王新命编辑《中央副刊》的起止时间为1943年11月14日到1945年11月23日，但根据王新命的回忆录《新闻圈里四十年》所记录，他是在11月17日才收到社长胡健中的邀约，回重庆《中央日报》任主笔，而此时他人尚在桂林；同时，王新命1945年11月23日发表在《中央副刊》上的《告别》一文提到“副刊由我兼编的时间，约一年半之久”由此往上追溯，王新命开始编辑《中央副刊》的大致时间应该是1944年5、6月份。

赴京之后，《中副》由遂今主编，遂今主编期间的唯一旨趣，“只要求它变成一块纯为青年自己的园地”①。他本着“爱护青年”的原则，发表了大量青年作者的作品和以青年为阅读对象的作品。其中不乏国统区青年真实的生活、心理体验。可以说，在党治文艺的罅隙中，此时的《中副》能出现诸多具有真情实感的作品，也属难能可贵。1946 年 4 月 13 日，遂今离开重庆后，王德亮接手《中副》的编辑工作。王德亮在 1930 年即开始参与《中央日报》的编辑工作，中间几经辗转，于抗战胜利后重回《中央日报》，并在王新命和遂今之后，奉命编辑《中央副刊》，王德亮接手《中央副刊》之后即发文表明要延续王新命、遂今二人的办刊理念，并强调了“副刊为报纸附带，自应以社会为对象，辅助正刊所不达”② 的理念，试图拓宽副刊的社会表现力。此时的副刊，以文学性的散文、读后感、观后感、译文为主，关注社会现实问题的文章逐渐增多，并多与还乡事宜有关。

南京的《中央副刊》复刊于 1945 年 10 月 16 日，由沛森（此人生平已不可考）主编。在沛森的编辑下，副刊出现了由单一到多样化的发展趋势。复员初期由于稿件缺乏，副刊主要刊登有关抗战和重庆的回忆性文章。在逐渐进入平稳状态之后，副刊内容得以扩展，在副刊板块上，还加入了时事短评、时事的漫画、侦探小说、特约翻译小说等板块，总的来看，南京版副刊中，以民生问题为主题的文章数目明显增多。在复员次年报纸走上正常轨道之后，从 1946 年 1 月 16 日开始，《中央日报》又开辟了《泱泱》副刊，《泱泱》由著名学者卢冀野主编，和以白话文章为主的《中央副刊》不同，它主要刊登旧体诗词，经史子集考证等具有古典文学性质的文章。同时，在社长马星野的改革和倡导下，《中央日报》还陆续开辟了《儿童周刊》《地图周刊》《文史周刊》等一系列文化专刊，增加了报纸杂志化色彩。总的来说，复员后的南京《中央日报》副刊在经历了一个短暂的过渡期后，逐渐出现了复苏的苗头。

① 遂今：《谢读者与作者》，《中央日报》1946 年 4 月 13 日。

② 王德亮：《编者小启》，《中央日报》1946 年 4 月 20 日。

第三节 战后重庆《中央日报》副刊与“国统区”文艺

战后重庆的《中央日报》副刊只有一份，名为《中央副刊》。由于复员的需要，重庆报社的人员变动很大，副刊也在短时间内三易主编。作为国民党党报副刊的主编，不违背国民党意识形态并尽力宣扬国民党文艺主张是其工作的重要原则，然而，由于主编的个人的追求不同，副刊又会呈现出不同的面貌。或是忠实于国民党的意图，把副刊当作党派文艺的传声筒，或是在不触碰禁区的前提下，尽可能减弱副刊的政治性，力求言之有物。

抗战时期，重庆的《中央日报》副刊先后由梁实秋、孙伏园、王新命等人编辑。抗战前期和中期，副刊在梁实秋和孙伏园手中，更加注重的是副刊的文学性和时代性，副刊的言论尺度也与党报有一定疏离。抗战后期，由于国民党中央宣传部的调整，党报《中央日报》从1942年6月到1943年3月与军报《扫荡报》合并出版了将近一年。其间《中央日报》并未发行副刊。直到1943年二报恢复各自出版，《中央日报》的副刊又才以《中央副刊》的名字与读者见面。这个时段到抗战结束的副刊主要由王新命编辑。王新命的政治立场非常明确，他在孙中山时期便加入了国民党，是国民党CC系下属组织“干社”①的成员。“干社”于1933年成立于上海，最初由吴醒亚、潘公展分别任正副社长，后由陈立夫任社长，吴醒亚任书记，王新命1933年应潘公展邀请，加入了“干社”并担任“干社”“七干部”之一。作为国民党内较有资历的老党员、老记者，王新命一直致力于国民党意识形态的宣传，著名的《中国本位的文化宣言》就是王新命联合十大教授发表的，该宣言还曾引起一场有关“本位文化建设”的激烈论争。抗战期间，王新命第一次来重庆，便受到国民党官员的热情招待。潘公展亲自邀请他去飞来寺的公馆住，中央党部秘书长吴铁城为欢迎王新命一行人，发了两千元的奖励金，还专门准备了一席盛宴；中宣部王世杰在公开招待过王新命后，又另行召见，并发了千元的奖励金。可见国民党党内人士对他的重视。② 1943年11月，王新命受胡健中之邀，进入《中央日报》，他从桂林辗转再次回到重庆。王新命进入《中央日报》后主要从事社论

---

① 王新命：《新闻圈里四十年》，台北：龙文出版社，1993年，第444—447页。

② 王新命：《新闻圈里四十年》，第514页。

主笔的工作，之后开始兼任《中央副刊》主编。

王新命的编辑理念总体上与当时国民党的文艺宣传理念是一致的。在他发表的《编辑报纸的方法》一文中，他提出编辑报纸有六点需要注意，其中一点，要"宗旨的贯彻"，"凡是一种报纸，都自有其政治的经济的立场。这立场也就是一般人之所谓宗旨。既名为宗旨，又当然须以全力贯彻其宗旨。评论文艺不消说了，就是新闻上面，也要有辨明的表示"①。在编辑《中央副刊》时，他也曾明确表示"副刊是中央日报的一部分，中央日报说话必须有分寸，副刊发表文字也要有分寸"②。此处的分寸，主要以是否顺应国民党意图来衡量的。在他编辑副刊不到两年的时间里，为了迎合国民党的宣传需求，《中央副刊》多次更改作风，"去年（1944 年）十月以前，以一般的抗战文艺为主体；今年四月以前强半用作从军青年的写作园地；今年八月以前，多采用文坛宿将的作品；八月以后则几乎专门刊载一般歌颂胜利和伤感念旧之作"③。对于在短时期内副刊作风多次改变的原因，王新命谈道："总不能满足各方面的要求，甚且连我自己也并不满意。"④

抗战后期，随着局势的发展，国民党政府面临内外交困的处境，为了巩固军事与政治权利，改革迫在眉睫。1944 年 8 月，政府提出的知识青年从军运动既是改革的措施之一，也是对 1943 年青年学生志愿从军的继续。从此之后，国民政府开始大规模地为知识青年从军运动制造舆论宣传。此时的党报《中央日报》自然成为阐释与宣传知识青年从军运动的主要阵地。9 月 18 日的《中央日报》第二版《宣示政府重要方针蒋兼院长报告摘要》⑤ 报道了蒋介石在 16 日国民参政会上的政府工作报告，将"发动青年从军"作为当下政府重要的施政军事方针后，《中央日报》开始大张旗鼓地为青年从军运动进行宣传。张治中的《青年的历史任务——从速响应第二期从军运动》⑥，军委会政治部的《大家从军去——敬告爱国的革命青年》⑦，《只要领袖一句话》⑧ 等文章大量见报。

---

① 王新命：《编辑报纸的方法》，《编译月刊》1938 年第 2 期。
② 王新命：《告别》，《中央日报》1945 年 11 月 23 日。
③ 同上。
④ 同上。
⑤ 见于《中央日报》1944 年 9 月 18 日，第二版。
⑥ 见于《中央日报》1944 年 7 月 10 日，第三版。
⑦ 见于《中央日报》1944 年 10 月 10 日，第三版。
⑧ 见于《中央日报》1944 年 10 月 22 日，第五版。

王新命作为《中央日报》社论撰写人员，也以极大的热情投入到宣传中。1945年1月1日《中央日报》的元旦增刊刊登了王新命执笔的文章《建军的进阶》[1]，追述了国民党的建军之路，重点放在对国民党新近提出的"知识青年从军运动"的介绍。王新命的政治热情同时也被运用到副刊的编辑中，自1944年11月开始，《中央副刊》在王新命的带领下也被纳入到政府宣传政治纲领的阵营中。为了促进青年从军工作，副刊成了青年从军新闻的集散地，同时，副刊大量刊载从军青年的作品和送别朋友、家人从军的文章。此阶段的副刊主题单一，整个版面无论诗歌、散文、小说、短评，无不与知识青年从军有关。《赠从军友人》《赠从军同志》《送别某某同志从军》等标题频繁出现在副刊上，主要内容都是对投笔从戎和保家卫国的歌颂。而《第五大队入营记》《从军讲演竞赛追忆》《我们要去参加战斗》《入营一周》等来自从军青年的文章则从正面讴歌了军营生活的美好和对参与斗争的渴望以及对蒋委员长英明决定的拥护。同时，国民党许多党政文化要人也时常在副刊上发文，鼓励和肯定知识青年入伍的行为。1945年1月14日的《中央副刊》在第一栏刊登了蒋介石的"文胆"陈布雷为勉励五子陈迈参军的古体诗《勖迈儿》。"问儿何所愿，破虏靖烽烟。问儿何所忆，乡土陷腥膻。问儿何所乐，驱敌东海边。国家有急难，吾宁计安便。""汝父嘉儿志，汝母有欢颜。人生大幸事，忠孝得两全。"[2]表达了对儿子从军报国的肯定和欣慰。王新命将其刊登在副刊的头版，应该也有借陈布雷之名位扩大宣传影响的意图。1945年2月19日，报纸还专门推出"新运几年特刊"，由吴铁城题写刊头，白崇禧、陈立夫、许世英[3]等国民党党政官员纷纷发表文章，鼓吹知识青年从军运动，此时的《中央副刊》完全失去了副刊应有的文艺性，俨然成为宣传党政方针的大本营。

主题单一，文艺性减弱，政治性突出，表面看起来却一派生气勃勃是此时段《中央副刊》的主要特征。这种现象的出现与政治的介入和编辑有意附和不无关系。王新命回忆中称自己编辑副刊时，做得最好的两件事情，其中一件就是促进青年从军运动，而他所说的"受到各地青年军热烈欢迎，成为青年军营的时代宠物"[4] 究竟是否属实，在此也需要打上一个问号。抗战后期的青年从

---

① 见于《中央日报》1945年1月1日，元旦增刊。

② 陈布雷：《勖迈儿》，《中央日报》1945年1月14日。

③ 许世英（1873—1964），字俊人。近代政坛著名历史人物，历经晚清、北洋、民国三个时期，1945年授以国民政府高等顾问。

④ 王新命：《新闻圈里四十年》，第545页。

军运动本身就是国民党改善自身形象，争取知识青年的一次政治运动，国民党为了加大宣传，将《中央日报》副刊纳入其宣传体系，本身就是对报纸副刊文艺性的强迫与破坏。而文艺用作宣传所达到的效果，似乎并不理想。叶圣陶在1944年11月的日记中曾写道："迩来政府号召知识青年从军，颇张皇其事。而应征者并不踊跃。良以其号召殊未得其道，不为鼓起敌忾精神之谋，惟以将来有便宜可占为饵（如毕业考试可以免除，升学留洋有优先权等等）""有识之青年宜其无意参加矣。余又揣此事之发动，盖以当局于其所建立之军事系统已深感幻灭，而有彷徨无所依之慨。故谋别立以一军事新基，为其集团所托命。"① 冯友兰针对国民党提出的青年从军运动也曾评价说："国民党政府的这个措施，如果是在抗战初期，学生们是会争先恐后报名参加的；可是这个时候，学生们对于抗战最后胜利的信心虽然没有动摇，但是对于国民党政府的幻想已经破灭了，对于青年军的报名疑虑很多，观望不前。"② 就连王新命后来在自己的回忆录中也谈道："这些生龙活虎的青年军，都是要到前线打仗的，青年军当局却没有让他们到前线作战，并且也没有拿新的枪炮给他们学习，一个月中间实弹练习的机会不满一次，有时有一次，有时却没有。着使跃跃欲试的青年军，都有无可奈何的感想，也都不很高兴再关在营里，有些家在军营附近的，便潜回家里，青年军军纪也就几乎不易维持。"③ 对于青年从军运动，国民党官方的描述和诸多亲历者的回忆正好背道而驰，而《中央副刊》也因为国民党意识形态的左右，出现了文艺宣传与社会现实脱轨的现象。

经历了公式化的从军运动宣传之后，《中央副刊》几乎失去了文学副刊的多样性和丰富性，副刊在抗战前期和中期树立起来的积极支持文艺界大团结的形象，也几乎被过于明显的政治宣传毁之殆尽。此时王新命重新规划副刊面貌，提出主要刊登文坛宿将作品的主张，实则是企图挽救副刊。然而，从副刊这段时间的作者群和文章刊登的实际情况来看，所谓的"文坛宿将"却并没吸纳多少有名气、有声望的作家。他所指的"文坛宿将"主要是指国民党内的文化人士和少部分学者、作家。以国民党内部文化人士为主的《中央副刊》作者群体决定了副刊的面貌，延续了以往僵化、生硬的总体特点。以王平陵、华林、徐仲年等过去的"中国文艺社"成员为代表的国民党右翼文人成为这段时

① 商金林编：《叶圣陶抗战时期文集》第3卷，北京：人民教育出版社，2005年，第175页。

② 冯友兰：《三松堂全集》第1卷，郑州：河南人民出版社，2001年，第296页。

③ 王新命：《新闻圈里四十年》，第545—546页。

间副刊的主要撰稿人，他们的文章形式主要以时事短评、杂文为主，内容涉及文艺与公共生活、社会思想、学术与社会风气等方面；徐蔚南是此时段《中央副刊》上少有的符合“文坛宿将”称谓的作家。《中央副刊》上不仅刊载了他的众多散文、小说、杂文，还连载了由他翻译的长篇小说《荡》。小说原著是法国的都德，从6月1日开始在副刊上连载，一直到7月20日止。

南社成员陆丹林是此时段《中央副刊》的主要撰稿人，他以陆丹林、丹林和笔名“自在”在副刊上发表了诸多文章，文章内容涉及经史书画、市政时事短评、个人生活体验等各方面，其中以有关革命史话、国民党史的文章最为显著。在《几本军人自传》中，他介绍了冯玉祥、李印泉、胡祖舜等人的传记，并对这些军人评价颇高，认为“他们几十年的生活与事功，都和中国现代史有关，尤其与革命关系密切”①。在《华侨革命史话》② 一文中，他高度赞扬了华侨在革命中的历史作用。《梅川日记》是陆丹林专门为居觉生的新书《梅川日记》作介绍的文章，此书原名《辛亥杂记》，“对于辛亥武汉起义的前后史事珍闻，记述颇多”③。在7月5日的副刊头版，陆丹林还撰文介绍了邹鲁的新书《中国国民党史稿》④，7月16日撰文介绍黄季陆编的《总理全集》，8月4日陆丹林在副刊发表文章，介绍由国民党中央党史史料编纂委员会编印的《中国国民党五十周年纪念特刊》，称其是“自‘中国国民党党史纲要’，以至辛亥武汉起义前后，民国成立，历次革命，一直到‘三民主义青年团之回顾与前瞻’其中党（革命）史所未载，一切图书从没有发表过的史料，在书里我们都可以有机会看到”⑤。

陆丹林的这类文章在此时频繁地出现在《中央副刊》上实际并非巧合，1945年5月，抗战胜利前夕，国民党在陪都重庆召开了第六次代表大会，大会对宣传工作做了如下指示：“今后宣传工作将益见重要，理论斗争将在本党奋斗之第一线。最当注意者，首先必须充分发挥积极主动之精神，勿以消极防御为已足。其次必须注意提高统治革命理论之修养，与学术研究之风气。”⑥ 国民党文化人士戴季陶和张道藩在谈到文化宣传工作时也指出：“近几年来，我

① 陆丹林：《几本军人自传》，《中央日报》1945年6月1日。

② 《中央副刊》1945年6月13日。

③ 陆丹林：《梅川日记》，《中央日报》1945年6月21日。

④ 《中央副刊》1945年7月16日。

⑤ 陆丹林：《中国国民党五十周年纪念特刊》，《中央日报》1945年8月4日。

⑥ 荣孟源主编：《中国国民党历次代表大会及中央全会资料》，北京：光明日报出版社，1985年，第899页。

们国民党的作者衰败、沉寂得很，以审查防止反三民主义的著作，是最低能的。要想在文化战线上立于不败之地，唯有本党作者起来，多出作品，出好的作品，领导、陶冶、感化民众，这才是正路，不管是政论，还是文学艺术，都逃不出这一规律。"① 并且认为清末孙中山领导的革命能够胜利，与先进的主义，热情的革命理论家的宣传有深切的关系，然而抗战爆发后，革命理论宣传失败的主要原因是战乱导致书籍、资财，损失殆尽。"光是本党领袖的文稿，损失就非常重大，总理手书的几万字的书札，胡汉民的二十多万字的手稿，还有四千多册档案记录，百不存一，让我好长时间都无法和文化界打交道，因为失去了这些资料，我就没有本钱了。""国共两方面都大做文化人工作，共产党号召文化人为人民服务，我们就大力加强三民主义理论阵地，争夺文化人这一笔财富。"② 张道藩和戴季陶的此次谈话虽然发生在1944年，但从二者的对话中可以看出国民党革命理论宣传的衰败问题在国民党宣传机构内部已经是长期的共识。王新命在编辑《中央副刊》时期借党报副刊的阵地大量刊载陆丹林有关革命历史、党义文化类的文章，故意迎合此时段国民党文艺宣传需要的企图非常明显。

从此时《中央副刊》的作者群来看，王新命所说的"文坛宿将"也不过如此，出现这种局面的原因，除了有王新命自己所说的"懒于写信，懒于访友，很少和作者联络接触，不能组成若干文友而成一文艺阵线，同时也无法为充实副刊而总动员"③ 之外，抗战后期，因《中央副刊》政治立场的突出导致作家们对这份党报副刊的失望与疏离，才是最核心的原因。

接踵而来的抗战胜利暂时缓解了《中央副刊》的困境。经历了八年的战争，抗战胜利的消息如一声春雷响彻全国，举国沸腾，全民欢庆。胜利的惊雷让"狂欢"成为《中央副刊》新的主题。报纸从普通人的视角记录了抗战胜利给全国人民肉体和精神带来的巨大冲击，"人们到处在跑，在吼，在欢呼，好像怒涛冲击着海岸一样，他们疯狂了！"④ "一种幸福的预感，逼我走向窗前。听那澎湃的笑潮，在山城泛滥。爆竹的雷声，引着群星眯着好奇的亮眼。是元宵来到了吗？不，是正迎接着人类历史的春天。"⑤ 结束战乱，收复故土

---

① 王由青：《张道藩的文官生涯》，北京：团结出版社，2007年，第226页。

② 同上，第288页。

③ 王新命：《告别》，《中央日报》1945年12月23日。

④ 钱江潮：《记狂欢之夜》，《中央日报》1945年8月13日。

⑤ 扬大渭：《胜利来了》，《中央日报》1945年8月14日。

的喜悦也唤起了中华儿女对于传统文化的记忆，国民党将领罗卓英在听闻日本无条件投降后也喜改杜甫“剑外忽传收蓟北诗”以记之：“号外轰传收战果，果然倭寇已投降。数千盟友环城舞，百万军民动地狂。引吭高歌兼纵酒，同胞结伴好还乡。岂徒巴峡穿巫峡，当颂卢沟庆沈阳。”① 诗歌模仿的痕迹虽很明显，但却借“诗史”杜甫的口吻，贴切地传达了战争胜利给人民带来的无以言表的喜悦之感。而在学校，闻之喜讯的青年们更是雀跃欢腾，“教室里外，路边上都见同学们在狂跳着，雷一般的掌声和狂呼声哄然地响了，中正堂前的操场上，乱哄哄的这里一丛那里一丛，大声的（地）谈论着，山上的寝室里也传来一片呼叫声，操场左侧的一角，敲脸盆声突然杂乱的（地）响了起来，小温泉今晚似乎着了魔而发狂了”②。八年抗战的胜利给苦难的中国人民带来了新生的希望，全国人民仿佛从梦中惊醒一般加入到欢呼庆祝的行列中，全面胜利的喜讯将连年的颠沛流离，妻离子散，国仇家恨一扫而光，震耳欲聋的欢呼声响彻每个角落。文章是人民内心情感的真实写照，没有什么比抗战胜利更能激起人们如此激烈的情感体验。

抗战胜利之后，《中央副刊》也加入到庆祝胜利的欢腾中，歌颂胜利的旧体诗词、散文、随笔、小说占据了副刊的主要位置，副刊洋溢着胜利新生的喜悦，抗战之初离家的人们此时沉浸在归家的美好期待中，无论是歌颂胜利还是回忆往事，副刊让我们看到了普通民众在经历巨大危难之后重生的心理状态，同时也看到了中华儿女坚韧不屈的毅力。然而，在喜悦的背后，《中央副刊》又是始终处于意识形态的控制之下的。在一面宣传庆祝抗战胜利的同时，作为国民党党报副刊，《中央副刊》依然没有逃脱为国民党做宣传的命运，仍要被当作提升政府形象，为政府造声势，为领导人树威信的重要场所。随着胜利的到来，国民党宣传方针也有所变化，比如战后最重要的宣传工作“要求党的宣传应充分利用舆论工具，造成党无所不在、党的力量极强的声势”③。蒋介石幕僚唐纵在 1945 年 8 月 11 日起草了《日方投降后我方处置之意见具申》，经陈布雷批示，国民党中央党部秘书长吴铁城面洽，最终下达的到中央党部。《意见》告饬中央党部在日本正式投降之日各地举行大规模的庆祝会，并指出其意义有三：“1. 表示抗战胜利系由国民党领导完成；2. 表示抗战胜利系由

---

① 罗卓英：《胜利》，《中央日报》1945 年 8 月 15 日。

② 惟公：《胜利狂欢在南泉》，《中央日报》1945 年 8 月 16 日。

③ 崔之清编：《国民党结构史论（1905—1949）》下册，北京：中华书局，2013 年，第 969 页。

国民政府艰苦奋斗之结果，而非联合政府，以打击奸伪之胡闹；3. 唤起全民众对领袖艰苦崇高伟大之认识，以弥补八年来为奸人宵小破坏损失之威信。”而具体落实到宣传工作，则明确提出要“宣传国民政府八、九年来对于抗战艰苦情形，使民众藉知政府抗战之艰难与胜利之匪易”[①]。因此，在庆祝胜利的同时，《中央副刊》并没有忘记一件重要的事情，为政府邀功，为蒋介石树立形象，通过宣传政府在八年抗战中的贡献，达到增加民众支持，提高信任度的目的。比如在《八年》一文中，作者纬武写道：“八年来辛勤，任劳任怨的政府，领导着渡过了伸手不见五指的黑夜，坚强地拒绝了辱没祖宗的投降要求，军事惨败，是我们二十余年内忧外患的必然结果。历史上还有比这更艰苦，更不适合的条件下抵抗这么久的战争？”[②] 在《愉快的一天——总裁莅临广播大厦的一天》一文中，蒋介石的出现受到了在场群众无比热情的拥戴，“这位伟人就出现在人群之前。只见他满面红光焕发。和眼炯炯，精神奕奕。他以和蔼的笑容来接受每个人一颗虔诚的心。当他步经群众的行列时，一阵阵‘总裁万岁’‘主席万岁’‘中华民国万岁’的呼声有如原子弹爆发似的，震撼了这山城的一角”[③]。

经过胜利的巅峰喜悦，随之而来的是全国各界复员工作的展开，1945 年 11 月 23 日，王新命宣布奉调赴京，不日将离开重庆，《中央副刊》由王新命编辑的时间也就此结束。从始至终，王新命一直没有忘记在副刊中贯彻国民党的意识形态，临行前，他仍然不忘强调《中央副刊》的使命：“现在是复员建国的时节，一切的笔枪纸弹，必须都用在复员纸弹上面，不容再有丝毫的浪费，我自问实无法做到这一点，因此决定交出这块园地，让少壮的农夫去耕耘。”[④] 王新命对《中央副刊》的期望，基本与国民党中央宣传部的旨意是相符合的，但王新命离开重庆之后，《中央副刊》是否能按照他的意愿一直贯彻文学为政治服务的路线，又主要取决于下一任主编的编辑理念。

王新命离开《中央日报》之后，副刊由遂今主编，从 1945 年 11 月 23 日到 1946 年 4 月 13 日，为期近五个月。遂今任主编期间，对副刊有一个新定位，在 4 月 13 日的《谢读者与作者》一文中，他将其总结为“青年的写作园地”。与抗战时期相比，此时段副刊作品具有较强的文学和生活气息，能够言

---

① 唐纵：《在蒋介石身边八年：侍从室高级幕僚唐纵日记》，公安部档案馆编注，北京：群众出版社，1991 年，第 688 页。

② 纬武：《八年》，《中央日报》1945 年 8 月 17 日。

③ 立群：《愉快的一天——总裁莅临广播大厦的一天》，《中央日报》1945 年 8 月 20 日。

④ 王新命：《告别》，《中央日报》1945 年 12 月 23 日。

之有物。但是，《中央副刊》作为国民党机关报纸的副刊，无论其最终呈现出怎样的面貌，我们在谈论它的时候始终绕不开国民党的文艺政策。

遂今的真实身份已不可考，但是根据他的编辑理念和副刊的面貌来看，他应该也是国民党官方文人中的一员。抗战胜利，《中央日报》大批工作人员复员南京，而重庆仍然是国民党宣传的重镇，因此，临危受命的副刊编辑必定要选择国民党官方信得过的人或是对国民党文艺政策比较熟悉的人。然而，即使同样是国民党文艺政策的宣传者，他们也有不同的类型，一种是国民党文艺政策的忠实贯彻者，他们往往唯命是从，把副刊变成意识形态宣传的工具；一种是在不违背意识形态的前提下，相对尊重文学艺术的现实特征，并试图打开副刊言路，营造丰富多彩的副刊面貌。王新命是前者的代表，而遂今则侧重于第二种，尽管有意识形态的规劝，但他身上仍然保持着文人的独立意识，对副刊的定位和发展有自己的思考。

据战后《中央副刊》所呈现的面貌来看，遂今所提出的以青年为中心的编辑理念并非单纯的个人意愿，而是同样有着强烈的政治诉求。从国民党的官方立场来说，他们一向重视文艺对知识青年思想情感的规劝作用。在30年代，国民党文化官员张道藩就曾经说过，“本党当然重视青年，爱护青年，为引导青年参加三民主义的革命阵营，并在思想战场上打败共产党，那我们刻不容缓的一件事，就是要重视文艺，爱护文艺”①。抗战期间，在中宣部长张道藩的主持下，在国民党中央文化运动委员会指导科的策划下，又成立了“青年写作指导委员会”，该会成立的直接原因是为了帮助有志从事文学创作的青年，替他们修改作品，指导他们的写作方法，磨炼他们的写作技巧，然而其实质的出发点却在于“文学跟思想的关系最密切。从本党的立场来说，应该特别重视文学才对”②。抗战胜利后，国民党文化部门紧接着成立了“中国青年作者协会”。由此看来，国民党文艺部门仍然非常看重文艺对青年的影响。战后，无论从接收人心还是争取人才的角度看，开展文化工作都异常重要，国民党文化部门在此时成立“中国青年作者协会”必定有强烈的政治因素掺杂其中。

国民党人士认为“一个富有文艺价值的副刊，可以帮助许多青年进入写作的成功之门。一家报纸，只要善于应用文艺，使读者所收潜移默化的功用，要比一般普通文字深刻得多”③。而利用自己的党报副刊来实现所谓的“潜移默

① 赵友培：《文坛先进张道藩》，台北：重光文艺出版社，1975年，第110页。
② 同上，第198页。
③ 同上，第248页。

化”是再适合不过的。1945 年 11 月 11 日《中央副刊》开辟“中国青年作者协会成立大会特刊”，由张治中亲自题写刊头。目的是“希望全国青年作者的意志与力量，都能因此集中起来”①。“中国青年作者协会”于 1945 年 11 月 11 日正式成立，而遂今到任《中央副刊》的时间是 11 月 23 日，从时间的衔接上来看，“青年的写作园地”这个编辑理念的提出，与国民党在战后对青年的态度及其文艺政策不无关系。只不过，遂今并未完全停留在官方意识形态的宣传中，对青年的态度也并非以政治集团所要求的功利性为出发点。遂今曾经表示：“我唯一旨趣，只要求它变成一块纯为青年自己的园地。所以不想迎合低级趣味，也不想崇尚传单式的八股。”② 在 1945 年 12 月 7 日的《约稿》启事中，他提出“希望读者个个都是作者”的期望，企图让副刊的作者群进一步向大众扩展，此做法一定程度上放下了以往副刊追求名家名篇的高姿态，把投稿对象设定为普通大众尤其是青年群体，调动了读者参与副刊建设的积极性。正因为遂今对副刊的定位与思考，让此时段的《中央副刊》并没有简单地沦为国民党意识形态和文艺政策的传声筒，这一点在副刊关注的话题、读者的反映及副刊取得的效果等多方面都可见一斑。

在战乱结束后，遂今企图重新营造副刊的学术氛围，经过多次尝试，也的确引起重庆各高校师生的热烈讨论，然而热闹的局面最终却因为遂今的离开而没能持续。抗日战争期间，中国的学术研究遭到了前所未有的破坏，大部分高校在内迁的过程中，元气大失，内地艰苦的条件和混乱的局势也在客观上阻碍了学术的发展。抗日战争胜利后，中国社会迎来了和平的希望，战后复员时期可以说是 20 世纪 40 年代少有的和平时期，国内外局势的短暂和平，让中国的学者们终于能够在“一张平稳的书桌”上进行学术活动。据统计，在遂今编辑副刊接近五个月的时间内，副刊上出现的学术文章接近 50 篇，这是抗战时期的《中央副刊》所不能比拟的。这些学术文章内容涉及古今中外文学、艺术等多方面。其中，尤其以古典诗词研究最为突出，而这当然要得益于《中央副刊》所处的文化氛围和时代特征。

遂今编辑期间的《中央副刊》呈现出浓厚的古典文学气息，旧体诗创作和旧体诗研究成为一个重要的板块。副刊上旧体诗词的创作和研究在抗战后期开始走向繁荣，而在胜利后达到高潮。钱理群曾经说过：“旧体诗的定型化的形

---

① 吴铁城：《对于青年作者的期待》，《中央日报》1945 年 11 月 11 日。

② 遂今：《谢读者与作者》，《中央日报》1945 年 4 月 13 日。

式与特定的情感方式之间已经建立了相对稳定的密切联系。”① 中国人民经过八年浴血奋战，终于打败侵略者，赢得民族独立，此时，他们需要一种能够准确表达内心兴奋之情的文学体裁。“诗者，志之所之也，在心为志，发言为诗”，经过成百上千年的沉淀，古典诗词已经形成一套比较完整的属于中国人的情感表达方式，一己悲欢、山河破碎、忧国忧民等都可以通过旧体诗词的音韵、节奏、意象得心应手地传达。抗战胜利，文人们都纷纷采用旧体诗词表达抗战胜利的喜悦，有“数千盟友环城舞，百万军民动地狂”的喜悦，也有“从此甲兵销欲尽，万方尊俎长相悦”的欣慰。同时，副刊还出现了大量有关旧体诗词研究的学术类文章。古典气息盛极一时。《中央副刊》上旧体诗词创作和研究的繁荣，主要得益于当时迁入重庆的各高校群体，这些文章大多出自中大、政大、戏剧专科学校等高校师生之手。《中央副刊》历来与高校有着紧密的联系，南京时期，中央大学、中央政治大学等高校师生群体就已经成为《中央副刊》的重要撰稿人，除此之外，当时《中央日报》的许多副刊甚至直接由高校师生群体参与编辑，《中央副刊》得益于南京高校群体的文科特色，偏重于中国古典文学研究的南京高校群体直接成为该时段《中央日报》副刊浓厚学术气息的重要资源。抗战期间南京各高校随政府内迁重庆，同时也将大批具有深厚学术传统的师生带入山城。抗战胜利后，遂今再次将内迁重庆的高校学术资源团结在《中央副刊》周围。改变了抗战后期副刊死寂的氛围，为副刊重新营造了浓厚的学术气息。

更难能可贵的是，在经历了战争带来的长时间的消沉之后，《中央副刊》在遂今的手中出现了难得的学术论争，在短短五个月的时间内，《中央副刊》分别由两篇文章引起了两次学术交锋。首先是关于“无韵诗”的讨论。学者们主要围绕诗歌应不应该有韵展开激烈论争。1946 年 3、4 月份《中央副刊》上有关于“文学与批评”的论争则引起了更多人的关注和参与。然而可惜的是，论争到了后期演化为最初两位争论者之间的相互挑刺，最后编辑不得不叫停这场论争。发生在《中央副刊》上的这两次论争虽然涉及的范围只是在重庆的高校圈，并未引起较大的社会反响，然而客观上为副刊吸引了诸多目光，增添了副刊的活力，给青年人营造了良好的学习氛围。

在“中国青年作者协会成立大会特刊”《本会的诞生与展望》一文中，林桂圃曾指出“青年作者们一向缺乏组织与团结”。而成立“中国青年作者协

① 钱理群：《论现代新诗与现代旧体诗的关系》，《诗探索》1999 年第 2 期。

会”的宗旨是“联络感情，研究学术；大目标是在促进三民主义文化建设”①，“联络感情，研究学术”是绝大多数报纸副刊共同追求的目标，遂今也力图以此来提升副刊的文化气质，然而，在“促进三民主义文化建设”方面，我们并没有看到他有很明显的举措，副刊中没有明显的政治意识形态注入，也很少枯燥的教条说理文章。占据副刊版面最多的甚至是青年们稚嫩的手笔，反映更多的是青年成长过程中的喜怒哀乐和生活琐碎。翻阅遂今编辑期间的《中央副刊》，可以明显觉察到，遂今企图在不违背国民党文艺立场的前提下，将副刊做出一些特色，在他的努力下，副刊的确有一定起色，然而由于来自各方面的阻碍，他最终没有达到目标。笔者认为，遂今编辑《中央副刊》期间，最大的贡献应在于他试图在国民党的文艺政策和文学的现实要求中找到一条折中路线，然而戴着镣铐跳舞始终没有自由发挥来得容易。

1946 年 4 月，社会复员工作已经进入尾声，距离国民党政府还都也只有不到一个月的时间。《中央日报》的大部分器材和工作人员已经迁回南京，遂今也不得不于 13 日离开重庆，《中央副刊》的担子交到另一位编辑的手中。王德亮接手《中央副刊》后的态度显得有些漫不经心，勉强维持，这与邻近还都的过渡心理不无关系。1946 年 5 月 5 日，国民党还都大典在南京举行。重庆的《中央日报》也正式更名为“陪都《中央日报》”由刘觉民②任社长。

总的来说，抗战胜利后重庆的《中央副刊》先后主要经历了王新命和遂今两位编辑，王新命是忠实遵循国民党的文艺政策，可以说“一步一个脚印”，《中央副刊》在他的管理下俨然是国民党文艺政策的传声筒；遂今在表面上迎合了国民党在抗战胜利后招揽青年的意图，在此前提下试图为副刊注入新的活力，副刊面貌有一定改善。然而，这个时段重庆的《中央副刊》总体上还是只能用“保守”二字来概括，至于其中更深层次的缘由，后文将做分析。

第四节　“还都”南京的《中央日报》副刊

复员时期的《中央日报》最大的特征是两份并存，副刊也不例外。这种局

---

① 林桂圃：《本会的诞生与展望》，《中央日报》1945 年 11 月 11 日。

② 刘觉民，四川荣县人，字光书。国民党中央党务（政治）学校毕业，后留学哥伦比亚大学经济系及密苏里大学新闻学院，学习报业管理。毕业归国后，在中央政治学校新闻系任教。

面的形成与国民党及政府在战后的政治决策有关。战后国内外局势仍然非常混乱，国民党边打边谈，并未打算放弃独裁，但又碍于形式的制约，一边周旋，一边观望局势发展。况且，突如其来的抗战胜利并没有给国民党做好还都准备的机会，一切都需要从长计议，种种原因导致蒋介石政府并未在战后迅速还都南京。然而党报《中央日报》却作为国民党扩张新闻事业的重要工具，于1945年9月10日率先在南京复刊。由于相关编辑人员未及时返宁，以及报纸复员初期规划不足，复刊后的《中央日报》并未立即开辟副刊。次月16日，《中央副刊》才得以在南京的《中央日报》上出现。复刊后的《中央副刊》主要由沛森主编，并一直持续到1949年国民政府在大陆崩溃的前夕。

日本投降后，国民党中央宣传部立即派当时任职重庆《中央日报》的总编辑陈训畬为南京特派员，负责接收日伪宣传机构，并筹办《中央日报》在南京的复刊事宜。1945年9月5日，陈训畬协同卜少夫等人由重庆飞抵南京，接收了伪《中报》、伪《中央日报》、伪兴中印刷所三机构，9月10日，《中央日报》在南京复刊，发行号数上接重庆版。同年11月14日，陈训畬奉令任上海《申报》总经理兼总编辑，重庆《中央日报》社长胡健中因主持重庆《中央日报》无法分身，国民党中宣部乃派时任新闻事业处处长的马星野[①]任南京《中央日报》社长。马星野因此成为胜利复员后南京《中央日报》的首任社长。从国民党本身而言，《中央日报》的作用和地位是其他任何宣传机构所无法比拟的，照理说，此时前来角逐《中央日报》社长的人应该不少，但现实却并非如此，国民党党报《中央日报》的社长并不好当是当时众所周知的事，蒋介石把《中央日报》当作是代表政府及其个人发言的报纸，最高当局对《中央日报》期望也相当高。“无论社论、新闻内容，甚至一个标题、补白都必须配合政府的政策或时局的需要。而且每天出版的报纸，必须在当天‘呈阅’。稍有差错，必遭训斥。”[②] 当时在中央宣传部任“新闻事业管理处处长”的马星野对于蒋介石的召见与委任也是忧喜参半。

面对复杂的复员工作，首先要解决的是人事问题，马星野一上任，便团结了一大批新老报人，他们对还都后《中央日报》的中兴起到了相当大的促进作

---

① 马星野，名伟，字星野，浙江温州人。早年考入中央政治学校，1934年于美国密苏里大学新闻系学习，获新闻学学士称谓。1935年任教国民党中央政治学校新闻系并兼任系主任。

② 马之骕：《新闻界三老兵》，台北：经世书局，1986年，第388页。

用。当时《中央日报》有五位主笔，被称为“中央日报的五老峰”① 分别是陶希圣、王新命、卢冀野、方豪和钱纳水。陶希圣任总主笔，他谙熟国内外政治，主要负责《中央日报》的社论编写；王新命任《中央日报》副总主笔，他的文风大气磅礴，勇敢无畏；卢冀野是南京有名的才子，文辞优美；方豪头脑清楚，下笔真挚；钱纳水是坚定的反共分子，其立场与国民党宣传方针相当契合。这五人组合的时期被称为《中央日报》主笔室的黄金时代。从抗战后期开始，《中央日报》副刊的主编逐渐开始采用社内的主笔或编辑担任，因而，陶希圣、王新命、卢冀野等人与副刊也有着深厚的渊源。陶希圣在1946年开始担任《食货》的主编；王新命在重庆时期就是《中央副刊》的主编；而卢冀野编辑的《泱泱》是除《中央副刊》之外《中央日报》上持续时间最长的副刊；方豪在担任主笔的同时也是《文史周刊》的主编。复员回京后马星野一上任，便陆续将这五人调回南京，团结在《中央日报》的正刊和副刊周围，壮大声势，计划有所作为。

即便如此，复员后的《中央日报》仍然面临人手奇缺的现实。国民党中宣部在筹备《中央日报》复员事宜时即商定“重庆《中央日报》工作人员分批复员去南京报社工作，人手不敷时，由马星野选员补充”②。政策的允许让马星野能够大刀阔斧实施改革。在人才选择上，马星野首先招募了一大群政治学校新闻系的学生进入《中央日报》，据陆铿回忆，当时“除总主笔陶希圣是蒋介石的智囊之一不能随便动外，其余重要职务全由政校学生包干。总编辑李荆荪，副总编辑兼采访主任陆铿，副总编辑朱沛人，总经理凌遇选，总经理黎世芬，清一色的政校学生；编辑、记者中政校学生差不多占80%以上”③。这些学生大多为马星野的高足，经过专业系统的学习培训，他们的加入为报纸注入了新鲜的血液。用马星野自己的话说，这群年轻人“朝气蓬勃，说做就做，如生龙活虎，鱼跃鸢飞”④。老师带领学生工作，自然得心应手，加之马星野选拔的都是名列前茅的学生，也称得上“强将手下无弱兵”了。在马星野的默许下，他们提出“先日报，后中央”的路线，主张“先把报纸办成一张人人爱看的报纸，然后在必要时不知不觉地把国民党的政策、主张放进去”⑤。政校

---

① 马之骕：《新闻界三老兵》，第391页。

② 穆逸群：《中央日报的廿二年》，《新闻研究资料》1982年第5期。

③ 陆铿：《动荡年代的南京中央日报》，《纵横》2002年第12期。

④ 马之骕：《新闻界三老兵》，第391页。

⑤ 陆铿：《动荡年代的南京中央日报》，《纵横》2002年第12期。

学生的加入也为副刊带来了活力。他们有的人直接投入到副刊的编辑当中，同时也为副刊吸引了大批来自政治学校的撰稿人。比如由马星野主编的《报学双周刊》，其撰稿者就主要来自政大新闻系的学生。

大批青年人的加入形成了与“五老峰”相对立的“少壮派”。这是一个很巧妙的人员构成模式。“五老峰”和“少壮派”既相互牵制，又相互补充，既有经验的沉淀，又有创造的活力。两股势力在《中央日报》及其副刊中共同作用，为副刊重新走上繁荣奠定了基础。

在解决人员构成问题后，马星野便大刀阔斧走上了改革之路。在报纸新闻上，扩充经济新闻，增开“社会服务版”“教育文化版”“通讯版”以及“论文版”等新闻版块。同时马对于文艺性的副刊也非常重视，他认为“精神粮食在副刊”①，所以复员后的《中央日报》陆续开辟了两个副刊，一个是内容取材较为广泛的《中央副刊》，由沛森任主编，主要刊登以白话文为主的现代小说、散文、诗歌、杂文，这个副刊是重庆《中央副刊》的延续，在内容、版面等方面与重庆《中央副刊》相同；另一个是卢冀野主编的《泱泱》副刊，以文言为主，内容多涉及经史考据与旧体诗词的创作、研究。马星野接手南京《中央日报》后，将卢冀野纳入主笔室，同时又应卢冀野的专长，于1946年1月16日在《中央日报》开辟《泱泱》副刊，力邀卢冀野主编。作为元曲大家，有着深厚传统文化根基的卢冀野力求在《泱泱》表现出泱泱大国之风范，有意将其打造成传统文学的天地。卢冀野是南京东南大学校友，现代著名曲学大师吴梅的高足，他的加入为《泱泱》吸引了大批文人雅士。当时给《泱泱》投稿的不乏柳诒徵、唐圭璋、吴宓等国学大师，东南大学其他师生也是《泱泱》的主要撰稿人。他们在《泱泱》上唱和诗词，探讨学术研究，发表掌故小品，颇有一番古朴清丽之感。

马星野除了加强对文艺性副刊的建设外，还开辟了多种专刊，被称作是报纸杂志化的试验。报纸杂志化主要是指报纸内容的杂志化，而这些内容就主要通过专、副刊的形式表现出来。冯并在《文艺副刊史》中指出，报纸的“杂志化”最早见于30年代，而它最初产生的原因是“由于国民党反动当局严密控制新闻，广播事业又日益发达，许多报纸转而求助于学术理论文章和文艺作品，打开报纸的销路”②。在马星野这里，报纸专刊则被认为是给读者提供广泛知识，以达成启迪明智，满足读者求知欲的媒介。抗战之前的《中央日报》

① 马之骕：《新闻界三老兵》，第393页。

② 冯并：《中国文艺副刊史》，北京：华文出版社，2001年，第37页。

除了有诸多文艺性的副刊，也已经有过许多专刊，比如《妇女周刊》《贡献》《民风周刊》《文史》等等。抗战爆发后，也就是重庆时期，受客观条件限制，经济窘困，纸张缺乏，报社条件简陋，《中央日报》的各种专刊逐渐停办。1942 年以后，《中央副刊》的专刊几乎全部取消，只剩下唯一的《中央副刊》，这也和国民党加强管制，增加《中央日报》的党性有关。由此看来，马星野在抗战胜利不到一年的时间里，就重新开辟了十余种专、副刊，是有着强大的经济支撑和政策自由的。

复员之后，《中央日报》先后开辟了《儿童周刊》《文史周刊》《食货》《报学双周刊》《地图周刊》《青年周刊》等多个专刊。有根据读者群体设计的，如儿童、青年；也有根据内容设计的如报学、地理、文史等等。按照马星野的说法，采用专刊的方式，对各类知识做系统的探讨和论述，目的在于给读者带来丰富的时事见解和现代文化知识。《儿童周刊》作为儿童的园地，主要刊载少年儿童的文章、美术作品和童话故事，以及对成人有指导意义的育儿、教育性文章；《文史周刊》主要刊登有关文学、史学类的研究性文章，具有较强的学术气息；《食货》则是由陶希圣主编的政经史料考据类的专刊；马星野一直对新闻教育非常热心，对新闻研究颇有见地，他主编《报学双周刊》的主要目的就是提升新闻工作者的素质，培养有素质有能力的新闻人才，从而办更好的报纸。配合不同层次的读者，编辑不同的专刊，是马星野转变经营理念，试图改革《中央日报》的一大尝试。而这对于战后复员的《中央日报》来说未尝不是一个机会，报纸可以利用新闻以外的社会科学知识，进入读者的日常文化生活。

马星野的改革为复员后的《中央日报》带来了新的发展契机，报纸由最初的日出一大张，逐渐发展为日出三大张，报纸销量不断增加，国民党党报自创刊以来第一次出现了盈余。马星野的学生耿修业后来在回忆中也曾说道：“马星野先生时代的中央日报，在南京时赚钱，在台北也赚钱。办党报而能有大量盈余，星野师是第一人。”① 马星野通过对新闻方针的改革，使报纸更适应读者的需求；同时，报纸杂志化的方针使报纸的社会文化知识系统化、通俗化、多样化。副刊由之前的一个，变为以《中副》和《泱泱》为主，其他数十个专刊并行发展的繁荣局面，这是《中央日报》发展史上少有的景象。

《中央副刊》在复员还都之后于 1945 年 10 月 16 日恢复出版，一直到 1949

---

① 卢礼阳：《献身报业六十年：马星野年谱简编》，《平阳文史资料》，平阳县政协文史资料委员会编辑出版，2001 年，第 15 页。

年报社撤离大陆，期间一直由沛森担任主编。还都复员时期的《中央副刊》和前后阶段的副刊相比有许多复杂的阶段特征。与侧重文言，主要以经史研究为主的《泱泱》副刊相比，以白话为主，侧重现代思想文化取材的《中央副刊》更符合现代报纸副刊的定位，而副刊内容与时代关系也更为密切。

还都初期的副刊由于稿件的缺乏面貌较为单一，主要以纪念抗战、回忆重庆战时生活的文章填充副刊的版面。经历了短暂的过渡时期后，从 1946 年年初开始，副刊逐渐走上了平稳的发展道路。征稿和约稿两种方式的同时使用使副刊在文艺题材和体裁等各方面都有较大的突破。沛森担任副刊主编拟定的征稿启事非常简单："中副任何稿件都欢迎，尤欢迎短小精悍的文章"① "本刊欢迎言之有物，趣味盎溢的文章，体裁不拘"②。副刊编辑对文章要求越少，投稿者的自由度越大。广泛的征稿是为了保证副刊文章的数量，而主编约稿的方式则大大提升了副刊文章的质量。从 1946 年开始，《中央副刊》逐渐出现多种专栏，办的较好时间较长的有小品文连载专栏，"每日侦探小说"，以及翻译介绍世界科技、常识的"世界珍闻"的文章，同时还有"橄榄集""每日一笑""闲人读报"等较小的专栏。

以往的《中央副刊》也不乏短篇杂记、片段见闻或零碎感想之类的散文小品，但抗战胜利后的大转折赋予了南京《中央副刊》的小品文新的情感内容。抗战胜利后，《中央日报》的记者卜少夫第一批返回南京，在给重庆《中央日报》写通信的时候，抑制不住内心激动的情感，他用新闻和散文混合的笔法写下了《抗战的八年·回南京忆重庆》的一系列文章。卜少夫的通信文章从 1945 年 9 月 11 日开始在《中央日报》连载，到 10 月 16 日南京《中央副刊》复刊后，又转移到《中央副刊》连载。这些文章虽为新闻通讯稿，却真实记录了作者在胜利还都后的真实情感体验，具有现实与虚构的双重特征和强烈的抒情意味，完全可以当作散文小品来阅读。之后的《中央副刊》中小品文数量不断增多。陆续连载的小品文成为副刊中一个较为固定的风景。淑士的《乡居回忆》和何逢的《鸡鸣寺小品》是继卜少夫的《抗战的八年·回南京忆重庆》之后反响较好的连载小品文系列。《乡居回忆》一共连载了五篇，以作者回忆抗战期间在农村生活的经历为出发点，从片段的乡居体验中抒发点滴的体会，反映了农村饥饿、贫困、落后的社会现实。何逢的《鸡鸣寺小品》一共在副刊上连载了九篇，同样以作者在抗战胜利前后的经历为主，夹叙夹议地讲述人生

---

① 《中央副刊》（南京版）1946 年 3 月 7 日。

② 《中央副刊》（南京版）1946 年 3 月 18 日。

道理或是揭露讽刺社会现实。比如在《飞》中，作者在胜利后第一次坐飞机回到南京，想到之前听到的诸多有关坐飞机的“经验”，内心惶恐不安，然而真正坐上飞机时的经历却并非如别人的“经验”所说。作者由此事引发了一场关于我国国民性的议论：“我们的国民性向来是模糊惯了的，不唯不经验过的事，是以想象出之，便是经验过的事，也每每捕风捉影，由把握不确，而变了形，变了质。”① 此类文章多为感应社会现实之作，具有针砭时弊，以小见大，寸瑜胜尺瑕的效果。当然副刊中也并不缺少写景抒情类的散文小品，比如常君实（朱自清的学生）的《风筝》《春雨》《卫辉河畔晚照》《玄武湖的春画》等都是非常优美精炼的散文小品，体现了作者在战争结束后重新以平和的心态来欣赏万物的愉悦心情。

“每日侦探小说”是沛森编辑《中央副刊》初期开创的一个颇有特色的专栏，从 1946 年 1 月开始连载。由署名为迪克的人固定供稿，到 1946 年 2 月 17 日，一共连载了 29 期。中途有过中断，在停载一个月后于 3 月 19 日继续在《中央副刊》连载。侦探小说能够快速吸引读者，在列出神秘的环境介绍和犯罪事实、犯罪线索后，作者会在文章末尾留下悬念，此时就需要读者扮演侦探的角色，通过案情线索进入到推理程式当中。这既是智力的考验，也是一种消遣的方式，因此能凭借它在读者中广泛流行的优势为副刊吸引读者。以往的《中央副刊》惯于摆出正统的态势，一般只刊登小说、散文、诗歌等被认为是主流的文学样式。属于通俗文学类的侦探小说的加入，拓宽了《中央副刊》对文学体裁的界定维度。

20 世纪初，侦探小说一被引进中国就大受欢迎，这是侦探小说在中国发展的第一次高潮。抗战结束后，多种侦探小说期刊的出现标志着中国侦探小说发展的新气象，被称为“中国现代侦探小说第一人”的程小青主编的《新侦探》创刊于 1946 年 2 月，而《大侦探》《蓝皮书》等侦探小说杂志创刊时间都稍晚于《新侦探》，沛森能够看准时机，率先在《中央副刊》开辟侦探小说专栏，体现出他敏锐的时代嗅觉和前瞻性。

然而，迪克的侦探小说并未在副刊上连载太久，从小说的内容上分析，大概有以下原因。侦探小说能够引起读者的兴趣，迎合读者的期待视野，除了故事本身应具有神秘性、曲折性、惊险和智慧等特征之外，还应该具备一种精神意义，即读者能在其中体会到精神的震颤，在理性与非理性，正义与邪恶，健康与变态的矛盾冲突中认识自身，认识社会。程小青也曾谈到“要是一篇确是

---

① 何逢：《鸡鸣寺小品之三：飞》，《中央副刊》（南京版）1946 年 2 月 20 日。

良好的侦探小说，它的题材也许是包含着一个现实的社会问题，它的背景当然也是现实环境，它的人物也得各有各的生动的个性，至于其他一切的描写也绝不会远离现实”[①]。此时《中央副刊》上刊载的侦探小说场景多在国外，故事主角也并非中国人，杜撰的色彩非常明显，更没有对中国当下社会问题的探索，缺乏社会现实的反映，更多的只是停留在消遣的功能上。即便侦探小说本身就具有很强的消遣性和娱乐性，然而抗战胜利伊始，复员工作在紧张的进行中，普通民众的工作生活仍没有稳定，这种消遣也只能符合部分人的口味而不具备大众性。其次，副刊上的侦探小说虽为每日连载，但每日内容并无联系，分别独立成篇。小说并没有一个贯穿始终的中心人物，比如柯南道尔笔下的福尔摩斯，程小青笔下的霍桑。也没有较长较完整的故事情节来造成一种“预知后事如后，请待下文分解”的效果。以上原因，注定沛森在副刊上刊载侦探小说的行为有良好的开端，却不能善终，尤其是在大量侦探期刊出现之后，副刊上的侦探小说就是失去了竞争力。

翻译文章是《中央副刊》历来比较重视的一个部分。抗战期间，《中央副刊》出现了诸多同盟国进步作家的文学作品，这些作品体裁主要以小说、诗歌为主，内容多反映世界人民英勇反抗法西斯侵略的事迹，以达到鼓舞士气的作用。抗战胜利后，重庆的《中央副刊》仍然延续了这一传统，刊登了许多大仲马、莫泊桑、杰克·伦敦、高尔基、歌德、马克·吐温等世界著名文学作家的文章。沛森编辑的南京《中央副刊》同样也重视翻译文章，但是其文章内容的侧重点已经较抗战时期和重庆的《中央副刊》有了改变。著名作家的文学作品翻译在副刊中的数量急剧减少，取而代之的是大量有关世界科技前沿的科普类文章或者普及国外常识、珍闻的翻译类文章。科普类文章的出现和“二战”后世界科技的迅猛发展不无关系。在南京《中央副刊》复刊的第一天和第二天，就连续刊登了张家钰翻译的《美国的电信事业》[②]一文，详细介绍了美国电信事业的发展现状，包括有线电话、有线电报、海底电缆、无线电等现代通信技术的发展状况。译自芝加哥太阳报的《雷达应用的未来：人类将旅行月球》[③]一文介绍了美国科学家已经在战时用作军器的雷达领域取得了新的突破，即用雷达接触月球，探测宇宙的奥秘，文章还写到，众多科学家纷纷认为，将来人类一定可以登上月球，漫游太空。副刊上诸如此类的翻译科普文章还有很多，

---

① 程小青：《论侦探小说》，《新侦探》（创刊号）1946年第1期。

② 《中央副刊》（南京版）1945年10月6日。

③ 《中央副刊》（南京版）1946年3月12日。

比如《盟军占领下的德国科学家》《近一年来科学界的十大发展》《电子学与改善平时生活》[①] 等等。不只是在科学领域，在一般的生活领域，南京《中央副刊》同样重视与世界各国的沟通交流。还都后的《中央副刊》专门开辟了“世界珍闻”栏目，翻译介绍世界各国的文化、艺术、地理、历史等各方面的信息。虽然栏目占篇幅不大，言辞以简洁明了为特征，但是一天刊登3—5条，长期连载，对于经常阅读报纸的读者来说，也能具有较大的信息含量，从而能够给读者提供由陌生带来的新鲜感。二战结束后，世界科技飞速发展，在取得民族独立战争胜利后的中国也急需加强与世界的交流。外国科普文章和常识的引入，有利于中国人民在生活、文化和科技等各方面与世界接轨。当重庆的《中央副刊》的翻译文章仍停留在以往的旨趣上时，南京版已经出现了明显的内容转向，由此也可以看出编者灵敏的时代嗅觉和改革的初步形态。

沛森在编辑南京《中央副刊》初期，广泛征稿，积极约稿，既能把握时代特征，又能投读者之所好。《中央副刊》在他的编辑下逐渐摆脱了过渡时期的贫乏，出现中兴的苗头。

① 《中央副刊》（南京版）1946年4月3、14日及5月16日。

第九章　南京《中央日报》副刊与战后文艺思潮考察

当日本帝国主义的铁蹄迅速占领了我国的华北和东部的领土，直奔国民政府首都之时，国民政府做出了战略性转移的决定，随之而来的是一次中国历史上难得的人口大迁徙。抗日战争胜利以后，曾经西迁的人们用了接近一年的时间，才又陆续风尘仆仆地回到故乡，同样是两点一线之间的路程，但出川和入川带给人们的已经是截然不同的心境。抗战胜利，给文学创作者带来了无数的话题，绝大多数普通作者把目光转向了当下，复员时期的大事小事，是此时段他们最有感触的文学题材。

第一节　战后文学的两个关键词："离去"与"归来"

《中央日报》副刊在重庆、南京两地出版的优势，使它可以把这段复员大迁徙中的"还乡热"展示得有始有终。在重庆，胜利已经到来，还乡指日可待，所谓"近乡情更怯"，文人们遥望东方，对家乡、亲人的思念和回忆加剧了东归的迫切，然而回首八年的山城生活，重庆的秀美山水，同仇敌忾的伙伴，离开或许意味着永别，一切又让人心生留恋；在南京，那些幸运能提前回到首都的人们踏上阔别八年的热土，心中的波澜简直难以用言语来形容，激动、喜悦一波波涌上心头，然而面对沦陷了8年，已被日寇糟蹋得面目全非的家乡，心酸和愤恨又油然而生。不管在《中央副刊》还是《泱泱》中，文人笔下的"离去"与"归来"记录了战争胜利给中国人民的生活和心理带来的一次次冲击。

日本无条件投降，让大后方的人们共同沉浸在胜利的狂欢中，然而当狂欢过后，涌上心头的是对家乡和亲人的思念，于是离开和归去成了他们最迫切的心愿。《中央副刊》成了重庆的外乡人抒发情感的平台，抑制不住的喜悦犹如一波又一波的浪潮涌向滩头。“又是秋风起的时节了，天已大亮。烽烟过去了，大地是现着光明。让我轻松的（地）舒口气吧，半年来深藏内心的忧郁，于今，得以解脱了。子规不必再催人，我就要归去了。回到母亲的眼前去，忘形的（地）欢乐和哭泣吧！”① 八年前作者离家，老母亲含泪告别的景象，如今还历历在目，八年来子规的啼叫时常在耳边萦绕，子规的啼叫亦如母亲在呼唤“子归”，如今就要离开客乡，回到母亲身边，又怎不叫人激动。《胜利话还乡》的作者不敢相信突如其来的幸福，无法想象即将返乡的情景，更无法用更多言语来表达，“在过去那一串艰苦的日子中，我们都或多或少地患着忧郁病，家乡之思愁时常萦绕着我们的梦魂，如今，谁说梦一般的现实，不明明涌现在眼前？”“当你整理行装踏上归程时，你将是一种怎样的感觉？当你抵达家乡望见熟悉的河山时，又将是一种怎样的感觉？当你重逢那家乡的父老时，更将是一种怎样的感觉？那真是太兴奋太激动的事，兴奋激动得使你只有流泪。千言万语，万语千言，不知当从何说起。家啊，可爱的家，甜蜜的家，我想当我重新投入你的怀抱中时，只有先沉醉在你融融的欢乐中！”② 不只是散文、随笔，在《中央副刊》中，旧体诗词也被众多文人墨客们运用到了表达胜利的喜悦和盼望回归故园的急迫之中。“扶杖须臾愿无死，买舟轻快直临乡。白头万里归来晚，忘却桑极是夕阳！”“叠嶂安能阻去舟？知君心已到吴头！盔山松竹当无恙，还如陶风万卷楼。”③ 文人们在中国传统的情感表达方式中找到了共鸣，正如杜甫当年闻官军收河南河北时的“漫卷诗书喜欲狂”。历史纷纭变换，但古典诗歌却能沟通古今，展示出中国人民在伟大历史时刻中难以言表的心绪。

尽管还乡心切，回想起生活了八年的重庆，为落难的中国人民提供庇护的巴山蜀水，在枪林弹雨中同生共死的朋友，一切又是值得眷恋的。《中央副刊》记录了将要离开的人们对重庆的不舍。“听着大家欢欢喜喜说，什么时候将乘飞机去南京了，去上海的时候，我到（倒）觉得黯然起来，对于重庆到（倒）有点留恋了。”④ “纵使是十余年来孕育我的乡园的林树的召唤，仍削减不了我对巴山的恋情。算算日子，已不要多久，即可欣然走上东归之道，但我怀想当

① 杨民俊：《归来》，《中央副刊》1945 年 8 月 18 日。
② 浩然：《胜利话还乡》，《中央副刊》1945 年 8 月 17 日。
③ 李寅恭：《八月十日书感》，《中央副刊》1945 年 9 月 23 日。
④ 泽人：《重庆之恋》，《中央副刊》1945 年 9 月 26 日。

两岸猿声哀啼，一叶轻舟渡过万山重叠的三峡之时，谁能禁得住对蜀中的山水人物，不流下一把惜别之泪？”① 1946 年 5 月，国民政府还都前后，一大批即将还都的公务员们，也纷纷在《中央副刊》上发表文章，《留别嘉陵》《别南泉》《赠别友人》《别四川》② 成为副刊每天都会出现的主题，而对于战时的首都重庆，人们走之前，也希望能为它做点什么，他们在副刊上真诚地讨论如何纪念重庆，如何纪念战时首都。《中央副刊》的文章反映出即将离渝返乡之人的特殊心境，归期越近，对家乡的思念越浓，然而对重庆这片土地的不舍也与思乡之情成正比。

如果说胜利之初的人们还沉浸在还乡的美好想象中，然而具体落实到还乡的过程，却并不如想象般顺畅了。当内心的激动还未散去，现实却摆在人们面前。在浩浩荡荡的还乡浪潮中，首先要解决的是交通问题，尽管“国民政府交通部在日本投降签字后的一周内，迅即制定了交通复员实施计划”③。但是派往沦陷区接收的军队和接收人员需要及时有效的交通保障，要运送陪都的政府工作人员及家属返还南京，要将内迁的学校、工厂复员东归，要将大量入川的难民、流民遣返回乡，给战后的交通复员工作带来了巨大压力。因此，尽管人们内心急切地渴望迅速还乡，但现实却表明战后复员是一个十分缓慢的过程。国民政府征调船只，租用美国登陆艇，用于水上运输，但仍无法满足大量复员人员的需求，尤其是各党政机关纷纷利用职权便利争夺船只，导致复员运输更加紧张无序，大批普通百姓或学校师生被滞留在重庆，有家归不得，只能与家人遥相思念，叫苦不迭。程天放教育长在小温泉的中央政治学校报告关于复校事宜时，给政校的学生们做了一番分析“现在留在后方的公务员学生及眷属等应该回去的人约共二百万人，若以每个月七八万人的运输率计算，应有二十多个月才能运完”④。所谓一鼓作气，再而衰，三而竭，在兴致最高的时候被连续泼冷水，自然引起民怨。正如诗人所写到的“八月喜胜利，九月信可归。忽忽十月半，尤未理征衣”“书信分明在眼前，说到今年，必定回旋。为何秋暮尚冥然？”⑤ 诗人本以为胜利后便可与家人团圆，共度良宵，谁知欢欣已过，却被滞留重庆，想起家室无所依，女长选婿急，子憨读书稀，自己却被山川阻

① 文浩：《巴山的情恋》，《中央副刊》1945 年 9 月 24 日。

② 《中央副刊》（南京版）1945 年 5 月 5、6、9、10 日。

③ 张弓、牟之先主编：《国民政府重庆陪都史》，重庆：西南师范大学出版社，1993 年，第 569 页。

④ 乐水：《何时回南京》，《中央日报》1945 年 8 月 23 日。

⑤ 虚白：《诗词》，《中央日报》1945 年 10 月 29 日。

碍了归路，只能独倚栏杆，酒入愁肠，化作相思泪。

《中央副刊》上的文字记录的是人们经历的缩影，具有广泛性；而叶圣陶先生在他的日记中把这个过程记录得更为完整、生动。我们或许可以通过叶圣陶先生的文字来尝试补充副刊作者心中没有说完的话。抗战胜利了，家里的亲友都盼着入川的亲人能早日东归，叶圣陶携幼扶老，在不得已的情况下只能乘坐木船，因为“飞机、轮船、汽车都没有我们的份，心头又急于东归，只好放大胆子冒一冒翻船的和遭劫的危险”①，这自然引来亲朋好友的提心吊胆，只怕人舟俱没，从此不再相见。尽管回乡心切，然而叶圣陶先生东归时的心情亦是非常复杂，在1945年12月31日这天的日记中，他写道：“今夕余与芷芬等四人守夜。余轮到上半夜，但下半夜亦未安睡。廿六年自汉入川，在宜昌过年。今越半年而东归，过年尚未出川境。我此生居川，盖足八年矣。”②叶圣陶先生在四川，已经生活了足足八年，这八年间不知做了多少胜利还乡梦，但真当坐上归舟之时，回想美丽而坚韧的四川，新结识的文艺青年们，又让他难以割舍；同时，胜利虽来，但前途却依旧渺茫，面对中国的未来，文人书生叶圣陶只能“徒生愤慨”，在如此复杂的心境中，又怎能“安睡”。纵观此时段的《中央副刊》亦如是一大群人的日记，记录了流落在外的儿女对家乡的思念，也有对政府工作不力的愤怒与失望，亦有临别时对重庆的恋恋不舍，都是对当时社会生活的素描，它们既是反映现实的文学作品，也可以当作了解历史的珍贵史料。

和滞留在重庆的人们相比，能够先回到南京的人又有了另一番心境。此时此刻的南京，对于东归的人来说，家乡的含义更大于首都的含义。在沦陷的八年中，对于西迁陪都重庆的人来说，南京更多的情感内涵是家乡，是精神寄托的家园，对首都南京的情感也融合在个人化的思乡之情中。小说《归来》的男主角孙念东经过五小时的航程回到阔别八年多的土地，“一下飞机，他真想爬下来用他那微颤的嘴唇亲亲那绿茵茵的土地”③。文章虽为小说，但主人公真切的情感体验又仿佛是现实场景的描绘，主人公的经历或多或少寄托了作者的个人情感，从作者对主人公的命名中也可见一二。“春天来了，我心里充满了神圣的纯洁，无限的愉快！纯洁融化了八年的心酸，愉快荡别了九年的离愁。

---

① 商金林编：《叶圣陶抗战时期文集》第3卷，北京：人民教育出版社，2005年，第318页。

② 同上，第317页。

③ 天净：《归来》，《中央日报》（南京版）1946年5月29日。

我何有福，感到南京又巧逢这个美好的时节！”[①] 在春天回到南京，回到家乡，一切又仿佛重新开始，颠沛流离的生活也即将在春天一般的时节中复苏，刚刚回到南京的心情恰如春天般温暖。而《还家》的作者经历千难万苦回到家，看到熟悉的大门，手却激动地颤抖了，“路转过去，到了家的后门，园里的竹子森修成林了。我一阵喜悦，一瞥我苍老的故居，踏上一步，用微颤的手轻轻推开了八年不接触的门”[②]。还乡之初的兴奋是积压了八年的苦闷的喷发，是三千个日日夜夜倚窗期盼的实现，抑制不住的兴奋洗刷了战争带来的苦楚。然而，战争过后的世界真有如新生的春天般美好？人们的精神世界将再次面临怎样的冲击？在《中央副刊》中，我们发现，天堂和地狱只有一线之隔。

“在我带着孩子爬上飞机的时候，是如何快活啊！九年的困苦的生活已经过去了，而五小时以后，我将重新回到终日所想望的地方。看见平阔的马路，整齐的房屋，而且还可以听到使人发笑的‘呵唷乖乖，啊唷乖乖’江北人力车夫的声音，这一切不正像做梦吗？”[③] 作者在飞机上想象着平阔的马路，整齐的房屋，还有令人发笑的车夫号子，一切似乎都充满了幸福，然而，还都后作者所经历的现实告诉他，他在飞机上畅想的美景确实只能在梦中出现。从机场到中山北路的人力车夫开口要价就是五千，而“我”却天真地以为两千就可以搞定，“重庆听说南京贵，而贵到如此，却没有想到，以后如何过？房子？家具？饮食？一大串问题挤上心来，我惶惶然不知所措了”[④]。

在主要刊登古典诗词的《泱泱》副刊上，尽管有《还都赋》之类的鼓吹之作，然而能反映文人们真实体验的却是另一些抚今追昔的诗词歌赋。刚回到首都的诗人们对首都惨败景象的哀叹化作一首首诗歌、词曲，萦绕在金陵古都的天空之上。“辽鹤归来，金陵更是伤心地。寒梅未开？造物含深意。四野哀号，血变长江水！长江水！当年难记：多少流人泪！”[⑤] 昔日的都城，如今四野哀号，放眼即是伤心之地，而浩浩荡荡的长江水，又能记住多少流浪人的眼泪。“（仙吕点绛唇）甚处吾家，紫金山下。归来乍。惊喜交加，将热泪频挥洒。（混江龙）梦耶非假，一车送我入光华。颓垣败壁，野草闲花。不似雕梁归紫燕有如老树绕昏鸦。添悲诧。向谁行宿，只子嗟呀。”[⑥] 颓垣败壁，野草

① 常君实：《春情》，《中央日报》（南京版）1946年3月17日。
② 绪君：《还家》，《中央日报》（南京版）1946年3月17日。
③ 湟普：《还都后》，《中央日报》（南京版）1946年5月14日。
④ 同上。
⑤ 于右任：《点绛唇》，《中央日报》（南京版）1946年3月4日。
⑥ 饮虹：《东还》，《中央日报》（南京版）1946年2月26日。

闲花以及老树昏鸦给惊喜交加、热泪盈眶的作者造成的视觉冲击犹如泼在熊熊烈火之上的冷水，还乡的喜悦在还没有冷却的时候就被残酷凄凉的现实冰冻。

战争改变了世界，尽管坚毅的中国人民赢得了最后的胜利，经过再一次艰难的迁徙，流浪了八年的人也最终如愿地"归来"。但家乡却被战火打上了深深的烙印，在生活上，战争摧毁了房屋、农田，打乱了生活秩序，随之而来的是物价的上涨，房屋的难寻，以及经济的拮据；而在精神上，理想和现实之间的巨大落差又让人不禁心生绝望。这就是《中央副刊》中所描绘的历史，它用文学的方式记录下经历了八年苦难的中国人民在战后复员时期的生活和心灵。

战争把文人作家们驱赶到了后方，经历了最底层人民所承受的苦难和折磨，在走出书斋，走向民间的生活中，他们的世界产生了史无前例的巨变，从而在文学作品中生动地表达出来，产生了一大批优秀的抗战文学作品。然而很多创作在战争结束便戛然而止，这也是中国战争文学所存在的缺憾。两地出版的《中央副刊》则从平民的角度展示了西迁大军复员回乡的全过程，胜利初期的喜悦，复员还乡的艰辛，归家后的激动以及战后苦难生活的开端，从知识分子和普通大众精神转变的过程来看，这段时期的经历应该和战争中的经历共同构成一个完整的过程，作为对人类生存意识的关照，同时也为后人提供更多反思战争的机会。

第二节　"胜利的灾难"——复员凯旋声中的现实呈现

抗战的胜利带给中国人民的兴奋只是短暂的，当他们如潮水般从西南涌回东边，等待他们凯旋的却并非鲜花与祝福。刚刚经历过一场大战的人民至今仍然心有余悸，却又被迫承受接收大军的胡作非为。抗战后的社会秩序尚未恢复，新的担忧又涌上心头，人们甚至开始怀疑：胜利，是福？是祸？

在《中央副刊》的视野中，还都后的都市平民们仿佛一群由天堂坠落地狱的游魂，胜利的大喜和现实的大悲使他们的心理在短暂的时间内经历着一次次非正常的落差。他们在首都南京的大街小巷中为了生存四处奔波，在希望和绝望之间辗转反侧。《中央副刊》大量有关民生的文字讲述着普通人对生活的期望，描写着生活对他们的压榨。对于这样的《中央副刊》，我们完全可以将其当作一个现实主义的文本来阅读，因为它的诸多内容就是该时期社会现实的真实再现。

还乡后的大多数人，在喜悦还没有冷静下来的时候，就被挤进了生活的边缘。首先挑战他们物质和心理承受能力的是物价的飞涨。通货膨胀和物价飞涨自从抗战中后期就已经开始成为困扰国民党政府的一大问题。“在1942年—1944年，物价每年上涨约237%；1945年仅1月到8月，价格就上涨了251%”，“1944年政府实际的现金支出应下降到它战前支出的1/4以下，政府是在挨饿”①。对物价控制的失败，政府财政赤字的加剧，反映了国民政府在财政金融方面的无能。而抗战时期积压的财政经济问题直接影响了国民政府战后复员工作的展开。抗战胜利，急于复员还乡的人民为了尽快处理手中的物品，曾使后方的物价出现了短时间的下降，在收复区，物价指数最初亦有下降。但这种现象并未持续多久，从1945年11月开始，各地的物价又重新上涨，到12月，物价指数几乎再次回复到8月的水平。“在收复区，由于高估法币币值，造成法币大量拥至收复区，物价上涨更为明显。”② 尤其是政治形势的动荡，国民党政府一直没有放弃内战的企图，军费的巨大花销给财政带来的压力越来越大，政府只能毫无节制地发行纸币，由此导致的恶性通货膨胀，直接刺激物价，如此恶性循环，最终导致普通民众生活陷入水深火热中。人民逃不掉战争时的颠沛流离，即使战争胜利，还必须长期承受战争的后遗症，由此观之，战争和霸权对于普通的平民来说，毫无疑问是一场残酷的玩弄。

在《中央副刊》中，人民抱怨物价的声音此起彼伏。沦陷区的民众痛苦万分，过去生活在敌伪势力之下，他们日日在盼望政府的归来，以解多年来的奴辱，但政府还都后，带来的却是物价的疯狂上涨：一张电影票从五十块涨到了一万③。而与人民生存直接相关的粮食涨势同样令人咋舌，由于物价水平高涨，吃白米饭已经被视为是奢侈的享受，普通老百姓赖以充饥的大饼油条价格也成倍增长，饥饿让穷苦小民感受到切身严重的威胁。“劳苦大众最低限度的生存必需品，最起码的营养料，这一点请求不算过奢吧？我们不敢想吃白米饭，只想平平安安的（地）啃着大饼油条，充充饥饿的枯肠，咬紧牙齿，束紧裤袋带，渡过这高物价的恶风浪！”④ 面对物价疯涨，贫寒老百姓叫苦不迭，而学校里的清寒教员们也整日因为生活压迫而几乎失去了读书人的尊严。2月

---

① ［美］费正清编：《剑桥中华民国史》，杨品泉等译，北京：中国社会科学出版社，1994年，第585页。

② 汪朝光：《中华民国史·第十一卷（1945—1947）》，北京：中华书局，2011年，第283页。

③ 诗岑：《苦了我们》，《中央日报》（南京版）1946年11月13日。

④ 大凤：《大饼油条又涨价了》，《中央日报》（南京版）1946年11月17日。

25 日，署名方懋功的作者在《中央副刊》上发表文章《救救清寒员生》，讲述了学校教员生活的惨况，他们一个月的收入买不到十天的粮食，在他们默默为国家培育人才的同时，内心却不知包含了多少辛酸与眼泪。同时，作者也为一大批清寒的学生们呼吁，“一般有饭吃的，嫌鱼肉无味的先生们，你们不能分一点粗茶糙饭给快要饿死的学校员生门，为了正义，为了你们的良心，同时也为了国家的前途”①。作者在文章结尾注明要将本文的稿酬作为奖学金，这个做法得到了《中央副刊》编辑人员的肯定，并积极呼吁社会人士慷慨解囊，并声明《中央副刊》的作者如愿捐赠稿费，将于稿费结出后，在本刊上公布数额，并以《中央副刊》作者的名义进行集体转送。在全民生活都几乎面临困境的时候，编辑的号召并没有在副刊上引起太大的回应，除了之后几篇文章的作者有意捐赠稿费外，此事在不久之后也不了了之。《中央副刊》的作者群体主要是学生、贫民以及中下层公教人员，在物价飞涨的现实中，他们尚且无法满足自己的生存所需，又何来多余的钱来资助和他们同样处于生存困境中的人，而真正大鱼大肉的人，可能正在首都某个灯红酒绿的舞厅中流连忘返，又怎会有闲心和闲钱来施舍。

除了贫苦百姓和清寒教员们，城市中还存在着一群有着光鲜头衔，实际却食不果腹的人，他们就是政府的公务员们。郑一禾在《关于物价》一文中概括了公务员的生活状况“吃不饱，冻得死，外加没得房子住！”② 蒋介石幕僚唐纵在 1946 年 5 月的日记中对当时的状况也有详细记载“全国公务员、教职员和大多数老百姓都生活不了，天灾人祸，物价高涨，大家都在死亡线上挣扎。”“在职的公务员，各个忙乱，精力分散。在下的忙于柴米油盐，在上的忙于妻财子禄，精力另有所耗，对公事敷衍塞责，任何问题，不能解决。”③ 唐纵的话表明，此时政府已经意识到物价疯涨给社会带来的巨大影响，百姓叫苦连天，必将冲击政府在民众中的威望，但政府却束手无策。公务员精力分散，无意办公，导致政府工作瘫痪，社会问题更加无法解决，如此恶性循环，必将成为又一次社会混乱的开端。

5 月 3 日，国民政府还都大典正在风风光光地进入到最后的筹备阶段，而政府的公务员们却在《中央副刊》上疾声呼吁“我们快要被这如狂澜的物价

---

① 方懋功：《救救清寒员生》，《中央日报》（南京版）1946 年 2 月 25 日。

② 郑一禾：《关于物价》，《中央日报》（南京版）1946 年 3 月 3 日。

③ 唐纵：《在蒋介石身边八年：侍从室高级幕僚唐纵日记》，北京：群众出版社，1991 年，第 618 页。

压倒了，救救呀，救救我们这些公务员！我们不敢要求一分奢侈的享受，但我们要求活得下去，活下去总是我们的权利，不是非分之想呀！"[①] 署名"小公务员"的作者也被物价压得喘不过气来"涨价涨价，一个多么恶毒的声音，一个多么值得诅咒的名词啊！然而在波澜相接的涨价声中，我已想不起究竟会得到几多时的喘息？"[②]"物价也还都了，环绕着物价问题的许多问题，也跟着还都了，这叫做（作）无形的还都。""有形的还都给人兴奋，无形的还都使人忧虑。"[③] 在同日的副刊中，还刊登了《还都人谈物价》一文，"国府还都了，我们的贫穷也还都了""市上一走，震慑于物价的硕大，我们这些穷人，胆如鼷鼠，简直高攀不上"[④]。5 月 5 日是国民政府还都的日子，孙中山陵前的还都大典盛况空前，与百姓惨不忍睹的生活景象形成鲜明对比，而在《中央副刊》上哀叹物价的文章和庆祝还都的文章也遥相对应，暗示出政治与民生的尖锐冲突。

房荒是收复区人民的另一个困扰。关于复员群体住房困难的现象也是此时段《中央副刊》经常讨论的主题。房荒从哪里来？还都的人该如何解决住宿？如何解决房荒？面对社会普遍关注的问题，在《中央副刊》的文字中，说理论法，抱怨诉苦，出谋划策，可谓洋洋大观。

复员初期，政府无法在短时间内解决住房问题，以至于强占民房，租赁纠纷，居住条件恶劣等社会问题愈演愈烈。《还都后》以第一人称的方式讲述了作为国民政府公务员的"我"还都后到处奔波租房的经历。面对高额的房租和押金，"我"哑然了，"五万一月，一百万压，十万一月，五十万顶费！五十万！一百万！天，这些钱从那里来？只能等着你掉下来了！"到最后，只能租到一间"放下一张床和桌子就转不过身来"的房间。作者不禁感叹"战时苦，总以为战后可以不苦，而事实告诉我，战后的生活比战时更苦，我只能凄然而叹了。"[⑤] 房东们不仅向房客索取高额的租金和押金，还往往以各种理由逼迫房客退租，然后租给出价更高的租客，而房客为求一容身之所，只能忍气吞声。在《房东的才干》[⑥] 一文中，"我"即使已经交了半年的预付房租，本以为很泰然，谁知不久后便收到房东勒令退房的要求，在反复谈判未果的情况

① 小吏：《公务员的呼吁》，《中央日报》（南京版）1946 年 5 月 3 日。

② 《小公务员》，《中央日报》（南京版）1946 年 5 月 4 日。

③ 沛：《还都建国》，《中央日报》（南京版）1946 年 5 月 5 日。

④ 张子展：《还都人谈物价》，《中央日报》（南京版）1946 年 5 月 5 日。

⑤ 湟普：《还都后》，《中央日报》（南京版）1946 年 5 月 14 日。

⑥ 劲草：《房东的才干》，《中央日报》（南京版）1946 年 4 月 30 日。

下，房东展开另外的攻势，公然带着一批租客来“我”住的房间看房，最后“我”只能在房东强烈的攻势下妥协，答应上调房租。《还都人谈物价》的作者张子展也感叹于物价和房子的巨大压力“想起了房子和金子的连带关系，汗毛都会发抖”[①]。住房问题成了复员还都之人首先要解决的大事，然而不仅是小公务员无房可住，就连蒋介石的文胆陈布雷东还之后，仍要因住房问题而愁眉不展，据陈日记记载“与允默谈房屋事及今后居住问题，不意抗战八年，而余等东归之日，乃至京沪两地都无住居之所……而南京房产亦毫无基础，可谓一叹……”[②] 时任《中央日报》总主笔的陶希圣返京后也为住房问题困扰，“一家人回到南京之后，真是一文不名。田吉营的房子阴暗潮湿，四壁萧然”[③]。租房难成为复员后的一大普遍社会问题。

表面看来，引起房荒问题的直接原因是战后复员导致后方大批人口骤然涌回首都，然而据《中央副刊》亲历房荒的作者们反映，复员初期的房荒并非由大量回流人员引起的，而是另有原因。“照理说，战前在南京有 120 万人口，现在还都了，至多也不过 80 万，战时虽有破坏，但花了半年以上功夫大事整修，在比例上无论如何比不上战前。”[④] “房荒只是在不正常的状态下造成的，南京根本就不应该有房荒”[⑤]。实际上，在房荒问题的背后，罪魁祸首还是指向物价的上涨和政府接收的混乱。“也许是房租贵了，许多人租不起；也许是房租贱了，许多房主不愿将房屋出租。”[⑥] 由于物价上涨，房东也不得不提高房价，但租房的人又无法承担高额的租金和押金。一般的公教人员无房可住，而大批接收官员们却又因职权便利占了诸多房屋，使房屋分配极不合理。“南京的较大房屋，已经被少数特殊人物‘统筹’完了，后来的还都人，只有望着大块平原叹气。”[⑦] 作者们在《中央副刊》上谈房荒问题，分析原因，提出建议，希望能够引起当局的重视，然而却收效甚微，房荒问题在接下来的几年里愈演愈烈，成为普通大众对政府极其不满的重要原因之一。同时，《中央副刊》也仿佛也成为众多房客们伸张正义、寻求舆论支持的场所，他们直接在报纸上呼吁：“凡是同样受着恶房东无理威胁的同胞们，我们要大家联合起来，在忍

---

① 张子展：《还都人谈物价》，《中央日报》（南京版）1946 年 5 月 5 日。

② 王泰栋：《找寻真实的陈布雷》，北京：作家出版社，2011 年，第 282 页。

③ 陶希圣：《潮流与点滴》，北京：中国大百科全书出版社，2009 年，第 221 页。

④ 何源：《房荒问题》，《中央日报》（南京版）1946 年 5 月 8 日。

⑤ 沈愚：《解决房荒一建议》，《中央日报》（南京版）1946 年 5 月 30 日。

⑥ 何源：《房荒问题》，《中央副刊》（南京版）1946 年 5 月 8 日。

⑦ 同上。

无可忍之时，给一般恶房东一个正义的迎头痛击。”① 通过《中央副刊》的文章以及作者们的态度可以明显看出，房荒已经由一种不良的社会现象逐渐发展为严重的社会对立。

《中央副刊》的作者群大多是中小学教员、大学教师、公务员，他们受过教育，会观察和批判社会现实，有较强的自尊心，然而此时，他们谈论最多的不是文学、不是学术也不是人生。他们处在物价暴涨的战后恢复期，窘迫的处境让他们下笔疾书的内容变成了最基本的吃住需求。无法养活家人，没有立锥之地，作为政府的公教人员，又讲什么清高，讲什么教育，讲什么工作。“小教的生活真比不上集中营敌寇的待遇，大饼油条充塞我的肚皮，满屋硬板做我的伴侣……看到玄武路那边集中营，有着青翠的数目，一弯流水，高兴打打球，闲着钓钓鱼，悠游自在，令人感想无限!”②《中央副刊》承载了他们对社会的批判，倾听着他们的抱怨，安慰着他们的愤怒，知识分子对政府政治、经济工作的不满充斥着副刊版面，给党报副刊带来了诸多“不和谐”的声音，国民政府也采取了诸多对策，企图解决首都的房荒问题，然而一个个良策都因飞涨的物价和政府拮据的财政而胎死腹中，房荒并未得到根本性的改善。正如《房荒评议》的作者张霖所说“房荒不要紧，唯人心荒了，倒是不可救药”③。国民政府在处理房荒问题上的不利，也让它失去了最为广泛的支持者：城市平民和普通知识分子。

战后国民政府的接收工作成就了另一批人，他们趁着被首先派往沦陷区展开接收工作的机会，大肆掠夺日伪财产以及普通市民的财产，成为新兴的都市富有者。他们曾被视作正义的使者，前去解救沦陷区的人民，他们的到来被视作洗刷耻辱的最好象征，然而，这批人却披着正义的外衣，大行不道德之事。

国民党对沦陷区的接收工作是在排除了共产党的情况下独自进行的，接收变成了“劫收”，形成一股普遍的贪污风潮。由于利益所驱，加之国民政府部门职能混乱，导致政府、党务部门、军队、地方势力往往同时展开接收，争相抢夺，为贪污腐败者们带来了可乘之机。大批接收官员甚至将民众私人财产强行指为日伪财产加以没收，引起民众极为不满。老百姓谈国军色变，“想中央，盼中央，中央来了更遭殃”“三洋开泰”（捧西洋，爱东洋，要现洋）“五子登科”（房子、车子、金子、票子、婊子）成为百姓讽刺接收大军的流行语。

---

① 张霖：《房荒评议》，《中央副刊》（南京版）1946年5月30日。
② 大可：《小教师呼声》，《中央副刊》（南京版）1946年11月1日。
③ 张霖：《房荒评议》，《中央副刊》（南京版）1946年5月30日。

《中央副刊》作为首先复员的报纸副刊之一，及时、形象地刻画了一批贪婪的接收者形象。他们之中有一些人过去也有自己的操守，吃了八年的苦，本应该了解其他人的苦难，但胜利之后的接收为他们提供了享乐和放纵的机会，而政府亦缺少行之有效的监督机制，于是曾经的人民英雄们现在却“连人家的‘腐败堕落’也接收过来”①。其中也有一些人，他们热衷于抓住各种时机，剥削民脂民膏，在《恭喜发财》一文中，作者揭示一个啼笑皆非的现象。胜利后的第一个新年，以往受人欢迎的“恭喜发财”现在听来却不是祝福，反而会使人反感。听到“恭喜发财”会感到愉快的，只有一部分人，“在战争期中，他们发了一笔国难财，去年胜利来临，他们又发了一笔胜利财，现在政府进行复员建设的工作，他们又可以打着一本万利的算盘，去发一笔复员建设财了”②。作者以讽刺的笔法，对接收复员工作中的贪官污吏做出严厉的批判，在与普通老百姓思想状况的对比中，凸显出贪官污吏们可憎的形象特征。《泱泱》副刊以刊登近代掌故、诗词小品为主，很少直接论及时政，居然也出现了讽刺接收官员的打油诗：“奉委赴任时；吹得掀天接地。起印布告时；说得顶天立地。办事弄鬼时；搅得昏天黑地。刮削民膏时；做得无天无地。巴结朋党时；摆得花天酒地。升官发财时；乐得欢天喜地……”③ 诗歌形象地刻画了贪官污吏表里不一，阴险狡诈的形象，揭示了导致民众生活困苦、社会风气败坏的根本原因。钱和权的交易充斥了复员时期的收复区，权力带来金钱，金钱又买来权力，权和钱互相依托，最终导致收复区的钱财集中到少数富人手中，在城市和乡村中普遍形成穷者更穷，富者益富的现象，贫富差距与日俱增。正如《冬天来了》一文中所写到的：“冬天来了，有钱的人们，挺起了肚子。冬天来了，没有钱的人们，……勾下了腰。”④

《中央副刊》中塑造的贪污、劫收者大肆搜刮民脂，充实自己的腰包，无非为了享乐二字。在整个接收过程中，南京和各收复区的城市里，普遍呈现出一种“歌舞升平”的景象，在繁华的都市里，酒楼饭馆人满为患，充斥其中的全是国民政府派遣的接收官员，也有不少军政官员整天流连于舞厅妓院，“大家都忙着抢夺财产，抢夺房子，抢夺官位，抢夺歌女，抢夺车子。国民党新六

---

① 白鸥：《橘与枳》，《中央副刊》（南京版）1946 年 11 月 6 日。
② 知白：《恭喜发财》，《中央副刊》（南京版）1946 年 2 月 2 日。
③ 江鸟志：《贪污者的天地》，《泱泱》（南京版）1946 年 3 月 5 日。
④ 珈珞：《冬天来了》，《中央副刊》（南京版）1946 年 11 月 19 日。

军的一个师长，居然为一名歌女在私宅中装了一部自动电话”①。收复区人民经历了八年的痛苦，胜利到来了，他们希望的是和平、稳定的生活，然而在物质上面对劫收的同时，在精神上还要面对由这批富有者带来的骄奢淫逸之风。作者们批判的对象主要是重庆来的接收人员，他们无论官大官小，都在接收中发了大笔横财，于是用贪污掠夺得来的钱财，在都市中捕捉畸形的欢乐与刺激，追求官能的享受：

充满了爵士乐声的屋子里，
有——
洋琴鬼的尖叫，
卖春女郎的苦笑，
糊涂男的呓语；
虚伪的爱，
廉价的情，
钞的跃旋，
肉的交流。
谁听见：
门外的风声？②

给大员们提供享乐的妓女、舞女是被生活逼迫的牺牲者，她们没有自己的名字，统称为“卖春女郎”，一晚上廉价的收入不足以养活一家老小，她们在光鲜的霓虹灯下做着钱和肉的交易，在浓妆艳抹的背后，却是她们无奈的苦笑，她们仿佛是两个世界的交点，身体在华丽的舞场里游荡，但心灵却在门外的寒风中流浪。这群带着满身的铜臭味的大员们，享受着钱与权带来的糜烂生活。白天，他们抢劫的是普通老百姓的钱财，而晚上他们践踏的是老百姓的尊严，因为这些下层的舞女和妓女往往就是普通老百姓的女儿或妻子。作家和诗人抓住国统区的丑恶现实，经过艺术加工，凝聚成作品中的艺术形象，写成了这些政治讽刺诗，鞭挞社会的反面现象，抨击统治者的倒行逆施，具有积极的现实意义。

伦敦《泰晤士报》在1946年的春天用极大的篇幅报道了“中国饥饿，上

① 张希贤：《陈布雷和陈伯达》，北京：中共党史出版社，2012年，第183页。
② 草句文：《无题》，《中央副刊》（南京版）1946年11月18日。

海跳舞”的新闻，同样作为中国的新闻人士，《中央日报》的马星野和王新命等人看了觉得颇为讽刺。该新闻报道的虽以上海为特例，放眼一望，实际上这种现象存在于战后各大收复区的大城市中，作为东部的现代城市上海和国民政府首都所在地的南京又极为严重。南京街头出现了极贫与极富的两个极端，遍地疮痍，乞丐满街，嗷嗷待哺，而接收的新贵们，正歌舞升平，绝不愿体恤民众苦楚，此时重庆方面也正在提倡节约，筹划救济。基于以上原因，马星野和王新命等人联合在《中央日报》提倡节约，力主禁舞，借以抑止奢侈颓风。《中央日报》力主禁舞，刚开始并未引起南京市政当局的重视，当时的南京市长马俊超将此事交给一个科长去处理，并以禁舞会影响舞场、舞女、音乐师等一干人的收入为由，消极怠慢此事。王新命大为愤激，在《中央日报》上发表《接受市政府的挑战》一文，文章认为从生活水平来看“千百倍于舞女音乐师的饥饿民众则更值得同情”“不能因为少数舞女和音乐师的失业，而忘却千百倍于舞女音乐师的饥饿民众。”① 王新命的挑战让南京市长马超俊看到《中央日报》态度之坚决，于是才决计禁舞。《中央日报》充分发挥了新闻媒体的舆论力量，在这场禁舞节约之风中起到了关键的作用，时任《中央日报》记者的龚选舞也在回忆中谈到“自从《中央日报》一连开炮，迫使市政府下令关闭所有舞榭”②。《中央副刊》的编辑、作者们也纷纷写文章支持报社发起的禁舞节俭运动。他们的文章多以杂感时评类为主，紧贴社会时事，体现出极强的社会主人翁意识和社会责任感，《中央日报》提出的禁舞节约理念，也在他们连续不断的评论、建议中逐渐得到充实和完善。《关于“靡靡之音”》③ 一文中，作者认为要建立正常的社会风气，就必须肃清低水准的色情歌谣。在八年抗战中，沦陷区人民的耳朵被日本侵略者的文化侵略所毒害，整日贯穿他们耳朵的是《满洲姑娘》《支那之夜》等旋律，所以胜利之后，不堪入耳的靡靡之音反倒成了京沪地区最为流行的旋律。低俗的音乐刺激了享乐之风的兴盛，有钱人留恋其中，穷人望之兴叹。《中央日报》的禁舞宣传在一段时间内对政府起到了一定的警示作用，然而单靠舆论的力量并不能从根本上改变国民政府的腐败统治，同时，在禁烟、禁舞、禁赌、禁娼的背后，始终存在着一个悖论，赌徒是谁？嫖客是谁？普通民众基本的生活尚不能满足，又何来钱财抽烟、跳舞、

---

① 王新命：《新闻圈里四十年》，第 547 页。

② 龚选舞：《龚选舞回忆录：1949 国府垮台前夕》，北京：世界图书出版公司，2012 年，第 19 页。

③ 酉廷：《关于“靡靡之音”》，《中央副刊》（南京版）1946 年 3 月 15 日。

赌博、嫖娼？实际上他们大多数就是政府中道貌岸然大呼禁赌禁娼的大小官员们，他们一边颁布禁令，一边用特权打破禁令，面对由上而下的腐败，国民政府亦一筹莫展。

如果文学能够充分反映社会发展过程中的矛盾；如果在社会实践中，文学作品能够洞察社会关系和未来的发展趋向，它就是一面最真实的镜子。《中央副刊》从文学的角度反映了战后国民政府统治下的收复区的社会矛盾，以及不同社会群体，不同阶级的尖锐对立。同时，《中央副刊》这面“镜子”也暴露出国民政府在大陆垮台的重要原因：战后民众对国民政府态度的急剧转变最终将成为国民党在内战中迅速失败的催化剂。所谓“得民心者得天下”，国民政府在抗战胜利后不到五年的时间内便在大陆分崩离析，除军事经济方面的失败外，民众政治心理的转向对其也产生了致命影响。叶圣陶等爱国文人们在复员初期就看出了国民党政府的腐败无能，并对政治腐败给人民带来的痛苦深感忧虑，“复员工作之进行，无非为当事者攫利争权之举。从政者一切恶德，皆于此时表露无遗，殆为古今腐朽之顶点……我国翻身，本以此为最好机会，今则其机已失，须待重新来过，然而民生困苦太甚矣”①。而时任中国战区统帅参谋长、驻华美军司令的魏德迈也在他的日记中记录了中国普通民众对国民党政府的不满和失望：“国民政府的胡作非为，已经引起接管区当地人民的不满，此点甚至在对日战争一结束后，国民政府即严重地失去大部分人的同情。”②严重的贫富差距，尖锐的民生问题，不但使国民党失去了普通民众的信任，甚至大量国民党内部人士也逐渐对其失去了心理认同，表现出离心的倾向：“我们有30万同胞在死亡线上挣扎，而歌舞升平、朱门酒肉臭的现象，所在都有。我们有数十万人无家可归，无业可就……我们的教育界，要发动学生‘求乞’来表现‘尊师’。我们的公教人员已经办不了开门七件的私事。我们的恶房东在驱迫房客投河自杀，我们的贪官污吏奸商投机的一群，在金条美钞上打滚……这是什么现象！这是怎样的预兆！这是一二末日之来临，极少数人在作着最后一批的搜刮敲剥，最大多数人在作最后一口气的忍受！”③ 胜利后的接收对国民政府统治之下的民众来说是一场灾难，然而对此时正野心勃勃的蒋介石和国民政府来说，又何尝不是另一场灾难的开端。

---

① 商金林编：《叶圣陶抗战时期文集》第3卷，第332页。

② 世界知识出版社编：《魏德迈将军的报告》，《中美关系资料汇编》第1辑，北京：世界知识出版社，1957年，第192页。

③ 作者不详：《拿出办法来》，《中央周刊》1946年6月7日。

第三节　胜利后的幻灭——战后国统区的社会心理呈现

在抗战时期，抵御外敌，取得民族独立是全中国人民的共同信仰。经过八年浴血奋战，中国人民终于迎来了战争的胜利，但是人们梦寐以求的和平建国却并没有在战后立即实现。战后国内局势的发展在人民心中造成一种信仰的断裂感，旧的信仰已经过时，而新的信仰却正在面临重重挑战，天地玄黄未定，《中央副刊》的很多作者在作品中不约而同地流露出一种生命意义丧失的颓废感和幻灭感，他们在物质上承受着贫穷带来的痛苦，在精神上又表现出丢失过去与不知将来的迷惘困惑，他们的作品出现在《中央副刊》中，给副刊增加了一股低沉忧郁的潜流。

副刊中的此类作品往往截取个人生活中的某个片段，讲述自己在日常生活中的情感体验，或是在对故乡、童年、亲人的怀念当中，寻找精神的慰藉，尤其是从大后方回到收复区的青年们，他们往往在描写现实的苦闷中流露出时光不再，人生已老的哀伤之感。他们明明只有二十来岁，还处在人生最灿烂的年代，但却又普遍感叹自己已经老了，失去了青春的幻想。《没有青春的人》是作者的自我定位之作。当作者在理发店看到镜子里那个面孔苍老憔悴，衣衫褴褛的人，简直不敢相信那是自己。然而镜子里的人又颇具讽刺地让他不得不面对现实。“我记得的，我还是一个二十六岁的青年啊！依理说，正是人生充满阳光的时候，然而我的青春在那里呢？我竭力在回忆中找寻我的青春，可是我失望了，我好像从来便没有过青春，就是有，那也是很短的一个刹那，像一闪即逝的一道光，并没有留下一点痕迹。”① 没有青春是这个时段年轻人普遍的心理感受，“我深深的记得我仅仅廿四岁的人，可是我常常觉得衰老了，失去了生命的活力，富有的生命幻想……在静寂的日子里，如深山古刹中的僧侣，敲钟念佛，不知在等待什么的来临”②。本该充满活力的青年人，心境却犹如行将就木的老人，当所有希望犹如幻境一样消失后，他们对任何事情也提不起兴趣，索性不再较真，表现出对现实生活强烈的幻灭感。诸如此类的文章主要以自我抒情为主，充斥着强烈的个人意识，然而是什么原因导致青年未老先

---

① 荒泊：《没有青春的人》，《中央副刊》（南京版）1946 年 3 月 5 日。

② 同上。

衰？我们或许可以借助《中央副刊》中其他青年的文章，窥探一二。

《苦果》的作者从五月温暖的江边，回到冬季浸淫的城市，内心充斥了悲哀。曾经他也有许多亲如兄弟的同伴，但兵荒马乱的生活就像俯冲而下的老鹰，随时有可能将这群可怜的小鸡冲散得四面八方飞开。“一个靠情感生活的人，而生活在一个没有情感的地带，与一个没有情感的行列里，这是一件多么痛苦的事；一个非要紧箍在一起的生活，而生活偏要把我们割开，这又是一件多么不合理而伤心的事！”① 多愁善感的他失去了同伴，在陌生的环境中孤独地怀念过去的生活，虽然在金钱上，他们曾经是最贫穷的，但是在情感上，他们却是最富有的，如今，生活的将他和同伴拆开，他连仅存的情感依靠也被剥夺，只能在空荡的城市中咀嚼寂寞的苦果。文中反复出现的意象“江边”对于作者来说，除了有客观的地点所指外，同时更是精神寄托的场所，曾经他和他的同伴们在江边收获了学生的爱戴，然而却在老年人的嫉视和陷害下，像失去田地的农夫一样，狼狈地离开，曾经在江边他们也收获了善良女子的爱情，然而古老的土地，浓厚的古老意识以及新鲜的金钱和势力又遮蔽了她们的眼睛，使他们的爱情来不及结果就遭遇暴风雨。这群年轻人并未就此屈服，当他们再次愉快地聚集到江边，又仿佛变成了翻过年来的农夫，开始了新一轮的耕耘，然而这次等待他们的却是生活的棒打与贫穷的折磨，他们只能再次空手离开江边。“江边”为年轻人提供了耕耘人生的场所，然而每当这群活力的农夫兴致勃勃地来到自己的园地，辛勤种植等待收割时，外来的各种灾难却又让他们颗粒无收。《苦果》这篇文章最大的特色在于通过强烈的抒情色彩凸显出青年人现实和情感生活的跌宕曲折，他们曾经有理想有抱负，青春的活力为他们提供实现理想抱负的动力，然而社会中的各种障碍却总是一次次扑灭他们的热情，残酷的社会现实和古老保守的传统吞噬了青年的梦想，将他们拆散，驱逐，让他们失去并肩奋斗的同伴，失去实现理想的精神家园，只能四处漂泊，在孤独和寂寞中啃食早衰的人生。

如果说社会给青年们带来的是无所依靠的寂寞感和孤独感，而现实的艰苦给已经成家立业的青壮年群体带来的则是生活和理想的双重重压。失业助长了青年的忧郁和颓废，他们甩不掉肩头的重担，更抹不掉心灵的负担。作为孩子的父亲，女人的丈夫，他们往往是颓败家庭中的主要生产者，然而失业要让他们背负一家老小无饭可吃，无衣可穿的罪责；更可悲的是，正处于壮年的他们，却无法成为一个独立的人，责任让他们连追求自由的权利也失去了。由失

---

① 庄郝：《苦果》，《中央副刊》（南京版）1946 年 11 月 21 日。

业带来的对物质和将来的双重恐惧，像两重灰色的幕布，把他们的内心变成灰色。他们普遍感觉生活缺少趣味，心情像患了麻痹症，对任何事物没有欣赏的乐趣，这种两难的心境表现在他们的作品中，最为明显的是文章既充斥着颓丧之感，又充满了对社会现实的憎恨。“现在，在这白衣冠里，又已徜徉到了暮春，苦闷在胸中积压着，每在玄武湖头，台城路畔，寂寞和空虚总一次比一次更深刻了。”① 被誉为“金陵明珠”的玄武湖，六朝古都故址台城路，并未引起作者的兴致，历史变迁的沧桑感反而加重了内心的寂寞和空虚。“秦淮河这一沟水，呆呆地流着，从前他象征六朝的繁华和明末的奢颓，但是今天呢？我觉得他还是一个象征，一个代表中国不死不活的象征。”② 同样的秦淮河，在不同时代、不同人看起来却产生了巨大的差异，同样是象征，在前后鲜明的对比中，体现出的是作者对当下社会现实的无奈和愤恨，在“不死不活的中国”，遍布着的是不死不活的中国人。更甚者把生活看成是一潭死水，向它发出厌恶的诅咒“这里养不活一条鱼，却是培植细菌的老家。向人类，散布着疾病和死亡！”③ 人的情感波动大多是由周围环境的刺激引起的，当直抒胸臆已经无法表达现实带来的空虚和苦闷时，作者们不自觉地偏好于采用比兴的手法，达到托物言情的效果，又有言有尽而意无穷的回环之感。

还有一部分人，当大家还陷于胜利狂欢时，他们已经预感到接下来的艰辛，政治局势的不稳定让他们看到和平建国的渺茫，而接下来要发生的，是内战还是和平，在多变的局势中他们也看不到自己的将来。1945 年 11 月，在中苏文化协会举行的杂志社联谊会临时会议中，文化人士们就已经纷纷感受到内战危机的迫近，叶圣陶先生在他的日记中记录了他对时局的担忧，“听各人报告所闻，似内战已不可免，一切设施皆集中于备战，敌伪参加部队，美军任运输修路，紧缩工贷，不顾工厂关门，大众失业。闻之皆可伤痛”④。曾经长居中国的德国友人王安娜也在她的回忆录中写到当时的情形：“战争是结束了，但仍未达成统一，蒋介石以战胜者的身份受到全世界的祝贺。然而，在中国人民的心里，有和平的喜悦，也有对和平不能持久的不安，这两种心情交错在一起。”⑤

---

① 书华：《寂寞》，《中央副刊》（南京版）1946 年 5 月 12 日。

② 书华：《金陵杂写》，《中央副刊》（南京版）1946 年 5 月 20 日。

③ 子梅：《死水》，《中央副刊》（南京版）1946 年 4 月 7 日。

④ 商金林编：《叶圣陶抗战时期文集》第 3 卷，第 295 页。

⑤ ［西德］王安娜：《中国——我的第二故乡》，上海：生活·读书·新知三联书店，1980 年，第 407 页。

然而，战后国民政府的一切行动均表明其并无和平建国之诚意，筹备内战和复员接收中的恶行也刺激着知识分子的分化，中国的知识分子们面临“两种中国命运”的选择，他们认为国民党不会给中国带来光明，社会局势让他们感到祖国前途的不确定，也对自己的人生未来充满迷惘。1946 年 7 月，《中央日报》刊登了朱自清先生的《动乱的时代》一文，文中对当时中国人民的心理状况作了这样的描述：“这是一个动乱的时代，一切都在摇荡不定当中，一切都在随时变化之中，人们很难计算他的将来，即使是最短的将来，这使一般人苦闷；这种苦闷或深或浅的（地）笼罩着全中国。”①

胜利的到来让艰苦抗战了八年的中国人民暂时得以喘一口气，也情不自禁地在心内描摹着接下来的和平幸福生活，但是胜利后中国时局的变化太快，人民的希望也幻灭得太快，很多人甚至产生了胜利后还不如抗战时的想法，于是在大战结束的前两年就有的幻灭感，到了大战结束后这一年，更为显著了。正如巴金笔下的国民政府小公务员汪文宣，终于等到抗战胜利了，但他却死于庆祝胜利的鞭炮声中，除了肺病的折磨外，更主要的应该是精神信仰的幻灭，工作、家庭、爱情没有一样能按照他的愿望发展，他只是社会齿轮中的一格，没有办法改变整个社会的规则。《寒夜》发表于 1946 年 8 月，同样处于战后的动荡时期，作者安排汪文宣在全国人民欢庆胜利的时候默默离开人世，或许正有意借此暗示希望的实现，也是希望的消失，即使战争胜利，国民政府统治下的小人物的命运仍得不到根本改变。正如《苦闷》的主人公徐在战时的堡垒重庆看到人们庆祝胜利的狂欢，洪流般的笑浪，他却哭了。“现在他热爱的国家是胜利了，而对着建国的艰巨，他感到空虚。”② 作为民族苦难命运的分担者，在抗战的大时代中，如果说他也留了汗流了血，那便是他拿着一支笔，站在文艺岗上播撒了光明的种子与向黑暗的投枪。他曾经是一个有信仰有勇气的文艺战士，战争胜利反而让他成为无处可去的人，原来的地方是回不去了，但是去南京又能找到工作吗？在这人情社会的圈子里。和平自由的新中国要什么时候才能实现？在这动乱的时局里，希望对于普通民众来说仍然是虚妄。从战后《中央副刊》所反映出的国统区人民的生活和心理状况来看，事实也正如叶圣陶、王安娜、朱自清等人的担忧一样，社会动荡不安，最终的受害的仍是普通民众。

---

① 朱自清：《动乱的时代》，《中央副刊》（南京版）1946 年 7 月 31 日。

② 纪纬：《苦闷》，《中央副刊》（南京版）1946 年 4 月 29 日。

第十章　南京《中央日报》副刊和战后国统区文艺走向考察

抗战胜利后，《中央日报》于1945年9月迁回南京。迁回南京的《中央日报》副刊一方面表现出了再度繁荣的局面。在社长马星野的带领下，《中央日报》副刊出现了《中央副刊》《泱泱》《山海》《文史》《妇女》《儿童》《青年》等周刊或双周刊。另一方面，国民党文艺政策上的调整，国统区文艺的新走向也在《中央日报》副刊上有着显著的体现，比如“先日报，后中央”的政策使得《中央日报》副刊出现了短暂的民主现象；国民党的对文人的严酷政策，使文人逐渐看清国民党在抗战后期多变的态度以及对文化界人士表面拉拢，暗中残害的虚伪行为，使抗战胜利后《中央副刊》上文人严重流失。而且，从国民党的党报副刊及国民党文艺部门的活动来看，国民党在战后文艺政策的调整，又是打破文艺界大团结和造成战后文艺新格局的导火线。因此，考察抗战胜利后国统区文艺的走向，认知其对战后文艺格局的影响，南京《中央日报》副刊可谓是绝佳的窗口。

第一节　战后《中央日报》副刊及国统区文艺的言说环境

国民党在“党治文化”的精神指导下，企图利用“三民主义文艺”全面控制文学艺术活动，排除非国民党意识形态内的一切进步思潮。如此便造成了国民政府统治时期文艺作品质量低下的现象，真正贴近现实、关注民众生活的作品几乎是凤毛麟角。抗战时期，在“于团结抗战无益”的理由下，国民党不但不允许进步人士和共产党领导的报纸、刊物、图书中出现反映国统区现实生活的内容，尤其是有损国民党形象的负面消息，对自身控制下的报纸杂志也严加审查，在代表国民党和蒋介石的党报《中央日报》上，无论是新闻还是副刊，言论更是小心翼翼。抗战时期的《中央副刊》秉承着国民党党治文艺的宗旨，发表的作品总体上是以鼓舞抗战，对共宣传为主，但是在抗战胜利之后，中央副刊却有了异常的转变，出现了诸多反映现实生活、记录民众心理变迁的文学作品，《中央副刊》走入一个前所未有的自由、开放的阶段。国民党党报副刊的转变，有其自身发展的主观原因，又与胜利后的社会局势有密切关系。同时，《中央副刊》的转变也折射出整个国统区文学环境的变化。

从抗战时期和战争结束之后《中央副刊》的言论对比当中，可以发现战后《中央副刊》以及国统区文学的言论尺度发生了巨大变化。在抗战进入相持阶段后，国内两个政治势力的斗争日趋激烈，这种政治氛围表现在文学上也演变为两方文化人之间的相互博弈。历史剧便在这样的大环境中繁荣起来。在当时，郭沫若的《屈原》和阳翰笙的《天国春秋》被称为是历史剧中的“双子巨星”，在这两部历史剧中，政治意识压倒历史意识的思想倾向是不争的事实，作者都试图通过历史事件来揭示国民党制造“皖南事变”同室操戈的恶行。然而巧合的是，这两部历史剧却先后与国民党的党报《中央日报》副刊产生了渊源，更有趣的是，同样是讽刺国民党的作品，在战时与战后的《中央副刊》上产生的影响却截然不同。

抗战进入相持阶段后，为了抑制国统区暴露黑暗的风气，1942 年，时任国民党中央宣传部部长的张道藩在《文化先锋》第 1 卷第 1 期上发表了《我们所需要的文艺政策》，该文提出了著名的“六不”政策，即“不专写社会黑暗”，“不挑拨阶级仇恨”“不带悲观的色彩”“不表现浪漫的情调”“不写无意义的作品”，张道藩的文章可以看作是国民党官方意识形态及其文化政策的集中体现。之后，国民党政府更是颁布了多种法令法规，如《文化运动纲领》《出版品审查法规与禁载标准》《修正图书杂志剧本送审须知》等等，用以控制打压作家对社会现实的揭露。然而，抗战进入相持阶段后，国民政府统治的各种弊端纷纷暴露，国统区人民的生活备受战乱和独裁的压迫，面对这样的社会现实，生活在国统区的进步作家们冲破重重阻碍，纷纷在文学作品中对国民党统治下的黑暗现实进行了辛辣的讽刺，坦率的暴露。国统区再次出现了大批讽刺暴露国民政府黑暗腐败的作品，比如老舍的《残雾》，茅盾的《腐蚀》，沙汀的《在其香居茶馆里》等等，而历史剧成为作家们古为今用，借古讽今，为现实政治斗争服务的首选体裁。比如阿英的《洪宣娇》《杨娥传》，欧阳予倩的

《忠王李秀成》，阳翰笙的《天国春秋》，郭沫若的《棠棣之花》《屈原》《虎符》《高渐离》等等。尤其是《天国春秋》和《屈原》，被认为是抗战时期历史剧的名作。

在抗战期间，国民党不光对整个文化界严加控制，对于自己的党报副刊中作品的价值取向，也是极为关注并严厉控制的。一旦副刊偶尔出现“越轨”行为，便会受到蒋介石的指责。郭沫若的《屈原》完稿后，重庆各报刊都纷纷向郭沫若索稿，最后郭沫若将首发权交给了《中央副刊》的主编孙伏园，孙伏园于 1942 年 1 月 24 日到 2 月 7 日在副刊上连载了郭沫若的历史剧《屈原》，结果却引起轩然大波，遭到了蒋介石和国民党官员的严厉训斥。该剧创作于 1942 年 1 月国民党发动“皖南事变”后不久，在剧中郭沫若热情赞颂了屈原的爱国主义精神，鞭挞了妥协卖国的投降派，借古讽今，对国民党破坏团结、残害同胞的恶行进行大胆讽刺，表现出爱国文人对于国民党制造“千古奇冤”的愤慨和抗议。而孙伏园在《中央副刊》上连载《屈原》的行为被视作是国民党自己扇自己巴掌的笑话，国民党文化机构为之哗然，国民党中宣部部长张道藩和副部长潘公展更是惊呆了：“怎么，我们自己的报纸嘲骂我们自己?!”[①] 潘公展还以“鼓吹爆炸”，“不利精诚团结”为理由，下令禁演该剧。此事也使得蒋介石大为不满，将国民党文化官员痛斥一番，孙伏园也因此被迫离开《中央副刊》。孙伏园离开后，副刊转向启用国民党党内人士王新命担任编辑，唯恐类似的事件再次发生，可见战时国民党对党报及国统区文学的控制之严厉。

然而在抗战胜利后，无论是重庆版还是南京版的《中央副刊》都迎来了一股自由民主之风。王新命离开重庆，遂今接手重庆《中央副刊》，副刊言论的尺度大大放宽，其中缘由与编辑的更换有关，但也与胜利后国统区的社会政治局势密切相连。编辑一改抗战时期一味迎合政治、教条化的宣传模式，将其设计为“青年人的写作园地”，为青年人、普通知识分子提供了自由的交流平台。与抗战时期形成鲜明对比的是另一部历史剧《天国春秋》在《中央副刊》中所引起的反响。和同时期的历史剧一样，《天国春秋》也是一部讽刺剧。阳翰笙试图通过改写历史来表达对现实的不满，控诉国民党反动派制造皖南事变的罪行。他自己也承认“《天国春秋》明显是指桑骂槐，批判大敌当前时‘同室操戈’的恶毒行为”并且他很有信心地认为“当时观众对里面的意思很明

---

① 翁植耘：《郭沫若抗战时期文学创作》，《抗战时期西南的文化事业》，成都：成都出版社，1990 年，第 68 页。

白"①。《天国春秋》创作于1941年，然而在1944年才得以正式出版，在国民党戏剧审查最为严厉的抗战中期，《天国春秋》多次遭遇禁演和出版。然而在抗战胜利后的《中央副刊》上，原本被国民党视作眼中钉的历史讽刺剧《天国春秋》却成为一个可以自由畅谈的话题。1945年12月《天国春秋》再次在重庆上演，《中央副刊》紧接着刊载了一系列观后感，不少文章甚至直接点明《天国春秋》的讽刺主题，并对兄弟阋墙、同室操戈的行为做出大胆批评。这无疑是在国民党自己的场地上，当着众多自己人的面揭示其真面目。"太平天国革命的失败，分裂实为其主要原因"，"让这一个不可没（磨）灭的教训，重新复活在今天人们的心里，因为革命是一个艰苦的工作，他必须是为人类谋福利，而不是求自己的温饱。如果在革命的过程中有人想浑水摸鱼，趁机获利，或是有重争私利而轻大义的现象，未有不招致失败。我们不该忘记历史的教训!"②"本来，剧作者避开现实的体裁，从事于历史剧的书写，是有说不出的苦衷，但历史教训的感人之深，实比现实的教训，更发人深省！所谓'引古鉴今'，把今日中国的现状来与历史悲剧互相印证一下，稍有良知的人是会不寒而栗的!"③ 此类有损国民党形象的文字本不该出现在国民党自己的报刊上，然而此时的《中央副刊》主编却非常欢迎这类文章，沛森将其视作是青年人心声的吐露，他们既然有一颗赤子之心，《中央副刊》就应该给他们提供自由发表言论的平台。然而，众所周知，国民党党报的编辑历来没有如此大的权利，即使是在文艺副刊的编辑中，曾经稍微有点"个性"的，都没能落得个好结果，孙伏园就是前车之鉴，然而遂今的开放却并未引起丝毫的涟漪，蒋介石和国民党宣传部对此一言不发，沉默可以看作是暗中的容许，而这与战后国民党及其宣传部门在言论控制上的放松有直接关系。由此，当有着同样主题倾向的《屈原》和《天国春秋》与《中央副刊》相遇时，出现如此巨大的反差也就自然能够理解。

重庆的《中央副刊》开放尚且如此，南京《中央副刊》更是不在话下。南京的《中央日报》在马星野的主持下不仅开辟多种副刊，在副刊内容上也力求"言之有物"。在《中央副刊》以及《泱泱》副刊中，文人作家们对于国民政府在复员接收过程中的贪污腐败问题，进行了义愤填膺的暴露和批评。这类

① 阳翰笙:《回忆抗战时期重庆的戏剧斗争》,《中国戏剧》1961年第6期。

② 雷亨利:《评〈天国春秋〉》,《中央副刊》1945年12月21日。

③ 田家:《怎样才让历史的悲剧，不再重演呢？——〈天国春秋〉与〈孔雀胆〉观后》,《中央副刊》1946年4月15日。

文章紧密关注现实社会和平民百姓的生活，揭示了国民党政府的腐败行为和政治危机给普通百姓的衣食住行等各方面带来的困扰，在愤懑、心酸的语言中表达的是人民对国民政府统治下的政治无能、经济崩溃、物价飞涨的痛恨和不满。和抗战时期的缄默态度不同，《中央日报》副刊一改以往对现实民生不管不问、故意闪躲的态度，表现出大胆揭露甚至打抱不平的新作风，从议论性的杂文，到个人亲历的记叙文，到小说、诗歌，副刊的作者用各种文体表示了对现实社会的积极关注。时任《中央日报》记者的陆铿也曾感叹过当时《中央日报》的自由度之大①。

抗战胜利后的复员时期，无论是南京版还是重庆版的《中央副刊》，其编辑理念和面貌都发生了如此之大的转变，对于国民党党报副刊来说，自由开放的程度是绝无先例的，而造成这种现象的原因，又与当时的政治、社会、文化局势密切相关。

抗战胜利以后，《中央日报》及其副刊出现空前的自由、民主之气，有其主观原因。战后复员的南京《中央日报》由马星野担任社长，马星野本身就是一位新闻学者，在美国密苏里新闻学院受到过良好的新闻教育，并将美国的进步新闻理念带回中国，而此时《中央日报》社内成员大多是马星野在政校的学生，在他的带领下，《中央日报》从社长到主笔、编辑、记者，都在无形之中达成一种共识，即本着“新闻自由”的原则办报。

《中央日报》是国民党为自身量身定做的御用宣传工具，由国民党中央宣传部直接领导，向来也不太注意盈亏问题，一向是由国民党中央财务机构处理。抗战爆发之前，南京的《中央日报》内容贫乏，形式简单，俨然一张不受民众欢迎的“官报”，连年赔本。西迁重庆之后，《中央日报》也只是打着国民党的招牌有气无力地维持，虽然也邀请到一批有名的文人作家加入到编辑工作，但因为缺乏自由精神，仍然毫无起色，甚至直接被纳入到政治斗争的行列中。

马星野接手《中央日报》后，认为这种经营方式存在很大的弊端。表面上看，《中央日报》是一家报社，而实际上它更像国民党附属的一个宣传单位，马星野认为，作为一个社会文化单位，尤其是新闻事业单位，它应该有公正的经营原则和独立的经营理念，如此才能真正做到新闻自由。于是马星野在上任之后便着手拟定《中央日报》的改组计划，企图将《中央日报》改组为股份

① 陆铿：《陆铿回忆与忏悔录》，台北：时报文化出版企业有限公司，1997年，第63页。

有限公司，实行企业化的独立经营。将《中央日报》由党办的宣传机构，改组为企业公司的民营报纸，虽然《中央日报》的根本性质仍然是国民党的机关党报，但是改组后社长的职权较之于之前大大加强了。从1946年1月到1947年5月的这段时间是《中央日报》实行独立化经营的试营业阶段，也是报纸内部进行改革的开始阶段。马星野的改革计划给记者、编辑们带来了自由施展拳脚的机会，尤其是报社中跃跃欲试的年轻人，他们思想自由先进，年轻肯干，在此基础上提出了“先日报，后中央”的理念。主张应该以客观事实为报纸报道的本体，少做宣传说明，避免党味太重，“先把报纸办成一张人人爱看的报纸，然后必要时不知不觉地把国民党的政策、主张放进去。不要一上来摆出一个‘我是中央’的样子，弄得面目可憎，语言无味”①。

此主张的提出立刻受到了报社诸多同仁的支持，《中央日报》也因此销量节节上升，打破了18年以来一直赔本的局面。虽然国民党无论如何不会放弃利用党报为政治进行宣传的方针，当时保守派的陶希圣也曾针锋相对地提出“先中央，后日报”的主张，认为先要摆正党报的立场，履行为国民党宣传的义务，但是“少壮派”提出的主张已经日渐成效，蒋介石也没有说话，因此“先日报，后中央”的主张在《中央日报》逐渐站稳了脚跟。这个理念某种程度上为《中央日报》打开了半扇言论自由的大门，使得《中央日报》的文章能够在一定程度上摆脱单一的政治宣传，新闻的真实性大大提高，至少在反映社会生活这一块能做到取信于民。

中国向来有文人论政的传统，办报人把报纸作为健全舆论活动的载体，都希望把自身的社会正义感诉诸到报纸杂志中，达到对社会发生积极作用的意义。《中央日报》的成员们也不例外，他们虽然有为政党宣传的义务，但马星野提倡的民主之风给了他们议论现实、关注政治与国家命运的契机，无论是正刊还是副刊的编辑记者们，都以最大的热情投入到工作中。他们在注重正刊新闻的实效性、真实性的同时，也将副刊的目光投向现实社会的各个角落，物价、房荒、贪污、贫富差距等现实问题都成为文学反映现实的最热题材，彻底打破了过去国民党不许暴露黑暗的文艺政策。既然国民党统治下的社会存在诸多问题，作为社会舆论工具的报纸就应该报道，而文学副刊自然也要发挥文以载道的精神，描述社会百态，使大众对社会现实有清晰的认识，同时引起国民政府的重视，在这方面，此时《中央副刊》中的文学作品有着相当的影响力。

抗战胜利后的社会局势为《中央日报》及其副刊的开放自由提供了客观条

---

① 陆铿：《动荡年代的南京中央日报》，《纵横》2002年第12期。

件。抗战胜利，国内民主气势高涨，国共两党和谈，都在高谈民主自由，国统区新闻界和文学界进步人士抓住这一时机，掀起了一又一次拒检运动。美国的介入，也使得是否实行民主成为检验中国各党派的标尺。国民党不得不摆出一副民主的姿态，以赢得国内人民和美国的信任。“国共和谈初期蒋介石为迎合美国人口味，任用温和派的王世杰为宣传部长，新闻检查尺度放宽不少。”①舆论管理上的松动，也使得一向被国民党严厉控制的文化界出现了多元化的发展这一反常现象。

1944 年，在宪政运动的冲击下，国民党在舆论管理上就已经开始有所放松，“其颁布的《战时书刊审查规则》（1944 年 6 月 20 日）、《战时出版品审查办法及禁载标准》（1944 年 6 月 22 日）两个法规，均对以前较为严格的规定有所松动，使书刊出版具有更大的空间”②。舆论的开放激发了文化界的热情。抗战胜利后，广大文化界人士为进一步争取言论自由，迫切要求废除国民党在战时制定的各项书报检查制度。这一主张得到各进步报纸杂志的热烈响应，1945 年 9 月，在重庆、成都等地的各大报纸杂志、通讯社掀起了“拒检”运动的高潮，各界人士积极响应，正如叶圣陶所说：“审查制度之必须取消已无可争辩，既政府不取消，我人自动取消之，最为干脆。”③ 国民党为了取得政治舆论上的主动权，赢得好感，做出主动废止战时检查制度的姿态，1945 年 9 月 12 日，国民党中央宣传部长吴国桢向外国记者宣布“遵照蒋主席的指示，我政府已决定自 10 月 1 日起废止战时新闻检查制度”④，时任国民党中宣部新闻事业管理处处长的马星野也以个人名义在《中央日报》发表《舆论政治之历史基础》一文，为国民党作侧面宣传。

1945 年 9 月 17 日国民党第六届中央常务委员会第十次会议通过了“废除出版检查制度办法”，决定自民国三十四年也就是 1945 年 10 月 1 日起，“废除战时出版品检查办法及禁载标准”“战时书刊审查规则同时废止”“新闻检查除军事戒严区外，一律废止”。在出版检查制度废除之后，国民党设置的中央

---

① 白修德、贾安娜：《中国的惊雷》，端纳译，北京：新华出版社，1988 年，第 298 页。

② 崔之清：《国民党结构史论》（下），北京：中华书局，2013 年，第 707 页。

③ 商金林编：《叶圣陶抗战时期文集》第 3 卷，第 275 页。

④ 方汉奇主编：《中国新闻事业通史》第二卷，北京：中国人民大学出版社，1996 年，第 1041 页。

图书杂志审查委员会、军事委员会战时新闻检查局及其附属机关“分别结束改组”①。同日，《中央日报》发表社论《舆论政治时代的来临》，称“这一行动是推行民权主义的政治建设的一环，是言论出版自由从军政训政时期转到宪政时期的分野，是国民革命转到一个新阶段的里程碑，他的作用是让战后的中国向着舆论政治而迈进”。②

国民党受到国内民主运动的逼迫，不得不取消战时审查制度，大谈民主与言论自由，客观上推动了国内新闻与言论自由运动的发展，10月1日，国民党废除新闻出版检查制度的当天，重庆《新华日报》就立即发表社论《言论自由初步收获》，社论称“检查制度的废止，是言论自由的开始……我们因得到这一点自由而高兴，我们更要因得到这一点自由增加信心，更加努力，争取更多的民主自由，争取一切应有的民主自由！”③。叶圣陶先生也认为撤销新闻出版审查制度是一件值得记载的事，“惟望以后不再有类此之制度出现”。④

无论国民党出于主动还是被动，战时出版检查制度的废除，客观上给国统区文化注入了一些自由的空气。国民党党报副刊《中央副刊》言论的转变就是最直接的证明。国民党严厉的审查制度虽然直接指向的是共产党及进步文艺，然而也给国民党党报自身的发展带来诸多限制。《中央日报》也曾适当地表示过异议，比如在1935年，华北局势日趋紧张，而报纸又因为被控制无法反映真实事态时，《中央日报》也觉察到新闻检查制度的不合理，开始加入全国反对检查的行列中，在11月23日的《中央日报》社论中指出，“大局已经到土崩瓦解，而人们尚未感觉”，这不是人民自身的愚昧落后，“而是不合理的新闻政策，及不合理的新闻检查制度造成的”。国民党为了掩盖事实，禁止报纸报道国家危难的事件，“没有把一件严重的关系国家安危的事件，原原本本详细告诉过国民”，取而代之的是大篇“圆满”“平静”“积极”“乐观”的假象。因此，《中央日报》的社论认为“这个政策与制度，把我们国家与民族的一切生机都斩完了”⑤。国民党党报公然与国民党文化统治政策对抗，其本身具有讽刺意味，然而由于《中央日报》的性质使然，抗争最终也并未取得明显的成果，只能昙花一现。

---

① 中国第二历史档案馆编：《中华民国史档案资料汇编·第五辑·第三编·文化》，南京：江苏古籍出版社，1999年，第233页。

② 社论：《舆论政治时代的来临》，《中央日报》1945年10月1日。

③ 社论：《言论自由初步收获》，《新华日报》1945年10月1日。

④ 商金林编：《叶圣陶抗战时期文集》第3卷，第286页。

⑤ 社论《一个初步的根本的办法》，《中央日报》1945年11月23日。

抗战时期，国民党加强言论控制，“对同属国民党报纸的《中央日报》检查毫不放松”①。当时《中央日报》社论主题的商定，常常会触及战况的报道及新闻审查的诸多问题，社论编写成员最为诟病的，是夸大敌情，虚报战果，这些错误导致民众的疑虑，亦等于欺骗读者，违背了新闻道德。马星野作为国民党中宣部新闻事业处处长，对于《中央日报》违背新闻自由的做法也很是头痛。“新闻检查制度，往往庇护贪污非法行为，掩饰社会的黑暗面，亦是新闻道德所不容许的。”② 王新命在初入《中央日报》时，也曾谈道：“这次走进中央日报，虽又多一经验，但拘束如此之多，实在不太好受……在拘束太多下面做主笔，是碍手碍脚的，碍手碍脚作主笔，不会有好文章，好文章必须在无拘无束下面，才会产生。”③

这是抗战胜利之前《中央日报》的处境，抗战胜利之后，在较为开放的舆论条件下，加之新闻、杂志、图书的检查办法的废除，国内迎来了少有的民主气象。当时《中央日报》的记者龚选舞就在回忆中写道：“第二次世界大战盟方胜利之初，民主战胜极权、自由发展到极致，一时，新闻自由之声乃响彻云霄，新闻记者也普遍受到尊重。中国自然也不会例外，战时的新闻检查制度取消了，报纸版面上开天窗的事也不见了，新闻记者在采访、写作和编辑之际潜存心底的那种自我制约，也随之散尽。”④《中央日报》开始针对国统区出现的社会问题进行抨击，批评国民党及政府不合理的政策，言辞尖锐，一针见血，然而如此之大胆的言论也都能为国民党所容忍。正如龚选舞所说：“有史以来的中国记者，声势之大，气焰之高，当无有逾抗战胜利、复员还都后的那一阶段。”⑤

战后的社会局势为《中央日报》的民主、自由之风创造了有利的外部条件，各种检查制度的废除也缓解了国民党文艺政策对副刊编辑方针的制约。副刊作者们开始敢于在文章中表达自己的真实情感，描写现实的社会人生，副刊的编辑也挣脱了党报副刊的约束，不再碍手碍脚。副刊专门开设读者专栏，倾听普通读者的心声；允许学术论争的出现，为读者提供相互讨论切磋学术的机

---

① 中国人民政治协商会议甘肃省委员会文史资料研究委员会编：《甘肃文史资料选辑》(第六辑)，兰州：甘肃人民出版社，1979 年，第 188 页。

② 谢然之：《追念马星野先生》，台北：传记文学，1992 年，第 91—93 页。

③ 王新命：《新闻圈里四十年》，第 541 页。

④ 龚选舞：《龚选舞回忆录：1949 国府垮台前夕》，北京：世界图书出版公司，2012 年，第 54 页。

⑤ 同上。

会；副刊文章的题材也力求广泛、贴近现实。和新闻追求客观现实的再现不同，文学在反映、批判现实上更具有针砭时弊、发人深省的效果，因而副刊在抨击社会弊端，政府腐败问题上的力度比新闻可谓有过之而无不及。“面对这种排山倒海的新闻自由浪潮，当朝所谓党政军大员们也只好‘逆来顺受’，勉强凑合牌子也在高唱自由。”①

国民政府在舆论管理上的松动，让一向缺乏自主权的《中央日报》副刊的言论尺度居然能够发生如此之大的转变，整个国统区的文学的自由尺度也可想而知。然而这种开放自由的局面并未持续太久，在1946年6月，国民党撕开假和平的真面目，发动内战后，又再次加强了对舆论的控制，各种检查条例的相继出台又将战后短暂的民主与自由毁于一旦。《中央副刊》在经历了短暂的自由后，又被纳入到国民党“戡乱建国”的舆论宣传中，而战后相对松弛的文化氛围也被国民党单方面的反悔彻底打破。

第二节　战后《中央日报》副刊及国统区文艺气象

复员时期并存的重庆和南京的两份《中央日报》副刊性质相同，皆为国民党机关报副刊，共同承担国民党的宣传工作，同时和共产党的党报作言论上的斗争。然而在此阶段，二者在文化宣传上的尺度却大为不同。重庆的《中央副刊》保守；南京的《中央副刊》激进。这种现象的产生，受到战后时局、报纸所处的地理位置以及国民党的党派之争等多方面的影响。

抗战胜利后的一年时间是决定中国何去何从的关键时期，而对于蒋介石和国民政府来说也是重要的转折点。蒋介石政府滞留重庆期间，按照蒋个人的意思和国民党宣传部门的规划，重庆的中央通讯社、党报《中央日报》等宣传机构仍需要继续发挥宣传作用。“这时（指复刊南京后），中央社总社中心仍在重庆，对全国的CAP新闻广播也在重庆播发。”② 同时，尽管南京的《中央日报》业已复刊，重庆《中央日报》仍然“号称总社，直接向蒋介石负责，中央宣传部对它没有实际的支配权”③。抗日战争时期，重庆的新闻事业在竞争

① 龚选舞：《龚选舞回忆录：1949国府垮台前夕》，第54页。
② 冷若冰主编：《中央社六十年》，台北：中央通讯社编印，1984年，第66页。
③ 穆逸群：《中央日报的廿二年》，《新闻研究资料》1982年，第5页。

中得到长足发展,《中央日报》《扫荡报》《新华日报》《申报》等各大报纸因为立场不同,无论是在言论、新闻、版面和销量各方面的竞争都很激烈。抗战胜利之后,紧接着而来的是国共重庆谈判以及政治协商会的召开,国际国内局势未定,美苏对华政策的牵绊以及共产党和各民主党派要求和平的呼声此起彼伏,使得蒋介石不敢轻易发动内战,实施独裁,因而在诸多时政大事面前,都表现出敷衍的态度。此时作为蒋介石个人和国民党传声筒的重庆《中央日报》也只能唯唯诺诺、小心翼翼。一方面,蒋介石个人对于党报的言论非常重视,因为"中央日报是代表政府及其(指蒋介石)个人发言的报纸,稍有偏差,就会影响'大局',所以要求非常严格"①。而另一方面,在战后敏感时期,各报纸言论稍不注意,便会引来其他报纸的攻击,作为国民党党报的《中央日报》更是受到党报立场和舆论压力等多方牵制,因此,在许多时政大事上,重庆的《中央日报》都保持沉默或闪躲的态度。

战后国民党与中共的谈判以及对共产党的宣传方针,大多由态度较为温和的政学系分子拟定,而国民党的重要宣传媒介,则主要掌握在激进派 CC 系手中,比如《中央日报》。国民党在国际关系和社会舆论的压力下致力于谈判和政治协商,故制定了"党报的宣传以不刺激中共、不破坏双方关系为基调"②的宣传方针。唐纵在其日记中也曾袒露:"党内的人要求对共党做斗争性之宣传,王世杰(政学系)要求未做授权,对于共党宜宁静沉默,继续沉默。"③然而国民党的宣传机构一般认为是掌握在 CC 系之手。《中央日报》与之关系更为密切,"中央直属党报《中央日报》除早期三任社长顾孟余、丁惟汾、叶楚伧是由宣传部长兼任外,自程沧波出任社长,《中央日报》改为社长制后,历任社长陈博生、陶百川、胡健中、马星野,主持人不是属于 CC 系统,就是与二陈关系密切"④。抗战结束后,蒋介石电邀毛泽东来渝和谈,当时国民党内部诸多人士并不赞成这一做法。CC 系的头子陈立夫认为"与共产党谈判,只会助长共产党的声势。他说对共产党的问题只有动大手术才行",而陶希圣认为谈判也不失为一种拖延战术。"谈判的办法是政学系想出来的。政学系想

① 马之骕:《新闻界三老兵》,第 388 页。

② 中国社会科学院新闻研究所编:《抗战胜利后〈新华日报〉的宣传艺术》,《新闻研究资料》第 33 辑,北京:中国社会科学出版社,1985 年,第 89 页。

③ 唐纵:《在蒋介石身边八年——侍从室高级幕僚唐纵日记》,公安部档案馆编注,第 497 页。

④ 高郁雅:《国民党的新闻宣传与战后中国政局变动(1945—1949)》,台北:台湾大学历史学研究所,2002 年,第 59 页。

用软的一套手法把共产党吃掉，谈何容易！可是现在动大手术也不是时候，国内有延展情绪，国际形势也不允许中国打内战，一打起来我们更被动，利用谈判拖一拖也好。共产党拒绝谈判，我们更有好文章做”①。因此，《中央日报》只能暂时顺从蒋介石和政学系的宣传方针。不准刊载不利于谈判的激进消息，报纸刊登的文章务求谨慎，以免给中共留下任何口实；同时，谈判期间，陈训悆专门到报社转达陈布雷的意思，指导报纸言论处理：“报纸不发表社论，不写本报专访稿，新闻发布一律采用中央通信社的新闻稿。有关谈判的报道，要登得少，登得小，版面不要太突出，标题不要太大，尽量缩小此事的影响，不要替共产党制造声势。”② 因此，在重庆谈判期间，《中央日报》关于谈判的报道很少，所采用的中央社的消息也尽量挑简单的刊登，并且安排的版面位置都是不显眼的地方，就连蒋介石与毛泽东会谈的消息，报纸也只是在国内要闻版中刊出了两栏标题，并不显眼。

谈判期间，不单报纸正刊冷冷清清，尴尬无比，就连副刊中的侧面宣传也未能尽如国民党人之意。毛泽东来到重庆，将自己写于1936年2月的《沁园春·雪》赠给柳亚子，1945年11月14日重庆《新民报晚刊》将这首词发表出来，在重庆引起了巨大反响。就连陈布雷也感到了共产党来自文化战线上的威胁，“不管在朝在野，是敌是友，他们都在唱和着。‘雾重庆’都快要变成‘雪重庆’了”③。蒋介石听后大为不悦，将毛泽东的词曲解为有帝王思想，并扣上了想效法唐宗宋祖，称王称霸的罪名。蒋介石当即命令陈布雷组织一批文人，以唱和为名，打着“反帝王思想”的旗号，对毛泽东及《沁园春·雪》进行攻击。当时国民党中宣部召开会议，决定将党报《中央日报》作为主战场，“由《中央日报》的主笔兼副刊编辑王新命负责组稿，约有反动文人许君武等写稿”④。然而国民党针对《沁园春·雪》的文化围剿并未取得预期的效果，来稿很少，王新命于1945年11月23日调回南京《中央日报》，临行前才交出一篇署名为“东鲁词人”和一篇署名“耘实”的词章，于12月4日在《中央副刊》头条的位置刊出。而原定的稿子后来也很少交到副刊编辑手中，原定由《中央日报》完成的任务宣告破产，《中央日报》遂建议由《扫荡报》

---

① 王抡楦：《重庆谈判期间的〈中央日报〉》，《重庆文史资料选辑》第一辑，1979年，第75—76页。

② 同上，第76页。

③ 冯彩章：《毛泽东与他的友人》，北京：中国青年出版社，1996年，第152页。

④ 王抡楦：《重庆谈判期间的〈中央日报〉》，《重庆文史资料选辑》第一辑，第80页。

继续承担这一任务，并承诺“《中央日报》收到稿件时，交《扫荡报》集中发表。”结果证明这只是《中央日报》推脱责任的说辞，“《中央日报》并无稿件交去”①。

总地来说，战后谈判期间，国民党在文化宣传上始终陷于被动的局面，处于有话想说但又无奈不敢说的尴尬境地。重庆的《中央日报》更是畏首畏尾，党报正刊不能尽情发放笔枪，攻击对手，这对于国民党内的激进派来说是重大失败；然而诸多国民党宣传人员并没有意识到危险的处境，陶希圣在总结工作时居然还沾沾自喜：“这次我们本来是打被动仗，只要没有出乱子，没有替共产党扩大影响，就算不错了！”② 由此可见国民党宣传部门内部思想懈怠，自我开脱也是导致其宣传失败的原因之一。

虽然重庆的文化宣传工作陷入了被动，但国民党并没有打算放弃。陈训悆在“重庆谈判”最紧张的关头离开重庆，飞往南京主持受降仪式，同时，他把重庆《中央日报》编辑部主任卜少夫也一同带回了南京。这对于《中央日报》的编辑部来说，无疑是枪声一响，作战指挥就率先撤离了。陈训悆的做法实则是有他的盘算：“我这次到南京出席受降仪式，这是幌子，主要是为了复刊南京《中央日报》，所以把卜少夫带走。你们也要陆续到南京的，要做好思想准备。”③ 他明白，重庆的《中央日报》已经无法继续进行宣传战争，而他的目的是利用谈判拖延时间，自己抢先到收复区接收，重新开辟另外的宣传阵地。复员后的南京《中央日报》地位和重庆《中央日报》是相等的。它们都同属于国民党中心党报，只是在器械、人员出版地上一分为二。然而，与重庆的《中央日报》相比，南京的《中央日报》及其副刊在言论尺度上就大胆、反动得多。重庆《中央日报》受到限制只能忍气吞声，而南京《中央日报》复刊后，有重庆《中央日报》作掩护，暂时告别了政治的漩涡中心；同时，得益于首先复员的优势，《中央日报》在南京几乎没有竞争对手，这些都为南京《中央日报》进行反共宣传提供了便利条件。

《中央日报》在南京正式复刊后，社长变成了“CC 系”的马星野。马星野是国民党忠实的信徒，而作为激进的“CC 系”成员，他的反共立场亦非常坚决，他曾经说过：“我认为忠党即是爱国……我深信，没有国民党即没有中

① 王抡楦：《重庆谈判期间的〈中央日报〉》，《重庆文史资料选辑》第一辑，第81页。

② 同上。

③ 同上，第79页。

华民国，我们的中央日报，是代表国民党发言的。”[①] 在对青年记者的指导中，他也强调：“我们中央日报或中央社，永久站在反共立场……反共，是我们一贯立场。”[②] 在政学系主张对共产党采取“温和”态度的时候，马星野话中所指的“大家”应该主要指的是“CC 系”的人员。马星野曾任中央政治学校新闻系主任，复员后招纳了大批政治学校新闻系的学生进入《中央日报》担当编辑、记者。中央政治学校一直被认为是二陈势力培育“CC 系”分子的大本营[③]，而“中央政治学校毕业生大多被认为与 CC 系有关”[④]。因此，南京的《中央日报》成员上到社长，下到普通员工，几乎都与“CC 系”有关。关于对共宣传的态度问题，在重庆，“CC 系”并没有占到上风。“我们对共区的宣传，论人才不成比例，论经费，也还花得多。只是我们处处自甘被动，所以落了下乘，以致吃尽亏，受尽气。”[⑤] 刘光炎话中所指的“自甘被动”实际指责的就是政学系提出的“温和政策”，而蒋介石个人对于这种态度的默许也让“CC 系”极为不满。“CC 系”的强硬思想在重庆得不到施展的机会，无法直面攻击，只能把目光转向马星野控制下的南京《中央日报》。

“重庆谈判”期间，国民党在重庆的文化宣传斗争受到重挫，毫无进展，而南京《中央副刊》一复刊，便对共产党和新四军展开了激烈的文化攻势。11 月 2 日，《中央副刊》在头条刊登了署名酉廷的文章《一贯作风》，文章指出，“战争进行时，人民当兵为了抵抗敌人，他们却偏偏说‘不要征兵！’如今，复员伊始，百废待兴。民力正待苏息，而他们到（倒）要征壮丁……仅强抽壮丁一事，已可看出他们的一贯作风！”[⑥] 紧接着在同日副刊的重要版面上，还刊登了《我为老百姓呼吁！》[⑦] 一文，文章并未署名，来自报纸内部人员的可能性比较大。该文章直接针对共产党提出的“专制”“独裁”等问题做出回应，并倒打一耙将此罪名扣在了共产党头上，振振有词地为国民党的专制独裁辩解，为国民党发动内战的企图作掩饰。该文章几乎占了当天副刊一半以上的

---

① 马之骕：《新闻界三老兵》，第 376 页。

② 马星野：《给青年记者》，《新闻学研究》1935 年第 2 期。

③ 刘不同：《国民党的魔影——CC 团》，《文史资料选辑》第 45 辑，北京：中国文史出版社，2009 年，第 237 页。

④ 高郁雅：《国民党的新闻宣传与战后中国政局变动（1945—1949）》，台北：台湾大学历史学研究所，2002 年，第 60 页。

⑤ 刘光炎：《抗战时期大后方新闻界追忆》，《中国新闻史》，台北：台湾学生书局，1979 年，第 403—404 页。

⑥ 酉廷：《一贯作风》，《中央副刊》（南京版）1946 年 11 月 2 日。

⑦ 《中央副刊》（南京版）1946 年 11 月 2 日。

篇幅，可见国民党的反共宣传来势汹汹。接下来的两个月时间成为南京《中央副刊》进行反共宣传的密集期，国民党的御用宣传队伍主要通过颠倒黑白，移花接木、煽动民众等方式，企图在收复区内抹黑共产党形象，混淆视听。《我所知道的“新四军”》《“新四军”的真面目》① 等文章公然制造谣言，宣称新四军抓壮丁、鱼肉百姓，将国军的暴行张冠李戴，扣在新四军身上；《为何到悬老百姓》《民主呢，独裁呢》② 等文章宣称共产党破坏民主，实施独裁，而这正是国民党自己正在做的事；副刊中还有诸多文章指责战后社会混乱、人民还乡困难等社会问题都是由于共产党企图发动内战造成的，这类人企图制造迷惑收复区人民的烟雾弹，煽动民众对共产党及军队产生憎恶心理。如此大胆直白的反动污蔑之词在文学副刊上出现，不仅没有事实依据，同时也大大减弱了文学副刊的艺术性。

对于南京版《中央日报》的言论，蒋介石并没有明确表示过支持与反对，与其说是鞭长莫及，无暇顾及，倒不如说是顺水推舟，一石二鸟。一方面，重庆和南京党报分别遵循政学系和“CC 系”的意图办事，避免了国民党内部的矛盾，对于蒋介石来说，起到了平衡和牵制党内两大派系的作用；另一方面，重庆保守的态度和南京激进的态度也能起到平衡国民党文化宣传的作用，保守是碍于时局不得不低头，被认为是国民党宣传的失势，而南京激进的宣传又能一定程度上挽回颓势，在收复区重造声势。这便能够解释为什么抗战一胜利，蒋介石便迫不及待派陈训悆返回南京扩张新闻宣传势力。从某种程度上看，这种人前人后，一阴一阳的做法又何尝不是蒋介石和国民党表里不一、两面三刀的表现。

第三节　战后文艺界团结的打破与分化

重庆的文化人进行抗日救亡的文艺活动，主要是以当时重庆的报纸和杂志为阵地，而其中尤以重庆各大报纸的副刊为主。抗战时期，重庆的大报有十多家，其中比较重要的是《中央日报》《扫荡报》《新华日报》以及《大公报》《时事新报》等。《中央日报》作为国民党的党营文化事业单位，见证了国民

① 《中央副刊》（南京版）1946 年 11 月 9 日。

② 《中央副刊》（南京版）1946 年 11 月 20 日。

党在抗战开始、中途、后期以及战后对于文化界的多变的态度。而这种态度直接决定了战后国共文化格局的分化以及文化阵营的重组。

要探讨抗战胜利前后《中央日报》副刊的转变，首先要涉及抗战时期《中央日报》以及整个报界、文艺界的发展流变情况。抗战时期，文人参与报纸副刊的编辑工作是非常普遍的事情。“云集在重庆的大批著名作家纷纷接入报纸副刊编辑工作，大多数报纸，即使是最严肃的政治报纸，也程度不同地超出了新闻传递和宣传政治的范围，活跃了战时重庆的文化生活。”① 在抗战以前，各报纸的背景、立场不同，相互之间难免存在激烈的竞争，抗战爆发后，争取民族国家之自由平等成为全国报人的共同目标。1939 年日本侵略者发动了惨绝人寰的“五三”“五四”大轰炸，重庆的各大报纸几乎被炸毁，国民党中宣部紧急召集各报负责人商讨对策，决定组织重庆各报联合版。《中央日报》《扫荡报》《新华日报》《国民公报》《大公报》《新蜀报》等重庆十大报，不分党派，不分立场，共出联合版。联合版发刊词讲到：“敌人对我们的各种残酷手段，我们的回答是加紧我们的组织，我们要拿组织的力量，去粉碎敌人的一切阴谋诡计。”② 各报联合出版代表着抗战时期重庆报业的大团结，也是重庆报人同仇敌忾共渡难关的象征。一直到抗战胜利，在敌人密集的轰炸中，陪都重庆的日报没有一天停刊，这也是为当时首都报人所骄傲的一件事。当时《中央日报》的社长程沧波就曾经说过：“抗战胜利后，我会见许多战前日本的新闻界旧友，每以此自负。因为到战争后期，美机大规模轰炸日本本土，东京是经常看不到日报的。”③ 大轰炸影响下的报业大联合虽然只持续了 99 天，然而其精神却是重庆报纸、报人、作家们团结一致的榜样。在报纸编辑的号召下，作家们纷纷将杂志及报纸副刊作为发表文章的平台，甚至政治倾向不同的作家和报纸也能够互相包容。

就《中央日报》及其副刊本身而言，在抗战期间不仅吸纳了梁实秋、孙伏园、端木露茜、陈凤兮、伍蠡甫等文化界名人参与编辑，报纸副刊种类也五花八门，比如《艺林》《平民》《中央副刊》还有《妇女新运》《每周电影》《警声》《精神动员》等多种专刊。副刊的作者群也比较广泛。梁实秋在《中央日

① 重庆抗战丛书编纂委员会编：《抗战时期的重庆新闻界》，重庆：重庆出版社，1995 年，第 5 页。

② 《发刊词》，《重庆各报联合版》1939 年 5 月 6 日。

③ 程沧波：《四十年前的回顾》，《中央日报与我》，台北：中央日报社，1978 年，第 22 页。

报》副刊《平明》的发刊词中虽然明确强调自己不会拉稿，不会拿名家的稿子来为副刊撑场面①，然而仍有陈瘦竹、吴祖光等作家往《平明》投稿。继梁实秋之后《平明》的主编是端木露西女士，端木露西编辑《平明》期间，比较注意与全国文艺界的呼应，经常刊登老舍的文章。在“文协”第一届年会期间，《平明》还专门开设了“文协年会特刊”，刊登了老舍、姚篷子、华林的文章。在文艺界大统一的潮流中，国民党的党报副刊同样呈现出团结一致的局面，不同立场的作家们的文章纷纷在副刊上出现，除国民党右翼文人外，施蛰存、胡风、朱自清、郁达夫、靳以、沙雁、谢冰莹等作家都在此阶段的《平明》上发表过文章。孙伏园编辑《中央副刊》时期，把国民党官方文人、左翼作家、中间派等不同党派、不同立场的作家纷纷吸纳进副刊的作者群，为《中央副刊》营造了一个相对包容的局面。而他在《中央副刊》上发表郭沫若的《屈原》，也是出于团结文艺工作者促进文艺界统一的目的。

到了抗战后期，国共对峙的局面日趋明显，双方都意识到舆论的重要性，于是各自的党报副刊成为国共两党争取文艺界人士的竞争场所。党派势力介入文化界，原有的文艺界大团结现象也在国共舆论竞争中逐渐走向破裂。在团结统一抗战的旗帜下，重庆的报界实际上已经逐渐泾渭分明，左右殊途。到抗战胜利前后，共产党的报刊和国民党的报刊立场已经完全对立，报界的分化带来了以报纸为依托的文化界的分化。仅以国民党的党报副刊《中央副刊》为例，曾经出现的左翼作家已经渺无踪迹，就连超然于党政之外的自由派作家也寥寥可数，甚至许多青年作者们也在抗战胜利前后的分化中受到影响。

著名现代诗人丁力是40年代活跃在文坛的青年诗人，在抗战期间，丁力以原名丁觉先在各大报刊上发表了大量爱国诗歌，《中央副刊》是他诗歌发表的主要阵地之一，仅抗战胜利前后他在《中央副刊》发表的诗词便达到好几十首，诗论、考据文章也有数篇。然而在1946年之后，丁觉先在《中央副刊》上发表的诗词文章数量逐渐减少并慢慢消失。因为1946年丁觉先回到南京以后，加入了共产党的地下文艺工作并走上了革命文艺的道路。他的诗歌主题也由抗战时期的保家卫国转变为歌颂解放战争。丁觉先的转变是抗战胜利前后《中央副刊》青年文人阵营分化最为明显的事例。在分化逐渐明朗化之后，《中央副刊》的作者群变得极为狭窄，除了华林、陆丹林、王平陵、周曙山、李辰东等国民党文化官员或右翼文人以及思想倾向于国民政府的高校学者、艺术家比如徐蔚南、徐悲鸿、吕斯百等人之外，就主要以国民党政权的支持群体

---

① 梁实秋：《编者的话》，《平明》1938年12月1日。

公务员、教员、小知识分子为主。

抗战胜利前后，造成报界以及文化界大分化的原因主要可以从以下两方面来解释。从国民党党报内部来看，以抗战胜利前后《中央日报》副刊编辑的更换为例，抗战时期《中央日报》倾向于聘请文艺界名人来编辑副刊，一能利用名家在文艺界的关系网罗大批作家为副刊撰稿，保证副刊稿件的数量与质量，二能利用编辑和作者的名家效应，为副刊吸纳更多的读者，增加副刊的影响力。然而外聘的文艺界人士往往有自己独立的编辑理念，容易脱离蒋介石的控制，在党报中产生"不和谐"的声音，因此在抗战后期，《中央日报》逐渐开始安排报社内部的主笔或编辑人员担任副刊编辑，这样做的目的在于让副刊和正刊在言论倾向上能保持一致，便于政党对报纸言论的控制，然而也造成大量副刊作者流失的现象。政治意味的逐渐浓厚将原有的左翼文人、自由主义知识分子主动排除在外，直接造成了副刊与广大文艺界的疏离，副刊面貌自然也变得单一。

其次，从抗战胜利后的大文化环境来看，广大进步文人逐渐看清国民党在抗战后期多变的态度以及对文化界人士表面拉拢暗中残害的虚伪行为，对之产生了失望的心理。而共产党在抗日战争中的坚韧表现以及对文人真诚的态度赢得了众多进步文人的支持。胜利以前，面对日本帝国主义的炮火和蒋介石政府的专制统治，重庆的文化人士忍辱负重，把团结放在了第一位，然而此种团结已经沦为一种表面的团结，在表面背后，文化界实际已经在暗中进行着分化，进步的文化人士逐渐向着共产党靠近，而国民党方面在争取文化人士上则愈显颓势。文艺界的团结在抗战胜利后国共激烈的新闻、文艺竞争中彻底被打破。而国民党制造假和平，暗中策划内战的真面目也让进步文人最终坚定了自己的选择。

1946 年 1 月 26 日，《中央日报》利用副刊的版面开设了"中华全国文艺作家协会成立大会特刊"，由张道藩亲自题写刊头，国民党文化人士张道藩、王进珊、胡一贯、杨群奋、王集丛等纷纷在纪念特刊中发表文章，庆祝"作协"成立，鼓吹"作协"成立的巨大意义，并宣称"作协"成立的目的是要重新促成全国作家的团结。"今天看到'作协'的成立，明日就可以看到全国作家共同在一个组织，一个口号下，努力一种新时代任务的实践，一种伟大使命的完成。"① 然而抗战胜利以后，"中华全国文艺界抗敌协会"并未解散，而且适时地改名为"中华全国文艺界协会"，继续为文艺界的团结与发展而工作。

---

① 王进珊：《呼喊与祝祷》，《中央日报》1946 年 1 月 26 日。

那么为什么张道藩等人还要故意成立一个与“文协”相对立的“作协”，并大张旗鼓地在党报副刊《中央副刊》上为之宣传，其中缘由，还要追溯到抗战时期与胜利后中国文艺界的发展与分化。

国民政府迁都重庆以后，重庆成为抗战的大后方，众多文化界人士也纷纷汇集重庆，在战火中继续为抗战宣传冒险工作，国民党在抗战初期较为民主的姿态给文化人士进行抗日宣传和文艺创作提供了有利的外部条件，因而促成了中国文化界大团结的景象，重庆也成为全国的文化中心。1939 年成立的“文协”是全国文艺界大团结的标志。“文协”成立之初就表明其宗旨是“联合全国文艺作家共同反对日本帝国主义的侵略，完成中华民族自由解放，建设中华民族革命的文艺，并保障作家权益”①，凡是文艺作者、文艺理论及批评者，翻译者皆可申请入会。而根据“文协”会员名册来看，会员遍及全国各大文化团体：各文艺社成员、政治部第三厅职员、各大报纸的编辑、作家、教员等等。然而随着抗战局势的发展，国民党对日本侵略者和共产党态度的转变，“文协”也逐渐走向分化。这种分化主要是以国民党势力在“文协”中的逐渐减弱、淡化为特征的。关于“文协”的成立，国民党文化机构、右翼文人在其中发挥了巨大作用，这是以往在对“文协”的研究中所回避的内容。事实上，从“文协”成立之初的发起人、负责人、理事名单来看，国民党右翼文人甚至占了主导地位。根据学者段从学的分析，“如果从正当政治斗争这个特殊的角度来理解“文协”最初的历史形象，左翼进步文人其实并没有什么优势可言，相反地，与官方联系较多的右翼文人却占据了明显的优势地位”②。而从“文协”第一届十五位常务理事名单来看，王平陵、华林、沙雁、胡绍轩是国民党右翼文人，老舍、老向、吴组缃三人来自冯玉祥办事处，而姚蓬子、穆木天、郁达夫等人在当时的身份和言论立场，都更接近于国民党官方一些，不适宜将其视作左翼文人。因此，从第一届“文协”常务理事构成来看，同样是与国民党关系较为密切或个人当时的观点与官方立场较为接近的文艺作家占了绝对优势。到 1941 年“文协”第三届理事选举时，成员构成已经发生了明显变化。原有的自由主义学院派作家已经完全退出“文协”，此时国民党官方右翼文人在理事会仍占据绝对优势，但是国民党和共产党之间的斗争带来的文艺界的分

① 中国第二历史档案馆编：《中华民国史档案资料汇编·第五辑·第二编·文化》，第 189 页。

② 段从学：《“文协”与抗战时期文艺运动》，北京：北京大学出版社，2012 年，第 48 页。

化已经在“文协”的第三届理事会成员构成中逐渐凸显出来，左翼文化人士和右翼文人之间的对垒无疑构成“文协”转型和分化的基础。1943 年“文协”选举第五届理事和常务理事时，进步的左翼文人和官方的右翼文人之间的对立色彩更加明显，并且二者的地位发生了根本性的改变，左翼进步文人在数量上超过了国民党右翼文人，左翼在“文协”中地位得到提升，右翼文人势力就相对减弱。党派的斗争对“文协”发展的影响已经越来越明显。到 1945 年抗战胜利前夕，“文协”举行第五届理事改选时，左翼文人获得了决定性的胜利，最终掌握了“文协”的领导权。与之相应，国民党文人在“文协”中地位的丧失意味着国民党官方对“文协”控制权的丧失，而在战后激烈的党派斗争中，国民党只能另辟战场，重新争取一批文化人到自己的阵营当中，因此，才有了之后的“作协”。

1946 年 1 月 26 日，在张道藩的策划下，中国著作人协会成立，简称为“作协”。国民党党报《中央日报》辟专刊祝贺，表明了“作协”的政治倾向。“作协”的成立是国民党文化部门单方面破坏文艺界团结的标志，但也是国民党右翼文人在“文协”中被排挤后的无奈之举。当时国民党官方给出的成立“作协”的理由是“我国自新文学运动以来，未曾有过一个纯正的包括全国文学作家的文学团体，更不曾有过这样包罗文学家美术家作曲家于一堂的文艺团体，而这个团体，无论就文艺发展，文艺家本身的需要，都是迫切需待产生的”①，国民党文化官员企图扩大范围，将全国的文学家、美术家、作曲家全部囊括到“作协”当中，然而在全国多数进步文人都已倾向于共产党的情况下，国民党如此口号实际却透露出勃勃的野心与极不自信的双面性。在《中央日报》特刊中，胡一贯在《文学与美术》一文中提出“所谓文艺，是应当包括文学和美术的”，对文学与美术的关系进行了细致的分析阐释。王进珊也提出“在‘作协’的号召下，全国作家要先党派的团结而团结，全国文艺界要先国家的统一而统一”的口号，号召全国文艺界为建国而联合。胡一贯、王进珊等人发表在《中央日报》上的文章是对国民党官方文艺思想的进一步说明和细致化阐释，企图通过报纸流传的广泛性达到宣传的目的。

国民党文化官员组织“作协”还在于他们意识到“文艺作家无疑问的是时代的前驱”，“当前建国事业艰巨与重要，或者更甚于抗战，因此组织作协，

① 中国第二历史档案馆编：《中华民国史档案资料汇编·第五辑·第三编·文化》，第 690 页。

以全国文艺作家的大团结，来创造建国文艺，以协助建国大业的早日完成”①。此原因点出了“作协”成立的现实意义，即利用文艺作家对民众思想和心理的影响来完成政治目的。张道藩在“作协”成立当天《中央日报》的庆祝特刊中对文艺家如何引导民众的情感作了详细的说明。在《中华全国文艺作家协会成立大会献词》一文中，他告诫文艺家要认清地位，认清责任，尤其要注意“情感”的陶冶。因为‘情感’的一般性质是本能的，是现在的，而文艺家的‘情感’却有超本能超现在的力量与境界。因此，“作协”就是要利用文艺家的这种力量，去吸纳人心。张道藩的这篇文章可以看作是他一心想要成立“作协”的最直接原因，就是要再次形成一个与共产党对抗的文艺团体，进行反共宣传，收买民心，以获得蒋介石的欢欣。对此，张道藩在其他场合也供认不讳：“有人说我主持成立中国著作人协会和全国文艺作家协会标志着全国文艺界团结的彻底结束，我也不管了。要紧的是在戡乱大局下，能动员文化人为打败共产党出力，顾全这个最大的大局，就是我报答蒋总裁最大的愿望。”② 然而，根据“作协”第一届理事及监事的名单来看，一共二十九名理事，其中除朱光潜、谢冰莹、陆侃如、邵洵美等为数不多的学者作家诗人外，几乎全是国民党文化官员和右翼文人，由于“作协”自产生以来就带有浓重的政治气息，因此已经无法像当年的“文协”那样吸纳左翼进步人士和自由主义作家，“作协”提出的团结全国作家的口号也只是梦想。

抗战胜利后，在国共对峙的政治局面中，张道藩等国民党文化官员成立所谓的“作协”实际上是“文协”分化的结果，也是国民党官员为了重新争取文化人士的结果。“文化界的团结因张道藩组织成立了‘作协’而被打破”的说法也只是看到了其表面，因为文化界真正的团结在抗战中后期就已经开始被打破，而抗战结束后严重的党派分化决定了文化界的彻底分化。国民党文化官员迫不及待成立“作协”，无非是想在国共对峙的局面中，在右翼文人处于弱势的情况下，重新把文艺界人士拉拢到自己的阵营当中。“作协’在文艺界并没有多少实际的建树，它存在的最大意义仅在于形成了一个与“左翼”控制的“文协”相对立的文化团体，这也与战后国共两党对立的政治局面形成呼应。

① 中国第二历史档案馆编：《中华民国史档案资料汇编·第五辑·第二编·文化》，第690页。

② 王由青编著：《张道藩的文官生涯》，北京：团结出版社，2007年，第324页。

结语 《中央日报》副刊的文学史意义

作为国民党党报的《中央日报》，在大陆发行了二十多年，过去我们并不是没有注意到它的存在，而是囿于意识形态的偏见，简单地把它视作国民党反动派在文艺界的传声筒，是和革命文学这一主流相对抗的逆流。因此，我们很容易找到史料来证明《中央日报》副刊如何体现国民党政府钳制思想和控制文学宣传。但从民国的历史来看，国共两党不仅仅只是对立，也曾有不同阶段的联合，两党的文学观念上也绝非革命与反革命、主流与逆流可以概括。例如最早的革命文学倡导都集中出现在第一次国共合作时期的《中央日报》副刊上，武汉《中央副刊》曾积极倡导无产阶级革命文学，译介苏联革命文学理论，发表一些革命性的作品，郭沫若的《脱离蒋介石以后》，毛泽东的《湖南农民运动考察报告》，谢冰莹的《从军日记》等都是率先刊登在武汉《中央副刊》上；再比如，1928 年上海《中央日报》副刊虽然是在国共分裂之后创办，但是其副刊仍然是左翼文学的主要阵地，大名鼎鼎的左翼作家丁玲，左联五烈士之一的胡也频，左翼戏剧的先导田汉都曾担任上海《中央副刊》的主编；还比如，抗战时期郭沫若的《屈原》那么有战斗精神，却发表在《中央日报》的副刊上，抗战时期大轰炸的特殊时代，《中央日报》《新华日报》以及其他一些报纸曾经开设联合版。由此可见，当我们摆脱过去简单的二元对立思维，在客观的民国时空中，《中央日报》副刊丰富的史料价值又可以被重新"发现"，这样的"发现"又带给我们对革命文学历史谱系重构，带给我们对抗战文学的全新理解，也带给我们文学研究和文学史叙述的全新突破。

我们在民国这一具体的国家形态下，考察和分析《中央日报》及副刊，当然不是为了给执政的独裁者的文艺平反张目，而是透过像《中央日报》这样颇有影响的党报文艺副刊，探究报纸副刊是如何运作的机制，也就是文学的民国机制命题。正如王晓明在讨论五四时期的《新青年》杂志时所提出的建议，

"不但注意到'五·四'那一代作家的创作，更注意到'五·四'时期的报纸杂志和文学社团，注意到由它们共同构成的文学运行的机制，注意到与这个机制共生的一系列无形的文学规范"①。同样，我们考察《中央日报》副刊，也不是因为这一副刊上有很多被遗漏的重要作家作品，而是因为它是我们洞悉民国文学运行机制的绝佳切入点。虽然《中央日报》副刊曾培养了谢冰莹这样红极一时的确又被文学史所遗漏的女作家，也刊登过田汉、沈从文标志着风格转向的作品，还连载过郭沫若的代表作《屈原》，但是作为国民党党报的《中央日报》及其副刊，从来都是和民国复杂的社会政治文化紧密相连，而不仅仅局限于"文学性"自身。的确，有不少人质疑报纸副刊研究是否归属于文学研究的范畴，因为报纸副刊——尤其是政党参与的报纸副刊，其文学性和艺术性屡遭诟病。可是，既然20世纪的中国文学从来就不是独善其身，正如学者朱晓进在研究右翼文学的基础上进而提出的命题——"非文学的世纪"②，那么，破除"纯文学"的迷思，在民国社会历史总体发展格局中，展开对《中央日报》及副刊的考察，这不正是回到文学的历史现场本身么？也许，我们得改变对"文学"的理解，从深度上掘挖民国文学的运行机制，从广度上探究超越纯粹艺术审美的大文学观念，这正是《中央日报》副刊带给我们最大的启示，也是《中央日报》副刊的意义之所在。

① 王晓明：《一份杂志和一个"社团"——重识"五·四"文学传统》，《上海文学》1993年第4期。

② 参见朱晓进等：《非文学的世纪——20世纪中国文学与政治文化关系史论》，南京：南京师范大学出版社，2004年。

参考文献

（按照作品发表及图书出版时间先后排序）

著作

[1] 党营文化事业专辑编纂委员会．党营文化事业专辑之二：中央日报[M]．台北：中国国民党中央委员会文化工作会，1972.

[2]《中央日报》创刊五十周年纪念丛书之一：中央日报五十年来社论选集[M]．台北：中央日报社，1978.

[3]《中央日报》创刊五十周年纪念丛书之二．中央日报与我[M]．台北：中央日报社，1978.

[4] 赖光林．七十年中国报业史[M]．台北：中央日报社，1981.

[5] 赵友培．文坛先进张道藩[M]．台北：崇光文艺出版社，1985.

[6] 胡有瑞．六十年来的中央日报[M]．台北：中央日报社，1988.

[7] 王文彬．中国报纸的副刊[M]．北京：中国文史出版社，1988.

[8] 曾虚白．中国新闻史[M]．台北：三民书局股份有限公司，1989.

[9] 王凌霄．中国国民党新闻政策之研究（1928—1945）[M]．台北：政治大学历史研究所，1992.

[10] 王新命．新闻圈里四十年[M]．台北：龙文出版社，1993.

[11] 痖弦，陈义芝．世界中文报纸副刊学综论[M]．台北：行政院文化建设委员会，1997.

[12] 冯并．中国文艺副刊史[M]．北京：华文出版社，2001.

[13] 赵丽华．民国官营体制与话语空间：《中央日报》副刊研究（1928—1949）[M]．北京：中国传媒大学出版社，2011.

期刊

[1] 鲁北文. 鲁迅书信拾遗 [J]. 学术月刊, 1963 (11).

[2] 穆逸群.《中央日报》的廿二年 [J]. 新闻研究资料, 1982 (5).

[3] 罗自苏.《中央日报》的历史沿革与现状 [J]. 新闻研究资料, 1985 (2).

[4] 前《中央日报》总经理张志韩谈 40 年前后在渝“借纸”后……[J]. 新闻研究资料, 1989 (1).

[5] 刘家林. 不应抹去的一段历史: 汉口时期的《中央日报》和《中央副刊》[J]. 新闻知识, 1990 (6).

[6] 陈漱渝. 中国副刊的革新者孙伏园:《孙伏园怀思录》序 [J]. 鲁迅研究月刊, 1993 (11).

[7] 陈漱渝. 中国副刊的革新者孙伏园: 以此纪念他的一百周年诞辰 [J]. 绍兴师专学报, 1994 (1).

[8] 冬播. 孙伏园与副刊 [J]. 新闻三昧, 1995 (3).

[9] 叶凡. 梁实秋的“骂人艺术”[J]. 鲁迅研究月刊, 1998 (1).

[10] 宋水华.《新华》《扫荡》《中央》[J]. 咬文嚼字, 1999 (5).

[11] 李伟. 1942 年《中央日报》两次改组 [J]. 民国春秋, 2000 (4).

[12] 刘小清.《中央日报》刊登《资本论》广告风波 [J]. 学习月刊, 2002 (2).

[13] 李廉. 南京《中央日报》诞生的前前后后 [J]. 钟山风雨, 2004 (2).

[14] 冷冰. 南京《中央日报》的经营策略及启示 [J]. 青年记者, 2005 (4).

[15] 黄蓉. 从《红与黑》到《红黑》 [J]. 湖南人文科技学院学报, 2005 (2).

[16] 徐思彦. 官与民:《中央日报》《大公报》七七社的文本分析 [J]. 学术界, 2006 (6).

[17] 赵丽华.《青白》、《大道》与 20 年代末戏剧运动 [J]. 中国现代文学研究丛刊, 2007 (1).

[18] 蒋国经, 唐召军, 蔡新萍. 鲜为人知的《中央日报》“芷江版”[J]. 文史博览, 2007 (11).

［19］郭武群. 民国报纸文艺副刊的相对独立性［J］. 天津大学学报（社会科学版），2007（3）.

［2］郭武群. 民国报纸文艺副刊的文学性［J］. 广西社会科学，2008（5）.

［21］刘诚龙.《中央日报》的两则旧闻［J］. 同舟共进，2008（12）.

［22］蒋国经，唐召军，蔡新萍. 夹缝中的《中央日报》"芷江版"副刊〈新路〉［J］. 档案时空，2008（3）.

［23］吴海勇. 1928年至1948年《中央日报》对五四运动的评论［J］. 上海党史与党建，2009（5）.

［24］王吉鹏，孙丽凤. 鲁迅与《中央日报》副刊［J］. 殷都学刊，2009（1）.

［25］余育国，孙炳芳. 难当的国民党《中央日报》社长与总编［J］. 文史精华，2009（11）.

［26］刘维生，刘旺. 试论1943年国共两党在思想文化领域的论战：以《中央日报》和《解放日报》为中心［J］. 衡水学院学报，2009（5）.

［27］孙惠连. 君问归期未有期：记孙伏园在四川十年（1940—1949）［J］. 鲁迅研究月刊. 2010（9）.

［28］孟娜. 抗战时期国民党《中央日报》的宣传特点［J］. 东南传播，2011（1）.

［29］杨曦，曹炎. 抗战时期报纸的舆论宣传作用：以《新华日报》、《中央日报》、《大公报》为例［J］. 文史博览（理论），2011（3）.

［30］范紫轩. 从抗战时期《中央日报》看其"党、政、报"的关系［J］. 内蒙古农业大学学报（社会科学版），2011（3）.

［31］吴心海. 重庆柳青延安柳青各有其人：读《柳青在延安整风时为什么受到怀疑?》［J］. 新文学史料，2012（1）.

［32］王玉春. 孙伏园与《屈原》［J］. 郭沫若学刊，2012（1）.

［33］肖燕雄，曹炎. 左中右三报"七七特刊"抗战宣传的比较分析［J］. 国际新闻，2012（5）.

［34］梁忠翠. 浅析十年内战时期国共两党的宣传战［J］. 鲁东大学学报（哲学社会学科版），2013（4）.

［35］张紫轩. 国民党对"五四"话语的"三民主义"改造：以《中央日报》1928—1937年的言论为视角［J］. 华中师范大学研究生学报，2013（2）.

［36］信力建. 1928：《中央日报》的"发刊词"［J］. 同舟共进，2013

(4).

[37] 吴心海. 小说《泡沫》不是柳青作品 [J]. 现代中文学刊, 2013 (3).

[38] 韩戌. 从观察文坛到关注社会:《中央日报》副刊时期储安平之转折 [J]. 安徽大学学报 (哲学社会科学版), 2014 (5).

[39] 吴海心. 学术研究与信口开河划不清界限: 再谈延安作家柳青不会投稿《中央日报》[J]. 博览群书, 2014 (8).

[40] 王明亮. "党报"经营的一种探索: 马星野主持南京《中央日报》时期新闻实践探析 [J]. 温州大学学报 (社会科学版), 2014 (6).

[41] 白玉. 从《中央日报》看全面抗战中九一八纪念活动的社会记忆 [J]. 档案与建设, 2014 (10).

[42] 薛明玉. 论《中央日报》在抗战中的宣传技巧 [J]. 湖南人文科技学院学报, 2014 (6).

[43] 张武军. "红与黑"交织中的"摩登": 1928 年上海《中央日报》文艺副刊之考察 [J]. 文学评论, 2015 (1).

[44] 张武军. 国民革命与革命文学、左翼文学的历史检视: 以武汉《中央副刊》为考察对象 [J]. 中国现当代文学研究丛刊, 2015 (5).

[45] 张武军.《中央日报》、《新华日报》副刊与抗战文学的发生 [J]. 首都师范大学学报 (社会科学版), 2015 (3).

[46] 赵丽华. 民国《中央日报》发展的四阶段与宣传特色 [J]. 现代传播 (中国传媒大学学报), 2015 (5).

[47] 赵雪, 顾晓玉. 抗战时期报纸新闻标题语言的计量语体分析: 以《新华日报》《中央日报》为例 [J]. 理论与现代化, 2015 (5).

[48] 刘丽丽. 九一八事变后南京国民政府对日政策的演变: 以《中央日报》对马占山抗战的报道为中心 [J]. 民国档案, 2015 (4).

[49] 黄珊, 胡秋元. 程沧波与战时复旦新闻教育 [J]. 新闻大学, 2015 (5).

[50] 晓燕雄, 曹炎. "左"中右三报抗日宣传比较研究: 以广州战役、太平洋战役为例 [J]. 湖南工业大学学报 (社会科学版), 2015 (4).

[51] 王亚隽. 左中右报抗战时期想象的共同体建构: 以《新华日报》《大公报》《中央日报》为例 [J]. 今传媒, 2016 (5).

[52] 张文博. 国民党对人民解放区的妖魔化: 以《中央日报》为切入点 [J]. 军事历史, 2016 (4).

[53] 陆佩.《中央日报》剧评与民国南京的戏剧生态 [J]. 艺苑, 2016 (5).

[54] 刘丽丽, 田索菲.《中央日报》视野下的马占山抗战 [J]. 北方文物, 2016 (4).

[55] 梅琳. 旗帜与训诫: 1938—1940《新华日报》《中央日报》纪念鲁迅活动考察 [J]. 文艺理论与批评, 2017 (6).

[56] 肖燕雄, 卢晓.《新华日报》《大公报》《中央日报》同题新闻抗日话语分析 [J]. 新闻与传播研究, 2017 (9).

[57] 张家康. 陈独秀出狱后给《申报》《中央日报》的声明 [J]. 世纪风采, 2017 (9).

[58] 钟新, 张子晗. 国内国际政治对重大外交事件报道的构建:《中央日报》、《新华日报》美国副总统华莱士访华报道研究 [J]. 新闻春秋, 2017 (3).

[59] 张武军. 训政理念下的革命文学: 南京《中央日报》(1929—1930) 文艺副刊之考察 [J]. 中山大学学报 (社会科学版), 2017 (1).

[60] 肖燕雄. 呼应或疏离: 抗战时期三报主要副刊抗战话语研究 [J]. 现代传播 (中国传媒大学学报), 2018 (6).

[61] 肖燕雄, 王亚隽. 抗战时期《新华日报》《中央日报》战争认同动员的话语框架 [J]. 教育传媒, 2018 (1).

学位论文

[1] 李志明. 重庆抗战文学中传播外国文化的主要报刊 [D]. 重庆: 重庆师范大学, 2007.

[2] 付娟.《中央日报·青白》副刊 (1929—1930) 与国民党文艺运动 [D]. 成都: 四川师范大学, 2008.

[3] 张慧.《中央口报》副刊与储安平 [D]. 上海: 华东师范大学, 2009.

[4] 程丽君. 回归历史原貌: 梁实秋主编的《平明》研究 [D]. 成都: 四川师范大学, 2010.

[5] 杨德亮.《中央日报·平明》研究 [D]. 重庆: 重庆师范大学, 2011.

[6] 敦枫. 抗战时期重庆《新华日报》、《中央日报》副刊上的文艺争论

[D]. 重庆：重庆大学，2012.

[7] 张弢. 现代报刊中的“歌谣运动”研究 [D]. 南京：南京师范大学，2013.

[8] 宋翔. 抗战时期妇女新生活运动研究：以《中央日报·妇女新运周刊》为中心 [D]. 郑州：郑州大学，2014.

[9] 畅洁. 1928 年上海《中央日报》副刊的梳理及研究 [D]. 重庆：西南大学，2014.

[10] 张颖. 孙伏园与重庆时期的《中央日报》副刊研究 [D]. 重庆：西南大学，2015.

[11] 金黎. 战火中的妇女之路：《新华日报》副刊与战时女性形象建构 [D]. 重庆：西南大学，2015.

[12] 陈静. 战后《中央日报》副刊与文艺思潮变迁 [D]. 重庆：西南大学，2015.

[13] 冯晓旭.《新华日报》《中央日报》《大公报》副刊抗战话语比较 [D]. 长沙：湖南师范大学，2016.

[14] 卢晓.《新华日报》《中央日报》《大公报》同题新闻抗战话语比较 [D]. 长沙：湖南师范大学，2016.

[15] 宋丽丽. 民国时期女性形象和妇女观研究（1935—1948）：基于《中央日报》妇女副刊的分析 [D]. 郑州：郑州大学，2017.

[16] 周梦琪.《中央日报·报学》专刊研究 [D]. 南昌：南昌大学，2017.

[17] 梁玛丽. 抗战时期重庆主流报刊的意识形态博弈：以《新华日报》《中央日报》《新民报》影剧报道为例 [D]. 重庆：重庆工商大学，2017.

[18] 谢劲松. 王平陵在抗战时期的文学活动研究 [D]. 重庆：西南大学，2017.

后 记

2000年以来，文献史料之于中国现代文学研究的意义再一次成为新的学术热点，好多次大型学术会议以此为议题，不少杂志开设专栏和"笔谈"。在此背景下，报纸副刊自然成为现代文学研究领域亟须开发的一片沃土。大家有理由相信，"曾经风光八面、而今尘封于图书馆的泛黄的报纸与杂志，是我们最容易接触到的、有可能改变以往的文化史或文学史叙述的新资料"①。"当我们从报纸副刊进入新文学史的航道，和从单行本进入新文学史的航道时，景观是不一样的。我们由报纸文艺副刊进入的是一个原生态的历史野地，看到的是未经筛选、淘洗过的成熟或不成熟的作品，新文学生成过程中的稚嫩、新鲜，以及不可避免的浅薄，都呈现于此。而我们由单行本进入的是一个经过筛选的秩序化、等级化了的文学史状态。"②

通过报纸副刊这一原始史料的考察，重返文学的历史现场，是学者们的共识；藉由原生态文学史料的发见，或多或少改变文学史的叙述，是大家的共同期待。然而，当越来越多的学者，尤其是广大硕博士投入到开垦报纸副刊这片沃土的阵营后，检视诸多研究成果，我们不难发现，大量选择副刊为题的论文，"甚至基本形成了一套有序的研究模式，照章操作几乎可以保证论文达到一定的水准且获得可以预期的成果"③。

---

① 陈平原：《文学史家的报刊研究——以北大诸君的学术思路为中心》，《中华读书报》2002年1月9日。

② 雷世文：《现代报纸文艺副刊的原生态文学史图景》，《中国现代文学研究丛刊》2003年第1期。

③ 李怡：《地方性报刊之于现代文学史料价值》，《中国现代文学研究丛刊》2010年第1期。

随着现代文学学科队伍的壮大以及研究队伍的增多，报纸副刊这一富矿也已被反复掘挖和洗淘，有价值的发现越来越稀少。前人删选剩余的作家作品的确是“不可避免的浅薄”“不成熟”“稚嫩”，这样的打捞充其量只能把文学史教材增厚而已。埋头报纸副刊，自己也产生了怀疑，研究的意义和价值究竟何在？突破和创新何在？报纸副刊研究得越来越模式化。

模式化首先体现在内容和结构的安排，大部分研究者都主要集中在副刊的栏目介绍、作者队伍考察、作家作品梳理，尤其重点介绍被后来作家选集、文集、全集所遗漏的作品。诚然，这对文学史料的打捞和保存，功不可没；对入门的硕博士来说，这样的规范化训练，尤为重要。不过，“史料的发掘有没有带来学术创新，文学史观的变革，有没有起到文学研究的重新发动，有没有形成‘文学史再审视’，这才是更值得我们关注的问题”①。

报纸副刊研究的模式化操作还体现在理论体系和阐述框架的择取。不少研究者，“目光不约而同集中在两个较为热门的话题上——‘公共领域’与‘想象的共同体’”②。率先把“公共领域”与“想象的共同体”引入到中国文学研究的当属海外学者李欧梵和王德威。李欧梵的著名文章《“批评空间”的开创——从〈申报·自由谈〉谈起》，率先运用哈贝马斯的“公共空间”理论来考察《申报·自由谈》，由此探讨“自晚清（也可能更早）以降，知识分子如何开创新的文化和政治批评的‘公共空间’”③。王德威则主要依据“想象的共同体”，分析晚清以来报刊和小说中的新中国想象，提出了晚清文化和文学中“被压抑的现代性”，“没有晚清，何来五四”的论断，更是带给现代文学研究界强烈而又持久的震撼。

必须承认，得益于这两大学说的启示，报纸和期刊作为重要的传播媒介，在现代文学研究领域重新引起大家的强烈兴趣。大家也不再局限于文献史料的打捞和保存，而转向探讨报刊的文化传播功能、报纸副刊与文学生成空间、报纸印刷文字和民族国家建构，以及由此引发的文学现代性等命题。特别是李欧

① 张武军：《新史料的发掘与抗战文学史观之变革》，《中国现代文学研究丛刊》2010年第2期。

② 郝庆军：《报刊研究莫入误区——反思两个热门话题：“公共领域”与“想象的共同体”》，《中国现代文学研究丛刊》2005年第5期。

③ 李欧梵：《“批评空间”的开创——从〈申报·自由谈〉谈起》，《现代性的追求》，北京：人民文学出版社，2010年，第3—21页。

梵和王德威两人对晚清印刷媒体的看重，以及晚清文化、文学与现代性的论述，让人耳目一新。然而，这一切却都与报纸副刊研究的初衷背道而驰，大家重视报纸副刊不就为了更接近文学历史现场的原生态吗？可在现实操作中，报纸副刊研究却走入了歧途，正如有学者所批评那样，“迎合时尚，迁就理论，悬问题而觅材料，搅扰群书以就我，难免误入歧途”①。

报纸副刊研究在热闹纷繁表象下两难困境的凸显。一方面，尽管有一些细微的史料呈现出来，却并未给我们的现代文学研究带来多少有价值的突破，和预想有很大差距；另一方面，西方新颖的理论虽然为报纸副刊研究打开新天地，却越来越脱离中国文学的实际历史情境，和初衷背道而驰。如何才能化解这种两难困境呢？

首先，作为原始文献的报纸副刊，其史料价值并非客观呈现，是和研究者的认知理念息息相关。有了新理念、新视野，新的史料自然会浮现出来，过去的旧史料也能焕发出新意，带来研究的巨大突破。民国文学及其相关概念是近些年最有冲击力的新理念新方法，为推进民国文学研究做出巨大贡献的学者李怡，提出了一个非常重要的命题——“在民国发现史料”，他解释说，“为什么要如此强调‘在民国发现史料’呢？其实，在这里我们想强调的是：文献史料的发掘、整理并不像表面上看去那么简单，并不是只需要冷静、耐性和客观就能够获得，它依然承受了意识形态的种种印记，文学史料的发掘、运用同时也是一件具有特殊思想意味的工作”②。

正是有了民国文学研究的新理念、新体系，很多新史料自然而然就浮现出来，一些旧的史料也由此焕发了新意。《中央日报》及其副刊可以说既是新史料，又是旧史料。当我们摆脱过去简单的二元对立思维，在客观的民国时空中，《中央日报》副刊丰富的史料价值又可以被重新“发现”，这样的“发现”又带给我们对革命文学历史谱系重构，带给我们对抗战文学的全新理解，也带给我们文学研究和文学史叙述的全新突破。

原本是想写下我研究《中央日报》副刊中的真实感受和心得，没想到写着写着也成了研究式论文，可见我自己也越来越模式化和规范化了。不过，最后

---

① 郝庆军：《报刊研究莫入误区——反思两个热门话题：“公共领域”与“想象的共同体”》，《中国现代文学研究丛刊》2005 年第 5 期。

② 李怡：《“大文学”需要“大史料”——再谈“在民国发现史料”》，《当代文坛》2016 年第 5 期。

我需要从“研究”思维中跳出来，真诚地奉上我的感谢。首先感谢我的导师李怡教授，这些年来他一直督促着我，他的学术理念一直启发着我。其次感谢我的学生畅洁、金黎、张颖、陈静，不少章节是我和他们共同探讨、撰写。还要感谢《文学评论》《中国现代文学研究丛刊》等刊物和编辑，本书部分章节得以发表。最后感谢花城出版社。当然，本书问题很多，诚恳各位批评指正。

张武军

2018 年 9 月于西南大学文化村 6 舍